劉慶雲　注譯

新
譯

南 唐 詞

三民書局　印行

刊印古籍今注新譯叢書緣起

劉振強

人類歷史發展，每至偏執一端，往而不返的關頭，總有一股新興的反本運動繼起，要求回顧過往的源頭，從中汲取新生的創造力量。孔子所謂的述而不作，溫故知新，以及西方文藝復興所強調的再生精神，都體現了創造源頭這股日新不竭的力量。古典之所以重要，古籍之所以不可不讀，正在這層尋本與啟示的意義上。處於現代世界而倡言讀古書，並不是迷信傳統，更不是故步自封；而是當我們愈懂得聆聽來自根源的聲音，我們就愈懂得如何向歷史追問，也就愈能夠清醒正對當世的苦厄。要擴大心量，冥契古今心靈，會通宇宙精神，不能不由學會讀古書這一層根本的工夫做起。

基於這樣的想法，本局自草創以來，即懷著注譯傳統重要典籍的理想，由第一部的四書做起，希望藉由文字障礙的掃除，幫助有心的讀者，打開禁錮於古老話語中的豐沛寶藏。我們工作的原則是「兼取諸家，直注明解」。一方面熔鑄眾說，擇善而從；一方面也力求明白可喻，達到學術普及化的要求。叢書自陸續出刊以來，頗受各界的喜愛，使我們得到很大的鼓勵，也有信心繼續推廣這項工作。隨著海峽兩岸的交流，我們注譯的成員，也由臺灣各大學的教授，擴及大陸各有專長的學者。陣容的充實，使我們有更多的資源，整理更多樣化的古籍。兼採經、史、子、集四部的要典，重拾對通才器識的重視，將是我們進一步工作的目標。

古籍的注譯，固然是一件繁難的工作，但其實也只是整個工作的開端而已，最後的完成與意義的賦予，全賴讀者的閱讀與自得自證。我們期望這項工作能有助於為世界文化的未來匯流，注入一股源頭活水；也希望各界博雅君子不吝指正，讓我們的步伐能夠更堅穩地走下去。

新譯南唐詞　目次

導讀

南唐詞在中國詞的發展史上具有十分重要的地位，可謂是開一代風氣。宋朝為詞體發展的黃金時代，但如果沒有南唐詞的創作實踐，作為由《花間集》代表的晚唐、西蜀詞到宋詞的過渡，宋詞的發展、繁榮將不會如此迅疾，也許其進程將推遲數十年以至半個世紀。在我們進入對南唐詞作的具體解讀時，不妨先作一番鳥瞰式的掃瞄，以觀其大略。

唐朝滅亡後，中國進入了五代十國的分裂局面。先後占據北方黃河流域一帶的後梁、後唐、後晉、後漢、後周，由於戰禍頻仍，造成長期社會動盪，民生凋敝，經濟破壞慘重。而占據長江流域及南方的各個小國，雖也時有小規模的戰爭發生，但社會相對穩定，經濟也相對繁榮，統治階層享樂風氣日盛，加之文人在某些地域相對集中，因而先後出現了西蜀詞人群和南唐詞人群。

西蜀詞人群（以成都為中心），其創作以廣政三年（西元九四〇年）結集出版的《花間集》為主要標誌。該詞集選錄十八家詞人（其中有兩人為晚唐詞人，兩人非蜀地作者），收詞五百首，因作者審美趨尚相同或相近，作品主要寫男女豔情，風格追求柔媚、婉麗，故被後人稱為「花間詞派」。南唐詞人群以金陵（今南京）為中心，其主要作家為馮延巳、李璟、李煜。《花間集》編定時馮延巳三十八歲，李璟二十五歲，李煜才四歲，可見其詞的創作時間略晚於西蜀，大略為十世紀四十年代至七十年代。他們的創作無疑會受到西蜀詞人群的某些影響，但由於所處時勢不同，詞人經歷、遭遇有異，加之才情性分自有特點，因此，南唐詞又自具面貌，並對這一文體在題材及藝術表現手段方面有所開拓與發展，對後來宋詞的繁榮，產生了積極的影響。

南唐詞人人數雖少，但能各有創獲與貢獻，下面依時代先後，分別對其所處時代環境、個人經歷及其創作特色，勾勒其大概，以期使讀者有一初步印象。

馮延巳

要瞭解馮延巳的創作，仍須如孟子所說，當「知人論世」。馮延巳（西元九〇三—九六〇年），字正中，祖籍彭城（今江蘇徐州），後徙廣陵（今江蘇揚州），故史稱廣陵人。他的父親令頵，事南唐烈祖李昪（中主李璟之父，又稱先主）。延巳本人的政治生涯可謂與李璟在位十九年的政局密切相關。在吳大和二年（西元九三〇年）他即被烈祖李昪授為祕書郎，使與李璟遊處。李璟於廬山築讀書堂，延巳在旁侍讀。李璟保大元年（西元九四三年）即位，是為中主。其時烈祖餘威尚存，在馮延巳等臣下的鼓動下，欲再開疆拓土，並萌生吞併天下之意。西元九四五年，乘閩國內亂，攻打閩國，得建州、汀州、泉州、漳州等地，從而擁有長江中下游的三十五州，號稱大國。在經濟上，雖然賦稅比過去有所加重，但由於占有江淮的地利，再加上原來重農、勸農政策所取得的成果，仍保持著相對的繁榮富庶。其後南攻福州、西擊楚國，均告失敗。但南唐君臣並未引咎思過，銳意圖強，而多耽於宴安逸樂，沉迷聲色。而此時北方後周的勢力日益強大，對南唐早已虎視眈眈。西元九五五年，周世宗派兵攻打南唐壽州等地，他們才知「國難」來臨。結果南唐軍大敗，以獻江北淮南十四州、並去帝號對周稱臣而告結束。自此南唐國勢江河日下，地域日蹙，國力日衰，地位日卑，君臣心頭也不免常生屈辱之感、安危之慮。還須提及的是李璟在位期間，黨爭一直持續不斷，大臣之間常常互相傾軋，互相攻訐。延巳與李璟關係非同一般，頗受重用。其人雖有用世之志，但往往「好為大言」，在治國方面缺少實際才能，曾先後四度被任命為宰相，又四度被罷黜，其原因和幾次戰爭的失敗、出使北周未能不辱使命有關，因而宦海幾度浮沉；在黨爭中，黨同伐異，自己又常遭遇對立面的忌恨、撻伐，不免憂讒畏譏，故其思想情感的複雜非同一般。

當然這並不是說，馮延巳因為有如上經歷，處如此環境，必定成為傑出詞人。他之所以成為詞人，還與他個人的獨特才情、靈心善感的性分有關。據宋人筆記《釣磯立談》載，「（延巳）學問淵博，文章穎發，辯說縱橫，如傾懸河暴而（雨），聽之不覺膝席之屢前，使人忘寢與食」。馬令《南唐書》馮傳載，延巳「有辭學，多伎藝」。陸游《南唐書》馮傳載，延巳「工詩，雖貴且老不廢」。（《全唐詩》僅錄一首六言詩，即今所錄詞中之〈壽山曲〉。其詩僅存「青樓阿監應相笑，書記登樓又卻回」斷句）可知馮延巳善言辯，工詩詞，同時還善書法，似虞世南。

馮延巳多才藝，但以詞著名。北宋嘉祐年間陳世修曾將其詞編為《陽春集》，其中雜有《花間集》中詞人、南唐二主及北宋人詞作。今人張璋、黃畬所編《全唐五代詞》收詞一百十二首（含一斷句）。而可信為馮延巳所作詞實為百首左右，在唐五代文人詞中是存詞數量最多的作家。其詞多有新的創獲，是一位影響及於當世與後世的名家。

馮延巳詞的題材，不能不受到「花間詞派」傳統的影響，大部分仍為男女相思，離懷別怨，但他往往能於傳統題材內，另闢新境，別有新獲。另外，士大夫的詩酒風流、閒雅情調，也占有一定的比例；至若友朋間的情誼、功名失意的牢騷，亦偶有抒發。既承繼前人傳統，又有所開拓。

首先要指出的是，馮延巳的詞作既然以傳統的男女相思為主要題材，且又處於那樣一個相對比較大膽地張揚、釋放情愛的時代，便必定有一部分作品是對這種情感的真切描繪，並非如有的人所說，因無特指戀愛對象，便皆有興寄。其中有的作品描寫少女的春心萌動，對愛情的主動追求，如〈謁金門〉、〈菩薩蠻〉：

楊柳陌，寶馬嘶空無迹。新著荷衣人未識，年年江海客。　夢覺巫山春色，醉眼花飛狼籍。起舞不辭無氣力，愛君吹玉笛。

欹鬟墮髻搖雙槳，采蓮晚出清江上。顧影約流萍，楚歌嬌未成。　相逢顰翠黛，笑把珠璫解。家住柳陰中，畫橋東復東。

這類作品中的人物純清美麗，氣息清新，情韻兼勝，有別於閨婦傷離恨別的悒鬱愁悶。有的作品則為漂泊者的戀歌（主角為男性），如〈菩薩蠻〉：

西風嫋嫋凌歌扇，秋期正與行人遠。花葉脫霜紅，流螢殘月中。　蘭閨人在否？千里重樓暮。翠被已消香，夢隨寒漏長。

詞寫秋夜旅懷，抒相思愁苦，既從自己著筆，又設想對方情景，便把一種相思、兩處濃愁融合於一處，寫出「心有靈犀一點通」的感應，運筆曲折，韻味悠長。

當然這類題材中更大量的作品（包括宮怨詞在內）是刻畫怨婦心態，表現她們對愛情的渴求和失望的痛苦。最著名者如〈謁金門〉、〈南鄉子〉：

風乍起，吹縐一池春水。閑引鴛鴦香徑裡。手挼紅杏蕊。　鬬鴨闌干獨倚，碧玉搔頭斜墜。終日望君君不至，舉頭聞鵲喜。

細雨溼流光，芳草年年與恨長。煙鎖鳳樓無限事，茫茫，鸞鏡鴛衾兩斷腸。　魂夢任悠揚，睡起楊花滿繡床。薄倖不來門半掩，斜陽，負你殘春淚幾行。

前者通過時空轉換中的人物行為動作表企盼、等待的失望之情，後者觸物興感，通過夢境抒寫怨懟之意，均膾炙人口，為人所稱頌。

這類題材雖受到「花間詞派」的影響，但與其中的代表人物溫庭筠的穠豔麗密有異，而具清疏淡雅特點；與韋莊詞偏重表現「感情的事件」有所不同，而重在表達某種心境，顯得較為空靈。其所塑造的女性，不僅美麗多情，且多透露出一種溫文高雅的氣質；其表情多用曲筆，因而含蓄蘊藉，意味雋永；其用語多天然本色，韻律和諧，流利而兼精美；其取景雖也多以庭院為主要描寫對象，但又突破庭院範圍而有所擴大，故境界以優美為主，亦兼有闊遠氣象（如〈更漏子〉「秋水平，黃葉晚，落日渡頭雲散」、〈應天長〉「石城山下桃花綻，宿雨初收雲未散。南去櫂，北歸雁，水闊天遙腸欲斷」等等，均是）。

這些作品帶給讀者的不僅是審美上的愉悅，同時也令人感受到那一時代婦女在兩性關係中的被動地位、悲劇性的遭遇，因而對之傾注深切的同情。但馮延巳詞的新拓展，主要不在於對少男少女、怨婦曠夫的情懷和怨懟，作了不同情境下的新的表達，而在於有的作品善能創造一種如葉嘉瑩所說的「感情的境界」，故能引發人的種種聯想；還有一些詞作則明顯地寄寓了自己的人生體驗和難以排遣的抑塞情懷。至於他的超出這一題材的另外一些作品，更使我們直接感受到他的情性與意趣、他的視野的闊大與思想的沉著。可以說，馮延巳的創作為詞體提供了前所未有的新的因素。這種新的因素，要而言之，即深深的憂患意識，具體表現為：

一是憂世情懷的抒發。憂世情懷的產生，自然和前面所述時代環境與個人遭際密切相關。馮延巳的詞創造了一個充溢著愁與恨的精神世界，「愁」與「恨」的字面在詞中即出現近四十次。這種愁恨往往是通過描寫男女的離懷別怨流露出來的，有的無疑是「傷心人別有懷抱」。在談到這一問題時我們首先需要弄清在這類詞作中，有無可能寄託憂時傷世之感？

從清代張惠言開始，即以「比興」、「寄託」說解讀馮延巳之詞。其後馮煦評論馮詞，表述更為具體，謂：「翁頫仰身世，所懷萬端，繆悠（隱約，虛幻）其辭，若顯若晦，揆之六藝，比興為多。」「周師南侵，國勢岌岌。……翁負其才略，不能有所匡救，危苦煩亂之中，鬱不自達者，一於詞發之。其憂生念亂，意內而言外。」（《陽春集》序）近人俞陛雲亦曰：「凡詞家言情之作，如韋端己之憶寵姬，吳夢窗之懷遺妾，周清真之賦柳枝娘，皆有其人。馮詞未能證實，殆寄託之辭。南唐末造，馮蒿目時艱，姑以愁羅恨綺之詞喻憂盛危明之意耳。」（《唐五代兩宋詞選釋》）有的舉出部分詞作，認為別有寄意，如王鵬運認為：「馮正中〈鵲踏枝〉十四首，鬱伊惝怳，義兼比興。」（《半塘定稿．鶩翁集》）有的指出某些具體作品別有寄託，如陳廷焯認為〈鵲踏枝〉（六曲闌干偎碧樹）：「『濃睡覺來鶯亂語，驚殘好夢無尋處。』憂讒畏譏，思深意苦。」上述種種評論，雖未必盡然，其中難免有主觀臆測之辭，但亦並非完全無據。約略說來，其依據是：㈠美人香草，比興象徵，歷來是中國詩歌傳統的創作手法，將這種手法引入詞的創作是南唐詞人群的一種新動向。與馮延巳大體同時的潘佑即曾以「樓上春寒山四面，桃李不須誇爛漫，已失了春風一半」，來諷諫李後主在國勢危殆之時仍窮奢極欲地貪圖享樂；馮延巳借「男女哀樂，以道賢人君子幽約怨悱不能自言之情」（張惠言〈詞選序〉），亦是完全可能之事。㈡詞寫男女之情的傳統提供了運用比興方法的極大可能性。因為男女之情的歡樂、痛苦，與君臣聚散、個人得失、事業成敗等，在情緒感受上有共同之處，正所謂「事異而情同」。在創作中由此及彼，彼此融合，於是在表層意下面更蘊含有深層意，從而使詞具有了多義性。㈢詞作者進行創作時，有時處於顯意識狀態，有時處於顯意識與潛意識並存的狀態，也就是處於「醉」與「醒」相交織的狀態，即使在顯意識狀態下進行創作，有時內心積澱的潛在的深層情愫，也可能不自覺地從作品中流露出來。由於上述原因，再結合詞作文本，考索其一生遭際，我們確實感到馮延巳自覺不自覺地在某些閨怨詞中流露出感時憂世情懷，寄寓了自己政治生涯中的感慨。

比如，有的詞分明是有意借美人之口道己之所欲言。最典型的是下面的一首〈菩薩蠻〉：

沉沉朱戶橫金鎖，紗窗月影隨花過。燭淚欲闌干，落梅生晚寒。　寶釵橫翠鳳，千里香屏夢。雲雨已荒涼，江南春草長。

全詞以「夢」加以貫串，用倒敘手法，先寫月夜夢醒所見所感，極寂寥、寒涼、悲苦；然後方寫夢境。其夢飛越至「千里」之外。所見者為「雲雨已荒涼，江南春草長」。那遼闊的千里「江南」之地，春草蕪雜，百卉凋零，雲低雨黯，顯得一派荒蕪、蕭索。這個夢境與一般的春夢大異其趣，無疑隱含有國勢前景暗淡之意。此係詞人所欲言而借美人夢境言之。再如〈醉花間〉（月落霜繁深院閉）：「曉風寒不啻，獨立成憔悴。閑愁渾未已。離人心緒自無端，莫思量，休退悔。」寓示著君臣離間，君上心情難以揣測的憂慮。在有的情況下，則流露於有意無意之間。如〈鵲踏枝〉（花外寒雞天欲曙）：「一晌關情，憶遍江南路。夜夜夢魂休謾語，已知前事無尋處。」另一首同調詞云：「叵耐為人情太薄，幾度思量，真擬渾拋卻。新結同心香未落，怎生負得當初約？」這種前緣失落的心情，這種對瞬息多變的責難，既是寫閨中人之情緒，又何嘗不是自己久歷世事的一種內心感受！這類詞思致沉著，伊鬱惝恍，比興無端，耐人尋繹。

在閨怨詞中寄寓有憂世情懷只是其詞表現形式之一，有的直抒胸臆之作也涉及這方面的內容。我們將二者加以比照，便能找到其中相對應的聯繫，如〈清平樂〉：「深冬寒月，庭戶凝霜雪。風雁過時魂斷絕，塞管數聲嗚咽。　披衣獨立披香，流蘇亂結愁腸。往事總堪惆悵，前歡休更思量。」這裡描繪的淒斷的環境、對世事的獨立沉思，以及在對人事的總結中，流露出的憂愁失意情懷，與上述詞作透露的心境，可謂息息相通。

二是憂生意念的發露。宇宙無窮，人生短促，從漢魏以來，即是詩人在歌唱中時常流露出來的一種無奈的嘆息。往昔詞中對韶光流逝的惋嘆、美人遲暮的傷感，實也是一種朦朧的生命意識的流露。但在馮延巳詞中，這種體悟更顯清醒、明晰，且往往直抒其情，如「人非風月長依舊」（〈憶江南〉）、「年少都來有幾」（〈謁金門〉）對人生短暫的悲嘆，體現了一種生命的緊迫感。在短促的生命中，有對美好事物的嚮往，有執著不懈的追求，但實際體驗到的常常是無奈的遺憾與難解的痛苦。他在詞中反覆吟詠：「昨夜笙歌容易散，酒醒添得愁無限。」（〈鵲踏枝〉）「起來點檢經由地，處處新愁。」（〈采桑子〉）「朱顏日日驚憔悴，多少離愁誰得會？」（〈應天長〉）「麒麟欲畫時難偶，鷗鷺何猜興不孤。」（〈金錯刀〉）有聚散苦匆匆的嘆息，有離多會少的憾恨，有事業追求的受挫，有遭人猜忌的憂虞，等等。面對人生遭遇的挫折與憂愁，馮延巳沒有採取遁跡山林的迴避態度，也沒有轉向虛無縹緲的神仙世界，而是堅忍地應對，不斷地苦苦掙扎。表現堅守這份內心愁苦最典型的詞作是〈鵲踏枝〉：

> 誰道閑情拋擲久！每到春來，惆悵還依舊。日日花前常病酒，敢辭鏡裡朱顏瘦。河畔青蕪堤上柳，為問新愁，何事年年有？獨立小橋風滿袖，平林新月人歸後。

時光年復一年地流淌，新愁年復一年地遞增，而我依然病酒花前，情願獨自承受這份痛苦的煎熬。在詞中向我們展示了一個「始終不渝其志，亦可謂自信而不疑，果毅而有守」（陳廷焯《白雨齋詞話》）的形象。他有時為這種繚亂愁情所困擾，常處於一種沉思的狀態，體現出一種特別的孤獨情懷，「獨立小橋風滿袖，平林新月人歸後」，正是這種狀態的形象描繪。而〈采桑子〉詞描寫的：「馬嘶人語春風岸，芳草綿綿。楊柳橋邊，落日高樓酒旆懸。舊愁新恨知多少，目斷遙天。獨立花前，更聽笙歌滿畫船。」更是以各種聲響的交匯、以他人的快樂，反襯自己「舊愁新恨」滿懷時的孤獨。「獨立」、「獨倚」、「獨坐」、「獨自」、「獨傷心」等詞語在詞中出現不下二十次，表明他是時常在獨自品嘗著這精神苦悶的況味。這種心靈孤獨無疑是帶有幾分清醒的孤獨，是經過人生歷練對人生有深刻解悟的孤獨。

同時，他面對有限的生命，在現實生活中常會選擇「快樂原則」。於是他將士大夫的詩酒生涯、清雅情趣引入詞中，顯得高朗俊邁，在詞這種文體中開創出一種新的境界。既然生命有限，樂事太少，何不惜取眼前短暫的歡愉：「人間樂事知多少？且酹金杯。管咽絃哀，慢引蕭娘舞袖迴。」（〈采桑子〉）既然離多會少，何不珍愛相逢時的片時歡樂：「山川風景好，自古金陵道。少年看卻老。相逢莫厭醉金杯，別離多，歡會少。」（〈醉花間〉）既然人生易老天難老，何不盡情享受造物主賜予的人間美景：「西園春早，夾徑抽新草。冰散漪瀾生碧沼，寒在梅花先老。　與君同飲金杯，飲餘相取徘徊。次第小桃將發，軒車莫厭頻來！」（〈清平樂〉）馮延巳還有一組〈拋球樂〉詞，共八首，帶有聯章體性質，描寫春秋不同時節的宴飲之樂與未闌餘興。像詞中寫到的「谷鶯語軟花邊過，〈水調〉聲長醉裡聽」、「且上高樓望，相共凭欄看月生」、「歌闌賞盡珊瑚樹，情厚重斟琥珀杯」，正是士大夫所追求的風雅生活。至若其中的「酒罷歌餘興未闌，小橋秋水共盤桓。波搖梅蕊當心白，風入羅衣貼體寒。

且莫思歸去，須盡笙歌此夕歡」，進一步將這種風雅趣尚與旖旎柔情融合一處，是一種更為幽微美好的精神享受。這種情趣對士大夫無疑有著一股巨大的吸引力。當然，歡樂並非永恆，相聚不免短暫，因此仍然會發出「聚散苦匆匆」（歐陽脩〈浪淘沙〉）的嘆息，如：「盡日登高興未殘，紅樓人散獨盤桓。一鉤冷露縣珠箔，滿面西風凭玉闌。」又如：「霜積秋山萬樹紅，倚簾樓上挂朱櫳。白雲天遠重重恨，黃草煙深淅淅風。」這些自抒情懷之作，已完全擺脫豔詞的香軟風習，而體現為一種灑落的襟期、豪邁的意興以及流連光景的雅趣，同時將一種清雋、疏闊的境界展示於人，令人眼前一亮。

近人王國維云：「正中詞雖不失五代風格，而堂廡特大，開北宋一代風氣。」（《人間詞話》）所謂「堂廡特大」正是指其超出傳統的豔科範圍，將憂生憂世的深沉之思引進詞中，出現了由代言而逐漸轉向直抒士大夫情懷的傾向，在詞的領域中拓出了一片前所未有的新天地。

李璟

李璟（西元九一六—九六一年），字伯玉，南唐烈祖李昪長子。初名景通，後改名璟，交泰初避周諱（郭威高祖為璟），又改璟為景。南唐昇元七年（西元九四三年）先主死，李璟繼位，是為中主。宋龍袞《江南野史》載：「（璟）音容閒雅，眉目若畫。尚清潔。好學而能詩。天性懦弱，素昧威武。」馬令《南唐書》載：「徐鉉曰，嗣主工筆札，善騎射，賓禮大臣，敦睦九族。每聞臣民不獲其所者，輒咨嗟傷憫，形於顏色，隨加救療。居處服御，節儉得中。常患民間侈靡，第宅衣服咸為節制。」據上述及其他有關記載，大略而言，李璟好讀書，幼聰穎，十歲能詩，〈詠新竹〉即有「棲鳳枝梢猶軟弱，化龍形狀已依稀」之句。多才藝，善詞作，當時文士韓熙載、馮延巳、徐鉉等時侍左右，講論文學。為人性格較為溫和、仁厚，在帝王中，相對來說，比較注意節儉。但「天性懦弱，素昧威武」，故在位近十九年，征戰幾乎屢遭失利，後盡獻南唐江北之地與北周，去帝號，稱國主，用周年號，成為周的附屬國，處於一種屈辱的地位。面對如此國勢與難堪處境，心情的抑鬱憂愁，可以想見。

馮延巳長李璟十餘歲。李璟年輕時即與其關係密切，其創作無疑受到馮詞的影響，惜所作詞多已失傳，存詞可信者僅四首。詞雖不多，卻首首精美。其突出之點有幾：

一是情思沉厚。其詞之內容涉及閨情、宮怨、征夫思婦白首相聚之苦。其所以能沉厚蘊藉，具有感發人的力量，是因為對人物感情的體悟較為深切。有的詞作顯係代言，雖非自抒情懷，但由於相對北方那些醉心殺伐的武夫統治者而言，宅心較為仁厚，因而對戰爭的殘酷給人帶來的痛苦有一定的瞭解，對宮女空耗青春的處境有某種程度的同情，如：「遼陽月，秣陵砧，不傳消息但傳情。黃金窗下忽然驚，征人歸日二毛生。」（〈望遠行〉）「昨夜更闌酒醒，春愁過卻病。」（〈應天長〉）所寫均係有感而發，非泛泛涉筆。至若閨情詞中流年憔悴的遲暮之感、閉鎖重樓中的難遣春愁，實也與自己的處境、情懷有相通之處，隱含家國之憂。

二是蘊藉含蓄。作者擅長融情入景，景物多暗含比興，如「惆悵落花風不定」（〈應天長〉）、

「風裡落花誰是主」（〈浣溪沙〉），都有很深的象徵意味。它不僅寫出春意闌珊，給人帶來節序驚心的震撼，還象徵著主人公不能自主的可悲命運，其中還可能隱含有對自己處境的惋嘆。而「菡萏香銷翠葉殘，西風愁起碧波間」（〈浣溪沙〉），王國維認為「大有『眾芳蕪穢，美人遲暮』之感」，含有一片〈楚騷〉之心。至若以「回首綠波三楚暮，接天流」（〈浣溪沙〉）作為「春恨」詞的結尾，不僅境界闊大，亦且寓示愁恨之悠遠不盡。總之是宛曲其辭，故言少而意豐，耐人尋味。正如董其昌所云：「布景生思，因思得句，可人處不在多言。」（《評注便讀草堂詩餘》卷三）

三是流轉層深。蔡嵩云《柯亭詞論》云：「小令猶詩中絕句，首重創意，故易為而不易為。……作小令，須具納須彌於芥子手段，於短幅中藏有許多境界，勿令閒字閒句占據篇幅，方為絕唱。」李璟詞可謂得之。其詞善於轉折，一轉一境，一境一深。如〈浣溪沙〉寫「春恨」，「手捲真珠上玉鉤，依前春恨鎖重樓」，寫動作、心態，是一境，「風裡落花誰是主，思悠悠」，因景生情，又是一境，與前面形成一種層進關係；至「青鳥不傳雲外信，丁香空結雨中愁」，含兩層轉折，先轉從對面著筆，再轉回眼前，虛實結合；末尾「回首綠波三楚暮，接天流」，再由眼前宕開，展示一闊遠之境。既能開闔動盪，又復流轉層深，從而達至整體圓融。

四是凝煉精美。李璟與馮延巳一樣，已擺脫花間詞的穠麗風氣，而更趨精雅，多能語淡情深，言近旨遠。既向律詩學習，又能使其具有詞語特色，如〈浣溪沙〉中的對仗，為人所激賞，正如明王世貞所評：「『細雨夢回雞塞遠，小樓吹徹玉笙寒』、『青鳥不傳雲外信，丁香空結雨中愁』、『無可奈何花落去，似曾相識燕歸來』（按：此聯為北宋晏殊詞語），非律詩俊語乎？然是天成一段詞也，著詩不得。」（《弇州山人詞評》）這兩聯對仗可謂精美中含旖旎，整飭中帶輕靈，的是詞語。

據《釣磯立談》載，李璟「時時作為歌詞，皆出入風騷，士人傳以為玩，服其新麗」，說明李璟詞當時頗為流傳，惜未能多覯。

李煜

李煜（西元九三七—九七八年），字重光，號鍾隱，係李璟第六子。他生於一個很特別的日子：七月七日。美風儀，多才藝，善畫，尤工翎毛墨竹，亦能人物山水。洞曉音律，能自度曲。工書，學柳公權，或謂出於裴休，其書有聚針釘、金錯刀、撮襟諸體，並著有論書法之〈書述〉。又善詞章，《全唐詩》收詩十八首，另存斷句十六則；存文多篇，以〈昭惠周后誄〉、〈卻登高文〉，最為有名。年十八納大周后。馬令《南唐書》載，大周后「通書史，善歌舞，尤工琵琶。……至於采戲弈棋，靡不絕妙」。后尤精通音律，曾主持整理〈霓裳羽衣曲〉遺譜。二人情趣相投，感情甚篤。大周后亡故，復納其妹，為小周后。李煜西元九六一年繼位，是為後主。後主是一個極富才情的風雅文人，但作為南唐國主，治國卻昏聵無能，兼之日夕沉湎歌酒，耽迷聲色，生活奢靡，又好談佛理，在關鍵時刻殺戮忠諫之士潘佑、李平，對宋朝一再忍辱退讓，希圖獲得苟安，保全性命。宋開寶九年（西元九七五年），宋軍圍金陵，兵臨城下，後主欲自焚而終於缺乏勇氣。十一月城陷，肉袒出降，作為俘虜隨宋軍北上，次年正月抵達汴京，白衣紗帽待罪於明德樓下。

李煜被俘至汴京後，即被封以「違命侯」這樣帶侮辱性的稱號，並規定不得與外人交接。雖居於賜第，飲食無虞，甚至每日有酒可飲，有樂伎可供娛樂，但失去了最為寶貴的自由，不能隨意行動，本人不斷遭遇人格侮辱，連心愛的女人也難免遭宋太宗的蹂躪，他已從至尊的君王變而為任人宰割的囚徒，從天堂墮入十八層地獄，以致「終日以淚洗面」。即使在這種情況之下，他也不知審時度勢，設法自保，居然向老臣徐鉉痛哭流涕，長嘆說悔殺了忠臣潘佑、李平，平日則令樂伎唱自作詞「小樓昨夜又東風，故國不堪回首月明中」等等。在宋太平興國三年（西元九七八年）七夕，又命故伎作樂，聲聞於外，宋太宗聞之大怒，賜牽機藥毒殺，卒於次日凌晨，時年四十二。李煜從被俘至暴卒，共兩年半時間。這一時期精神極度痛苦，內心充滿悔恨、懊惱、自責，這一切無可告語，均轉化入詞章。

李煜以詞名家，其詞南宋書目中已有《後主詞集》，亦有與李璟詞合輯之《南唐二主詞》。之後，明、清至二十世紀，《南唐二主詞》版本甚多。經有關學者考訂，確認為李煜所作詞完整者不足三十首，殘缺不全者五首，存疑者若干首。數量雖不多，卻富於創造性，廣為人所愛賞，對後世影響很大。

談李煜的詞，我們仍依慣例，以亡國被俘為界，分為前後兩個時期。這是因為後期相對於前期，無論是情感內容、思想深廣度，還是詞的藝術風貌，都有很大的變化。

李煜前期詞，約可分為四類：

㈠描繪宮廷歌舞宴樂、聲色之娛的享受。如〈浣溪沙〉：

紅日已高三丈透，金鑪次第添香獸，紅錦地衣隨步皺。　佳人舞點金釵溜，酒惡時拈花蕊嗅。別殿遙聞簫鼓奏。

寫自己與嬪妃在宮廷通宵達旦地縱樂，時間只選取「紅日已高」的段落，空間重點放在正殿，因而具有由此及彼、由點及面的聯想效果。描寫重在細節，重在動態，有如一組組活動鏡頭次第相接，讀之令人有親臨其境之感。這裡寫的應是詞人早年生活的一個片斷。又如〈玉樓春〉：

晚粧初了明肌雪，春殿嬪娥魚貫列。笙簫吹斷水雲間，重按〈霓裳〉歌遍徹。　臨風誰更飄香屑？醉拍闌干情味切。歸時休放燭花紅，待踏馬蹄清夜月。

從視覺、聽覺、嗅覺多方面極寫宮廷歌舞晚會之盛大、持續時間之長久以及氛圍的溫馨、熱烈。最後，兼及歌舞晚會結束後的餘興：「歸時休放燭花紅，待踏馬蹄清夜月。」試想，在靜謐的夜晚，在清亮的月光下，諦聽那馬蹄有規律地敲擊著地面發出的得得聲，該是何等的清脆悅耳，感覺是何等的奇妙！詞人在一番熱鬧之後，並沒有曲終人散的傷感，而是在追求另外一種特別的清狂與雅趣。

㈡對男女情愛的大膽抒寫與細膩刻畫。其中有少數代言體，而最精彩最生動的部分是寫他自己的愛情體驗。他對歌舞伎的情戀，特別是相傳為與大周后之妹的幽會都寫得很真切、坦率，且細緻入微。描寫歌舞伎與自己的眉目傳情是「眼色暗相鉤，秋波橫欲流」（〈菩薩蠻〉），形象活脫；寫春暮時刻自己等待伊人歸來，則是「片紅休掃儘從伊，留待舞人歸」（〈喜遷鶯〉），在期待中尤帶有幾分淒美。最傳誦人口的是寫幽會情景的〈菩薩蠻〉：

> 花明月暗籠輕霧，今宵好向郎邊去。剗襪步香階，手提金縷鞋。　畫堂南畔見，一向偎人顫。奴為出來難，教郎恣意憐。

詞從女性的角度描寫一次既提心吊膽又歡洽興奮的幽會，大膽、直率、細膩，且敘事性很強，有環境、地點的交代，有動作細節的描寫，有人物之間的默契，有女子的自白。詞雖短小，卻具有戲劇、小說的某些特色，可謂別開生面。

另外還須特別提及一首〈謝新恩〉詞：

秦樓不見吹簫女，空餘上苑風光。粉英含蕊自低昂。東風惱我，才發一衿香。瓊窗夢□留殘日，當年得恨何長。碧闌干外映垂楊。暫時相見，如夢懶思量。

此詞寫男子對女子之相思。以「秦樓」之「吹簫女」（秦穆公之女弄玉）比喻對方，暗示其出身尊貴，擅長音樂，並暗示自己與「吹簫女」的特殊關係，實有以蕭史（弄玉夫）自喻之意。「不見」，表明已是幽明兩隔，故下面有「得恨何長」之嘆。「空餘上苑風光」，暗示眼前所遊乃皇家園林，以「空餘」帶出物是人非之感。這些都表明此係懷念大周后之作。因此這實際上是一首悼亡詞。詞中之悼亡，以宋代蘇軾〈江城子〉（十年生死兩茫茫）流傳最廣，賀鑄的〈鷓鴣天〉（重過閶門萬事非）亦為人所稱賞，到清代的納蘭性德則達到了一個高峰，但溯其源，用詞這一文體抒寫悼亡之情，當自李煜始。

㈢對離情別恨的抒發。這裡所說的離情別恨已超出男女豔情的範圍，有時表現為對手足分離的憾恨，有時超出具體事件呈現為帶有普遍意義的情緒。前者如〈清平樂〉：

別來春半，觸目柔腸斷。砌下落梅如雪亂，拂了一身還滿。雁來音信無憑，路遙歸夢難成。離恨恰如春草，更行更遠還生。

此詞寫春日念遠，係有感於其弟鄭王李從善使宋被羈留而作。作者觸景生情，寓情於景，以繚亂飛花，象徵自己的心緒不寧，寓示愁情揮之不去。特別是詞末以「更行更遠還生」之春草比喻離恨，突出離恨的無所不在，隨時而發，隨處而生，且暗用「王孫遊兮不歸，春草生兮萋萋」之典，示意對方遠遊未歸。語極淺淡，而情極沉厚。雖係寫兄弟之情，其深切誠摯之處，對朋友、對親人，甚至對愛侶都帶有一種普適性。後者如〈搗練子令〉：

深院靜，小庭空。斷續寒砧斷續風。無奈夜長人不寐，數聲和月到簾櫳。

此係依詞牌填的一首本意詞。通過聽覺寫夜的靜謐，寫砧聲隨風斷續，那獨夜的孤淒懷人情味，便搖漾於這寒砧斷續之中。選取的角度獨特，讀來餘情繚繞。

詞，素來寫男女間的離懷別怨，馮延巳的詞對此已有所突破，開始寫友朋間的離別，如〈歸自謠〉：「寒山碧，江上何人吹玉笛？扁舟遠送瀟湘客。　蘆花千里霜月白。傷行色，來朝便是關山隔。」上舉李煜〈清平樂〉詞則寫兄弟離別相思之情，亦可謂是別開新面。至宋代蘇軾有中秋懷弟子由之〈水調歌頭〉（明月幾時有），則是另外一種風調矣。

(四)題畫詞。李煜詞中有兩首〈漁父〉題於衛賢〈春江釣叟圖〉上：

浪花有意千重雪，桃李無言一隊春。一壺酒，一竿身，世上如儂有幾人？

一櫂春風一葉舟，一綸繭縷一輕鉤。花滿渚，酒滿甌，萬頃波中得自由。

這兩首〈漁父〉詞，都是寫漁父的瀟脫自在之情，或從大處落墨，流露出一份了無牽掛的超然自得，或重在細部描寫，表現出一種任情適性，優遊於天地之間的愜意襟懷。雖是題他人畫作之詞，其中實也隱含有自己早年「思追巢許之遺塵，遠慕夷齊之高義」（《續通鑑長編》載李煜襲位後上表）的情愫，在某種程度上也融合了自己的感受。

兩首題畫詞，為唐五代詞中所僅見，這也是李煜對詞體題材開拓的貢獻。此後宋人多有所作，如蘇軾、秦觀、陸游、辛棄疾、吳文英、張炎等均有題畫之詞，發展至明清，更蔚為大觀。而追索其源，李煜實乃鼻祖。

如果說，李煜前期的詞作主要展示了君王奢靡的逸樂生活片段和風流浪漫的感情體驗的話，則後期的詞作便是以血淚凝成的亡國悲歌。後期的詞作可確定無疑者，尚不足十五首，但首首可寶。

他的悲恨多半通過今昔對比所造成的巨大反差、通過「夢」（詞中凡七見）與現實間的霄壤之別來體現。這時的詞作已超出了前期所寫閨房、庭院、宮廷、苑囿的範圍，而是用大開大闔之筆，抒寫他心靈的重創、深廣的悲憤。出現於筆端的是「故國」、「南國」、「家國」、「山河」、「江山」的遼闊地域，是「往事知多少」、「往事已成空」、「往事只堪哀」的歷史回顧與嘆息，如：

四十年來家國，三千里地山河。鳳閣龍樓連霄漢，玉樹瓊枝作烟蘿，幾曾識干戈？（〈破陣子〉）

金鎖已沉埋，壯氣蒿萊。晚涼天淨月華開。想得玉樓瑤殿影，空照秦淮。（〈浪淘沙〉）

家國山河已然喪失、金陵王氣已沒入蒿萊、美麗的南國已化為夢幻，而伴隨這些回顧的是無盡的深愁長恨，是悲不自禁的淚水，這一點僅從字面使用的頻率也能體察到。在後期詞中，「愁」與「恨」出現七次，「淚」亦出現七次。當然這種無邊愁恨、沉哀巨痛絕不僅僅體現在字面上。試看：

凭闌半日獨無言，依舊竹聲新月似當年。笙歌未散尊罍在，池面冰初解。燭明香暗畫樓深，滿鬢清霜殘雪思難任。（〈虞美人〉）

獨自莫凭闌，無限江山。別時容易見時難。流水落花春去也，天上人間。（〈浪淘沙〉）

這種國破家亡帶來的愁與恨無時不在，無處不在，綿長廣大，簡直充塞於天地之間，令人難以承受，又苦於無可遁逃，惟有酒精的麻醉可暫時忘卻煩憂，前人所載「江南李主務為長夜飲」（見曾慥《類苑》引《翰府名談》），正是他暫求解脫精神痛苦的一法。故〈烏夜啼〉詞說：「醉鄉路穩宜頻到，此外不堪行。」

把歷史的巨變和亡國的悲痛引入詞體，是李煜詞帶有開拓性的貢獻。但李煜詞的開拓性意義，不僅僅在於他把歷史的變遷及其所帶來的心靈苦痛呈現於讀者面前，更在於他把這種個體的感情體驗加以昇華，使其帶有一種普遍意義的哲理性。如：

人生愁恨何能免？銷魂獨我情何限！（〈子夜歌〉）

前一句「人生愁恨何能免」總結的是一般的普遍的規律，人人概莫能外，後一句「銷魂獨我情何限」乃是寫自己的獨特遭遇與感受，我所承受的為什麼要比別人沉重千百倍！但前一句的感受恰是從自己眼前的感受推斷出來，係由個別而上升至一般。又如：

世事漫隨流水，算來一夢浮生。（〈烏夜啼〉）

浮生，指人生短促，世事虛浮無定。語出《莊子・刻意》：「其生若浮，其死若休。」李煜發出這種慨嘆，是在經歷了許多世事及種種挫折、漸漸參透了人生的短暫虛無之後。相對於對往昔對繁華的追憶，對故國的緬懷，這是一種更悠遠的沉思，是在某種特定情況下引發的對生命意識的體悟。後來的蘇軾更有同感，曾在詞中反覆詠嘆：「人生如夢。」（〈念奴嬌〉）

「世事一場大夢，人生幾度涼秋。」「休言萬事轉頭空，未轉頭時皆夢。」（〈西江月〉）又如：

林花謝了春紅，太匆匆。無奈朝來寒雨晚來風。　胭脂淚，留人醉，幾時重？自是人生長恨水長東。（〈烏夜啼〉）

這首詞抒發的是由春暮花殘引發的人生感慨。美好的東西存在的時間太過短暫了！詞人由自然而推及於人事：人生的美好年華亦是如此，人世間的一切美好事物莫不如此，都如東流逝水，一去不返。詞人由自然的景象體悟到了人生短暫的悲哀，體悟到了一切美好事物容易轉瞬即逝的悲哀，因而便有了「自是人生長恨水長東」的悟徹語、憤激語。詞作既顯示出詞人的靈心善感，又顯示出他悲情的博大、深沉。詞人在創作時捨棄了惜花悲己的具體內容，而上升為一種帶哲理性的思考，於是作品超出具體事實，而具有了普遍的意義，在表現上呈現出的是一種大手筆、大氣象，正所謂「賦家之心，包括宇宙」（《西京雜記》引司馬相如語）。因此，我們讀李煜的詞往往超越了它的具體歷史事件，超越了詞人的特殊身分，領略到的是一種帶普遍性的情懷，它超越時空，因而具有恆久的藝術魅力。如反映八年抗戰時期人民苦難的影片，取名為〈一江春水向東流〉，「問君能有幾多愁？恰似一江春水向東流」成為該影片的主旋律，即是最好的例證。還有「別是一般滋味在心頭」、「自是人生常恨水長東」、「離恨恰如春草，更行更遠還生」、「流水落花春去也，天上人間」，都能反映出一種常理與人們共有的心態。

由此可以看出李煜的詞確乎已達致一種前所未有的深邃境界與闊闊氣象，近人王國維對此類作品極為稱賞，並認為是詞史上的一大轉折，其《人間詞話》云：「詞至李後主而眼界始大，感慨遂深，遂變伶工之詞而為士大夫之詞。」確是的評。

李煜的詞幾乎無人不愛，一千多年以後，許多作品依然膾炙人口，這不僅是因為它們表現了一個特殊人物在特定歷史環境中的喜怒哀樂和他的沉思體悟，還由於這種表現有他的獨特之處。除了以上涉及到的大開大闔、哀榮對照、虛(回憶、夢境)實相生等突出特點以外，還需提及的有幾點：

一是率真。王國維曾說李煜「生於深宮之中，長於婦人之手」，「不失其赤子之心」(《人間詞話》)，是符合實際的。他任情率性，沒有深的城府，即使身處險惡的環境中，也缺少「防人之心」，對暗伏的危機，缺少應有的戒備，以致招來殺身之禍。但也正是由於這一點，成就了他的詞作。他的詞乃是至情至性的流露，寫愛情，愛得真摯，愛得熱烈，愛得少有顧忌；寫愁寫恨，沒有掩飾，沒有拘限，任其一瀉千里。以真情勝，故能感人。

二是天然。李煜詞沒有鏤金錯彩，不去雕章琢句，多用白描，不加粉飾，用現在的話說，不用任何包裝。甚至在某些詞的形式上也不刻意追求整飭、合律。但這並不意味著粗糙、俚俗，而是平易中含雅致，淺淡處見深沉。周濟在《介存齋論詞雜著》中曾用了一個非常形象的比喻，說：「毛嬙、西施，天下美婦人也，嚴妝佳，淡妝亦佳，粗服亂頭，不掩國色。飛卿（溫庭筠），嚴妝也。端己（韋莊），淡妝也。後主則粗服亂頭矣。」所謂「粗服亂頭」，即言其不加雕飾，素面朝天，然自是天然國色。前人往往將李煜與李清照並稱為「二李」，是因為二人的詞作有一共同特色，即以淺語蘊深情，於平易中含遠致。二人都善於在日常語言基礎上加工成富有詩意的詞語，這方面實堪稱大師。

三是生動。寫人物神情畢肖，如寫歌舞伎的活潑、俏皮、嬌憨，如〈一斛珠〉：

曉妝初過，沉檀輕注些兒箇。向人微露丁香顆。一曲清歌，暫引櫻桃破。　羅袖裛殘殷色可，杯深旋被香醪涴。繡床斜凭嬌無那。爛嚼紅茸，笑向檀郎唾。

寫她如何點唇化妝，如何對客啟唇唱歌，如何飲酒弄濕了衣袖，酒宴之後如何斜歪在繡床上，面若桃花，帶著朦朧醉意，笑著把嘴裡嚼爛的紅絲線唾向心愛之人，極為細膩傳神，歷歷如在目前。寫人如此，寫景、敘事亦能有聲有色，令人如聞如睹，如寫南國春遊的熱鬧是「船上管絃江面綠，滿城飛絮輥輕塵」（〈望江梅〉），寫宮廷歌舞晚會的盛大是「晚粧初了明肌雪，春殿嬪娥魚貫列」（〈玉樓春〉），寫辭別祖廟時的難堪情景是「最是倉皇辭廟日，教坊猶奏別離歌，垂淚對宮娥」（〈破陣子〉），都極富表現力，特別是能造成一種強烈的視覺衝擊。

四是簡淨。簡淨即善於剪裁，能以少總多，由此及彼。李煜所用詞牌皆為小令，字數最多者為〈破陣子〉，六十二字（明人顧從敬以五十九字至九十字者定為中調，實為無據），最短者為〈望江南〉、〈搗練子令〉，二十七字。因篇幅短小，必須具「納須彌於芥子手段」，一字一句閒不得，須盡可能包含更多更大的信息量。這一點李煜可說很是當行。像「四十年來家國，三千里地山河」（〈破陣子〉），即幾乎概括了一部南唐的歷史；「林花謝了春紅」（〈烏夜啼〉），不僅是眼前所見，也籠括未見的遼闊空間的百花零落，春事凋殘；「雲一緺，玉一梭」（〈長相思〉），只寫人的頭髮色澤和上面的妝飾，便已令人想見其美麗無比。正因為如此，李煜的詞往往能令讀者生發許多聯想，感到韻味悠長。

李煜確乎是詞人中之天才，其詞的藝術高度真是難以企及。近代王鵬運有一段評語，說：「（後主詞）超逸絕倫，虛靈在骨。芝蘭空谷，未足比其芳華；笙鶴遙天，詎能方茲清怨？……間氣所鍾，以謂詞中之帝，當之無愧色矣。」（《半塘老人遺稿》）從其所具天才的角度言，這段誇讚並不過分。我們讀馮延巳的作品，有時難免會有類型化的感覺，但李煜的每一首詞，都頗獨特，不會令人產生重複之感。他的每一次感觸都是新鮮的，他的每一次表現也是新鮮的。惟其新鮮，故饒詩意，惟其新鮮，故能引人入勝。

南唐馮延巳及李璟、李煜父子，治國治世，可謂平庸甚或昏聵，但文學藝術方面特別是詞的創作卻表現出驚人的才能，取得了驕人的成績。雖然詞作數量不多，總計僅存一百五十首左右，但對後人的創作卻產生了重要的啟迪作用。他們的詞作，雖然仍部分承繼了「花間詞派」寫男女情愛的傳統題材，但有的已注入了新的情感因素，使這類詞作帶有了多重的含義，啟發了後世詞人對比興寄託藝術方法的運用，借男女哀樂「以道賢人君子幽約怨悱不能自言之情」。特別值得提出的是，馮延巳的風雅之詞直接影響著當世與北宋士大夫詞人的創作，對晏殊、歐陽脩的影響尤深，正如清馮煦所云：「鼓吹南唐，上翼二主（中主、後主），下啟歐晏。」（《唐五代詞選・敘》）李煜詞特別是後期詞的自抒情懷，更開啟了後世蘇、辛等直抒胸臆的法門，當然由於時代、遭遇不同，性情、學養有異，後人已是另具面貌。對南唐詞的歷史地位，汪東有一頗為中肯的評價：「唐五代詞勝處，溫醇蘊藉，後世所不能至。若夫窮其末流，或稍涉輕豔。宋人恢張其體，始極頓挫瀏亮之觀，而承先開後，以為旋運者，則南唐後主與正中是也。」（《唐宋詞選》評語）

南唐詞壇，既有二主、重臣倡導於上，必當有唱和於下者，惜未得多覯，惟偶見零珠散玉，如直諫之臣潘佑之斷句、武將盧絳之〈菩薩蠻〉，今併錄之於後。

關於本書編撰的幾點說明：

(一)本書主要作家依時代先後次序排列。

(二)本書所錄作品，係採用當今流傳較廣搜羅較富之張璋、黃畬所編之《全唐五代詞》（馮延巳詞主要採用王鵬運四印齋本《陽春集》，李璟、李煜詞主要採用王國維輯補本《南唐二主詞》），但由於南唐馮延巳和李璟、李煜詞中混入了不少西蜀詞人和宋代詞人作品，故同時參考其他有關著作（詳見本書後所列「參考文獻」），斟酌去取。凡已確定無疑非二李、馮作者，不錄；凡有疑義者均在「研析」一欄內作出簡要說明。對作品文字其他各版本有參差相異者，亦加參考，偶有調整。

(三)本書所錄詞作，均為較成熟之詞之體式，對七絕體之〈柳枝詞〉、〈水調詞〉、不屬抒情詩範圍而言仙道的〈步虛詞〉及應景的酒令著詞，均不錄，凡失調名之斷句而無法探明其意者，亦不錄。

(四)所錄詞作，均有「詞牌」簡介，凡遇同一詞牌有多首詞作者，只於第一次出現時介紹其來源、體式及重要特點。如遇另一作家使用同一詞牌時，則注明見某詞「詞牌」介紹。如遇調名相同而體式實有異者，亦作出說明。

(五)書中涉及之術語：

平韻格，指全詞押平韻者，如〈臨江仙〉、〈采桑子〉。

仄韻格，指全詞押仄韻者，如〈鵲踏枝〉、〈玉樓春〉、〈謁金門〉。

平仄韻轉換格，指先押平韻、後轉押仄韻，或先押仄韻、後轉押平韻者，如〈清平樂〉、〈菩薩蠻〉、〈虞美人〉。

闋，本係音樂名稱，古代音樂演奏終止稱「樂闋」。凡雙調詞，前段以「上闋」稱之，後段以「下闋」稱之。

對仗，指兩句平仄、詞性相對的句子，如「雲杳杳，樹依依」、「待月池臺空逝水，蔭花樓閣漫斜暉」（一三字平仄一般可不論）。

同聲對，指兩句平仄相同的對仗，如「日融融，草芊芊」、「金波遠逐行雲去，疏星時作銀河渡」（一三字平仄可不論）。

仄起，沿用格律詩名稱，指五、七字句第二字為仄聲者。

平起，沿用格律詩名稱，指五、七字句第二字為平聲者。

疊韻，指上下相連兩句押同一韻字者，如「紅滿枝，綠滿枝」。

疊句，指兩句相重疊者，如「春色，春色」、「南浦，南浦」。

拗律，借用格律詩用語，指與平平仄仄相間的和諧音律相違者，如平仄平（如「何時聞馬嘶」後三字）、仄平仄（如「還與韶光共憔悴」後三字）等均是。

本書的撰寫，既對前人研究成果有所參考，亦融入了個人研讀的心得體會。由於水平所限，錯訛不妥之處，在所難免，尚祈讀者賜正。

劉慶雲

二〇〇九年八月於福州雙柳居

馮延巳

鵲踏枝

梅花❶繁枝千萬片，猶自多情，學雪隨風轉。昨夜笙歌容易散，酒醒添得愁無限。

樓上春山寒四面，過盡征鴻❷，暮景煙深淺。一晌❸憑闌人不見，鮫綃❹掩淚思量遍。

【詞牌】〈鵲踏枝〉，唐教坊曲名。又名〈蝶戀花〉（宋晏殊採梁簡文帝蕭綱〈東飛伯勞歌〉詩句「翻階蛺蝶戀花情」句改名）、〈黃金縷〉、〈捲珠簾〉、〈鳳棲梧〉、〈明月生南浦〉、〈一籮金〉等。六十字，雙調，上下闋各五句，四仄韻，為仄韻格。萬樹《詞律》卷九列名〈蝶戀花〉，以馮延巳（誤作張泌）詞「六曲闌干偎碧樹」為正體，列「又一體」一；《詞譜》卷十三列名〈蝶戀花〉，列正體一（舉例同《詞律》），「又一體」二。

【注　釋】❶梅花　按詞律第二字應為仄聲（馮延巳作〈鵲踏枝〉十四首，餘十三首均此），故有的版本「梅花」作「籬落」（如杜安世《壽域詞》），有的作「梅落」（如俞陛雲《唐五代兩宋詞選釋》、葉嘉瑩《宋詞十七講》）。❷征鴻　飛雁。❸一晌　指示時間之詞。或指多時，或指暫時，此處指多時。❹鮫綃　鮫人所織之絲絹。據《博物志》、《述異記》載，鮫人居水中，泣淚成珠，所織綃曰「鮫綃」，入水不濡（沾濕）。

【語　譯】繁枝上的梅花飄落千萬片，卻還如此多情，學著雪花隨風飛轉。回想昨夜笙歌宴會，輕易地離散，酒醒之後，添得愁懷無限。　樓上四面青山環繞，春寒料峭；飛雁過盡，杳無音信，暮色來臨，煙靄淺淺深深。久久依倚闌干，那人卻始終未見，用鮫綃擦拭淚痕，思來想去，千回百轉。

【研　析】馮延巳填〈鵲踏枝〉詞十四首，此其一。這首詞寫一種單相思，但其內涵似乎又不止於男女之情。詞一開始從眼前景物著筆：「梅花繁枝千萬片，猶自多情，學雪隨風轉。」第一，它表明季候是早春時節；第二，寫落梅用擬人手法，重在神采，「猶自」，顯示其性情的摯著，「多情」，顯示其靈魂的美麗，這也是主人公對情感的執著追求的一種折射；第三，雖然梅花「猶自多情」，但它的零落，畢竟是無法挽回的，因此內中含有對美好事物終將失去的惋惜，故由此興發出對人事的感嘆，正是所謂「比而興」也。「昨夜笙歌容易散」乃回憶之辭。不僅自然界的美好事物容易消失，人事中的愜心滿意場景也不持久，昨夜在音樂的奏鳴聲中、在青春少女的美妙歌聲中所舉行的宴會是何等熱鬧，傳杯勸盞又是何等歡愉，怎麼一下子就消失了呢？好花易落，歡娛恨短，故酒醒之後，今昨對比，令人惘然若失，只是「添得愁無限」了。

前面所見、所憶、所思，發生在什麼場景？下闋的開頭一句「樓上春山寒四面」回答了這一問題，是她在佇立樓頭之時。這一句承上啟下，既交代地點，又把梅花飛雪的空間更加拓展。雖然惘然若失，仍滿懷期待。她舉目四望，所見皆「春山」也！她被山所包圍，她有一種受擠壓、被閉鎖的感覺；不惟如此，似乎這四面的山，還夾帶著早春的寒氣向她襲來，其心情的淒苦冷寂可想而知。但她沒有放棄，她在苦苦等待。抬頭仰視天空，雁陣正在向北移動，昔有鴻雁捎信之說，那飛雁也許會帶來令人欣喜的信息，然而等到「過盡征鴻」，依舊消息杳然，而這時已是「暮景煙深淺」了。暮靄籠罩遠山、樹林和近處園庭、花草，遠深而近淺，已是一片蒼茫。由此可知，她倚樓佇立已有一個很長的時間段：她看到梅花的飄落，應該是昨夜酒醒之時，晨起之後，整個白天，她都在樓上盼望、等待，直至暮色來臨。她的執著，她的堅貞，是從時間的流逝中透露出來的。詞的結尾，先推出這一追求、等待的悲劇性結局：「一晌凭闌人不見。」「一晌凭闌」，乃是對前面行動的總結，「凭闌」是對「樓上」的補充，可知所見所思，皆凭闌發生之情事，從詞的結構而言，採取的是一種倒敘的手法，又能前後呼應。「人不見」，明示她的初衷（欲見其「人」）和結果（不見其「人」）的尖銳對立矛盾，這使她深感痛苦。下面的「鮫綃掩淚」的行為，便是其內心痛苦的外化。全詞並沒有對主人公形象作直接描繪，但我們從其所用「鮫綃」的精美，可以想見其人之美麗、高貴，而「掩淚」的動作帶有幾分矜持，不同於平民女子的號啕大哭，很符合她那高貴的身分。這裡如果僅僅只寫她如何痛苦，還顯不足，故詞人又進而寫她「思量遍」，要探索究竟何至如此呢？於是，期盼、追求、探索，便構成了全詞的情感鏈接。

詞雖是寫相思，似又超出相思之外。她對自然與人事的感受，不就蘊含著一種瞬間與永恆、有限與無限的哲思麼？她對情感的熱烈期待、摯著追求，不是體現出一種堅忍不拔的精神麼？它的魅力正在於沒有讓讀者僅僅停留於相思的表層意，而是能引發人的某種聯想，具有一種興發感動的力量。

鵲踏枝

誰道閑情❶拋擲久！每到春來，惆悵還依舊。日日花前常病酒❷，敢辭❸鏡裡朱顏瘦。

河畔青蕪❹堤上柳，為問新愁，何事年年有？獨立小橋風滿袖，平林❺新月❻人歸後。

【注　釋】❶閑情　閒暇之中無端從心頭湧起的一種情緒。❷病酒　因飲酒過量而不舒服。❸敢辭　豈敢辭卻。敢，別本作「不」。❹青蕪　草青且茂。白居易〈東坡秋意〉詩：「瘦馬踏青蕪。」❺平林　平遠的樹林。李白〈菩薩蠻〉詞：「平林漠漠煙如織。」❻新月　指上弦月。

【語　譯】誰說閒情已久久拋擲一邊！每當春日來臨，惆悵情緒依然。日日花前痛飲以致常常病酒，不惜看鏡中豐潤容顏消瘦。

河邊青草繁茂，堤上綠柳垂條，要追問那新愁，為何年年都有？獨立小橋，寒風滿袖，直到新月照臨樹梢，路上行人已歸之後。

【研　析】此詞寫一種難以名狀的哀愁。詞中抒情主人公的性別沒有特指，因此我們不妨將它看作是詞人自己的內心獨白。詞之發端破空而來，一上來即用一反詰語：「誰道閑情拋擲久！」具有很強的感情震撼力，這是盤旋已久的一種感情噴發，故梁啟超認為它是「文前有文，如黃河伏流，莫窮其源」（《陽春集箋》引）。「誰道」二字，實是對「閑情拋擲久」的一種否定。原本有「閑情」，原本欲「拋擲」，原本很長時間欲「拋擲」，然而一切努力都是徒勞。何以見得呢？那就是「每到春來，惆悵還依舊。」它「剪不斷，理還亂」。為了這份揮之不去的「惆悵」，這種依稀彷彿似隱含希冀又似惘然若失的心緒，我甘願為它付出啊！「日日花前常病酒，敢辭鏡裡朱顏瘦。」我每天在花間痛飲，哪怕是「常病酒」、哪怕是「朱顏瘦」，也在所不惜。為什麼在花前而不是別的什麼地方痛飲呢？因為那絢麗的春花，容易轉瞬即逝，就如同人的美好年華容易流失一樣，應當趁她盛開的時候，盡情地欣賞它那鮮活的生命。這兩句既表現出一種摯著的殉身精神，正如陳廷焯所評：「始終不渝其志，亦可謂自信而不疑，果毅而有守矣。」（《白雨齋詞話》卷一）又隱約含有一種對生命意識的感悟。

下闋開頭「河畔青蕪堤上柳」，是景語，是起興。河畔那一片望不到邊的繁茂青草，堤上迎風搖曳的翠柳，它的蓬勃，它的無垠，又觸發了我的「新愁」。為何蓬勃的春景會觸發新愁呢？那春的來臨對於大自然來說是一種無盡的循環，而對於人來說，當另一個年頭的開始，便宣示著過往歲月的結束，它沒有循環，年光不再倒流，因而人生追求的機會只能是愈來愈少。當然這裡說的並不一定是詞人的顯意識，但是為什麼「每到春來，惆悵還依舊」呢？想來和這樣一種潛藏的意識有關。下面「為問新愁，何事年年有」這一詰問是就前面的情感抒發作進一步的強調。前面的「依舊」，包含過去和現在，此處的「新愁」是在和過去的對比中更強調現在，更強調眼前；「年年有」，呼應未曾「抛擲久」，呼應「每到春來」。由「閑情」到「惆悵」到「新愁」，是一種層進的寫法，顯示出一種由朦朧而漸趨明晰的情感流程。但它們又無一例外地都很抽象，其潛在的內蘊有待讀者去挖掘，其留下的空白有待讀者去補充。此詞至結尾，才展現出抒情主人公的身影：「獨立小橋風滿袖，平林新月人歸後。」這個人獨立於小橋之上，由於周圍的河流、堤畔、平林的廣闊空間的映襯，使他顯得更為孤獨。他在孤獨地承受著寂寞，孤獨地品嘗那春愁的痛苦。兼之寒風灌滿襟袖，人更覺淒冷。他的「獨立」，一直到新月臨空，人歸沉寂之後，可見時間之漫長，其愁情之深沉，愁情之難以開解，亦由此可想而知。從詞的結構來說，這首詞用的也是一種倒敘的方法，前面呈現在筆端下的紛繁思緒，皆「獨立小橋」沉吟時之感觸。

這首詞傳達的是一種始終無法排解的哀愁、一種隱然的對生命的嘆息和獨自默默地承受這份痛苦的精神。馮延巳詞的特點之一，是他寫的東西難以指實，但又能讓你感受到某種情感的動盪回旋。這首詞亦是如此。

鵲踏枝

秋入蠻蕉❶風半裂，狼籍池塘，雨打疏荷折。繞砌蛬聲❷芳草歇，愁腸學盡丁香結❸。

回首西南看晚月，孤雁來時，塞管❹聲嗚咽。

歷歷前歡無處說，關山何日休離別。

【注　釋】❶蠻蕉　南方的芭蕉。❷蛩聲　蟋蟀的鳴叫聲。❸丁香結　丁香花蕊。寓固結不解之意。唐李商隱〈代贈〉詩：「芭蕉不展丁香結，同向春風各自愁。」❹塞管　指羌笛。

【語　譯】秋季來臨，南方的蕉葉被西風吹裂，池塘雜亂，稀疏的荷花被秋雨摧折。繞階蟋蟀鳴叫，是處芳草衰歇，愁腸百轉，似學丁香結。　回頭向西南看夜間秋月，孤雁南飛時，聽到羌笛聲音嗚咽。往日歡愉情景還很分明，現在卻無處訴說，何日不再關山遠隔，休要有離別。

【研　析】此詞寫秋日離情，相對於其他詞作，顯得較為醒豁。詞的上闋寫白天所見所聞：秋風、秋雨、秋聲，半裂蕉葉、狼藉殘荷、周遭衰草，繞砌蛩聲，它們訴之於視覺、聽覺，不僅展現出一幅蕭颯淒涼的圖畫，也令人感到有一股秋日的肅殺之氣，把一些美好的東西（翠葉、紅荷、芳草），都給破壞了。宋玉〈九辯〉云：「悲哉秋之為氣也，蕭瑟兮草木搖落而變衰。」此段筆意頗似之。所描繪的空間則由遠而近，由陸地而池塘而臺階，給人以「是處紅衰翠減，冉冉物華休」（柳永〈八聲甘州〉）之感。面對如此衰瑟的景物、如此慘淡的秋光，會產生怎樣的情懷？深秋的衰象，很容易使人聯想到個體生命盛極而衰的景況，年光流逝迅疾若此，因此憂從中來，故上闋末尾以「愁腸學盡丁香結」總寫其情。百結愁腸，以「丁香結」喻其難以開解，既優美，又形象。連接語不用「恰似」、「宛若」，而用「學盡」，便帶擬人特點，顯得頗為靈動。丁香，夏季開花，「丁香結」非眼前景，在此處係用作喻體。

上面寫白天，以下轉寫黃昏時刻。「回首西南看晚月」，與其〈清平樂〉詞所寫「黃昏獨倚朱闌，西南新月眉彎」應屬同一時段，因此所見乃是新月，即月初之彎月、缺月，而非圓月。主人公面對缺月，心中難免會生出些許遺憾。而此時的寒涼夜空，又突然傳來南飛孤雁淒厲的叫聲和羌笛如泣如訴的嗚咽聲，兩種悲切聲音的交織，不僅打破了入夜時的寧靜，更構成一種悽愴的環境氛圍，對於本懷憂愁的主人公來說，無異於雪上加霜，進而引發出難以遏止的傷離念遠情懷。詞的結尾直抒胸臆：「歷歷前歡無處說，關山何日休離別。」往日的歡愉猶歷歷在目，不說重溫舊情，就是連向人訴說的機會都沒有。絮叨美好的往事，也是釋放相思之苦的一法，可是遭遇的卻是無可訴說的孤苦境地。同時，又進一步生發出一種熱烈的期盼：不要有關山阻隔，休要有「離別」。但這畢竟只是內心的憧憬，是主觀的美好願望，當主人公回到眼前的現實時，終於發出了「何日」的疑問，又使這期待變得十分渺茫，使人的心境籠罩上一層濃重的悲涼。

此詞從寫秋景入手，以離情作結，純用白描，慘淡中帶蒼涼，寥落中帶疏闊，別具一種意境，故葉嘉瑩以為此詞「能給予讀者一種並不為景物所拘限的時序驚心、眾芳蕪穢的對整個人生之悲慨的聯想」（引自《南唐二主暨馮延巳詞傳》）。

鵲踏枝

花外寒雞❶天欲曙，香印❷成灰，起坐渾無緒。檐際高桐凝宿霧，捲簾雙鵲驚飛去。　屏上羅衣閑繡縷❸，一晌❹關情，憶遍江南路。
夜夜夢魂休謾語❺，已知前事無尋處。

【注　釋】❶寒雞　指清晨寒冷時之雞啼。劉伶〈北邙客舍〉詩：「寒雞思天曙，擁羽吹長音。」❷香印　香上印有圖紋或文字，燃燒後，灰燼仍留存圖紋、字跡。❸閑繡縷　懶拈針線刺繡。閑，此處含止息意。❹一晌　指片刻。❺謾語　胡說。

【語　譯】庭花遠處寒雞啼鳴，曙色將露，爐中香印成灰，起坐全無情緒。簷際高桐夜霧未散，捲起窗簾，樹上雙鵲驚惶飛去。　屏風上懸掛綢緞衣裳，懶於拈針刺繡，片刻牽情所歡，回憶遍及江南路。夜夜夢魂休說胡話，已知從前歡事無尋覓處。

【研　析】此詞寫閨中怨婦憶舊。她曾擁有美好的過去，但過去只會偶爾在夢中縈迴。詞從「天欲曙」時寫起，「花外寒雞」打破夜的沉寂，也使自己夢斷高樓，此時室外寒氣襲人，室內印香灰冷，襯托出心境的淒涼，故「起坐渾無緒」。「無緒」二字，暗伏下闋的種種不如意事。隨著時間推移，天已大亮，可是「檐際高梧凝宿霧」，昨夜的霧延續到今晨，依然濃重。用一「凝」字，有化解不開之意。霧的迷濛，映襯著心緒的迷惘。下面一句「捲簾雙鵲驚飛去」，乃是一種反襯，鵲尚可雙宿雙飛，人卻只能孤眠獨宿，又平添幾分傷感。

上闋主要以景襯情，融情入景。下闋轉為抒情，先用「屏上羅衣閑繡縷」，表現自己的「渾無緒」，但自己對過去的賞心樂事總是難以忘懷：「一晌關情，憶遍江南路。」片刻間，就把過去發生在江南路的種種情事都回想過了。如果說，這裡寫的是一種難以割捨的情感狀態的話，那麼結尾的兩句「夜夜夢魂休謾語，已知前事無尋處」，則上升到了一種理智的判斷。自己已然醒悟：此情惟可成追憶，今日思量已惘然！即使夜夜向夢中追尋，對那人款款深情，溫存軟語，都將是白搭，因而提醒自己：不要再胡言亂語了！因為，從前的歡樂再也找不回來了。

詞中寫的是一種舊歡不再的絕望情思，帶有濃重的悲劇性質和清醒的理性判斷。詞意似別有寄託。俞陛雲《唐五代兩宋詞選釋》認為：「南唐末造，馮蒿目時艱，故以愁羅恨綺之詞，寓憂盛危明之意耳。」

鵲踏枝

叵耐❶為人情太薄，幾度思量，真擬渾拋卻。新結同心香❷未落，怎生❸負得當初約？

休向尊前情索莫❹，手舉金罍❺，憑仗❻深深酌。莫作等閑❼相鬬作❽，與君保取長歡樂。

【注　釋】❶叵耐　不可容忍；可恨。❷同心香　兩心相結形狀的香。❸怎生　怎麼；如何。❹索莫　冷漠；無生氣。❺金罍　以金為飾之酒器或銅製之酒器。❻憑仗　依賴。❼等閑　平常。❽鬬作　戲耍。

【語　譯】可恨他為人情義太薄，思量再三，真想把情意全都拋卻。焚香結拜同心，如今香爐未落，如何能辜負當初盟約？　面對酒宴，且放開懷，休要冷漠。手持金罍，憑仗大氣，滿斟深酌。不要看作是尋常兒戲，要與君保取長久歡樂。

【研　析】此詞通篇情語，寫出一種極為矛盾複雜的心態和應對情變的靈活精神。上闋圍繞「人情太薄」四字展開。起首一句「叵耐為人情太薄」，似很突兀，實是從千回百折中來。事情的原委是，在「新結同心香未落」時，對方已經「負得當初約」，主人公沒料想到對方變心竟然如此之快，很有點出人意料，尤令人感到憤慨，故有「怎生」的質問與責難。薄情如此可惡，使自己原來的感情都動搖了，真想放棄算了。雖然只有寥寥數語，可以說已把那種恨愛交加的複雜心理寫得力透紙背。

前面說對自己的那份癡情「真擬渾拋卻」，那只不過是氣憤之極的一種內心活動，從根本上說，仍是無法割捨的。故在詞的下闋寫她決心挽回這份情感。雖然內心悲苦，仍在酒宴上強作歡顏，絕不作「索莫」之態，反而顯得有幾分坦然，在人前舉杯深酌，來表現自己的寬解與深情。「手舉金罍，憑仗深深酌」，與韋莊〈菩薩蠻〉詞「尊重主人心，酒深情亦深」之表意相似。詞中沒有明說對方感情何以淡薄，追溯其原因當是心中別有所繫，因此這樣做，乃是一場感情的爭奪戰，是要把對方的感情再從別處拉回來，豈可等閒視之！所以說「莫作等閑相關作」。當然其最終目的是希望「與君保取長歡樂」，那是一種對天長地久的情愛的嚮往。

意外、失望、痛苦、憤怒，幾乎準備破罐子破摔，然而主人公意識到「小不忍則亂大謀」，轉而為隱忍，坦然面對，設法改變現狀，以圖扭轉局面。這似乎是寫一種失戀時的自救，但它包含了一種應對人生、世事變故的可貴經驗。

此詞用語率直，主人公敢恨敢愛，顯得潑辣而有主見，帶有民間詞的特點，與馮延巳其他詞作的風格迥然不同。丁壽田等認為此詞似別有寄託，謂由舉杯深酌，可以想見「一種沉鬱潦倒之神態」，「最後『與君保取長歡樂』一語，悲在言外，尤為沉著」（《唐五代四大名家詞》），錄之以備一說。

鵲踏枝

蕭索清秋珠淚墜，枕簟微涼，展轉渾無寐。殘酒欲醒中夜❶起，月明如練❷天如水。

階下寒聲啼絡緯❸，庭樹金風❹，悄悄重門閉。可惜❺舊歡❻攜手地，思量一夕成憔悴。

【注　釋】❶中夜　半夜。❷練　煮練過的潔白熟絹。此指白色。❸絡緯　蟲名。多棲於草間，至秋則鳴，聲如紡線，俗稱紡織娘。❹金風　秋風，因秋季按五行說屬金。❺可惜　可痛。❻舊歡　昔時情人。

【語　譯】蕭索的淒清秋日，淚珠頻墜，枕簟之上，感到微涼，輾轉反側，全無睡意。殘酒將醒，半夜披衣而起，只見月明如練，夜空如水。

階下絡緯，寒夜啼聲慘淒，秋風吹著庭樹，寂靜中重門緊閉。可痛的是憶念舊歡攜手地，一夜的思量使人變得憔悴。

【研析】詞寫閨中婦女秋夜懷人。俞陛雲《唐五代兩宋詞選釋》稱此詞「寫景句含婉轉之情，言情句帶淒清之景，可謂情景兩得」，所言極是。從寫景言，先說「蕭索清秋」，點明季節，「蕭索」二字，乃白天所見景物之總印象，已是景中帶愁；繼寫清秋夜晚氣候「微涼」，復增淒冷；再寫窗外「月明如練天如水」之空明闊遠景象，反襯出孤獨情懷。這裡主要從視覺、感覺、觸覺著筆。轉至下闋則主要從聽覺來寫，以絡緯聲、秋風聲、樹葉沙沙聲寫夜的淒清，以動寫靜，更渲染出那「重門閉」的閨閣靜謐和閨中人寂寥哀怨的心情。從言情說，先寫其「珠淚墜」，以突出其內心的痛苦，準確地說，應該是從入夜前寫起，她因心緒不佳，曾借酒澆愁，由下面「殘酒欲醒」的描寫可知；接寫她因愁、也因天氣「微涼」而「無寐」，因酒醒而「中夜」起望遙天明月、聽絡緯秋風，最後點明「思量一夕」，可見一夜無眠。一夜無眠，所思為何？是「舊歡攜手地」。昔時與愛侶並肩攜手，何等親密！共度良辰，何等歡愉！今之秋夜獨宿，又是何等悲戚！「思量一夕成憔悴」，一夜的情感折磨使主人公的形容起了這麼大的變化，這一傷痛的分量真是非同尋常！

詞中寫景敘情，純用白描，於清疏之中寫出一種情感的境界：親密的關係已成過去，如今惟剩思量、回味，因而深感失落、傷悲。從表面上來看，是閨人口吻，細加體察，又似「傷心人別有懷抱」。

鵲踏枝

煩惱韶光❶能幾許❷，腸斷魂銷，看卻❸春還去。祇喜牆頭靈鵲❹語，不知青鳥❺全相誤。

心若垂楊千萬縷，水闊花飛，夢斷巫山❻路。開眼新愁無問處，珠簾錦帳相思否？

【注　釋】❶韶光　春光。❷幾許　多少。此處偏重於不多。❸看卻　看得。卻，動詞詞尾。❹靈鵲　喜鵲。俗傳牠會報喜。❺青鳥　《藝文類聚》引《漢武故事》云：「七月七日上午承華殿齋正中，忽有一青鳥來集殿前。上問東方朔。朔曰：『此西王母欲來也。』有頃，王母至，有二鳥如烏，夾侍王母旁。」後詩詞中常將青鳥作為傳遞消息的信使。❻巫山　用巫山神女與楚王幽會故事以喻愛情。宋玉〈高唐賦序〉：「昔者先王嘗游高唐，怠而晝寢，夢見一婦人，曰：『妾巫山之女也，……願薦枕席。』王因幸之。去而辭曰：『妾在巫山之陽，高丘之阻，旦為朝雲，暮為行雨，朝朝暮暮，陽臺之下。』」

【語　譯】春光剩有多少，令人十分煩惱，腸斷魂失，看到春光還在流逝。只有靈鵲啼鳴教人心生歡喜，卻不料青鳥耽誤了傳遞信息。　心思如同垂楊千絲萬縷，春江水闊，花事飄零，兩情繾綣的美夢卻被驚醒。眼見春歸，引惹新愁，竟無處可以問訊，共度良宵的珠簾錦帳，可還在心上迴縈？

【研析】此為閨婦春暮懷人之詞。通過時間的流逝和空間的阻隔寫出「腸斷魂銷」的痛苦情懷。春光剩下不多，還在日復一日地流逝，對此怎不令人生出遲暮之感呢？那搖盪的萬千條垂楊、那隨風飄舞的落紅，既是眼前景物，是「春還去」的具體描寫，也是女主人公心思紛亂、情緒低落的象徵。她和所思念之人的空間阻隔除了「水闊」二字外，都是從側面著筆：或託之於青鳥不來：「祇喜牆頭靈鵲語（此句之「喜」只是一種虛無的陪襯），不知青鳥全相誤。」或託之於虛幻的夢境：「夢斷巫山路。」或託之於他人：「開眼新愁無問處。」正是這種時間流逝中的遙相阻隔，使她感到青春虛度，愁似垂楊千萬縷。而令她最不能放心的是不知他「珠簾錦帳相思否」。「珠簾錦帳」，多麼美好的陳設，那是當時兩情相悅的溫馨愛巢，他是否和我一樣把過去的那份歡情放在心頭？他是否對我還保有那份愛戀的情愫？也許這份懸念比眼前的分離更令她牽腸掛肚。如果對方沒有忘卻，儘管相距迢遙，暫時不能聚首，但尚可後會有期！全詞在懸念中結束，情思悠悠不盡。

此詞重在心理刻劃，一氣盤旋（由傷春進而盼信，進而入夢，再進而問訊）；景物描寫，虛實結合（「靈鵲」為實，「青鳥」為虛，「水闊花飛」為實，「垂楊千萬縷」（以喻體出現）為虛）；用語白描為主，同時用了青鳥、巫山的典故，以增強其表現力。傳情達意，婉轉靈動，韻致悠長。

鵲踏枝

霜落小園瑤草❶短，瘦葉和風❷，惆悵芳時❸換。懊恨年年秋不管，朦朧如夢空腸斷。　獨立荒池斜日岸，牆外遙山，隱隱連天漢❹。忽憶當年歌舞伴，晚來雙臉啼痕滿。

【注　釋】❶瑤草　香草。杜甫〈贈李白〉詩：「亦有梁宋游，方期拾瑤草。」❷瘦葉和風　枯葉隨風飛舞。和，帶。❸芳時　花盛時節。❹天漢　天上銀河。魏文帝〈雜詩〉：「天漢迴西流。」

【語　譯】寒霜降落小園，香草變得短小，枯葉隨風飄蕩，芳時已換，令人惆悵。滿懷懊惱悔恨，年年秋都不管，朦朧如夢，徒然為之腸斷。　夕陽西下，獨立荒蕪池邊，樓牆外的遠山，隱隱連著天空河漢。忽然憶及當年歌舞伴，夜晚來臨不禁淚流滿面。

【研　析】詞寫悲秋情思，中含昔盛今衰之感。詞從描寫白天所見景物入手，只突出霜降之後的庭園草短、西風葉瘦，而百卉凋零、萬木枯萎的蕭索之狀，已置人眉睫之前矣。以眼前的蕭索、生命力枯竭的景象與「芳時」的明媚、生氣勃勃對照，能不令人感到「惆悵」若失！正是「遵四時以嘆逝，瞻萬物而思紛，悲落葉於勁秋，喜柔條於芳春」（陸機〈文賦〉），但詞中主人公的傷情還有更深層的內蘊。面對外部世界的盛衰之變，內心固然敏感到「流年暗中偷換」（蘇軾〈洞仙歌〉）。然而還不止於此，流失的不僅僅是時間，更有某種難以言明的失落，因而懊惱悔恨。這種懊惱悔恨不是一時半刻的，而是年年都有。我「年年」秋日都有「懊恨」，可是「秋不管」，把這份情緒的揮之不去，怪罪於無知之「秋」，本為無理，卻自有情。如果說前面的「惆悵」側重表現的是一種若有所失的情緒的話，那麼「懊恨」則為更深一層的內心痛苦，但它卻「朦朧如夢」，難以言說，惟是令人「空腸斷」而已。上闋觸物興感，由眼前「芳時換」引發的「惆悵」而回溯到「年年」的「懊恨」，則見此情之綿綿不絕。這種情感糾結於心，剪不斷，理還亂，和他的另一首〈鵲踏枝〉所寫「誰道閑情拋擲久！每到春來，惆悵還依舊。……為問新愁，何事年年有」極為相似，而此詞曰「腸斷」，則沉痛更有過之。

至過片「獨立荒池斜日岸」承上啟下，點出主人公的所在方位，則上面所寫之秋景秋感皆係「獨立荒池」岸所發生之情事。看來主人公已獨立多時，以致太陽已經西斜。寫池塘之景只用一「荒」字形容，令人想見殘荷、水草之狼藉。將這句與上闋所寫秋景聯繫，很容易使我們想起唐代劉長卿寫的「秋草獨尋人去後，寒林空照日斜時」（〈長沙過賈誼宅〉）的意境。隨著時間推移，夜幕降臨，主人公的視線轉向「牆外遙山」，而遙山恰與遠天的銀河相接。空間如此遼闊，更映襯出自己的孤單。這時主人公「忽憶當年歌舞伴」，想起當時的華燈酒宴，輕歌曼舞，好生熱鬧，而今卻是風流雲散，令人深感聚散匆匆，人生無常，不禁悲從中來，淚流滿面，最後將一個「雙臉啼痕滿」的特寫鏡頭推到人的眼前。前面說的「朦朧如夢」的「懊恨」，當也與這種難以言說的孤獨感、失落感有關。「忽憶當年歌舞伴」一句，從表面上看，是在示意詞中主人公乃歌兒舞女，但在這裡我們不妨看作是詞人借他人酒杯，澆自己塊壘。

詞中所寫節序驚心，傷秋憶昔，實含有一種對人生易逝、人事多憾的感悟與悲憫。這首詞與「獨立小橋風滿袖，平林新月人歸後」等等描寫一樣，寫主人公的「獨立」，寫其獨立時間之長，由「斜日」至「天漢」懸空，凸現出一個佇立沉思的抒情主人公的形象，其思緒便在這種狀態中氤氳彌漫、層層深進。這正是馮詞的一大特點。

馮延巳的這類詞作，創造的是一種情感的意境，往往能引發人的某種聯想，故陳秋帆認為：「含思淒婉，似別有懷抱者。」（《陽春集箋》）

鵲踏枝

芳草滿園花滿目，簾外微微，細雨籠庭竹。楊柳千條珠㲯𣰽❶，碧池波縐鴛鴦浴。

窈窕人家顏似玉，弦管泠泠❷，齊奏雲和曲❸。公子歡筵猶未足，斜陽不用相催促。

【注　釋】❶㲯𣰽　下垂貌。❷泠泠　清越的聲音。白居易〈廢琴〉詩：「遺音尚泠泠。」❸雲和曲　雲和，山名，出琴材，所產琴瑟最有名，用以奏樂，曲極悅耳。

【語　譯】芳草滿園鮮花滿目，簾外霏微細雨，籠罩庭中青竹。楊柳千條，如串珠下垂，池波碧縐，正鴛鴦對浴。　窈窕少女，顏美如玉，弦管清泠，齊奏悅耳音樂。公子猶嫌歡筵未能盡興，日斜時分，不用相催促。

【研　析】此詞寫春日宴飲歡悅情景，內中暗含公子對美麗樂伎的眷戀。上闋以樂景寫樂情，參加歌宴的人面對的是良辰美景：芳草滿園、鮮花滿目、微雨籠竹、楊柳垂珠、雙鴛對浴、池波綠縐，一片勃勃生機，春光明媚旖旎，令人賞心悅目。雖不言情，而歡樂之情自洋溢其中。如此佳時，當有賞心快意的活動，故下闋開頭轉寫樂事以表樂情，一場熱鬧的酒宴正在進行，奏樂之人如此妖嬈美麗，所奏音樂又是如此美妙動聽，令人心醉神迷，一切煩惱全消。歌宴一直進行到夕陽西下，而公子興猶未盡。結尾「公子歡筵猶未足，斜陽不用相催促」，表公子之心態。那「斜陽」之後的意興如何？留下空白讓讀者去想像。俞陛雲認為「歡筵未足」句，「意有所指」（《唐五代兩宋詞選釋》）。應是佳人鼓瑟，公子顧曲，良宵苦短，興味猶賒。

馮延巳填〈鵲踏枝〉詞十多首，多寫哀愁、悵恨，獨此首抒發歡欣愜意之情，別具一格。但寫情寫到深窈處，終是隱忍不發，顯得蘊蓄。

此詞《魏氏樂譜》（明末魏皓避亂日本所攜之明代樂譜）尚留有曲調。

鵲踏枝

幾度鳳樓❶同飲宴，此夕相逢，卻勝當時見。低語前歡❷頻轉面，雙眉斂恨春山❸遠。

蠟燭淚流羌笛怨❹，偷整羅衣，欲唱情猶懶。醉裡不辭金盞❺滿，〈陽關〉一曲❻腸千斷。

【注　釋】❶鳳樓　指宮殿內的樓閣。❷前歡　從前的歡聚。❸春山　謂女人之眉。舊題劉歆《西京雜記》載：

「(卓)文君姣好，眉色如望遠山。」❹羌笛怨　羌笛所奏曲調聲情幽怨，易引發離別相思之情。❺金盞　精美的飲酒器皿。❻陽關一曲　指為王維〈送元二使安西〉詩所譜曲，因有「西出陽關無故人」句，故稱；又因首句為「渭城朝雨浥輕塵」，故又名〈渭城曲〉。

【語　譯】幾次在鳳樓一同飲宴，今夜相逢，卻勝過前時的相見。低聲訴說前歡太過短暫，頻頻轉過臉去，遠山般的雙眉含恨緊蹙。　行將別離，蠟燭垂淚，羌笛幽怨，偷偷整理羅裳，想唱歌卻情興黯然。已經酣醉，猶不辭金盞酒滿，歌〈陽關〉一曲，肝腸千斷。

【研　析】此詞寫一對情侶重逢旋又別離的傷感。詞的開頭三句，合寫雙方的感受。昔時一道宴飲相聚有過多回，但哪一次也不及這回的情深繾綣。因為有昔日的離別，才更感到今天歡聚的可貴。由此令人想起北宋晏幾道的〈鷓鴣天〉詞：「彩袖殷勤捧玉鍾，當年拚卻醉顏紅。舞低楊柳樓心月，歌盡桃花扇底風。　從別後，憶相逢，幾回魂夢與君同。今宵剩把銀釭照，猶恐相逢是夢中。」憶昔日相逢之樂、別後相思之深，寫今日重逢之喜，似可作為這幾句的具體解說。以下從女性角度寫離懷別苦，可分兩個層次：第一層是「低語前歡頻轉面，雙眉斂恨春山遠」二句，寫她回憶上一次歡會後的離別。詞中對她的痛苦除了用「低語」，用很小的聲音來表現外，還用了一個「頻轉面」的動作和「雙眉斂恨」的表情。「雙眉斂恨」當然是心痛的外在表現，詞人寫這種恨的表情時，也沒有忘記寫她那如「春山遠」的雙眉的美麗。但為何要寫她「頻轉面」呢？細想一下，這個動作實在是很傳神，表明在她的心理上感到不堪回首，不願回首，所以說話時，不時地別過臉去，不願讓別人看到她的難堪表情。第二層是寫眼前的離別。先以「蠟燭淚流羌笛怨」渲染別離環境與別情，真是「蠟燭有心還惜別，替人垂淚到天明」（杜牧〈贈別〉），加上那羌笛悠悠，如怨如訴，一片悽愴。蠟燭流淚，笛聲幽怨，這不也正是她的外在形象和內心的寫照麼？然後寫她在羌笛伴奏下準備唱一曲驪歌作最後的告別。她因為「頻轉面」，因為拭淚，衣裳也有些凌亂了，但又不願讓人看見這種亂象，故而「偷整羅衣」。把衣裳整理好了，準備唱歌，然而「欲唱情猶懶」，提不起興致，打不起精神。當然最後還是唱了，從後面的「〈陽關〉一曲」可知。這裡寫一位女性的臨別依依，真可謂是神情畢肖。結尾的兩句「醉裡不辭金盞滿，〈陽關〉一曲腸千斷」，又轉入男女二人合寫。他們在酒宴上已經喝了很多很多的酒，以至於酣醉了，可是為了麻醉痛苦的心靈，仍繼續滿杯滿杯地喝，真個是不辭「病酒」、不辭「朱顏瘦」了。一曲〈陽關〉，無論唱者、聽者，都已腸斷，而且是「腸千斷」，把離情推向高潮、推向極致。

此詞不依託自然景物的描寫，主要依靠敘事，通過某些細節，把內心活動表現得細膩入微，把那份「聚散苦匆匆」的傷感寫得入木三分。作者寫男女雙方，有分有合，而把著重點放在女性描寫上，中含幾度轉折，更顯得纏綿婉轉，悱惻芬芳。此詞是否另有寓意，劉永濟《唐五代兩宋詞簡析》認為：「馮延巳曾兩度作相，此詞表面以歡會與惜別為言，其中實有得失之心，但一託之閨情，便覺纏綿宛轉。」以為含有某種託喻，錄之以備一說。

鵲踏枝

幾日行雲❶何處去？忘卻歸來，不道春將暮。百草千花寒食❷路，香車繫在誰家樹？　淚眼倚樓頻獨語，雙燕飛來，陌上❸相逢否？撩亂春愁如柳絮，悠悠❹夢裡無尋處。

【注　釋】❶行雲　宋玉〈高唐賦序〉言神女「旦為朝雲，暮為行雨，朝朝暮暮，陽臺之下」。後人遂以「行雲」、「行雨」喻男女歡會。此處比喻遊蕩在外的心上人。❷寒食　去冬至一百五日的一天，為寒食，在清明節前一、二日。民間為紀念晉國介之推被焚死，是日禁火。❸陌上　路上。❹悠悠　悠遠；悠長。此處帶有無檢束意。

【語　譯】這些日子，心上人在何處？他忘了歸來，難道不知春將歸去。寒食時節，百草千花長滿道路，他的香車繫在誰家樹？　含淚倚樓遙望，獨自問訊飛來雙燕：在路上可曾與他相遇？春愁撩亂，有如飛舞的柳絮，夢裡悠悠難尋他的去處。

【研　析】此詞寫閨怨，主要通過內心獨白表達淒怨之情。可分數層：第一層為「幾日行雲」三句，責怪對方在外冶遊，樂不思蜀，連時間觀念也沒有了。春天這麼美好，本應共度韶光，現在春天都快過完了，依然不見人影，怎不令人悵恨！且春之將暮，也隱含有一種美人遲暮之惶恐。第二層為「百草千花寒食路，香車繫在誰家樹？」懷疑對方另有所愛：在這繁花似錦的寒食節前後，道路絡繹，美女如雲，他在誰家逗留、將那香車駿馬繫在她家的樹上？據孟元老《東京夢華錄》記載，北宋寒食清明期間，「四野如市，往往就芳樹之下，或園囿之間，羅列杯盤，互相勸酬。都城之歌兒舞女，遍滿園亭，抵暮而歸」。北宋與南唐時間相近，習俗相同。在這種有太多誘惑的時節，女主人公心生疑慮，是極自然的。第三層寫她癡癡地打探消息。先看「淚眼倚樓頻獨語」一句，「淚眼倚樓」承上啟下，「倚樓」二字點出上面她的追問、她的懷疑是在依倚高樓時的內心活動，此係詞中通常用的倒敘之筆。「淚眼」則是忍受感情煎熬的內心活動的外化。「頻獨語」則開闢出一個新的境象，引出下面一種類似於夢囈的自言自語，她看到「雙燕飛來」，竟然會問：「陌上相逢否？」明知雙燕不懂人情，明知詢問沒有結果，仍要發問，足見一片癡心。這種寫法正是：於理未合而於情可通。還須留意的是，「雙燕」翩翩飛舞，是對女主人公獨處無儔的一種反襯，景中含情。質問、懷疑、問訊，已把女主人公怨愛交加的綿綿情意表現得非常充分了。結尾再深進一層，總寫其情：「撩亂春愁如柳絮，悠悠夢裡無尋處。」「春愁」是對前面思緒的概括，並以翻飛的柳絮比喻其紛亂之狀，將抽象感情具象化，同時兼帶寫景，柳絮飛舞乃暮春景物，與前面「春將暮」相呼應。心上人不僅現實中難尋，連無拘檢的夢裡都難尋覓他的蹤影，心情到了近於絕望的程度。全詞在悲情達到最高潮時結束。

此詞的寫作特點，是內心活動與景物交匯，多用「即事敘景」方法，即暮春種種景物既含人之情致，又多從思緒中、問話中、比喻中帶出，因而顯得特別流利。其所表達的情感，在期盼中充滿疑惑與失望，在追求中飽含遺憾與痛苦。

對詞中表現的這種苦苦追索、極度失望的情緒，有的人從中體悟出某種微言大義，如清代張惠言說：「忠愛纏綿，宛然〈騷〉〈辨〉之義。延巳為人，專蔽嫉妒，又敢為大言，此詞蓋以排間異己者，其君之所以深信弗疑也。」（《詞選》卷一）陳秋帆則謂：「此詞牢愁抑鬱之氣，溢於言外，當作於周師南侵，江北失地，民怨叢生，避賢罷相之日。不然，何憂思之深也？」（《陽春集箋》）前者謂憾恨君上聽信他人之言，後者謂係有感於內憂外患形勢之危殆。他們又都是在注意「知人論世」的情況下，談論各自的讀後感受，不管這種理解是否符合「作者之用心」，但它說明詞作本身具有某種引發聯想的力量。

鵲踏枝

庭院深深深幾許？楊柳堆煙❶，簾幕無重數。玉勒❷雕鞍❸遊冶處，樓高不見章臺❹路。

雨橫❺風狂三月暮，門掩黃昏，無計留春住。淚眼問花花不語，亂紅飛過秋千去。

【注釋】❶堆煙　煙聚；煙濃。❷玉勒　以玉為飾之馬銜。❸雕鞍　以玉為飾之馬鞍。❹章臺　本為戰國時秦宮內之臺，在長安。漢時猶存，下有章臺街。唐代某妙妓柳氏配韓翃，韓翃寄其詞有「章臺柳，章臺柳」等語，許堯佐作有〈章臺柳傳〉，後人遂以章臺為妓女聚居之所。❺橫　放縱。

【語　譯】庭院很深很深，究竟有多深？·楊柳茂密，煙霧深濃，簾幕一重又一重。站在高樓，尋覓乘坐寶馬的夫君遊樂處，卻看不見章臺的道路。　三月暮春臨晚，狂風更兼暴雨，黃昏時關上門，無計可留春住。含淚問花，花兒不語，紅花隨風亂舞，飛過秋千去。

【研　析】此詞又傳為歐陽脩作，見《近體樂府》卷二，前人詞選亦多作歐陽脩詞，其重要依據之一，乃李清照詞序有「歐陽公作〈蝶戀花〉有『深深深幾許』之句」。此詞原載北宋陳世修《陽春集》，清人朱彝尊、陳廷焯，近人陳秋帆、張伯駒、唐圭璋、曾昭岷等均斷為馮詞（分別見《詞苑叢談》卷十、《白雨齋詞話》卷一、《陽春集箋》、《叢碧詞話》、《全宋詞》、《溫韋馮詞新校》），多以為後出之李清照語不足為據。

此詞寫閨怨。作者首先運用層進手法，寫女主人公被閉鎖於深閨。發端即突出「庭院深深」，「深」字相疊，表明是特別的深，但究竟深到何種程度，只用「深幾許」的反詰，讓人去想見它的無比深邃。不僅庭院深深，還有濃密的楊柳，那楊柳還被堆積起來的密煙籠罩，這就將「深」更推進了一層。不僅庭深柳密，還有重重的簾幕遮蔽，真是深到了極點！如果說「庭院深深深幾許」是從空間的角度強調其深的話，那麼「楊柳堆煙」便是運用色彩來渲染其深，「簾幕無重數」則是通過重重隔絕來表現其深。詞一開始其所以要突出「深」，是為了渲染環境的岑寂冷清，是為了襯托女主人公心情的落寞。女主人公雖處寂寥之中，情思卻異常活躍，怨恨與希望在內心互相交織，她怨恨夫君冷落自己，卻又急切地希望找到他的蹤跡。她的夫君是一個花花公子，騎著配有「玉勒琱鞍」的寶馬四處遊蕩，尋花問柳，所以她登樓眺望時，視線不投向別處，只投向那妓女聚集之地「章臺」，但因為庭院深深，楊柳堆煙，看不見他的蹤影，因而深感失望。在那個時代，男人可到處冶遊，尋歡作樂，而女性卻閉鎖閨中，獨守空房，形成一種鮮明的對比，顯示出兩性之間的極大的不平等。

詞的下闋轉而抒發留春之意，傷春之情。時屆季春，又值傍晚，雨橫風狂，氣候惡劣，黃昏時把門關上，希望把春光也一起關住，可是自然的變化不以人的意志為轉移，終於不免感嘆：「無計留春住！」下面更進一步寫她的癡情怨意：「淚眼問花花不語，亂紅飛過秋千去。」前面寫了她的登樓遠眺以及掩門的行動，至此時方出現一個她面部表情的特寫鏡頭：「淚眼」，這是情感痛苦至極的外化。她想弄明白造物主為什麼這樣無情，春究竟去向何方？可是能向誰討教呢？只有傻傻地向眼前的花兒發問，而花竟不予理睬。唐玄宗曾稱楊貴妃是「解語花」，將人擬花，此處是將無知之花擬人，視花為有情物，可是花不解語。韋莊〈歸國謠〉有「南望去程何許？問花花不語」之句，湯顯祖評曰：「還不是解語花，不問也得。」（湯本《花間集》）正可移之於此。更令人傷感的是「亂紅飛過秋千去」，春光就這麼消逝了，真是「花飄萬點正愁人」（杜甫〈曲江〉），「飛紅萬點愁如海」（秦觀〈千秋歲〉）！「秋千」二字，在此亦不容忽視，那正是女主人公平日與夫君嬉遊玩樂的所在，而今睹物，惟更添悲愁而已。故「亂紅」句飽含了自然與人事兩方面的變化。詞末的這兩句歷來為人所稱賞，陳廷焯謂「詞意殊怨，然怨之深亦厚之至」（《白雨齋詞話》卷一）；王國維談境界時，謂「有有我之境，有無我之境」，此二句與秦觀「可堪孤館閉春寒，杜鵑聲裡斜陽暮」，為「有我之境也」（《人間詞話》），謂其帶有強烈的主觀感情色彩。下闋的傷春，實即傷己，寓示自己的青春年華就這樣在無望的等待中消磨盡了。如果說，前面的登樓還懷有某種希望的話，至此，則已全然絕望矣！

此詞寫出了那個時代女性的一種悲劇情懷。是否另有政治託諭？自可見仁見智。但如張惠言句句比附：「庭院深深，閨中既已邃遠矣；樓高不見，哲王又不寤也；章臺冶游，小人之徑；雨橫風狂，政令暴急也；亂紅飛去，斥逐者非一人而已。殆為韓（琦）范（仲淹）作乎？」（《詞選》卷一）則難以令人苟同。

還要特別提及的是，詞中首句「庭院深深深幾許」連用三「深」字，曾得李清照愛賞，在其〈臨江仙〉詞序中謂：「予酷愛之，用其語作『庭院深深』數闋。」這種寫法並非馮延巳的創格，晚唐詩人劉駕七絕詩不足十首，即有四首用三疊字，如「近來欲睡兼難睡，夜夜夜深聞子規」（〈春夜〉二首之一）、「香風滿閣花滿樹，樹樹樹梢啼曉鶯」（〈曉登迎春閣〉）也頗具韻致。「庭院深深」句為眾人所知與受到李清照的激賞有關，而當今臺灣瓊瑤之電視劇亦曾用此詞句作片名，則更聲名遠播矣。

鵲踏枝

粉映牆頭寒欲盡，宮漏❶長時，酒醒人猶困。一點春心無限恨，羅衣印滿啼妝粉。

柳岸花飛寒食❷近，陌上行人，杳不傳芳信❸。樓上重檐山隱隱，東風盡日吹蟬鬢❹。

【注　釋】❶宮漏　室內的計時器具。宮，室。漏，以銅具貯水，上有刻度，依滴漏之水計時。❷寒食　節名。在冬至後一百五日、清明節前二日，為禁火之節。❸芳信　佳信。❹蟬鬢　如蟬翼般的鬢髮。古代婦女髮式的一種。

【語　譯】看著那粉色牆頭，感到春寒快要消盡，室中漏滴時間很長，酒雖已醒，人還疲困。一點春心，無限悵恨，羅衣上面，印滿和淚流下的妝粉。　河岸柳花飛舞，寒食將近，路上來往行人，杳然不傳芳信。佇立樓頭，透過重簷，只見青山隱隱，整日裡，惟有東風吹拂蟬鬢。

【研　析】此詞抒寫春日閨怨。這首詞用的是「逆挽」法，即倒敘的方法。我們先從詞的結尾處看起，從「樓上重檐」字樣我們得知女主人公佇立高樓，又從「盡日」二字得知，她站立的時間很長，應該是從早晨起來以後就站在那裡觀望。然後我們再回過頭來看她看到了什麼、想到了什麼。首先寫她看到了白色的圍牆，為何要先寫看到圍牆？是為下面圍牆外的景物描寫作鋪墊。她感到春寒將盡，也就寓示著春時將暮。但詞人並不先急著寫圍牆外的暮春景物，而是首先突出她晨起後的慵懶疲倦：「宮漏長時，酒醒人猶困。」宮漏長，應是指對夜的感覺，昨夜因滿懷愁緒而欲借酒排遣，然而心中有事，睡得並不安穩，故而感受到漏滴時間之長，故而酒雖醒而人猶困。雖不直接言愁，而愁自在其中。故這兩句是今朝回憶昨夜之辭。下面「一點春心無限恨」便明白點出春恨，用「一點」與「無限」對舉，更突出此恨的深濃。北宋范仲淹〈漁家傲〉詞有「濁酒一杯家萬里」之句，以「一杯」與「萬里」對舉，手法相同，運用的是一種少與多之間的相反相成的藝術辯證法。「羅衣印滿啼妝粉」則是其「無限恨」的外在形象描寫，你看那羅衣上的啼妝粉不是一點一點，而是印滿了，這樣就把「恨」的「無限」具象化了。「一點春心無限恨」，也就是貫穿這首詞的情感線索。

詞的下闋將視線轉向粉牆之外，她看到「柳岸花飛」，花飛，既包括河堤上柳絮翻飛，也包括其他花的飄落，與前面的「寒欲盡」的氣候相呼應，表明春之將逝，至「寒食近」，方明點季節。此時道路行人來往絡繹，他們有的也許即從她所思念的人那方來，可他們卻沒有帶來遠方的信息。「陌上行人，杳不傳芳信」，這責怪看似無理，但卻合情。詞的結尾「樓上重檐山隱隱」繼續寫她在眺望，她的視線透過重簷遙望青山隱隱，投向更遠處，但她的期待毫無收穫，只有「東風盡日吹蟬鬢」。「東風」補寫景物；「盡日」承「宮漏長時」，表明思念的日以繼夜；「蟬鬢」，一方面顯示出她的美麗，另方面也暗示她曾精心打扮，而精心打扮是因為有所企盼，因此也是一種「春心」的暗示。末一句曾得到俞陛雲的稱賞，謂：「風吹鬢影，含蘊不盡，詞家妙訣也。」（《唐五代兩宋詞選釋》）

詞中抒情主要以時間為線索：今日—昨夜—今日，互相交錯；寫景則由中鏡頭而遠鏡頭：牆頭—堤岸—遠山；在結構上卻又注意順與逆的結合。其內容不出綺怨閨情，正如陳秋帆所評：「此闋多從溫詞中『青瑣對芳菲，玉關音信稀』、『金雁一雙飛，淚痕沾繡衣』、『音信不歸來，社前雙燕迴』等句奪胎。」（《陽春集箋》）但顯得秀逸神清。

鵲踏枝

六曲闌干偎碧樹，楊柳風輕，展盡黃金縷❶。誰把鈿箏❷移玉柱❸，穿簾海燕❹驚飛去。

滿眼游絲❺兼落絮，紅杏開時，一霎清明雨。濃睡覺來❻慵不語，驚殘好夢無尋處。

【注　釋】❶黃金縷　指柳枝，柳芽初吐，色如黃金，故云。❷鈿箏　鑲金作為裝飾的箏。❸玉柱　箏上定絃用的玉製小柱。❹海燕　謂燕從海上飛來，故名。南朝梁吳均〈贈杜容成詩〉：「一燕海上來，一燕高堂息。一朝相逢遇，依然舊相識。問余來何遲，山川幾紆直。答言海路長，風駛飛無力。」❺游絲　飄揚在空中的蟲吐的絲。❻覺來　醒來。

【語　譯】綠樹偎依曲折闌干，輕風吹拂楊柳，金黃枝條盡情搖曳，如絲如縷。誰在鈿箏上移動玉柱，樂音驚動海燕穿簾飛去。　滿眼遊絲和落絮，紅色杏花開時，突降一陣清明雨。濃睡醒來慵懶無語，被驚醒的殘留美夢，再無尋覓處。

【研　析】宋黃昇《花庵詞選》於詞調下題作「清明」。此詞亦見晏殊《珠玉詞》、歐陽脩《六一詞》，《詞律》署作張泌詞。《全唐詩》、《詞譜》、唐圭璋《宋詞四考》等據《陽春集》作馮延巳詞。

詞寫春閨寂寥之情。前面三句先從女主人公倚欄所見庭院景物著筆。這景物風姿顯得格外地柔美，說「闌干偎碧樹」，為什麼用一「偎」字，而不用「鄰」、「挨」等字？是因為「偎」是擬人，帶有感情色彩，顯得婉媚旖旎；寫風是「輕」，顯得那麼柔和；寫柳條是「黃金縷」，色澤既美而形亦細長柔軟；寫柳枝搖盪用「展」，帶緩緩舒展之意，而「展盡」似又隱含著一個時間流動的過程。王國維說：「景語即情語。」《人間詞話》妍媚之景，蘊含著無限柔情，而景物的核心是「楊柳」，它不禁使人回想起當初折柳送別的情景，懷遠之情，油然而生。「誰把鈿箏移玉柱，穿簾海燕驚飛去。」這位女子應是倚欄良久，心感落寞，遂返回房中彈奏鈿箏。箏聲響處，漸趨激越，以致驚動了雙棲的海燕，掠過簾幕急飛而去。這裡的主語用「誰」，實際就是「她」。這兩句係以動寫靜，因為靜，海燕才會因箏響而驚動，而靜，恰是渲染一種寂寥的氛圍，寂寥的環境乃是對人的內心情緒的烘托；同時又以燕的雙飛，反襯人的孤獨。作者寫法極為簡省，彈箏，只寫「移玉柱」調絃的動作，寫箏的音響，只說「海燕驚飛」，都不直接從正面著筆，其中空白留給讀者去補充，這正是馮詞的能蘊藉處。

下闋前面三句「滿眼游絲兼落絮，紅杏開時，一霎清明雨」，繼續寫景，既是對上闋景物描寫的補充，又寫出了氣候、景物的變化。上闋的寫景重在突出其柔媚的一面，此處的寫景重在顯示它衰謝的一面。「滿眼游絲兼落絮」，係暮春景象。「滿眼」所指為誰？當然是上闋所寫彈箏之人。此時黃金縷已經「展盡」，樹已碧綠深濃，遊絲飄漾，落絮紛飛。而在這清明時節，一陣突如其來的急雨，把那豔麗如燒的紅杏打得七零八落，地上一片狼藉。衰殘的景物預示著春將歸去，那惜春之情、韶華流逝之感即暗含其中。至此，前面的寂寥之感，進而轉化為悵惘之情，對所愛的期待帶來的失望，轉化而為對生命的嘆息。此三句所寫情境，與溫庭筠〈菩薩蠻〉詞下闋「南園滿地堆輕絮，愁聞一霎清明雨。雨後卻斜陽，杏花零落香」頗為相似，惟溫詞用一「愁」字，顯得較為醒豁。詞的最後兩句從眼前春光繚亂，歸結到春困幽情。從沉酣的睡夢中醒來，無情無緒，只有那夢中的美好情境讓人回味無盡，然而夢中的一切在現實中卻已化為一片虛空，杳然難覓。是什麼「驚殘好夢」？應該是那「一霎清明雨」。如此以情結景，神完意足。

馮延巳這首詞係由幾個鏡頭加以組合，似乎沒有分明的時間線索，故上下闋之間帶有某種跳躍性，給人留下聯想的空白。前面所寫，或許乃上午所見、所為，後面所寫，或許為午睡後情景。但這些對我們理解詞作並不重要，想來作者只是意在表達一種幽微心緒，一份想望，一份孤獨，一種悵惘，一種失落，也就是葉嘉瑩所說的，馮延巳的詞「所寫的是一種深摯的感情的意境」（《唐宋詞十七講》）。

在唐宋詞中有一些作品，在可解不可解之間，作閨情看，可，作含有興寄看，亦可。馮延巳這首詞即是如此，正所謂「金碧山水，一片空濛」。但也不必像譚獻那樣一句一句地割裂比附：「『滿眼游絲兼落絮』是感，『一霎清明雨』是境，『濃睡覺來鶯亂語』是人，『驚殘好夢無尋處』是情。」（譚評《詞辨》）詞中的那份想望與孤獨，那份悵惘與失落，當也是作者人生中的一種體驗與感受。

采桑子

中庭❶雨過春將盡，片片花飛。獨折殘枝，無語凭闌祇自知。

玉堂❷香暖珠簾捲，雙燕來歸。後約難期，肯❸信韶華❹得幾時？

【詞　牌】〈采桑子〉，唐教坊曲有〈楊下采桑〉，調名本此。又名〈醜奴兒〉、〈醜奴兒令〉、〈羅敷媚〉、〈羅敷媚歌〉、〈忍淚吟〉等。雙調，押平聲韻。有四十四字體，上下闋各四句，句式為七、四、四、七，三平韻，如馮延巳此詞即是。由於第二、三句均為四字，亦有上下闋均用作疊句者，如辛棄疾詞：「少年不識愁滋味，愛上層樓。愛上層樓，為賦新詞強說愁。」《詞譜》卷五〈采桑子〉調下另列有四十八字（如李清照詞「窗前誰種芭蕉樹」）、五十四字（如朱淑真詞「王孫去後無芳草」）兩體。

【注　釋】❶中庭　即庭中。❷玉堂　華美之宅第。❸肯　豈肯。❹韶華　即韶光、春光。

【語　譯】庭中雨過之後，春色將盡，片片花瓣隨風翻飛。獨自摘取殘枝在手，無語憑欄，心事惟有自己知曉。

華美居所，熏香溫暖，珠簾高捲，雙燕飛歸。後會之約難以預料，豈可相信春光還能逗留多時？

【研　析】此係傷春懷遠之詞。詞一開始即寫所見雨過風吹，花飛片片的庭院景象，而以「春將盡」概言之。惜春之情，已然寓含其中。其情境，與杜甫「一片花飛減卻春，風飄萬點正愁人」（〈曲江〉二首之一）很有些相似，惟不及杜詩之闊大。此係以景寫情，下面「獨折殘枝，無語凭闌只自知」，則通過行為動作寫情。女主人公對春之將盡，無限惋惜，儘管是花飛花謝的「殘枝」，仍要獨自摘取，對之凝視、輕撫，想把那剩餘的春光留住，這和北宋周邦彥在〈六醜〉詞中寫薔薇凋謝，「殘英小，強簪巾幘」時的心情相同，含有一種挽留之意。詞中說「獨折」，已把她那孤獨的身影展示於讀者之前，「無語凭闌」時，應該是手拈「殘枝」，「祇自知」，謂滿腹愁懷無人可以訴說，只有獨自品嘗。由「凭闌」又可知發端之「中庭雨過春將盡，片片花飛」之景，乃倚闌所見，所用實為逆入之法。讀這首詞的上闋，我們很容易想起宋代秦觀的〈畫堂春〉詞：「落紅鋪徑水平池，弄晴小雨霏霏。杏園憔悴杜鵑啼，無奈春歸。柳外畫樓獨上，憑欄手撚花枝。放花無語對斜暉，此恨誰知。」二者寫景、表情都有相似處，只是秦詞顯得更為醒豁而已。

上闋所寫，乃「凭闌」所見所感，下闋則轉入室內情景。其人之居所乃華貴之「玉堂」，陳設有「珠簾」，暗示其身分相當高貴；室內香氣氤氳，溫暖宜人，本有所待。可是珠簾高捲，卻只有「雙燕來歸」。以雙燕反襯閨中人之孤獨，這是前人寫閨怨相思慣用的手法，此詞亦不例外。雙燕來歸而人未歸，更增添了幾許惆悵。詞末始流露「只自知」的情思：「後約難期，肯信韶華得幾時？」充滿對韶光流逝的惋嘆，對後約難期的怨懟，滿懷傷感之中，含有一種對遠人的深切思念。

俞陛雲評此詞：「上闋花枝已殘而獨摘取，其云自知者，當別有思存；下闋知韶華之易逝，則君宜早歸，警告之切，正相憶之深。」《唐五代兩宋詞選釋》頗為剴切。

采桑子

馬嘶人語春風岸，芳草綿綿。楊柳橋邊，落日高樓酒旆❶懸。

舊愁新恨知多少，目斷❷遙天。獨立花前，更聽笙歌滿畫船。

【注釋】❶酒旆　酒旗。❷目斷　目光盡處。

【語譯】春風吹拂的河岸，一片馬嘶人語，還有綿綿芳草。楊柳橋邊，高樓酒旗在落日中高懸。心頭有多少舊愁新恨，極目遠眺，那盡頭是一片青天。獨自佇立花前，更聽到笙歌響徹畫船。

【研析】詞寫一種孤獨之感、憂鬱之思。這首詞在取境方面顯得很獨特，它超出了通常所寫的閨閣、庭院，而是把目光集中到了沿河兩岸。那裡的景物「春風」、「楊柳」、「芳草綿綿」，充滿生氣。再看人事，聽到的是嘈雜的「馬嘶人語」，看到的是橋邊高樓隨風飄舞的酒旗，到處呈現一派熱鬧景象。由「馬嘶人語」可以推知這裡是一個交通要道，故四方之人雲集，那「人語」可能是南腔北調；由「落日」時分依然酒旆高懸，可以推知店鋪生意興隆，店中不乏豪飲之來往過客。但詞中的主人公並不是其中的積極參與者，而只是一個冷靜的旁觀者，這生動的景致，這熱鬧的景象與他內心的孤寂形成強烈的對照。很有點河岸盡繁華，斯人獨憔悴的意味。

因為孤獨，倒是給他提供了一個沉思默想的機會，故下闋開頭轉入抒情：回想自己一生「舊愁新恨知多少」，詞人在〈鵲踏枝〉詞中說：「誰道閑情拋擲久！每到春來，惆悵還依舊。」「為問新愁，何事年年有？」所謂「舊愁新恨知多少」，其意大略相同。「舊愁新恨」究竟指的什麼？可能是對國勢日蹙、前路茫然的憂慮，可能是滿懷期待無法得到君王信任的心靈痛楚，也可能是個人幾上幾下宦海浮沉的傷感，總之，是內心長久積澱起來的、無時無刻不在困擾自己的揮之不去的一種憂思愁緒。他想排解一下愁恨帶來的壓抑，遂放眼遠眺，「目斷遙天」，進入視野的是寥廓的天空。然而，如此闊大的空間，似也無法找到安放愁恨之所在。詞的結尾，始出現詞人形象：「獨立花前」。則前面所見所聞所感，皆獨立花前時情事。詞的末句「更聽笙歌滿畫船」進一步補寫河岸風物，以畫船的笙歌鼎沸從反面強化自己的孤獨與愁懷。

這首詞充分顯示出詞人對相反相成藝術辯證法的成功運用，它通過聲音與色彩，營造生動熱鬧的環境氛圍，反襯出人的內心寂寞，通過河「岸」、「落日」、「遙天」構成的闊大境界，以襯托人的孤單，從而向人們展示出一個充滿憂鬱情懷的孤獨者的形象。全詞意境渾融，韻致悠遠。俞陛雲《唐五代兩宋詞選釋》特賞其「落日高樓」句，以為「尤為渾成」。

采桑子

西風半夜簾櫳❶冷，遠夢初歸。夢過金扉❷，花謝窗前夜合❸枝。
昭陽殿❹裡新翻曲❺，未有人知。偷取❻笙❼吹，驚覺寒蛩❽到曉啼。

【注釋】❶簾櫳　窗簾。❷金扉　塗金的門。❸夜合　即合歡樹，落葉喬木，夏季開花，其葉夜間成對相合。❹昭陽殿　為漢武帝時後宮八殿之一。漢成帝時皇后趙飛燕曾居此殿，貴傾後宮，後借指受寵后妃之居所。❺新翻曲　新譜的曲子。❻偷取　偷得。取，動詞語尾，有「得」、「著」等義。❼笙　一種多管樂器。❽寒蛩　涼秋時之蟋蟀。

【語　譯】西風半夜穿透窗簾，寒氣相侵，剛從遠夢中歸來。夢歸時路過金門，窗前枝上合歡花已經凋零。　昭陽殿裡有新譜的曲調，還沒有人知道。偷得笙來吹奏，以致驚動涼秋時的蟋蟀，從夜晚啼到天明。

【研　析】此詞寫宮怨。這位宮女在秋夜做了一個夢，這是一個「遠夢」。這個「遠」，不一定是與所思之間的空間距離特別遙遠，而是說其間有一種難以接近的阻隔，但在夢中終於與所思念的君王相會，繾綣情深。可是半夜西風凄緊，寒氣襲人，驚斷了她的美夢。而這夢似醒非醒，似斷還連，似回到了現實，又彷彿還在夢中。恍惚迷濛之際，回到了住所，路過宮殿的金門，看到窗前的合歡花已在枝頭凋謝。「花謝窗前夜合枝」，是寫眼前景，也是寫心中情。那份原有的情愛已經很渺茫了，令人絕望了，再不可能重溫了。前面兩句寫夢回時情景，已帶悽惻之音，後面兩句，夢境與現實交織，極迷離惝恍之至。

遠夢無法變成現實，她想起那得到寵幸的后妃，將在昭陽殿裡演奏新譜曲調盡情享樂，心裡老大不平衡。現在這曲譜還沒人演奏過，她決心先去領略一下它那樂音的魅力，以先於帝后、寵妃的賞聽為快。於是潛往昭陽殿，偷得笙的樂器，獨自吹奏起來。夜晚是如此寂靜，以致把涼夜的蟋蟀驚起，一直啼到天明。此處寫蟋蟀「到曉啼」，實際上是寫自己吹奏到曉，以盡情地發洩那遭受冷落、被人遺忘的嫉恨。詞的下闋主要通過敘事來抒情，而這件事顯得很特別，令人大有耳目一新之感。

歷來的宮怨詞，多半止於抒發怨恨，如王建的〈三台令〉詞：「團扇，團扇，美人并來遮面。玉顏憔悴三年，誰復商量管絃。絃管，絃管，春草昭陽路斷。」即是如此。但馮延巳的這首詞不僅只是感情的怨恨，而是採取了一種大膽的行動，以宣洩不平之氣，顯示出了某種反抗意識，故而顯得別開生面。但是西風冷、寒蛩鳴、合歡花謝等景物描寫，仍然烘托出一股難以掩飾的淒涼悲苦之情。

采桑子

酒闌❶睡覺天香❷暖，繡戶慵開。香印❸成灰，獨背寒屏理舊眉。

朦朧卻向❹燈前臥，窗月徘徊。曉夢初回❺，一夜東風綻早梅。

【注釋】❶酒闌　酒力消退。❷天香　謂來自天上之香。北周庾信〈奉和同泰寺浮圖詩〉：「天香下桂殿，仙梵入伊笙。」此處形容香之名貴。❸香印　香上印有圖紋或文字，燃燒後，灰燼仍留存圖紋、字跡。❹卻向　又到。❺初回　剛剛夢醒。

【語譯】酒力消退，人已睡醒，天香撲鼻，暖意融融，懶去打開懸掛繡簾的房門。香印業已成灰，獨自背對寒涼的屏風，補畫原來修飾過的雙眉。　朦朧中又到燈前躺臥，只見窗外月亮徘徊。拂曉剛從夢中醒來，一夜東風吹拂，已是花綻早梅。

【研析】詞寫閨情。詞之發端即寫出其酒力漸消睡起的慵懶之態，由此可以推知她在睡前如何飲酒以打發閨中的百無聊賴。醒來以後，雖然天香裊裊，暖意融融，也是無情無緒，連門也懶得打開，並不想去看看室外的景致，感受室外的新鮮空氣。至「香印成灰」兩句，中間有個時間過程：「天香」由燃燒而至「成灰」，室溫也由「暖」而「寒」。這時才獨自背對屏風打理那因睡覺而變得淡薄的眉毛。此處所寫情狀與溫庭筠〈菩薩蠻〉「懶起畫蛾眉，弄妝梳洗遲」的意態頗為相類，而一個「獨」字，透露了她的一腔心事。這位女子的居室有「繡戶」、「屏風」，燃用的是名貴的「天香」，可以想見她的物質生活應該是相當優越的，但她內心卻很孤獨、空虛。

上闋所寫乃白天情事，下闋轉寫夜晚。整日懨懨慵懶，打不起精神，挨到掌燈時分，又朦朧睡去。這「朦朧」二字用得很妙，即似睡非睡，似醒非醒，因而能感受到室內孤燈相照，窗外月光徘徊。及至夜深，終於沉酣入夢，待到拂曉夢醒，一夜東風已吹得早梅花開。詞中沒有點明「曉夢」的具體情境，但我們從夢醒時的景物描寫能感知這個夢的歡欣。「一夜東風綻早梅」，係以景結情，可說是點睛之筆，早梅花綻，報導著春的信息，暗示出她對春情的嚮往與期盼，對未來充滿信心，比興之義在焉。和其他閨情詞的一意怨懟不同，它的結尾顯示出了一道亮色。俞陛雲《唐五代兩宋詞選釋》評曰：「下闋在孤燈映月，低徊不盡之時，而以東風梅綻，空靈之筆作結。非特含蓄，且風度嫣然，自是詞手。」所評極為精當。

采桑子

小堂深靜無人到，滿院春風。惆悵牆東，一樹櫻桃❶帶雨紅。

愁心似醉兼如病，欲語還慵。日暮疏鐘，雙燕歸棲畫閣❷中。

【注　釋】❶櫻桃　落葉灌木或小喬木，花蕊紅色，開放後花冠白色或略帶紅色，果鮮紅，初夏成熟。❷畫閣　華美樓閣。

【語　譯】小堂幽深安靜，沒有人來，惟有滿院春風。心生惆悵，因見牆外東邊，一樹櫻桃帶雨，顯得特別鮮紅。　愁心有如酒醉，更像是病痛，想說什麼又還懶慵。日暮時分，遠處傳來幾響鐘聲，雙燕歸來，棲宿於畫閣中。

【研　析】此詞寫閨情。詞一入手，即營造出一片靜寂的環境氛圍，所在的「小堂」既深且靜，再補寫一筆「無人到」。這裡的「人」，不僅指所愛之人，也指一般的人，包括閨中密友、親屬等，於是女主人公的這份孤獨感便一下子凸現出來了。接著以「滿院春風」點明季節，同時也是對寂靜環境的補充描寫，沒有人來，充溢於庭院的惟有春風而已。「惆悵牆東」兩句情景兼寫，表達內心若有所失的情懷，並帶出庭院外的景物。「一樹櫻桃帶雨紅」，是空寂環境中的一道亮色，別有深意在焉。櫻桃花在雨中紅得耀眼，簡直使人有一種生命在燃燒的感覺，它其實也是女主人公的自我寫照，美豔非常，熱情似火。但自己的這種美豔無人欣賞，這份熱情無人理會，因而倍感失望，分外惆悵。從「櫻桃帶雨紅」，又可知室外正飄著霏微細雨。雨絲風片，對於閨中獨處的人來說，也是惹人愁悶的景物，正所謂「無邊絲雨細如愁」（秦觀〈浣溪沙〉）。

「惆悵」是上闋的情感核心。但惆悵還只是重在表達一種悵然若失的心情，隨著這種心情的進一步發展、強化、明晰，便化為「愁心」。下闋開頭即就「愁心」的感覺加以描繪，它「似醉兼如病」，像醉酒一樣不由自主，不能自拔，它還會使人感到像得了一場疾病，滿身都不自在，表明這種傷痛，不僅是心理上的，也是生理上的；自己雖有千般心事、萬般愁苦，想說又懶得說，從上面所寫「無人到」，可知也沒個人可以說，把揪心痛楚寫得極為細膩、深微。詞的末尾「日暮疏鐘，雙燕歸棲畫閣中」，以景結情，妙在以動寫靜，以物襯人，幾聲悠遠的鐘響打破了周圍的沉寂，雙燕歸棲反襯出人的獨宿孤眠，饒有餘味。而「日暮」二字，表明時間的推移，已由白天而薄暮，說明她的愁悶非一時片刻，而是彌漫於整個的白天。暮色來臨，煙靄紛紛，蒼茫一片，更把「愁心」推進一層。

此詞寫景有聲有色，由近而遠，由小堂而庭院，而圍牆外，而遠處鐘聲，有一種漸趨擴展的流動之美，而情亦隨景物變化而轉深濃。詞人對於「愁心」的入微刻劃，尤具特色，非有深刻體驗者不能道出。

采桑子

畫堂❶燈暖簾櫳❷捲，禁漏❸丁丁❹。雨罷寒生，一夜西窗❺夢不成。

玉娥❻重起添香印❼，回倚孤屏。不語含情，〈水調〉❽何人吹笛聲？

【注釋】❶畫堂　華美居室。❷簾櫳　窗簾。❸禁漏　本指禁中（皇帝居所）計時器的漏滴，此處當指所聞夜漏。❹丁丁　象聲詞，形容滴漏聲。❺西窗　或指西向之窗，或指婦人居室之窗。此處指後者。❻玉娥　女子名字。❼香印　香上印有圖紋或文字，燃燒後，灰燼仍留存圖紋、字跡。❽水調　據南宋王灼《碧雞漫志》引《脞說》載，為隋煬帝幸江都時所製曲調。

【語譯】華美居室燈光映照，暖意融融，窗簾高捲，聽到夜漏丁丁。一陣急雨過後，寒氣驟生，襲入西窗，教人一夜無法入夢。　玉娥重新起來添加香印，回到繡床獨自倚靠枕屏。脈脈含情不語，不知何人吹奏〈水調〉，傳來笛聲？

【研析】此詞寫閨情。與其他閨情詞寫法不同處，是側重通過聽覺來寫自己的孤淒之感、哀怨之情。上闋一開始寫入夜燃燈，雖然窗簾高捲，尚能感到有一股暖意，這時聽到的是丁丁漏滴之聲，顯示出夜的靜謐，暗示出人的獨臥獨醒。以動寫靜，其中以漏聲來寫夜的寂靜為唐五代詞中所常見，如韋莊〈謁金門〉詞「春漏促，金燼暗挑殘燭」，何凝〈薄命女〉詞「天欲曉，宮漏穿花聲繚繞」，魏承班〈滿宮花〉詞「寒夜長，更漏永，愁見透簾月影」等等，均是。下面「雨罷寒生」兩句，寫出時間的推移和氣候的變化對人心理的影響。夜來一陣瀟瀟秋雨，雨後寒氣襲人。一般來說，夜間的雨聲、寒氣，對於常人在心理上不會有太大影響，但對於深閨獨處的人來說，感覺卻完全不同，本來心事重重，這雨聲、這寒意只會增添淒涼之感。就像《紅樓夢》裡林黛玉〈秋窗風雨夕〉詩中所寫：「……耿耿秋燈秋夜長，已覺秋窗秋不盡，那堪風雨助淒涼！」處如此境地，懷如此心情，自然難以入夢，「夢不成」，顯含一股怨恨之情。「夢不成」又是一種含蓄的表達，現實中不能與所愛團圓，便退而求其次，到夢中團圓，然而夢也難成，此屬翻進一層的寫法，含多層曲折。

下闋開始，轉寫女主人公情態。玉娥既然難以入夢，乾脆起來，為熏爐添香，由此可知詞的發端所寫的「畫堂燈暖」，其暖意也包含了香印的氤氳。隨著夜已深沉，香已燃燒殆盡，加之夜寒侵襲，令人難耐，故而有「重起添香印」之舉。添香之後，似乎無所事事，又回到床上獨自靠著枕屏。這裡通過她一連串的動作：重起、添香、回床、倚屏，寫出「夢不成」時的百無聊賴，真不知該如何打發這漫漫長夜，下面寫她只好倚枕沉思默想。她「不語含情」，既有甜蜜的回憶，也有痛苦的憂思。最後結以「〈水調〉何人吹笛聲」，以「笛聲」襯「不語」，以聽他人之拂曉吹奏〈水調〉，具現自己的一夜無眠。而〈水調〉據宋郭茂倩《樂府詩集》卷七十九引舊說，謂〈水調〉「聲韻怨切」。可知此調情帶淒怨，聲韻悠長，無眠思婦聽此曲調，無疑益增哀傷之情。

在唐五代詞中，通過聽覺寫一夜無眠，通過一夜無眠寫離懷別怨，最有名的當推溫庭筠〈更漏子〉：「玉爐香，紅蠟淚，偏照畫堂秋思。眉翠薄，鬢雲殘，夜長衾枕寒。　梧桐樹，三更雨，不道離情正苦。一葉葉，一聲聲，空階滴到明。」溫詞寫的也是秋日寒夜的相思，尤其是下闋通過雨聲寫離情，一氣流走，尤為人所稱道。馮延巳此詞在表現手法上與之頗為相似，相對來說，馮詞表情顯得含蓄；就聲音的描寫言，馮詞隨著時間的推移而有所變化，由漏聲到雨聲，再到笛聲，聲響更顯豐富，自有特色。但溫詞在前，馮詞在後，後者為前者所掩，不為人所注意，也是極自然之事。

采桑子

笙歌放散人歸去，獨宿紅樓❶。月上雲收，一半珠簾挂玉鉤。

起來點檢❷經由地，處處新愁。憑仗❸東流，將取❹離心❺過橘洲❻。

【注　釋】❶紅樓　紅色樓臺。❷點檢　巡視。此處為回顧意。❸憑仗　託付；依託。❹將取　攜帶。❺離心　即離愁。❻橘洲　地名，在湖南長沙湘江中，因廣植橘樹、產美橘而得名。

【語　譯】笙歌晚會已散，放走眾人歸去，我獨自夜宿紅樓。玉鉤掛起一半珠簾，只見月亮東升，雲彩漸收。

起來回顧與人同遊之地，每到一處就留下新愁。依託東流江水，攜帶我的離愁送達所思之橘洲。

【研　析】此係懷人之詞。詞之發端敘事，「笙歌放散人歸去，獨宿紅樓」，寫熱鬧過後的落寞，也是以歌舞晚會的歡樂場面反襯自己「獨宿」的孤寂，但這還只是表層意。這種反差在詞人敏感的心裡會引起某種對人生聚散無常的感觸：一次聚會也就意味著一次分手，而分手留下的往往是無盡的懸想與思念。以下皆寫獨宿所見所思，可分為三層。第一層：「月上雲收，一半珠簾挂玉鉤。」這兩句之間運用的是倒敘方法，「挂玉鉤」的行為在前，見「月上雲收」景象在後，此種句式組合，詞中常見。由於玉鉤斜掛起珠簾，因而看到天空的變化，此時雲彩隱退，上升的一輪明月愈見團圓光亮。月夜，是最易引發離人念遠的時刻，謝莊〈月賦〉曾寫道：「美人邁兮音塵闕，隔千里兮共明月。」張若虛〈春江花月夜〉詩也有「可憐樓上月徘徊，應照離人妝鏡臺」之類的描寫。因此，詞人見月，引惹出了下面的懷遠之意。下闋的前兩句「起來點檢經由地，處處新愁」為第二層，由眼前的離散轉入對多次與人同遊共樂的回想，一次又一次的遊樂，一次又一次的分離，每一次的聚散都會引起新的愁懷。這裡的「起來」二字，對於「掛珠簾」的動作來說，也是倒敘，「起來」在前，「掛珠簾」的動作在後。第三層：「憑仗東流，將取離心過橘洲。」由處處新愁而突發奇想，欲託付流水，攜帶自己的離心傳遞到遠方。「橘洲」當是所思念之人的所在地，既是「處處新愁」，則「橘洲」只是其中的一個代表。如此層層推進，將一腔心事寫得既深微，又悠遠。詞中託付流水攜帶離心的想像頗為新穎，把一份抽象的思念寫得具有實感，似乎流水可以承載。唐代李白〈聞王昌齡左遷龍標，遙有此寄〉詩有「我寄愁心與明月，隨風直到夜郎西」之句，馮詞的這一想像與其似有異曲同工之妙。寄愁心與明月，是因為明月可以共照此地與彼地；付離心與流水，是因為流水連接著這頭與那頭。二者都通過相關的景物，跨越巨大的空間距離，寫出思念的深切。馮詞這種流水攜帶離心的寫法，將離心視為一種可漂流之物，當影響到宋代詞人，如蘇軾〈虞美人〉詞：「無情汴水自東流，只載一船離恨向西州。」流水可以承載滿船離恨，把離恨寫得似乎有了體積。蘇門四學士之一的張耒還將蘇氏詞意寫入詩中：「亭亭畫舸繫春潭，只待行人酒半酣。不管煙波與風雨，載將離恨過江南。」（《能改齋漫錄》卷十六）而到了李清照手中：「聞道雙溪春尚好，也擬泛輕舟。只恐雙溪舴艋舟，載不動許多愁。」（〈武陵春〉）則更使愁帶有了重量。

詞中所懷之人究竟為誰？可能有靚麗的妙齡歌兒舞女，也可能有同遊共樂的友人。總之，表達的是一種「聚散苦匆匆」的遺憾，是對相聚者的深情懷想。那往昔的「處處新愁」，更是詞人體悟到的人生中的一種缺失。這首詞線索分明，行文流利，清雅之中蘊情深婉，實為難得。

采桑子

昭陽❶記得神仙侶，獨自承恩。水殿❷燈昏，羅幕❸輕寒夜正春。

如今別館❹添蕭索，滿面啼痕。舊約猶存，忍❺把金環❻別與人。

【注釋】❶昭陽　漢宮殿名。成帝時，趙飛燕專寵，居昭陽殿。此處借指受寵之處所。❷水殿　建於池上的殿閣。❸羅幕　絲羅製的帳幕。❹別館　非正殿所在。❺忍　怎忍。❻金環　金製之腕環。古代后妃幸於君王之所，須憑金環以進退。

【語　譯】記得在昭陽殿裡，如同神仙伴侶，獨自承受君王恩寵。水殿中宮燈朦朧，絲羅帳幕圍繞，帶有微寒的夜晚，春意正濃。　如今居住別館，增添的惟有蕭索，滿面淚痕。舊日的約定還在，怎忍把金環另給他人。

【研　析】此詞寫宮怨。上闋回憶承君恩澤時的歡欣得意，無論是在昭陽殿還是水殿，無論是白天還是夜晚，處處、時時情意相得，有如神仙伴侶，即使季候尚有微寒，也感到春意融融。下闋寫今日身處「別館」失寵之悲戚情懷，但同時又懷有重修舊好的期盼，對那些覬覦君王寵幸之人懷有高度警惕。劉永濟《唐五代兩宋詞簡析》認為：「此託宮怨之詞也。前半闋言昔日之恩情，後半闋言今日之幽怨，末句猜疑嫉妒之語也。」謂此詞表面寫宮怨而實別有所託。馮詞藉此初時受寵後被冷落疏遠的宮女怨恨，以及有所期待的心情，託寓罷相後之心態也是極有可能的。

此詞主要採用對比方法，與其他詞作的婉轉相較，讀來不免有淺露直白之嫌。

采桑子

風微簾幕清明近，花落春殘。尊酒留歡❶，添盡羅衣怯夜寒。

愁顏恰似燒殘燭，珠淚闌干❷。也欲高拌❸，爭奈❹相逢情萬般。

【注　釋】❶歡　指所愛之人。❷闌干　橫斜貌。此指淚流滿面貌。❸拌　拋棄。楚方言，凡揮棄物，謂之「拌」。

❹爭奈　怎奈。

【語　譯】接近清明時節，微風吹動簾幕，花朵飄落，春漸衰殘。擎杯飲酒，希望留住所歡，因怯於夜寒愈來愈重，不斷添加羅裳。　　愁容有如燒殘的蠟燭，珠淚橫斜滿面。也想盡力捨棄這份情感，怎奈相逢引惹柔情無限。

【研　析】此詞寫離愁。一開始從寫景入手，點明別離時刻，已是暮春來臨。「風微簾幕」暗示出下面「尊酒留歡」之處。「花落春殘」，以室外景物之飄零，烘托離愁別恨的淒涼環境氛圍。以下「尊酒留歡，添盡羅衣怯夜寒」，轉入敘事。雖然即將離別，但還是千方百計地想要延緩那分手的時刻，留住眼前人，於是不斷飲酒，而夜越來越深，氣溫愈來愈低，只好不斷地增添衣服。此係以敘事寫情，真個是深情款款。

詞的下闋具寫內心活動。首先通過面部「珠淚闌干」的表情寫出無限哀愁，詞人用了一個明喻：人淚如蠟淚。這是就眼前之物即景取譬，它的寫法可能受到杜牧〈贈別〉詩「蠟燭有心還惜別，替人垂淚到天明」的啟示，杜牧將蠟燭擬人，馮詞以蠟淚比擬人淚，亦可謂別出心裁。「燒殘燭」三字對前面的敘事是一種補充，表明夜飲係用蠟燭照明，並表明「尊酒留歡」的時間很長，以致蠟燭燒殘，蠟淚狼藉。詞最後以情語作結，寫出一份複雜矛盾的心情：因為分離的愁苦太甚，以致想要拋棄這份情感來免除這份心靈的痛楚，但因緣相聚，兩情相悅，已愛到極深處，如何拋棄得了！真是：聚也如何聚？棄也如何棄？詞寫至此，戛然而止，給人留下的是一份對離人憾恨的深長回味。

采桑子

畫堂❶昨夜愁無睡，風雨淒淒。林鵲單棲，落盡燈花雞未啼。

年光往事如流水，休說情迷。玉筯❷雙垂，祇是金籠鸚鵡知。

【注　釋】❶畫堂　指華美居室。❷玉筯　喻美人之淚。梁劉孝威〈獨不見〉詩：「誰憐雙玉筯，流面復流襟。」

【語　譯】昨夜在畫堂因愁未能入睡，滿耳淒淒風雨聲。還聽到林鵲單棲的動靜，眼看燈花落盡，晨雞猶未啼鳴。

光陰和往事都如流水般逝去，休說情迷歡樂的往昔。眼淚雙垂，心事惟有金籠中的鸚鵡能知。

【研　析】詞寫閨怨。上闋寫因愁而一夜無眠。「風雨淒淒」，更助淒涼；「林鵲單棲」，是對自己獨臥的襯托；看「落盡燈花」，表明時間在不斷推移；「雞未啼」，盼長夜過去，急待天明。通過所聞所見寫出漫漫長夜孤眠獨宿的愁苦況味。下闋寫「無睡」時心思。她在回憶過去曾擁有過的賞心樂事，但她的理智告訴她，那已成過往雲煙，韶光已逝，佳期不再，故有「休說情迷」的否定式自白。但理性的判斷與感情上的「剪不斷」還是有矛盾的，明知不可能再續前緣，卻仍是難以割捨，愁心擾擾，「玉筯雙垂」便是這種感情的外露。而這種心事，竟然無人理解、同情。懷有失去舊歡的怨恨，已是一層愁苦，而這種愁苦無人理解，特別是對方不能理解，這愁苦又更加深一層。所謂「祇是金籠鸚鵡知」，用的是旁襯的寫法，其實鸚鵡雖能「學舌」，實乃無情之物，又豈能知會人的心事！如此，便把一種近乎絕望的失落感寫得力透紙背。

馮延巳詞語多用白描，但此詞末尾的「玉筯雙垂」、「金籠鸚鵡」，用了「金」、「玉」字面，當仍受到溫庭筠詞的某些影響。故陳秋帆在《陽春集箋》中評說：「溫庭筠喜用『金』『玉』等字，如『手裡金鸚鵡』、『畫屏金鷓鴣』、『綠檀金鳳凰』、『玉釵頭上風』、『玉鉤褰翠幙』、『玉爐香』、『玉連環』之類。西昆（按：指李商隱詩體）習尚，《陽春》亦善用之。」

采桑子

寒蟬欲報三秋候❶，寂靜幽齋。葉落閑階❷，月透簾櫳❸遠夢回。

昭陽❹舊恨依前在，休說當時。玉笛才吹，滿袖猩猩血❺又垂。

【注　釋】❶三秋候　季秋時候。❷閑階　空階。❸簾櫳　窗簾。❹昭陽　漢宮殿名。漢成帝時，趙飛燕專寵，居於此。此處指受君王寵幸之人。❺猩猩血　猩猩之血，色最紅。此處喻流淚如泣鮮紅之血。

【語　譯】在寂靜幽深的齋室，寒蟬啼鳴，欲向人們報道季秋來臨。葉落空階，月光透過窗簾，我從遠夢中醒來。　對昭陽殿專寵者的舊恨還在，不要再說當時情景。才聽玉笛吹奏，如猩猩血紅的淚水滴滿下垂的襟袖。

【研　析】此詞寫宮怨。一開始點明季節，但詞人不直寫季候，而是通過聽覺，通過秋蟬的啼鳴報道深秋時節的到來。這樣寫，一則是以「欲報」將寒蟬擬人，顯得宛曲，避免平直；再則是以動寫靜，收到「蟬噪林逾靜」的效果，以引出下面主人公的居處，「寂靜幽齋」。寂靜幽齋，係以環境烘托主人公的幽獨寂寥。她在寂寥之中，日有所思，於是夜有所夢。但詞中省略了夢的過程，只寫她夢醒時情景：「葉落閑階，月透簾櫳遠夢回。」作者寫宮怨，常用「遠夢」來表達一種現實中難以達致的美好想望，這個「遠」，並非指遙遠的地理空間距離，而是指一種由長年積澱起來的心理體驗。遠夢是指這位宮中女子進入了一個日常生活中不可能發生的與君王兩情繾綣的夢境。夢醒之後，自然是滿懷虛空悵惘，而聽到的是枯葉墜落空階之聲，看到的是透過窗簾的一輪涼月，哀景襯情，更增內心的落寞淒涼。

下闋開頭轉寫「恨」的心理，恨誰？恨那「昭陽」殿裡專寵的后妃，是她「橫刀奪愛」，以致令自己備受冷落。不僅當時恨，現在還和從前一樣的恨。舊恨加新恨，「砌成此恨無重數」（秦觀〈踏莎行〉），也說明被冷落時間之長。末尾進一步以他人之樂，襯己之悲。當她聽到昭陽殿裡「玉笛才吹」，歡樂的歌舞晚會剛剛開始的時候，她不禁泣下沾襟。「滿袖猩猩血又垂」，那不是一般的流淚，而是泣血，而且是最紅的猩猩血，以濃墨重彩，將悲恨推向高潮。

此詞上闋以景寫情，下闋放筆直抒，前段含蓄，後段醒豁，心理刻劃可謂細膩。其中表現的心境對於絕大多數宮女來說，是有代表性的。也許用我們現在的眼光來看，這種恨，只是一種嫉妒，是一種褊狹，她應該去恨那個以男性為中心的社會，去恨那個君王擁有後宮三千佳麗的罪惡制度，但是那時的宮人不可能有這種認識高度，在她的心目中，一生的「幸福」就寄託在那個至高無上的君王的寵愛上，這就是所謂臣妾心態。詞中的女主人公沒法超越她那個時代的局限。

采桑子

洞房❶深夜笙歌散，簾幕重重。斜月朦朧，雨過殘花落地紅。

昔年無限傷心事，依舊東風。獨倚梧桐，閒想閒思到曉鐘❷。

【注　釋】❶洞房　指室之深邃者。❷曉鐘　指天明時刻的鐘聲。

【語　譯】洞房在深夜笙歌散去之後，簾幕重重。此時斜月朦朧，雨後殘花飄落，地上一片碎紅。懷想昔年無限傷心事，眼前東風依舊似當時。獨自倚靠梧桐，隨意地想這想那，直到聞聽拂曉的鐘聲。

【研　析】詞寫對傷心往事的回憶。這種回憶不會發生在笙歌鼎沸的晚會上，而是在熱鬧過後的靜寂環境中。故詞一開始就建構了這樣的環境：「洞房深夜笙歌散，簾幕重重。」晚會在深夜已經閉幕了，舉行晚會的場所「洞房」在重重簾幕的包圍中歸於靜謐。詞中的主人公也從洞房來到了室外，此時月已西斜，月光朦朧，映入眼簾的是「雨過殘花落地紅」。雨打殘花，落紅狼藉，不僅表明季節已是暮春，且也暗示出這景象恰是自己命運的寫照：不惟是韶華轉瞬，好景不再，更兼遭受摧折，被人委棄。比興之意在焉。南北宋之交的李清照所寫〈聲聲慢〉詞有「滿地黃花堆積，而今有誰堪摘」之句，其手法亦與此相類。融情入景，景中帶情。

下闋回憶往昔。當年發生的「傷心事」令人感到無限痛苦，刻骨銘心，因此至今不能釋懷。這件事發生在什麼時節？也是東風吹拂的春季。「依舊東風」是將今昔景物綰合一處來寫，從現在時態說，是對前面春日景物的補充；從過去時態說，是對「昔年」「傷心事」發生環境的回想。因為憶念「昔年無限傷心事」，主人公毫無睡意，因而「獨倚梧桐，閒想閒思到曉鐘」。至此，方出現主人公形象，他（或她）正獨自佇立在庭院中。何以「倚梧桐」，而不是倚欄杆或者倚其他的花木呢？也許是因為庭院植有梧桐樹，李後主不是有「寂寞梧桐深院鎖清秋」（〈相見歡〉）的描寫麼？但仔細想來也可能與梧桐的高大挺拔、濃蔭匝地有關。高大挺拔、濃蔭匝地，以大襯小，更能反襯出人的形單影隻。在後來的詞作中便也常出現人與梧桐相組合的意象，如宋柳永〈傾杯〉詞有「又是立盡，梧桐碎影」之句，李玉〈賀新郎〉詞有「枉教人、立盡梧桐影」之語。主人公「獨倚梧桐」時，一直在「閒想閒思」。閒，帶有隨意、不經意的性質。這裡一連用了兩個「閒」字，其實並不「閒」，內心實是波瀾起伏，思緒紛繁，而故意用一種輕鬆語調來表達心中的哀怨。這種「閒想閒思」不是一時半刻，而是從夜深至拂曉，可見對「傷心事」難以釋懷到何種程度。

究竟是什麼「傷心事」？詞中終不說破，給人留下懸念。但細加推想，無疑屬於愛而見棄、忠而見疑一類。因見棄、見疑而被長期冷落，以致虛度美好年華。這對某些人來說，是人生最大的憾恨。馮延巳這首詞寫的是一種情感的意境，不管它寫的是女性的被捐棄還是男性的被閒置，都能引起我們深深的同情，並能引發我們對漫長封建社會中某種悲劇性命運的聯想。正是他的不說透，給我們留下了更大的聯想空間。

采桑子

花前失卻遊春侶，獨自尋芳。滿目悲涼，縱有笙歌亦斷腸。　林間戲蝶簾間燕，各自雙雙。忍❶更思量？綠樹青苔半夕陽。

【注　釋】❶忍　怎忍。

【語　譯】在花前失去遊春的伴侶，獨自尋覓春的芬芳。滿目都是悲涼，縱然聞聽美妙笙歌，亦為之斷腸。　眼見林間嬉戲的蝴蝶、穿簾而過的燕子，都成對成雙。怎忍再加思量？那照射綠樹青苔的，只剩下一半夕陽。

【研　析】此詞寫傷春幽獨情懷。詞作以失去遊春伴侶為發端，推出了一個「獨自尋芳」的孤獨者的形象。下面先不說究竟尋訪到了什麼，而是寫總的感受與心情：「滿目悲涼，縱有笙歌亦斷腸。」這種「悲涼」不是一點，不是幾處，而是處處，而是「滿目」，已令人到「斷腸」的程度，即使有美妙的音樂演奏與歌唱晚會也不會有絲毫改變，把這種心情說得斬釘截鐵，不容有半點懷疑。那麼究竟是什麼使人感到如此「悲涼」呢？詞的下闋才回答這個問題。那就是所看到的林間戲蝶、簾間飛燕，都是出雙入對，與自己的「失卻遊春侶，獨自尋芳」形成了強烈的對比。面對此情此景，不願再繼續想下去，「忍更思量」用反詰語氣以增強感情力度。最後以「綠樹青苔半夕陽」之景結情。綠樹成蔭、青苔滋生，應該已是暮春時節，而投射在景物上的只是剩下一半的夕陽。暮春、夕陽，從春的季候、從一日的時光來說，都帶有一種衰殘沒落的特徵，目睹這種景象不是給人帶來更深沉的「悲涼」麼？

詞中的「遊春侶」代表什麼？只是代表愛侶嗎？「遊春」的「春」，「尋芳」的「芳」，又代表什麼？是美好的愛情嗎？從後面的嫉羨燕蝶雙雙，似乎是如此，有蝶燕的點綴，便令人聯想到男女之情。但讀這首詞很容易讓人想起南宋辛棄疾的〈摸魚兒〉詞：「更能消、幾番風雨？匆匆春又歸去。惜春長怕花開早，何況落紅無數。……長門事，準擬佳期又誤，蛾眉曾有人妒。千金縱買相如賦，脈脈此情誰訴？……閒愁最苦，休去倚危闌，斜陽正在，煙柳斷腸處。」二者都寫春事衰殘，都寫孤獨失侶，連結尾的夕陽殘照、綠樹籠煙的意象都相一致，想來這並非偶然的巧合。辛棄疾比馮延巳晚出生兩百多年，雖不同時，但詞心當有相通之處。也就是說，馮延巳此詞，我們不宜當作尋常的閨怨詞看待，當也是以春事衰殘喻國勢危殆，以孤獨失侶喻自己被君王疏遠。這種悲涼極為深廣，是無法消滅更是無法消除的。俞陛雲在《唐五代兩宋詞選釋》中曾指出此詞與「江左自周師南侵，朝政日非，延巳匡救無從，悵疆域之日蹙」有關，『「夕陽」句奇慨良深，不得以綺語目之』，所見極是。

采桑子

櫻桃謝了梨花發❶，紅白相催。燕子歸來，幾度香風綠戶❷開。
人間樂事知多少？且酹❸金杯❹。管❺咽絃❻哀，慢引蕭娘❼舞袖迴。

【注釋】❶櫻桃句　櫻桃，指櫻桃花。櫻桃，花蕊紅色；梨花，白色。二者均在春季開花，但有先後。❷綠戶　青色的門。❸酹　以酒灑地表示奠祭。古人飲食必祭。❹金杯　酒杯之美稱。❺管　指笙、簫等管樂器。❻絃　指琴、箏、琵琶等絃樂器。❼蕭娘　唐代對女子之泛稱。楊巨源〈崔娘〉詩：「風流才子多春思，腸斷蕭娘一紙書。」

【語譯】櫻桃花謝，梨花開放，紅花白花互相催趕。燕子歸來，青門敞開，幾度芳香隨風飄來。
人間樂事知有多少？且舉起金杯奠酒。那管絃的淒咽哀怨，漸漸引得蕭娘回旋舞袖。

【研析】這首詞《陽春集》原不載，王鵬運四印齋本據《歷代詩餘》增入，列在補遺。曾昭岷《溫韋馮詞新校》謂此首為晏殊詞，見《珠玉集》。姑錄於此。詞寫一種被春景觸發的哀傷之情。詞之上闋重在寫景，但景中含情。「櫻桃謝了梨花發」，表明詞人之觀景並非一時，而是長時的觀察，一個花期接著一個花期，那花（櫻桃與梨花只是代表）的此開彼謝寓示春光的逐漸流逝。「紅白相催」，將花擬人，「相催」二字，突出時間流逝之不可逆轉，有如流水之後浪推前浪。但此時的春光仍然充滿活力，燕燕歸來，穿梭於綠戶內外，顯示出自然界生命仍然活躍，而「幾度香風」又回應前面的花開。風送花香，正是人在寂靜之中的嗅覺感受。詞人靜觀自然之景，既感受著春天的勃勃生氣，又感受到流光的暗中轉換。這種轉換是一種非人力所能改變的客觀存在。由此而引發出一種人生短暫的哀感，所謂「天地者，萬物之逆旅也；光陰者，百代之過客也」（李白〈春夜宴從弟桃花園序〉），正是此時情懷。

人生極短暫而樂事卻稀少，故有「人間樂事知多少（此處偏重為少）」之嘆。既然人生不如意事常八九，何不及時行樂，「且酹金杯」，灑酒祭奠，開懷暢飲。但酒真能澆愁嗎？真能忘憂嗎？答案是否定的。雖然在絃管樂器的伴奏下，舞女曼妙輕盈，彩袖飄舉，但詞人並沒有因此而快樂起來。管絃樂的演奏，既是為飲酒助興，應該是比較歡快的。而在詞人聽來卻是「管咽絃哀」，塗上了一層濃濃的傷感色彩。也就是說，這份哀愁就像另一首詞所說的「縱有笙歌亦斷腸」，是無法排解的。因此，我們從詞中感受到的，是對時光流逝的一種無奈，是人生樂事苦少、落落寡歡的抑鬱。詞中湧動的仍是一種對生命意識體悟的潛流。

酒泉子

庭下花飛，月照妝樓春事晚。珠簾風，蘭燭燼❶，怨空閨。迢

迢❷何處寄相思？玉筯❸零零❹腸斷。屏幃深，更漏❺永，夢魂迷。

【詞　牌】〈酒泉子〉，唐教坊曲，用作詞調。有四十字、四十一字、四十二字、四十三字、四十四字等多種體式。馮延巳《陽春集》收此調六首，均為四十二字體，上下闋第一句與末句均押平聲韻，有的上下闋第二句押同一仄聲韻（如本詞），亦有上下闋第四句押同一仄聲韻者，但非定格。上下闋的第三、四句兩個三言，均用作對仗。《詞律》卷三以毛熙震詞（閒臥繡幃）四十字者為正體，另列十九種為「又一體」。《詞譜》以溫庭筠詞（花映柳條）四十字者為正體，另列二十一種為「又一體」。

【注　釋】❶蘭燭燼　香燭燃燒的剩餘物。蘭燭，用蘭香煉膏做成的燭。古樂府〈子夜冬歌〉：「與郎對華榻，絃歌秉蘭燭。」❷迢迢　遙遠的樣子。❸玉筯　喻美人之淚。❹零零　下落。❺更漏　計時的銅漏。

【語　譯】庭中花謝花飛，月光映照妝樓，已到晚春時節。珠簾在風中飄颺，香燭漸成灰燼，人在空閨，滿懷愁怨。　想念的人相距遙遠，不知將相思寄往何處？雙淚長流，為之腸斷。深閨屏風、簾幃遮擋，計時漏壺滴水長久，夢魂迷離縹緲。

【研　析】詞寫閨中春夜相思之情。上闋重在渲染環境氛圍。「庭下花飛」係回憶白天所見室外之景，是「春事晚」的具象化。「月照妝樓」，這種「月」與「樓」的意象組合為古詩中所常見，如曹植〈七哀〉詩：「明月照高樓，流光正徘徊。上有愁思婦，悲嘆有餘哀。」湯惠休〈怨歌行〉詩：「明月照高樓，含君千里光。」張若虛〈春江花月夜〉詩：「可憐樓上月徘徊，應照離人妝鏡臺。」明月，一是它的團圞，對於身處妝樓的離人來說，會引起月圓人缺的感嘆；二是月光普照九州，「千里邁兮音塵闕」，容易引起對遠人的思念。此詞中用「月」與「樓」的意象組合，正是同一機杼。至於中間的「珠簾風」，一方面是具寫室內陳設，另一方面是補充描寫夜間景物，不僅有月，還有風，因為風兒吹動（「風」在此兼作動詞用）珠簾，故在室內能見到窗外明月。「蘭燭燼」，則寫夜晚時間的推移，「燼」字亦帶有動詞性質，即漸漸變為灰燼。「怨空閨」一句，則是以感嘆作為上闋情思的小結。「空」，即空寂、孤獨之感。

下面就「怨空閨」三字作進一步抒寫。空閨獨守，已是滿腹相思。在這種時候多麼希望能把相思之情，向對方傾訴、宣洩，讓對方瞭解、分擔，這樣或許能減輕自己的部分痛苦。但是對方在哪裡？竟然杳不知蹤跡，「迢迢何處寄相思」，能不倍增傷感！故而流淚、斷腸。至詞末「更漏永」，時間推移至深夜，以在屏幃深處的繡床迷離入夢作結。令人深感可哀可嘆！

馮延巳的詞一般都寫得比較疏朗，但此詞卻頗細密，頗類溫庭筠詞。又，這一詞調十句中有六句為三言（與〈更漏子〉十二句中有八句三言相似），句與句之間、意象與意象之間有時缺少關聯詞，因而往往帶有一種跳躍性。又由於句式短促，表達情意顯得節奏較快。

酒泉子

雲散更深❶，堂上孤燈階下月。早梅香，殘雪白，夜沉沉。闌邊❷偷唱繫瑤簪❸，前事總堪惆悵。寒風生，羅衣薄，萬般心。

【注釋】❶更深　夜深。昔時將一夜分為五更，並有人定時報更。❷闌邊　闌干邊。❸瑤簪　玉簪。

【語譯】雲已散，夜已深，堂上孤燈搖曳，階下月光照臨。早梅飄香，殘雪泛白，夜已深沉。

在闌干旁，一邊偷唱歌曲，一邊整理頭髮、別上玉簪，回想往事總令人惆悵。此時寒風吹襲，羅衣太薄，有萬種思念齊湧到心。

【研析】詞寫閨情。這份情感的表露被安置在一個早春的夜晚。主人公原本在室內，從「堂上孤燈」可知。寫「燈」而以「孤」形容，透露出處境的淒清與內心的孤寂。因有心事，坐到「更深」，此時「雲散」月出，月光照到了階前，因而步出閨房，在闌邊佇立。以下就闌邊所見深夜景象及引發的情事加以敘寫。「早梅香，殘雪白」，先用一對句寫庭中景，並點明早春時節。此時庭中早開的梅花飄來陣陣幽香，那殘留的冬雪在月照下閃著白光。這夜景潔白、空靈，顯得很美，但卻接以「夜沉沉」。這「沉沉」二字在此並非黑暗之意，而是承「更深」，指夜更深沉，過於靜寂。正是這份靜寂、空曠，進一步襯托出女主人公的落寞情懷。下面「闌邊偷唱繫瑤簪」一句很妙。第一，表明庭中景物係佇立「闌邊」所見；第二，以行為動作寫情，「偷唱」二字尤妙，因為是夜深人靜，不能放聲歌唱，以免驚擾別人，另外歌中蘊含的情感可能帶有私密性，不願讓人知道。既然如此，又為何在夜深人靜時歌唱呢？實在是此時情有所繫，心有所思，忍不住要用歌唱表露出來。還有「繫瑤簪」的動作，也具深意。時間到了深夜，她站立闌邊時間很長，頭髮難免鬆散，玉簪也快墜落了，必須及時加以整理。這個動作很容易使我們想起馮延巳的另一首詞中所寫的情景：「鬭鴨闌干獨倚，碧玉搔頭斜墜。」（〈謁金門〉）這是一個頭部的特寫鏡頭，給人留下深刻印象。那麼，她「偷唱」的究竟是什麼歌曲？詞中沒有說，但聯繫下句「前事總堪惆悵」來看，定然和「前事」有關。前事之中曾有相聚的歡樂，也有別離的痛苦，也許在分手時她唱了一首驪歌，至今舊曲重溫，忍不住想起那「執手相看淚眼」的難堪情景，故而心生惆悵。以下續寫夜的氣溫變化，也是寫時間的推移。「寒風生，羅衣薄」，衣不勝寒，既是寫自然氣候變化帶來的生理感受，也是以此映襯內心的淒戚，最後以「萬般心」收束全詞，餘味不盡，帶有「便縱有千種風情，更與何人說」（柳永〈雨霖鈴〉）的意味。

這首詞純用白描，語淺而情深。特別是突出行為動作的描寫，更增強了人物的形象性和可視性，為此詞別添一段情趣。

酒泉子

庭樹霜凋，一夜愁人窗下睡。繡幃❶風，蘭燭❷焰，夢遙遙。

金籠鸚鵡怨長宵，籠畔玉箏❸絃斷。隴頭❹雲，桃源❺路，兩魂消❻。

【注　釋】❶幃　帳。❷蘭燭　用蘭香煉膏製作的燭。❸玉箏　箏之美者，以玉嵌鑲或以玉作柱的箏。❹隴頭　隴山之邊。隴，隴山，綿亙於甘肅、陝西境內。❺桃源　桃花源。陶淵明〈桃花源記〉所記桃花源在湖南武陵（今常德）。此處借喻遙遠。❻魂消　同「銷魂」。指神不守舍，魂魄失散。南朝江淹〈別賦〉：「黯然銷魂者，唯別而已矣。」

【語　譯】庭樹經霜，已經凋零，在窗下睡臥，整夜使人愁悶。彩繡幃帳在風中飄動，芳香燭焰在空中升騰，進入遙遙夢境。　金籠中的鸚鵡也怨夜長，主人在籠邊彈奏玉箏，突然絃斷。所思之人如飄蕩於隴頭之雲，遠行於桃源之路，與我兩處魂消。

【研　析】前面兩首〈酒泉子〉寫閨情，一寫暮春之夜，一寫早春之夜，此首則寫秋夜懷人。一開始即點明季節，「庭樹霜凋」，使我們想起了杜甫〈秋興〉八首中的第一首的第一句：「玉露凋傷楓樹林。」當然馮詞所寫僅限於庭院，不及杜詩之闊大，但給人的蕭瑟之感卻是相同的。從下面所寫「繡幃風」，可知還有秋夜涼風的襲擾，室外庭樹的落葉之聲，室內繡幃晃動、蘭燭搖曳之象，共同構成冷清寒涼之境，令人生愁，引人懷遠。她因懷人在朦朧中進入遙遙的夢鄉。下面「金籠鸚鵡怨長宵，籠畔玉箏絃斷」兩句，頗能入妙，妙在不正面寫人，而是從旁面著筆。女主人公雖然入夢，但夢短夜長，夢回之後，愁情有增無已，不禁長吁短嘆，連籠中鸚鵡也跟著發出哀怨之聲。為排遣心頭愁寂，也為打發漫漫長夜，她起坐在鸚鵡籠邊彈箏，滿腔心事、滿懷幽怨，都寄託在這箏聲之中，彈至激越處，箏絃竟然斷裂。詞寫至此，可以說都是從女方著筆。至結尾三句「隴頭雲，桃源路，兩魂消」，則從雙方落墨。她推己及人，想像對方雖遠在他鄉，也同樣在思念自己。這和一廂情願的單相思大不相同，帶有兩人心心相印的特點。這種表達令我們想起宋代李清照的〈一剪梅〉詞：「花自飄零水自流，一種相思，兩處閒愁。」李詞更顯流動、清新，而馮詞從某種意義上來說顯得更為凝重、蘊蓄。「隴頭雲，桃源路」這一對句亦頗佳勝。它全由名詞組成，其中的地址，並非實指，而只是藉此表明地域的相隔遙遠，這和張若虛在〈春江花月夜〉詩中用「碣石瀟湘無限路」來表示遊子遠在異地的寫法相同；「雲」和「路」雖是名詞，卻帶有流動、漂泊的意味，暗含有女主人公的一份關切之情。上闋結以「夢遙」，下闋結以「魂消」，點醒女主人公一夜心緒。

酒泉子

芳草長川❶，柳映危橋❷橋下路。歸鴻飛，行人去，碧山邊。
風微煙澹❸雨蕭然❹，隔岸馬嘶何處？九迴腸❺，雙臉淚，夕陽天。

【注　釋】❶長川　闊大的平原。❷危橋　高聳的橋。❸澹　與「淡」通。❹蕭然　寂寥。❺九迴腸　中腸旋轉，謂心神不安。梁簡文帝〈應令詩〉：「望邦畿兮千里曠，悲遙夜兮九回腸。」

【語　譯】闊大的平原滿是芳草，楊柳映照高橋下的道路。北歸的鴻雁飛走，遠行的情人離去，到了碧山邊。　春風輕微，長空煙澹，細雨寂寥，隔岸的馬在何處嘶鳴？迴腸九轉，淚流雙臉，此時夕陽遙掛天邊。

【研　析】詞寫別情。全詞全從送者的角度寫，通過視覺、聽覺渲染離情。從「芳草長川」看，送別是在暮春時節。「芳草」句是一遠鏡頭，因為是「長川」，故可以看到很遠很遠。此句景語，實亦情語，暗含有白居易詩「離離原上草，一歲一枯榮。……又送王孫去，萋萋滿別情」（〈賦得古草原送別〉）之意。「柳映危橋」句，應該是一個中鏡頭。「柳」出現在詩詞中，常帶有「留」之意，表示依依不捨。柳多植於水邊，故又引出「危橋」，危橋暗示著河流，故下面有「隔岸馬嘶」之語。這裡雖然只寫「危橋」和「橋下路」，已標示出行人的出發路線，即跨越危橋，從對岸的路上行走。下面「歸鴻飛，行人去」的對仗，分寫景物與人事，但景物對人事是一種襯托與比喻。眼望飛鴻與行人漸行漸遠，到了芳草盡頭的碧山邊。這個鏡頭隨視線而移動，由近而遠，其聚焦點是行人，行人愈來愈小。其所寫景象與歐陽脩所描寫的「平蕪盡處是春山，行人更在春山外」（〈踏莎行〉），頗為相似。

至詞的下闋即進一步寫「行人更在春山外」的情景。這時的氣候是微風細雨，澹煙浮空，周圍一片岑寂，映襯出自己的內心的淒迷與孤獨。但她心裡記掛的仍是行人，還在追蹤著他的行跡，問：「隔岸馬嘶何處？」馬嘶聲還在從對岸隱隱傳來，但已不見人的蹤影，問「馬嘶何處」實是問人在何處，由此可知，行人乃是騎馬絕塵而去。到後來，不僅再見不到行人，也再聽不到馬嘶聲，她還在癡癡佇立，迴腸九轉，而「雙臉淚」，有如一個特寫鏡頭，流露出她內心的悽惶與痛苦。詞末「夕陽天」以景結情。由風雨蕭然到夕陽天，有一個氣候的變化過程，也是一個時間的推移過程，可見其站立之久，由站立之久，可見其用情之深。它的寫法與李白的「孤帆遠影碧空盡，惟見長江天際流」（〈黃鶴樓送孟浩然之廣陵〉），有相似之處，這裡也可以說是「蕭蕭斑馬碧山盡，惟見遙天掛夕陽」。如此寫來，令人感到餘味不盡。

酒泉子

春色融融，飛燕乍來鶯未語❶。小桃寒，垂楊晚，玉樓❷空。
天長煙遠恨重重，消息燕鴻❸歸去。枕前燈，窗外月，閉朱櫳❹。

【注　釋】❶鶯未語　鶯雛初生，尚未學語。❷玉樓　樓之美稱。李白〈宮中行樂詞〉詩：「玉樓巢翡翠，珠殿鎖鴛鴦。」❸燕鴻　指燕地之鴻，即北雁。❹櫳　疏檻。此處當指房門。

【語　譯】春色融和，燕子剛從南方飛來，鶯雛尚未學語。桃花在春寒中含苞，垂楊已漸呈青綠，玉樓一片空寂。　煙靄彌漫遼闊天空，令我愁恨重重，人去杳無消息，雁卻歸飛燕地。關閉朱門，所見惟有枕前孤燈，窗外月明。

【研　析】此詞寫閨情。詞一開始概寫時令景物特點，「春色融融」。然後具寫海燕南方歸來，桃花含苞待放，垂楊由黃轉綠，自然界一片勃勃生機。面對如此佳景，本當滿懷喜悅，可是下面陡然轉折，「玉樓空」，便突出了自然界與人事之間的極大反差。「玉樓」係女主人公居處，點明景物係站立於玉樓所見；這個「空」字，並非空無一人，只是在強調環境的空寂、冷清，側重表現的是她的心靈感受，含有一種無人共賞美景、無人共度良辰的悵恨。如果說上面寫景還主要限於庭院範圍的話，則下闋開頭兩句乃寫放眼遠望所見所思。其所以在樓頭眺望，是內心懷有一種期待，希望看到遠人歸來，然而眼目所接是長空煙靄濛濛，遮斷了視線，望不到所愛的蹤影，因而恨意重重。宋代李清照〈鳳凰臺上憶吹簫〉詞有「念武陵人遠，煙鎖秦樓」之語，與此同一機杼。在「長空」中，她還看到遙向北飛的大雁，但這一景象是從抒情中帶出來的，即所謂「即事敘景」。古有雁足傳書之說，雁既遠去，「雲中誰寄錦書來」（李清照〈一剪梅〉），故說「消息燕鴻歸去」。以上所寫，皆係回憶白天情景。最後以「枕前燈，窗外月」之景作結，空間由室外轉至室內，時間由白天轉至夜晚，孤燈獨對，已是不堪，何況明月「低綺戶，照無眠」（蘇軾〈水調歌頭〉），更不免令人生出月亮團圓、情愛殘缺的憾恨。全詞或以樂景反襯愁情，或以闊大迷濛之景映襯內心之迷茫失望，或以寒夜的淒清烘托愁苦，景中寓情，含蓄婉轉，渾厚質樸。其寫景一句一境，其境小大相間，動靜相宜，雖帶有某種跳躍性，但似斷還連，草灰蛇線，仍有跡可尋。

酒泉子

深院空幃❶，廊下風簾驚宿燕。香印灰❷，蘭燭❸小，覺來時。

月明人自擣寒衣❹，剛愛無端惆悵。階前行，闌畔立，欲雞啼。

【注釋】❶幃　帳。❷香印灰　香印，指有圖案的香，其灰亦成圖形。❸蘭燭　以蘭香煉膏製作的燭。❹擣寒衣　以杵捶打置於石上的寒衣。寒衣，天寒時所著衣，杜甫〈秋興〉詩八首之一：「寒衣處處催刀尺，白帝城高急暮砧。」

【語　譯】睡臥深院空帳之中，廊下風吹簾響，驚動棲宿雙燕。醒來之時，見香印成灰，蘭燭愈燒愈短。　明月之下，仍自有人捶擣寒衣，剛剛充滿愛意，又無端感到惆悵。起來在階前行走，在闌邊站立，此時晨雞即將鳴啼。

【研　析】此詞寫秋夜閨情。詞先從女主人公居處著筆。房院以「深」來修飾，床幃用「空」來形容，突出夜的靜寂、人的孤單。而此時涼風襲來，掀動廊下竹簾，驚起了正在雙棲雙宿的燕子。也正是這風聲、竹簾掀動聲、宿燕撲簌聲，把主人公從睡夢中驚醒。「香印灰，蘭燭小」，係醒來所見，說明夜已很深。由於夜深人靜，聽到遠處傳來的擣衣聲。「月明人自擣寒衣」句，一方面對夜景作補充描寫，有明月當空，這是一個風清月白的夜晚；另方面月下擣寒衣，除了表明季節外，還造成一種以動寫靜的效果。這種景況實即李煜在〈搗練子令〉詞中所描寫的情境：「深院靜，小庭空，斷續寒砧斷續風。無奈夜長人不寐，數聲和月到簾櫳。」為什麼看到明月、聽到擣衣聲後，會發生「剛愛無端惆悵」的情緒變化呢？「剛愛」，應該是指她「覺來」之前，做了一個團圓的美夢，因此心頭還氤氳著一股欣喜之情；既醒之後，見明月透過簾櫳相照，而團圓之月是最易引起懷遠之情的，又聽到擣寒衣之聲，更念及行旅在外之人的冷暖，故而心生「惆悵」，有一種莫可名狀的煩憂。說「無端」，沒來由，實是有由，只是沒有對其中的因果關係作深思罷了。由於心煩意亂，女主人公坐立不寧，時而徘徊在階前，時而倚闌佇立，一直快到雞鳴報曉。全詞將主人公置於長夜的靜境中，以一連串的行為動作突出其情緒變化，具現其思遠情懷。

馮延巳六首〈酒泉子〉均寫閨情，有的細密，有的疏朗。細密處不亞於溫庭筠詞，但不用穠麗字面，仍用本色語；疏朗處能開闔動盪，給人留下更多聯想空間。

臨江仙

秣陵❶江上多離別，雨晴芳草煙深。路遙人去馬嘶沉。青帘❷斜挂，新柳萬枝金❸。　隔江何處吹橫笛？沙頭驚起雙禽。徘徊一餉❹幾般心。天長煙遠，凝恨獨沾襟。

【詞　牌】〈臨江仙〉，唐教坊曲名，用作詞調。又名〈雁歸後〉、〈謝新恩〉、〈畫屏春〉、〈采蓮回〉、〈玉連環〉等。此調體式很多，有五十四字、五十六字、五十八字、六十字、六十二字、七十四字、九十三字等十餘種。馮延巳此調五十八字，上下闋各五句，三平韻，句式、格律均同。此調音律和諧，清婉詞人尤為喜好。參見《詞律》卷八、《詞譜》卷十。

【注　釋】❶秣陵　即南唐都城金陵，今江蘇南京。❷青帘　酒旗。❸金　指柳吐新芽，呈金黃色。❹一餉　此處指時間較為長久。

【語　譯】秣陵江上多離別場面，正值雨後轉晴，芳草淒迷如煙。踏上迢遙路程，行人漸遠，馬嘶聲愈來愈低沉。酒旗斜掛，楊柳初綻新芽，伸展萬枝金。　隔江何人吹奏橫笛？將沙洲上雙禽驚起。徘徊多時，思緒十分煩亂。天空寥廓，嵐煙籠遠，心頭凝聚惱恨，獨自淚下沾襟。

【研　析】詞寫離別之情。一開始即點明送別地點「秣陵江上」。秣陵江上，包括江中，也包括江邊，此處是交通要道，既有水運的便利，也有通向四方的陸路，因此也是頻繁送別之地，故有「多離別」之概說。多離別，既包含了他人的離別，也包含了自己的此次離別。雖是一句敘述語，卻已包含了深沉的感慨。下面「雨晴芳草煙深」係寫景，兼點此番別離的季節與時刻。由「芳草」可知別離是在春天。其中「雨晴」二字很值得注意，一是天氣由雨轉晴，有一時間過程，當此送者與行者難分難捨之際，下雨似乎為他們贏得了些許纏綿話別的時間，但天已放晴，則行人勢必不得不出發，送者亦無再挽留之理。由此使我們想起宋代柳永的〈雨霖鈴〉詞中的描寫：「對長亭晚，驟雨初歇。都門帳飲無緒，留戀處、蘭舟催發。」其情景頗相彷彿；二是與眼前情景相關，雨後的芳草翠綠，而在晴嵐籠罩下，更顯淒迷，芳草淒迷是送者迷惘心情的一種映襯。「芳草煙深」，那也應是行者的經行之地。詞人省略了話別的場面，以下直寫行人去後情景，又可分為幾個層次。第一層：「路遙人去馬嘶沉。青帘斜挂，新柳萬枝金。」寫眼見行人去後漸行漸遠，以至於不見人影，惟聞馬嘶聲，且馬嘶之聲愈來愈低沉。只有別時風景依舊，仍是臨江酒旗斜掛，堤岸楊柳枝嫋黃金。酒旗、春風（由「青帘斜挂」可知）、岸柳，也是對前面景物的補充描寫，進一步表明送別是在一個春光明媚的時節，一個行人熙攘的埠頭，也暗示曾於此飲酒餞行，折柳送別。通過聽覺與視覺，傳達出一份無可奈何的失落、悵惘之情。第二層：「隔江何處吹橫笛？沙頭驚起雙禽。」和前面一樣，仍是通過聽覺、視覺寫情。能夠聽到隔江的笛聲，當是相對清靜之時，表明時間有所推移；由隔江聽笛，可以推知此「江」可能是靠近秣陵的一條較小的河流。這兩句之間是因果關係，重點應是後面一句：「沙頭驚起雙禽」，先聞「驚起」之聲，循聲而見雙飛之鳥。「雙禽」，是對自身孤獨處境的一種反襯，牠們的出現，進一步激盪起她內心的波瀾。直到此時，我們才明確這番送別，是一個多情女子相送所愛之郎君。第三層：「徘徊一餉幾般心。天長煙遠，凝恨獨沾襟。」將行為動作與內心活動綰合一處來寫，但這三句之間是一種層進的關係。她在送別之地久久徘徊，那遠去的馬嘶聲、那斜掛的酒旗、那搖曳的柳枝、那對岸的笛聲和沙渚驚起的雙禽，皆此時耳目之所接，而「幾般心」則是此時的紛亂情緒的概括。在徘徊之際，她懷著一縷希冀，舉目遠眺，但所見惟是遼闊天空，嵐煙無極，行人已是杳無蹤影，不禁淚下沾襟。其中「凝恨」二字，是全詞的情感聚焦點。

這首詞先由「多離別」的一般情況入手，進而轉寫這一次的個別分離場景，由古往今來的離別說起，再轉入眼前，因而相對於那些從庭院、花柳入手的作品來說，顯得氣勢恢張、開闊。從描寫此番別離來說，將視覺與聽覺結合，鏡頭則由遠而近，範圍愈收愈小，直至出現一個淚沾襟的特寫鏡頭，情感亦由含蓄而醒豁，逐層轉深，可謂匠心獨運。故俞陛雲《唐五代兩宋詞選釋》評曰：「尋常離索之思，而能手作之，自有高渾之度。」「高渾」二字，深中肯綮。

臨江仙

冷紅❶飄起桃花片，青春❷意緒闌珊❸。畫樓簾幕捲輕寒。酒餘人散後，獨自凭闌干。

夕陽千里連芳草，萋萋愁煞王孫❹。裴徊❺飛盡碧天雲。鳳笙❻何處？明月照黃昏。

【注　釋】❶冷紅　輕寒中的花。❷青春　春天。❸闌珊　衰落；將盡。❹萋萋句　漢淮南小山〈招隱士〉有「王孫遊兮不歸，芳草生兮萋萋」語，本意為盼望出遊的王孫歸來，此處以王孫自喻。萋萋，草盛貌。煞，甚。王孫，公子。❺裴徊　即徘徊。此處指雲彩飄移。❻鳳笙　管樂器，長四寸，十三簧，像鳳之身，故稱。

【語　譯】風吹寒冷中的紅花，飄起桃花片片，春天意緒已漸衰殘。華美的樓臺簾幕捲起，襲來陣陣輕寒。酒宴結束，客人散去，獨自依倚闌干。　千里夕陽連著萋萋芳草，王孫滿懷愁悶。看那雲彩飄移，直到消失在藍天盡頭。吹奏鳳笙的人在何處？此時已是明月映照黃昏。

【研　析】此詞寫春暮懷人。詞從描寫暮春景物入手：「冷紅飄起桃花片。」寫花而曰「冷紅」，一是說明天氣尚餘微寒，同時也是強調一種鮮豔的色彩，它既包含桃花，也包含了其他的花，所謂「飄起桃花片」，只是以桃花作為其中的代表。如今眼前已是百花凋零，故下面概寫一句「青春意緒闌珊」。景物中已透露出人的情意蕭索。「畫樓簾幕捲輕寒」，點出人之所在地，「輕寒」與前面的「冷紅」之「冷」相映照，雖是寫氣候，中間實含有一種冷清之感。兼之是在「酒餘人散後」，更增添了一份寂寥。「獨自凭闌干」，於此出現主人公形象，說明前面描寫之景觀、對春意與氣候的感受、對「酒餘人散」的敘述，皆「凭闌干」時所見、所感、所憶，是為倒敘。「獨自」二字，使形象尤為醒目。這一行為動作直貫詞之下闋。

隨著時間推移，由白天漸至夕陽西下，極目所見，惟是芳草，「千里」，乃是由已見推知未見的誇飾之辭。「夕陽千里連芳草」與發端的「冷紅飄起桃花片」相映襯，一大景，一小景，顯示出春的衰暮之象無處不在，惜春之情隱然寓於其內。春光將盡，面對萋萋芳草，怎不令人「愁煞」啊！其中暗用芳草萋萋，王孫不歸意，寓示自己處境飄忽不定。主人公倚闌良久，心緒不寧，仰看雲起雲飛，直到彩雲消散，黃昏來臨，明月東升。通過時間推移，寫其長久地獨自品嘗著這份孤獨與愁情。其中「裴回飛盡碧天雲」係「碧天雲裴回飛盡」的倒裝，對這一句我們不容忽視，它不僅是描寫景物，實暗用江淹〈休上人別怨〉「日暮碧雲合，佳人殊未來」詩意，表露出一種失望之情。這說明主人公的「愁煞」，除了春光將盡、行蹤飄忽外，還有別的因由，還有一種特別的期待。詞的末尾進一步用「鳳笙何處」點出。鳳笙，本為一種樂器名，此處指吹奏鳳笙之人，聯繫前面的「酒餘人散」，似指歌舞宴會上之樂伎。但這樣聯想，還只停留於表層意。此處當暗用典故。唐韓愈〈誰氏子〉詩云：「或云欲學吹鳳笙，所慕靈妃（仙女）媲（配）蕭史。」《列仙傳》載，蕭史善吹簫，秦穆公以女嫁之，築鳳臺，後二人隨鳳飛去。所謂「鳳笙何處」，當含有一種對蕭史與秦娥這樣的美滿結合的嚮往。

這首詞，特別是下闋寫得有點迷離惝恍，不易確指。聯繫詞人所處南唐艱難時勢看，當係詞人自抒情懷，寓含有辛棄疾〈摸魚兒〉詞「斜陽煙柳」式的感時傷世之慨，並懷有一種君臣遇合的期待。但全詞渾然一體，作懷人之詞看，可；作別有託寓看，亦可。俞陛雲《唐五代兩宋詞選釋》認為此作係「以愁羅恨綺之詞寓憂盛危明之意」；蔡厚示、黃拔荊《南唐二主暨馮延巳詞傳》也認為「從作者自比『王孫』看，似有憂時傷勢之感，或別有寄託」。

此詞因版本不同，某些詞語有異，如上闋之「畫樓」，他本作「高樓」；下闋之「萋萋」，他本作「風光」；「鳳笙」，他本作「鳳城」，等等。因用語不同，影響對全詞涵義的理解。

又，此詞形式有異於常調。〈臨江仙〉為雙調，上下闋字數相同，用韻亦同，但此詞例外，上闋三十字（有的版本二十九字，即「酒餘人散後」句少一「後」字），下闋二十九字；上闋用寒、刪韻，下闋轉用真、文、元（可通押部分）韻。是為此調中特有之例。

臨江仙

南園❶池館花如雪，小塘春水漣漪❷。夕陽樓上繡簾垂。酒醒無寐□，獨自倚闌時。

綠楊風靜凝閒恨❸，千言萬語黃鸝。舊歡❹前事杳難追。高唐暮雨❺，空祇覺相思。

【注釋】❶南園　本指南面之園，此處泛指園圃。❷漣漪　水面微波。❸閒恨　似不經意的無端而來卻又揮之不去的一種愁恨。❹舊歡　往昔情人。❺高唐暮雨　宋玉〈高唐賦〉述楚王幸神女，神女臨行答曰：「旦為行雲，暮為行雨。」此用以喻男女歡會事。

【語　譯】南園臨池館閣，花飛如雪，小塘春水泛起漣漪。夕陽映照樓臺，繡簾低垂。酒醒再無睡意，正是獨倚闌干時。　風已止息，綠楊平靜，閒恨心頭凝聚，縱有黃鸝的千言萬語，也無法傾訴。與昔日情人同樂的往事，杳難尋覓。高唐暮雨的歡洽，僅僅空剩相思而已。

【研　析】此詞寫閨怨。作者從描寫庭院景物入手。由「南園池館花如雪」的描寫，可知時屆暮春。景語即情語，那飛花的紛亂，乃是心緒繚亂的一種映襯，而「小塘春水漣漪」，猶如他另一首詞所寫的「風乍起，吹皺一池春水」（〈謁金門〉）一樣，暗示著內心情感微瀾的興起。「夕陽」句，則由庭院轉寫樓臺，先以「夕陽」點明時刻，夕陽西下，黃昏將臨，是最易引人念遠的時分；復以「繡簾垂」營造出一種靜謐的氛圍，靜謐中隱含孤寂之感。至酒醒之後，她步出繡房，「獨自倚闌」，由此可知庭院的景物也好，夕照樓臺也好，皆其「獨自倚闌時」所見。由「酒醒」，可知她曾飲酒以解寂寥獨處的愁悶。但正如宋代張先〈天仙子〉詞所寫：「午醉醒來愁未醒。」故醒來之後，不僅飛花、春水激盪起情感的漣漪，還有那「風靜」中的「綠楊」、那「千言萬語」的「黃鸝」，都會引發無限的感傷。綠楊，黃鸝，一靜態，一動態，人見楊柳而思折柳送別難以割捨的場面，聞黃鸝彼呼此應，似覺牠們在盡情地傾吐自己的快樂。「千言萬語」，係用擬人手法，對自己的煢獨處、無可訴說，是一種反襯。這一切攪擾於心，卻說是「凝閒恨」，以淡語表出，實則是以淡寫濃，寓濃於淡，此亦詞人常用之伎倆。這種「閒恨」究竟由何引起？至詞之末尾方始點出。「舊歡前事杳難追」，這句是敘事，也是抒情，有失落，有遺憾，有怨懟，這正是引起「凝閒恨」的根由。而今對於昔時歡會的千種柔情、萬分繾綣，只有在回憶中去重溫了，然而回憶無益於療救眼前的空寂無聊，所以說「高唐暮雨，空祇覺相思」，充滿了感嘆與無奈。詞中寫的是一種單相思，是一種被遺忘、被拋棄的痛苦，她連等待的希望都沒有，因此，其所表達的愁恨遠過一般的思婦懷人念遠之作，而帶有一種深濃的悲劇性質。同其他有的作品一樣，詞中描繪出一種「感情的境界」，那種被忘卻、被拋撇的痛苦，與君臣關係的疏離、政治上的失意，頗有相通之處。

清平樂

深冬寒月，庭戶❶凝霜雪。風雁❷過時魂斷絕，塞管❸數聲嗚咽。

披衣獨立披香❹，流蘇❺亂結愁腸。往事總堪惆悵，前歡休更思量。

【詞　牌】〈清平樂〉，唐教坊曲，用作詞調。又名〈清平樂令〉、〈憶蘿月〉、〈醉東風〉等。雙調，四十六字，上闋四仄韻，下闋三平韻。下闋三個平起押平聲韻的六言句，一、三字平仄可以不論，但第五字必用平聲。《詞律》卷四、《詞譜》卷五均以李白詞（禁闈清夜）作為正體。

【注　釋】❶庭戶　庭院之門戶。此處當指庭院。❷風雁　寒風中南飛的大雁。❸塞管　一名笳管，塞外胡樂器。❹披香　即披香殿，漢時後宮殿名。此借指南唐宮殿。❺流蘇　以絲線織成的穗子，常用作馬車或帷帳的垂飾。

【語　譯】深冬時節，寒月相照，庭院凝結霜雪。寒風中鴻雁南飛時，令人魂銷魄散，又傳來數聲胡笳嗚咽。　披著衣裳獨自站立披香殿，愁腸有如流蘇亂結。往事總令人感到惆悵，對從前的歡事，不要再去思量。

【研　析】詞寫宮怨。上闋通過視覺、聽覺營造出一個淒寒的環境，以渲染愁情。季節選取的是冬末，這是一年中最為寒冷的時候；時間又是月夜，氣溫是一天中最為寒涼的時刻。「庭戶凝霜雪」便是這一季候特點的表徵。一個「寒」字，既是她對氣候的感受，也是她的情緒低到冰點的反映。而在此時，迎著寒風的南飛雁陣又發出淒厲的叫聲，遠處的笳管又傳出如泣如訴的嗚咽聲，這無異於雪上加霜，更令她難以為懷，魂魄為之斷絕。下闋重在寫內心活動。「披衣獨立披香」一句敘事，承上啟下，明上闋所見所聞乃獨立披香殿時發生之情事，其所以披衣獨立是因為心事重重，夜不能寐，故下面接著以流蘇亂結比喻此時愁腸。昔時多以愁腸百結比喻愁緒紛繁，如韋莊〈應天長〉詞：「別來半歲音書絕，一寸離腸千萬結。」馮詞之比喻更覺新異，取譬於眼前之物——帳帷糾結之流蘇，自然而又貼切。詞的結尾，直抒情懷：「往事總堪惆悵，前歡休更思量。」「往事」的內涵，既包括受寵的「前歡」，也包括失寵的痛苦，受寵與失寵之間造成的情緒落差非常巨大，因而太刻骨銘心，故而說「總堪惆悵」，一個「總」字說明難以言表的感傷，無時無刻不在襲擾她的心靈。當如何從極度痛苦中解脫？只有下定決心，不再去回想從前那短暫的歡娛。故以「前歡休更思量」的決絕語，欲對這段往事作一個了斷。這既是一種帶有理性思考的決斷，又是對前景完全絕望心情的表露。以情語作結，充滿了無奈，給人展示的是一個悲劇性的結局。

前人寫宮怨，取境以春秋為多，而此詞卻選取冬景，似更增添了一份淒寒悲涼意味。詞中含有今昔對比，但從情語中透出，顯得較為空靈。末尾的兩句抒情「往事總堪惆悵，前歡休更思量」是一組對仗，但很流利，使人不覺其為對仗。前人論詞中對仗，以不覺其為對仗者為佳，馮延巳此詞可謂得之。

此詞雖涉宮怨，但難以指實。馮延巳在政海風波中浮沉上下，榮辱相隨，借宮人失寵心態，蘊寓自己人生經歷、體驗與悲涼心境，實亦是宣洩之一法。但又隱約幽微，妙在可解不可解之間。

清平樂

雨晴煙晚，綠水新池滿。雙燕飛來垂柳院，小閣畫簾❶高捲。

黃昏獨倚朱闌，西南新月❷眉彎。砌❸下落花風❹起，羅衣特地❺春寒。

【注　釋】❶畫簾　有彩繪的竹簾。❷新月　指農曆初三、初四之月，形似蛾眉。昔有「初三初四蛾眉月，十五十六月團圓」之諺語。❸砌　臺階。❹落花風　吹散花朵之風。杜牧〈題禪院〉詩：「今日鬢絲禪榻畔，茶煙輕颺落花風。」❺特地　特別。

【語　譯】晚來雨過天晴，夕照嵐煙籠罩，池塘綠水剛剛平滿。雙燕飛歸垂柳庭院，小閣門窗畫簾高捲。　黃昏時刻，獨自依倚紅色闌干，西南天際，新月有如眉彎。臺階下落花風兒又起，身著羅衣深感料峭春寒。

【研　析】此詞又見《六一詞》，傳為歐陽脩作。但《陽春集》作馮延巳詞，《花草粹編》、《歷代詩餘》、《全唐詩・附詞》、張惠言《詞選》亦均斷為馮詞，當以作馮詞為是。

此詞寫閨中孤獨情懷。它以時間為線索，以景物變化為依託，表現出閨中人情感的起伏。一開始寫她看到的是一種充滿生機的景物：「雨晴煙晚，綠水新池滿。」一場春雨過後，天已放晴，映入眼簾的是傍晚時分的嵐煙夕照，新漲的滿池綠水，波光瀲灩。後面一句令人想起北宋周邦彥「小橋外、新綠濺濺」（〈滿庭芳〉）的描寫。這麼生意盎然的景物，給女主人公帶來的無疑是一種欣喜之情。這兩句所寫為遠景。下面「雙燕」兩句則為近景，寫出人對雙燕有情，故捲畫簾以待，然而惟雙燕為伴，又透露出閨中寂寞，燕的雙飛雙宿，又襯托出人的孤單。隨著景物的變換，人的情緒亦隨之由欣喜轉為愁寂。下闋寫時間推移至黃昏時刻，出現了女主人公依倚朱闌的身影，以一「獨」字明點其處境與心情。此時所見景物是西南的一鉤如眉新月。新月是缺月，它當也寓示著眼前情愛的殘缺、生活的不圓滿，正如牛希濟〈生查子〉詞所云：「新月曲如眉，未有團圞意。」那麼女主人公為什麼還守望著它呢？當是有所期待，因為缺月總歸會有團圓的時刻。最後，詞以「砌下落花風起，羅衣特地春寒」作為結束，第一，表明所處為落花時節，春光將逝，不免暗含有時不我待、紅顏易老的感慨；第二，表明她倚闌良久，直至深夜。她身著羅衫，在黃昏時刻，尚有陽光的餘溫，因而不會覺得有何不適，及至夜漸深沉，落花風起，便特別感到寒涼。這寒涼也是對心理上淒冷的映襯。長久倚闌，思緒紛繁，有甜蜜的回憶，也有獨處的孤苦，有幾分怨懟，也有殷切期盼，應是五味雜陳，而這一切盡在不言中。全詞寫得清新淡雅，讀來有許多回味。有的詞句甚至引發人的某種聯想，如俞陛雲即認為：『花落春寒』句，論詞則秀韻珊珊，窺詞意，或有憂讒自警之思乎？」（《唐五代兩宋詞選釋》）

清平樂

西園❶春早，夾徑抽新草。冰散漪瀾❷生碧沼，寒在梅花先老。

與君同飲金杯，飲餘相取❸徘徊。次第❹小桃將發，軒車❺莫厭頻來！

【注　釋】❶西園　魏曹操曾在鄴縣築西園，曹植〈公讌詩〉有「清夜游西園，飛蓋相追隨」之語。此處係泛指園圃。❷漪瀾　水波。❸相取　相共。❹次第　依次。❺軒車　原為大夫以上所乘車，此處指友朋所乘車。

【語　譯】西園春光早到，路徑兩旁長出新草。冰凌散碎消融，水波輕漾綠色池沼，餘寒猶在，梅花先老。

與你同舉金杯飲酒，飲後一道在園中徘徊。含苞的桃花將依次綻放，你乘車前來，不要厭煩來得頻繁！

【研　析】此詞寫友情。上闋寫早春景物，點出他們此番相會的季節與環境：在美麗的西園，梅花已然開過，新草剛剛抽芽，池中的冰塊也已融化，輕泛漣漪，當然還不免有些兒寒意。顯然，這是一個自然界生機勃發的時刻，活動於此的人，心中也滿溢著一種生命的韻律。下闋轉寫相契合的老友面對如此佳景，一同手擎金杯對飲，一同漫步於園中小徑，無話不談，情投意合。這真是人生中一大樂事！末尾兩句尤情意殷切，設想此番別後「次第小桃將發」，盼他「軒車莫厭頻來」，不止是再來，還要多來。這一結尾使我們想起孟浩然的〈過故人莊〉詩「待到重陽日，還來就菊花」的臨行話語，只是前者是主人的殷勤囑託，後者是客人的親切期待。二者有異曲同工之妙，表明真摯的友情不只是一時的，而是長久的；也表明這種友情是以共同對自然美的愛賞、以情性相投互相坦誠信任為基礎的，它是純潔的，非實用功利的，因而特別可寶。

這首詞平易中透露出古樸，清新中透出深濃，讀來有如春風拂面，清人肺腑，故受到前人稱賞，丁壽田等云：「此詞語淡而情意懇切，大有古詩風味。」（《唐五代四大名家詞》丙篇）詞寫友情，似無前例，這也是馮延巳對詞的題材的一種開拓，值得在詞史上書寫一筆的。

醉花間

獨立階前星又月，簾櫳❶偏皎潔。霜樹盡空枝，腸斷丁香結❷。

夜深寒不徹❸，凝恨何曾歇。憑闌干欲折。兩條玉筯❹為君垂，此宵情，誰共說？

【詞　牌】〈醉花間〉，唐教坊曲名，有四十一字、五十字兩體。馮延巳《陽春集》中四首均為五十字，雙調，上闋四句，三仄韻，下闋六句，四仄韻，末尾兩個三字句可用為對仗，但非定格。《詞律》卷三以毛文錫詞（深相憶）四十一字者為正體，另列毛文錫詞平仄有異者及馮延巳詞五十字者為「又一體」。《詞譜》卷四所列與《詞律》相同，惟所列馮詞作品有異。

【注　釋】❶簾櫳　有時指窗簾，此處當指由木條製成的窗格。❷丁香結　丁香花蕊。寓固結不解之意。馮延巳〈鵲踏枝〉（秋入蠻蕉風半裂）有「愁腸學盡丁香結」之句。❸徹　盡；畢。❹玉筯　喻美人眼淚。

【語　譯】獨立階前，仰見星星與明月，穿透簾櫳，特別皎潔。經霜樹葉落盡，惟剩空枝，愁腸寸斷，有如難解的丁香結。　夜深寒氣不盡，凝聚的怨恨何曾停歇。依憑闌干幾乎使之斷折。雙淚為君而流，此夜情懷，能向誰訴說？

【研　析】詞寫閨怨。這首詞上闋寫秋夜「獨立階前」所見所感。以「獨立階前」為發端，此為「順入」之法，首先突出人物形象，並透露出孤淒之感。接寫星月交輝，簾櫳皎潔，這是一個何等空明剔透的空間，對於詩人來說，也許會引發出無數美麗的奇思妙想，然而對於思婦來說，它映襯出的只是自己的形單影隻，引發的是自己對同處月照下的遠人的思念。寫簾櫳皎潔，中間著一「偏」字，似含責怪之意，照得離人愁絕，係主觀怨懟之情，投射於客觀之物。下面「霜樹盡空枝」，轉寫月下所見庭院內外景物，霜風淒緊，萬木凋零，秋意肅殺。一年中的光景已呈衰瑟之象，其中不僅寓有時光流逝的感慨，更含有對自己衰暮的惶恐，因此愁腸百結，肝腸寸斷。

詞之下闋，主人公由「獨立階前」轉而為「凭闌干」，她憑依闌干很久很久，直至深夜，以致闌干都快折斷了。「凭闌干欲折」，這一寫法頗為誇張，也極新鮮。在表情方面則承「腸斷」，把那份心底的幽怨進一步深化、明朗化。「夜深寒不徹」，是寫夜越來越深沉的氣候感受，也是對此時情緒的一種映襯，夜寒不盡，也是心寒不止，故下面接以「凝恨何曾歇」。因恨極傷心，以致潸然淚下，她的心在呼喊：這是為你——我的郎君——而流的，你可知道？人有愁悶、有傷感，總是希望向人訴說，有人傾聽，因為宣洩可以減輕精神的壓抑，然而「此宵情，誰共說」，用一反詰語作結，一腔心事，不僅所愛的人渾然不知，周圍竟亦無人可以訴說，凝恨之外更添一層悲傷。此詞寫情採用的是層進之法，由蘊蓄而漸醒豁、強烈，由「腸斷」的概寫而漸趨具體深細，結尾尤具有一種震撼力。

醉花間

月落霜繁深院閉，洞房❶人正睡。桐樹倚雕檐，金井❷臨瑤砌❸。

曉風寒不啻❹，獨立成憔悴。閑愁渾❺未已。離人心緒自無端，莫思量，休退悔。

【注釋】❶洞房　深邃之內室。❷金井　設有雕欄之井。朱門深院中井之美稱。❸瑤砌　玉石造成或裝飾的臺階。❹不啻　不止。❺渾　全。

【語　譯】月已西沉，秋霜繁重，深深宅院關閉，洞房中，人正睡。梧桐依倚雕飾的房簷，金井與玉石臺階相近。　早上的寒風吹個不停，獨立的人形容憔悴。閒淡的愁情全無止息。分離帶來的不快心緒本沒來由，不要去思量，也不要去後悔。

【研　析】詞寫揮之不去的閒愁。先從拂曉前寫起，「月落霜繁」是秋季凌晨時分的景物，帶有一種淒冷的特點，「深院閉」，則是一個極為安靜的環境，並由此引出下面的「洞房」和洞房中的人。「人正睡」是說人在躺臥著，從後面「獨立成憔悴」的描寫看，這個躺著的人，應是滿腹心事，一夜未眠。眼看著天漸明亮，便起來步出洞房，「桐樹倚雕檐，金井臨瑤砌」是其所見「深院」之景。雕簷、金井、瑤砌，表明此乃富貴人家，襯托出主人公的高貴身分。這兩句為一聯精美對仗，故上闋之寫景，可說是於流利中雜以整飭之美。

下闋開頭的「曉風寒不啻」與前面的「月落霜繁」相呼應，寫出此時氣候特點，在寒風不停的吹拂中，出現了「獨立」的人，出現了人的「憔悴」面容，還有未曾出現的裹著清瘦身體的衣裳的飄舞。詞中的人物，在這一環境中顯得頗富立體感，令讀者如見其人。但「憔悴」還只是人的外在形象，究竟是什麼使之如此憔悴？下面方始作答，是因「閑愁渾未已」。閑愁，指一種並不經意的無端而來的愁情，但在詞中往往是重愁輕說，貌似閒淡，實則深擾人心。不獨馮延巳詞如此說，即如南宋辛棄疾事關民族生存、家國興亡的大愁，也說成是「閑愁」，如說「閑愁最苦」（〈摸魚兒〉），說「我來吊古，上危樓、贏得閒愁千斛」（〈念奴嬌〉），均是。這種愁你想要把它拋開，從心頭將它剔除，都不可能，故說「渾未已」。但人對某種淒怨、愁苦的承受能力總是有限的，不斷承受重壓，人的精神便有可能崩潰，於是又會想方設法去擺脫、去開解。這首詞的末尾「離人心緒自無端，莫思量，休退悔」，就是一種自寬自解之辭。這種分離的心緒既然無端而來，又何必想得太多，何必去追悔那份付出、那份已經失去的歡愉呢？但我們在主人公的自寬自慰中，仍能感到含有一份深深的幽怨。沒來由，實際是有來由，顯得沒來由，正是一種「不思量，自難忘」（蘇軾〈江城子〉）的狀態。而「莫思量，休退悔」，更帶有一種強迫自己的性質，然而情感的磨折，實際是很難揮之即退的。這一段主要寫內心活動，由閒愁未已寫到欲自行寬解，表露出一種內心的痛苦掙扎。

詞中所寫「閑愁」是什麼？沒有確指；與何人分離？亦未明示。似是寫閨情，又似超出閨情之外。當是和其他某些詞一樣，寫的是一種情感的意境，因而能引發我們其他的聯想。這種閒愁，如此地刻骨銘心，揮之不去，很容易使我們想起作者對於南唐國勢的憂虞，想起他和君王之間的某種微妙的關係。這些感受既難以明言，只有獨自品嘗，因而心中充滿了孤獨感。

醉花間

晴雪小園春未到，池邊梅自❶早。高樹鵲銜巢，斜月明寒草。

山川風景好，自古金陵❷道。少年看卻❸老。相逢莫厭醉金杯，別離多，歡會少。

【注　釋】❶自　卻。❷金陵　古地名，即今之南京。❸卻　動詞詞尾，含有「著」意。

【語　譯】天已放晴，小園的雪尚未消融，春還沒到，池邊梅花開放卻早。喜鵲銜枝在高樹上築巢，斜月照亮寒草。　自古以來的金陵道，山川風景獨好。年少的人眼看變老。相逢時莫厭金杯醉酒，因為別離多，歡會少。

【研　析】詞寫人生離多會少的感慨與追求。為什麼要追求歡聚的快樂？因為第一，人生易老，君不見「少年看卻老」，轉眼之間，青春少年變成了垂垂老者；第二，在短促人生中離多會少，因此應珍惜每一次的相逢；第三，應該及時享受大自然的恩賜，特別是「自古金陵道」，「山川風景好」。詞的上闋是「山川風景好」的具體化，它只選取了一個具體的時段：春天即將來臨之前。小園晴雪，池邊梅開，鵲正築巢，月照寒草，無論白天，還是夜晚，都很美好，雖然還帶有寒意，但無論動物、植物，都充滿了勃勃生機，已讓人聞到了春的氣息。寒冬如此，春來將更美好。在短暫的有限的人生中，怎能辜負這良辰佳景！詞中含有一種對人的生命意識的感悟，肯定了人生對快樂原則的選擇，強調了人應具有珍重友情的品格，因而格調顯得俊朗灑脫。在漢代《古詩十九首》中，即有「人生不滿百，常懷千歲憂。晝短苦夜長，何不秉燭遊。為樂當及時，何能待來茲」的歌唱，唐五代詞中亦不乏這種感悟的抒寫，如司空圖〈酒泉子〉詞云：杏花「旋開旋落旋成空，白髮多情人便惜。黃昏把酒祝東風，且從容。」皇甫松〈摘得新〉詞云：「酌一卮，須教吹玉笛。

錦筵紅蠟燭，莫來遲。繁紅一夜經風雨，是空枝。」古詩表達質樸，而詞則借景言情，言淺意深，馮詞尤有「出藍」之勝。

詞中景語清朗自然，近人王國維尤欣賞「高樹鵲銜巢，斜月明寒草」兩句，以為「韋蘇州之『流螢渡高閣』，孟襄陽之『疏雨滴梧桐』，不能過也」（《人間詞話》）。這兩句寫景分寫白天和夜晚，一為近景，一為遠景；一偏重點，一偏重面；一動態，一靜態；一強調生命的活躍，一強調光感的美麗。雖二者並列，卻能有所變化，特別是「斜月明（「明」字，形容詞作使動詞用）寒草」句，境界闊遠空靈，「疏雨滴梧桐」、「流螢渡高閣」之語，確乎難於與之比肩。

醉花間

林雀歸栖撩亂語，階前還日暮。屏掩畫堂深，簾捲蕭蕭雨。玉人❶何處去？鵲喜❷渾無據。雙眉愁幾許？漏聲❸看卻❹夜將闌❺，點寒燈，扃❻繡戶。

【注　釋】❶玉人　資質皎潔之人。《晉書・裴楷傳》：「楷風神高邁，容儀俊爽。」「時人謂之玉人。」又指美女。此處指前者。❷鵲喜　世以鵲噪為喜兆，謂之鵲喜。❸漏聲　計時之銅漏的水滴聲。❹卻　動詞詞尾，含有「著」意。❺將闌　將盡。❻扃　關鎖。

【語　譯】林雀歸宿時聲音雜亂，臺階前已經日暮。屏風遮擋，華美居室深深，窗簾高捲，正灑落瀟瀟雨。　玉人不知去向何處？鵲兒報喜全無憑據。雙眉緊鎖，含有多少愁緒？聽漏滴之聲，感到夜晚將盡，在寒冷中點上燈，關上懸掛繡簾的門。

【研　析】此詞寫閨怨。上闋通過視覺、聽覺寫日暮時情景，天近傍晚，雀兒歸棲，暮雨蕭蕭，一方面以動襯靜，烘托氛圍，另方面表明日暮黃昏，正是引發閨婦懷人的時刻。「屏掩畫堂深」，則寫其居所，由一「深」字，可想見其寂靜孤獨之狀。她在想些什麼？在思念風神俊朗的郎君，可是他蹤跡渺茫，竟不知現在何處，由此不免責怪白天鵲兒的報喜，毫無根據。五代民間詞〈鵲踏枝〉有「叵耐靈鵲多瞞語，送喜何曾有憑據」之語，二者表情方法相似。喜鵲本無知之物，如今卻遷怒於牠，實為無理，但卻合情，在藝術方法上用的則是一種反襯法。這種既怨且怒的情思，其外在表現便是雙眉緊鎖，故有「雙眉愁幾許」（「幾許」在此處有「多」的意思）的抒寫。眉的狀態，是傳遞感情信息的重要表徵，在唐五代詞中屢有出現，如韋莊〈女冠子〉詞：「忍淚佯低面，含羞半斂眉。」和凝〈春光好〉詞：「窺宋深心無限事，小眉彎。」毛熙震〈酒泉子〉詞：「蕙蘭心，魂夢役，斂蛾眉。」此處的「雙眉愁幾許」，雖未具寫其狀，但可想見眉峰緊蹙的形態。又所用為反詰語氣，增強了情感力度。詞中的女主人公一邊在埋怨中思念，一邊又有所等待：也許他會出人意料地突然出現在自己眼前，因此繡戶一直敞開著。但從日暮到夜晚來臨，從入夜到夜盡更闌，卻等待成空。此時她已經絕望，只好「點寒燈，扃繡戶」，以敘事結情。點燈而以「寒」形容之，確乎是因為拂曉時分天氣格外地寒涼，但誰又能說不是她心寒、情緒低到極點的反映呢？

此雖小令，但前後寫法仍能有所變化。上闋重在寫景，以景襯情，一句一意，一意一境；下闋重在寫情，輔以一連串動作，帶有流走之勢。

應天長

石城❶山下桃花綻，宿雨❷初收雲未散。南去櫂❸，北歸雁，水闊天遙腸欲斷。

倚樓情緒懶，惆悵春心❹無限。忍淚蒹葭❺風晚，欲歸愁滿面。

【詞　牌】〈應天長〉，有令詞、慢詞二體。此為令詞，始見於韋莊詞，雙調，押仄聲韻，有四十九字與五十字兩體，因各家句式、平仄、押韻不盡相同，萬樹《詞律》分列五體。馮延巳《陽春集》〈應天長〉詞五首均四十九字，上闋五句，四仄韻，下闋四句，四仄韻。上闋兩個三言句一般用為對仗，如韋莊詞「畫簾垂，金鳳舞」，本詞「南去櫂，北歸雁」，顧敻詞「垂交帶，盤鸚鵡」，對仗的平仄要求較為寬鬆，可以平仄相對，亦可同聲相對。

【注　釋】❶石城　石頭城的省稱，即今之南京。❷宿雨　昨夜之雨。❸櫂　搖船用具，此處指划水行船。❹春心　心懷男女之情。❺蒹葭　初生未長穗的蘆葦。

【語　譯】石頭城山下，桃花已經綻放，夜雨剛剛停止，濃雲尚未消散。看著江上南行船隻，空中北歸大雁，水面如此闊遠，天空如此寥廓，愁腸幾乎寸斷。

依倚樓頭，情緒慵懶，春心惆悵無限。面對晚風吹拂蒹葭，強忍眼淚，想要歸房，愁容滿面。

【研　析】此詞又傳為歐陽脩作，見《六一詞》，而《陽春集》、《全唐詩・附詞》均作馮詞，當以馮詞為是。詞敘離情。上闋為回憶春天離別時場景。送別的地點是石頭城，它緊靠著浩渺的長江。其時桃花綻放，宿雨初收，陰雲未散，那是一個帶有寒意的春天的早晨。他走的是水路，因而說「南去櫂」。「南去櫂，北歸雁」，兩兩相對，「南去櫂」是重點，但「北歸雁」也非閒筆，一方面續寫春日景物，另一方面與前句在俯仰之間，造成一個闊大的空間。這一闊大空間寓示著行人去向一個遙不可及的地方，同時也突出了行人個體的渺小與孤獨，與宋代柳永〈雨霖鈴〉詞所寫「念去去千里煙波，暮靄沉沉楚天闊」的境界相似。送者站在岸上，看著船隻愈行愈遠，直至「孤帆遠影碧空盡」（李白〈黃鶴樓送孟浩然之廣陵〉），如此生別離，何日能再見？能不為之腸斷乎！

下闋寫別後心情。先出現「倚樓」的動作與形象，可知前面所寫為倚樓時之回憶。為什麼倚樓？最初是登高望遠，所望正是良人去處：「水闊天遙」的所在，心懷期待，可是「誤幾回、天際識歸舟」（柳永〈八聲甘州〉）。故以下寫她所深陷的一種情感境界：因為望而不見，情緒極度低落，自己滿懷柔情，而眼前的一切卻使她感到無限失落與悵惘。她倚樓不是一時片刻，而是很久很久，直到「蒹葭風晚」，看到江邊蒹葭在晚風中搖盪。此處「蒹葭」，一是點明季節，《詩經・蒹葭》有「蒹葭蒼蒼，白露為霜」的描寫，可知此時已屆秋季；二是風搖蘆葦，是一種蕭瑟之景，更映襯出人的傷感情懷。可以想見，從春日的離別到秋天的來臨，曾有過多少次眺望，有過多少次失落！而今傷心已極，眼淚欲流，卻又強行「忍淚」。本來讓眼淚痛快流出，是一種宣洩，可以減輕心靈的重壓，可她偏要忍住，那抑塞之情，又甚一層。詞末欲歸房中時出現的「愁滿面」的特寫鏡頭，正是她內心惆悵、抑塞之情的外露。

此詞寫離情可謂極悽楚纏綿，用筆婉轉有致。其中景物描寫緊扣江河，描繪出不同時節的特點，其清疏闊遠，與庭院旖旎小景大異其趣。這種描寫，無疑為宋詞創作開啟了法門。

應天長

朱顏❶日日驚憔悴，多少離愁誰得會？人事改，空追悔，枕上夜長祇❷如歲。　紅綃❸三尺淚，雙結❹解時心醉。夢魂萬里雲水，覺來還不睡。

【注　釋】❶朱顏　年輕時的容顏。❷祇　只。❸紅綃　紅色薄綢。常用作手帕或頭巾。❹雙結　指同心結。

【語　譯】每天對鏡，驚異年輕容顏日益憔悴，我有多少離愁，誰人能加領會？對人事發生的變化，空有追悔，長夜枕上難眠，只是度日如歲。　三尺紅綃手帕，盡是淚水，同心結解開時，悲傷令人昏醉。魂夢追隨他於萬里雲水之間，醒來再也無法入睡。

【研析】詞寫閨怨。全詞無一景語，亦無麗語，而是運用白描，通過敘事來抒情。先從外在形象寫起：「朱顏」、「憔悴」來一個面部的特寫鏡頭，給人以強烈的視覺印象，中間夾一「驚」字，顯示出容顏變化之大，引發出內心情感的激盪。其所以憔悴，原因是離愁太多，多得沒有人理解，他人也無法體會。這種離愁對人的折磨是夜以繼日的，白天照鏡驚憔悴，夜間更是思量不止。「人事改」，指二人分離之事，對這件事自己本來是應該極力加以阻止的，但竟然沒有這樣做，以致造成了眼前這種天各一方的局面，現在追悔，已是無濟於事了。想到這些，無限懊惱，輾轉難眠，只覺更長，度夜如年，正所謂「夜長祇如歲」。

詞的下闋續寫夜間心事，一是回憶分離時情景：「雙結解時心醉。」古時以錦帶綰為連環迴文式，以喻相愛之意。雙結解開，表示相愛的人分開。分開時是怎樣的一種心境？傷心欲絕，簡直要暈倒了。這裡的「醉」，非沉醉之醉，而是表現一種昏昧的狀態。對分離時刻的回憶，更是痛定思痛，淚如雨下，以致濕透三尺紅綃。二是由思念而入夢，夢中追尋他的蹤跡，求索於「萬里雲水」之間，醒來以後，只說「還不睡」。這裡沒有交代夢中的情景，醒來也沒有對夢境的美好回味，看來只是一場空夢，只是徒然增添許多煩惱而已。還不睡，是因為太過悲傷，沒法睡。

這首詞在馮延巳的《陽春集》中顯得別具一格，不借助景物的烘托，也不借助閨閣氛圍的渲染，而是直抒離愁，心理描寫甚為細膩，在短幅中較為充分地展示出了閨婦懊悔、怨恨的複雜內心世界。

應天長

石城❶花落江樓雨，雲隔長洲❷蘭芷❸暮。芳草岸，和煙霧，誰在綠楊深處住？

舊遊時事故❹，歲晚離人何處？杳杳❺蘭舟❻西去，魂歸巫峽❼路。

【注釋】❶石城　石頭城之簡稱，即今南京。❷長洲　江中連綿之洲。❸蘭芷　蘭和芷，均香草名。❹事故　事。❺杳杳　邈遠。❻蘭舟　木蘭所製之舟。此處為船之美稱。❼巫峽　長江三峽之一，在湖北巴東西。

【語譯】石城春花飛落，江樓春雨霏霏，濃雲隔斷長洲，蘭芷籠罩暮色。芳草長滿堤岸，帶著迷濛煙霧，是誰在綠楊深處居住？　回想舊遊時的事情，而今已到年末，離別的人在何處？他乘坐蘭舟遠遠西去，我的魂靈也跟隨到巫峽路。

【研析】詞寫相聚與別後情思。上闋寫暮春時節的歡聚。石城、江樓、長洲、江岸，這是女子居所的大環境，綠楊深處，是她居住的小環境。落花、春雨、雲靄、蘭芷、綠楊、日暮、煙霧，是此時的季候、景物特點，草樹漸顯深濃，在煙雨中更顯出幾分朦朧美。他們在此時此地聚會，很有點「正是江南好風景，落花時節恰逢君」（用杜甫〈江南逢李龜年〉詩句，改一字）的意味。這裡用的疑問代詞有點特別，本是女子「在綠楊深處住」，卻問：「誰在綠楊深處住？」這個「誰」有時是可以代表自己的，如馮延巳的〈鵲踏枝〉（六曲闌干偎碧樹）有「誰把鈿箏移玉柱」之句，「誰」即指自己。從整首詞係女主人公抒情而言，「誰」似是自指，但如果從女子回憶對方的追尋而言，又可以是指男性的疑問。這段描寫往昔之辭，幾乎全為景語，有似電影鏡頭，由遠而近，由落花中的石城，而微雨中的江樓，而長洲蘭芷，而江岸芳草，而綠楊深處、深處的居室，最後應是聚焦於「誰」。這個攝取鏡頭的人，應是她的所愛，他的攝影機就是那充滿情愛的雙眼。雖然詞中只提到「誰」，但實際上還有另一人，他沒有出鏡，但他們在此演繹的故事，正在不言中。這就是所謂善「留」，留待讀者去想像。如此寫法，真可謂不著一字，盡得風流。

下闋純然從女性角度寫。「舊遊時事故」，承上啟下。時間已到了歲末，她回憶「舊遊」時的歡樂，那「江樓雨」，那「芳草岸」，那雲遮霧罩的「長洲」，那暮色中的「蘭芷」，當是他們共同遊歷過的地方和觀賞過的景物，還有特別不能忘懷的，是那「綠楊深處」的兩情繾綣，似水柔情，往事歷歷。「歲晚離人何處？」是一轉折，由春季到「歲晚」，竟然毫無消息。但有一點她是知道的，即「杳杳蘭舟西去」，他由石城出發，乘舟溯江而上，去到了遙遠的西邊。由此她生出一種強烈的願望：「魂歸巫峽路。」人雖不能追隨而去，但夢魂是不受拘檢的，我的魂靈可以追隨他西去的足跡，踏上通往遙遠的巫峽之路。這樣，這首詞的意義就不同於一般的閨情、閨怨，不限於女性被動的消極等待，雖然只是夢魂的追尋，卻已含有一種積極追求愛情、追求幸福的精神。

這首詞不去刻劃人物的形象、表情，也不描寫人物的行為動作，連居室的陳設也一概加以摒棄，純然用景語、情語。但我們從她所處的大環境、小環境，仍能感受到女主人公是一個美麗清純、充滿活力的青春女子，我們從她的繫念、思索，可以感知她的深情、摯著和勇敢，因而覺得她特別可愛。此詞真可謂是離形而得神矣！

應天長

當時心事偷相許，宴罷蘭堂❶腸斷處。挑銀燈❷，扃❸珠戶，繡被微寒值秋雨。

枕前和淚語，驚覺玉籠鸚鵡。一夜萬般情緒，朦朧天欲曙。

【注　釋】❶蘭堂　芳潔的廳堂。❷銀燈　有銀飾的燈。❸扃　關閉。

【語　譯】當時愛慕對方，暗自以身相許，蘭堂宴會結束，分別令人腸斷。回來挑亮銀燈，關閉珠簾門戶，繡被中微感寒冷，正值瀟瀟秋雨。

枕前含淚自言自語，驚醒玉籠中的鸚鵡。一夜情緒紛紜繚亂，朦朧中天色將曙。

【研　析】此詞寫一見鍾情的別後相思。起首兩句敘事，在宴會上見到對方，即傾心愛慕，偷偷地表示以身相許，隨著宴會結束，轉眼之間又兩處分離，因有感於難有深進一層的機緣，以致令人「腸斷」。他們之間為什麼不能實現有情人終成眷屬？大概是因為存在有某種阻力，或地位相差懸殊，或礙於禮教的束縛，等等，總之是未來希望渺茫，故情緒極度低落。「挑銀燈」三句，寫她緊閉珠戶，挑剔銀燈，躲進繡被等一連串動作，表現出內心的極度無奈，而窗外秋雨、室內微寒、燭影搖曳的環境氛圍，尤使人倍感心境淒涼。下闋「枕前」四句直抒情懷，言通宵達旦，不能入寐，千種風情，無可訴說，萬般愁恨，齊集心頭，惟有流淚自語，以致驚醒鸚鵡。總之，一氣直下，把一份戀情、傷感和盤托出。從結尾的「朦朧天欲曙」看，又可知前面所寫係天亮時對頭一天情事的回憶，時間相對集中，情感也顯得特別強烈。

應天長

蘭房❶一宿還歸去，底死謾生❷留不住。枕前語，記得否？說盡從來兩心素❸。

同心牢記取❹，切莫等閒❺相許。後會不知何處，雙棲人莫妒。

【注　釋】❶蘭房　猶香閨。❷底死謾生　拚死拚活。❸心素　心意；心願。❹記取　記得。取，動詞詞尾，有「著」之意。❺等閒　隨便；輕易。

【語　譯】香閨僅住一宿便還歸去，拚死拚活都挽留不住。枕上說的話，可還記得？說盡了我倆從以前到現在的心願。

要牢牢記住兩人的同心，切莫輕易地與他人相許。後會不知在何時，那時我們重聚雙棲，他人不要嫉妒。

【研　析】詞寫分別時對心愛人的臨行囑咐。全詞都是一個人的絮叨、叮嚀。從對方只宿一晚、挽留不住說起，雖充滿怨忿，但她不得不面對這一現實：明天的分別是勢所必然。然而，她對別後的他實在很不放心，因此，第一，要他記住在枕上說的兩人心心相印山盟海誓的話；第二，擔心他在外面見異思遷，擔心有第三者的插足，因此叮囑他要謹慎，不要為他人所迷惑而輕易以心相許。叮嚀完畢，又展望未來，後會當有期，但又不知何時能相會，只要雙方信守愛的誓言，感情經歷過時間的考驗，未來的雙棲雙宿定然更為美滿幸福，會被人所嫉羨。「人莫妒」，正是可能有人嫉妒，但我們愛得如此深沉，也不怕人嫉妒。真是告語殷殷，一片癡情。全詞基本運用口語，聲口畢肖，把一個多情女子活脫脫地展現在讀者面前。

這首詞中的女性不同於一般默默地忍受痛苦煎熬的閨中思婦，她熱情似火，潑辣而有主見。鑑於封建社會中的很多男性容易變心，甚至負心，她為了維護自己的愛情，必須預先有所防範，因而不惜苦口婆心地叮囑再三，爭取變被動為主動。從詞的風格言，很接近北宋的市民文學，我們在這裡似乎已經隱隱約約地看到了柳永詞的影子，應該說，後來柳永的創作曾受到這類詞作的某些影響。

謁金門

聖明世，獨折一枝丹桂❶。學著荷衣❷還可喜，春狂不啻□❸。

年少都來❹有幾？自古閑愁無際。滿盞勸君休惜醉，願君千萬歲。

【詞　牌】〈謁金門〉，唐教坊曲，用作詞調。又名〈空相憶〉、〈花自落〉、〈垂楊碧〉、〈聞鵲喜〉等。雙調，四十五字，上下闋各四句，四仄韻，除第一句字數不同外，其餘三句字數、格律均同。首句三言中的第二字雖可平仄不論，但以用仄聲字為佳，如馮延巳另一首同調詞之「風乍起」、薛昭蘊詞之「春滿院」、牛希濟詞之「秋已暮」等，均是。《詞律》卷四、《詞譜》卷五均以韋莊詞（空相憶）為正體，《詞譜》另列添字或將六字句變化為兩個三言之體式為「又一體」。

【注　釋】❶獨折句　古時稱科舉及第為「折桂」。丹桂，桂樹中之一種，皮呈赤色者。❷荷衣　指舊時中進士後所著綠袍。❸春狂句　中有闕文。星鳳閣抄本、侯文燦本《陽春集》闕文都在「春」字上。不啻，不止。❹都來　算來。

【語　譯】在聖明時代，獨自折得一枝丹桂。學習穿著荷衣，內心十分欣喜，在春天狂歡不已。

青春年少算來能有多少時光？自古以來閒愁無際。酒斟滿盞，勸君休辭醺醉，願君王千萬歲。

【研　析】詞寫科舉及第的狂喜。在封建社會，考中進士是踏入仕途的第一步，意味著前景一片光明。已進入仕途的人，亦以進士出身為榮，以非進士出身為憾，因此這份榮耀非比尋常，我們誦讀唐代孟郊中進士時寫的〈登科後〉詩：「春風得意馬蹄疾，一日看盡長安花。」就可看出那份得意之情、狂歡之態。在詞人筆下有更具體細緻的刻劃，如韋莊〈喜遷鶯〉詞：「街鼓動，禁城開，天上探人迴。鳳銜金榜出雲來，平地一聲雷。　鶯已遷，龍已化，一夜滿城車馬。家家樓上簇神仙，爭看鶴沖天。」薛昭蘊〈喜遷鶯〉詞：「金門曉，玉京春，駿馬驟輕塵。樺煙深處白衫新，認得化龍身。　九陌喧，千戶啟，滿袖桂香風細。杏園歡宴曲江濱，自此占芳辰。」將中舉者的喜悅激動之情和觀眾的欣羨心理展現得淋漓盡致。中舉之日，不僅是摘桂人的節日，簡直就像是全民的節日。

馮延巳這首詞上闋所寫心態與上舉詩詞極為相似，但不及韋、薛詞之具體而微。詞的下闋表人生幾何，當及時行樂之意，「年少都來有幾？自古閑愁無際」，似又蘊含有某種過來人的人生體驗在內，在此順便藉機加以發揮。末尾「願君千萬歲」與起首之「聖明世」相呼應，在讚揚、祝願中表感激之情。總體來說，此詞表現過於直質，語言難免帶有幾分俗氣，在《陽春集》中當屬粗疏之作。

謁金門

楊柳陌，寶馬嘶空無迹。新著荷衣❶人未識，年年江海客❷。

夢覺巫山春色❸，醉眼花飛狼籍❹。起舞不辭無氣力，愛君吹玉笛。

【注　釋】❶荷衣　此處指荷葉製作的衣裳，以表示服飾的芳潔。❷江海客　指浪跡江湖之人。❸巫山春色　用宋玉〈高唐賦〉所述楚王幸巫山神女故事，指男女歡會。❹狼籍　散亂不整貌。狼坐臥草上，去則其草穢亂。

【語　譯】在楊柳道上，寶馬嘶鳴聲在空中迴盪，已跑得不見蹤跡。他穿著新製的荷衣，是年年浪跡的江海客。　我從巫山春夢中醒來，兩眼朦朧如醉，只見飛花狼藉。翩翩起舞，不辭沒有氣力，喜愛郎君吹奏玉笛。

【研　析】詞寫少女情愛的萌發與追求。上闋寫一個飄然而至的翩翩少年。他出現的場所是「楊柳陌」，垂楊夾道，柳色依依，這正是美好的春季。他騎著寶馬，在楊柳陌上馳騁，騎速是如此之快，才聽馬嘶，轉瞬人就不見蹤影。真是雄姿英發，身手矯健。他「新著荷衣」，顯得格外雅潔、美好。《楚辭・九歌・少司命》有「荷衣兮蕙帶，倏而來兮忽而逝」的描寫，詞中情境頗似之，或即化用其意。這個少年是個陌生人，大家未曾見過，他應該是漂泊無定的來自外方的行客吧？這裡寫的是一個少女眼中的年輕人，他英俊瀟脫，充滿生命活力，因而引起了自己內心的愛慕之情。這種情境，使我們想起了韋莊〈思帝鄉〉詞：「春日游，杏花吹滿頭，陌上誰家年少足風流。」韋詞所寫係遊覽中邂逅，馮詞所寫為靜觀所見，但「陌上誰家年少足風流」的情感衝擊，卻是共同的。由於心懷愛慕，因而進入了一個纏綿芳菲的夢境。「巫山春色」四字，極為空靈雅煉，令人浮想聯翩，它既是景物描寫，又蘊含了一段柔情旖旎的故事。她從夢中醒來，「醉眼」朦朧，眼前飛舞著色彩繽紛的花朵，迷濛中依然是春色滿前，餘情繚繞。末尾兩句「起舞不辭無氣力，愛君吹玉笛」，是現實與夢境的巧妙組合。因為剛從夢中醒來，所以說「無氣力」，然而在夢中自己伴隨那美妙的玉笛吹奏翩翩起舞的情景猶依稀彷彿。她由衷地訴說：我是那麼喜愛你吹奏玉笛，哪怕是沒有氣力，也情願為之起舞。這仍是愛的一種曲折表述，令我們深切地感受到了少女的一往情深。夏承燾甚至認為「這兩句可能寄託『士為知己者死』的意思，是士大夫階層的思想感情」(《唐宋詞欣賞》)。下闋的寫法和韋莊〈思帝鄉〉詞「妾擬將身嫁與，縱被無情棄，不能羞」的大膽、潑辣不同，而是顯得內斂、婉轉。從感情的質素而言，二者都純清美麗，動人可愛。

這首詞中出現的實際上有兩個人物形象，一個是英武俊朗的少年，一個是柔情萬縷的少女，二者互相映襯，相得益彰。但詞中寫的只是少女一方的春心萌動，是見人而生愛慕的心緒。詞適宜於寫情之細而美者，此詞即是很典型的例證。

謁金門

風乍❶起，吹皺一池春水。閑引鴛鴦香徑❷裡，手挼❸紅杏蕊。

鬬鴨❹闌干獨倚，碧玉搔頭❺斜墜。終日望君君不至，舉頭聞鵲喜。

【注釋】❶乍　陡然。❷香徑　花徑。❸挼　搓揉；以兩手相切摩。❹鬬鴨　使鴨相鬥以為戲。❺碧玉搔頭即碧玉簪。舊題劉歆《西京雜記》載：「（漢）武帝過李夫人，就取玉簪搔頭。」後稱碧玉簪為玉搔頭。

【語　譯】春風陡然吹拂，池水漾起一片漣漪。在花園小徑，隨意逗引鴛鴦，兩手搓揉紅杏花蕊。獨自依倚鬥鴨闌干，頭上玉簪已經斜墜。整天盼望心愛之人，卻不見蹤跡，抬頭聽到鵲叫，想必是來報喜。

【研　析】此寫閨怨之詞。先從景物寫起。「風乍起」，前面無任何鋪墊，可謂破空而來。一池春水，本來平靜無波，此時激起一片漣漪。這兩句如果僅僅將其視之為景語，就顯得淺嘗輒止了，它同時又暗示著人的內心，在平靜之中突然微瀾興起。景耶？情耶？亦景亦情，景中含情。而其妙處正在有意無意之間。故俞陛雲評此二句：「破空而來，在有意無意間，如絮浮水，似粘非著。」《唐五代兩宋詞選釋》以下轉寫花園中之人。「閑引」二句寫了兩個動作，一是閒逗鴛鴦玩耍，一是手挼紅杏蕊。但動作絕非虛設，這是內心活動的外化。鴛鴦成雙成對，終日不離不棄，是對自身形單影隻的一種反襯；兩手搓揉花蕊，所搓揉者乃紅杏，表明所處乃是一個「紅杏枝頭春意鬧」（宋祁〈玉樓春〉）的美好環境，景雖歡愉而人卻孤獨，不免生出些許悵惘，手揉花蕊而心不在焉，正是無情無緒的行為表現。

詞之下闋接寫女主人公的行動，她由芳徑走向鬥鴨處，獨自倚靠闌干。她是在觀鴨鬥之戲嗎？不是。是站在那兒沉思，想自己的心事。她站了很久很久，有時也會交替挪動一下酸麻的雙腳，以致碧玉簪都斜斜地欹側於一邊了。她在想念、在期盼、在等待所愛的人兒來到身旁，但「終日望君君不至」，於失望中不免含有深深的怨懟。此時猛然抬頭忽聽到喜鵲的叫聲，這真是好兆頭啊！

便又生出了一線新的希望。詞寫至此，戛然而止，不再說這喜兆應驗與否，而留給讀者去回味，去思考，正所謂「言有盡而意無窮」！

詞之寫法頗具視覺藝術特點，除了「終日望君君不至」這一句情語外，其寫景寫人都覺其具有強烈的可視性，可說是一個鏡頭接著一個鏡頭，具移步換形之妙，有的甚至是特寫鏡頭，如「手挼紅杏蕊」、「碧玉搔頭斜墜」。清賀裳《皺水軒詞筌》云：「詞家須使讀者如身履其地、親見其人，方為蓬山頂上。」此詞可謂能臻於此境矣。在章法安排上，亦能有所變化。上闋寫風起、水皺、引鴛鴦、挼紅杏，寫池塘、芳徑的空間變換，於動態中富於暗示。下闋寫法，地點則固定於「鬭鴨闌干」，並由動作暗示，轉入直抒情懷，且情緒表現還有所起伏。這些地方不能不令人佩服作者藝術手段之高明、構思之巧妙。

關於這首詞的開頭兩句，馬令《南唐書》馮傳載有一則對話，中主李璟嘗戲延巳：「吹皺一池春水，干卿何事？」延巳曰：「未如陛下『小樓吹徹玉笙寒』。」中主聞之悅。有人據此以為馮詞這兩句有諷諭政事之意，故引起中主不悅，而馮之回答則以詞言詞，避免了君臣之間可能存在的芥蒂。但從詞境而言，應是各有特點，「小樓」句，含思深婉，「吹皺一池春水」，義含比興。俞陛雲則認為：『「小樓」句，固極綺思清愁，而馮之『風乍起，吹皺一池春水』，托思空靈，勝於中主。」（《南唐二主詞輯述評》）

虞美人

畫堂❶新霽❷情蕭索，深夜垂珠箔❸。洞房❹人睡月嬋娟❺，梧桐雙影上朱軒❻，立階前。

高樓何處連宵宴，塞管❼吹幽怨。一聲已斷❽別離心，舊歡❾拋棄杳難尋，恨沉沉。

【詞　牌】〈虞美人〉，唐教坊曲，用作詞調。又名〈虞美人令〉、〈巫山十二峰〉、〈一江春水〉、〈玉壺冰〉、〈憶柳曲〉等。雙調，有五十六字、五十八字兩體。馮延巳〈虞美人〉詞四首，兩首五十八字，上下闋各五句，兩仄韻，三平韻，平仄韻互轉，句式格律均同；另兩首五十六字，上下闋各五句（張璋等編《唐五代詞》如此標示），亦有標為四句者（即將末兩句六言與三言，併作一句成為九言），兩仄韻，兩平韻，平仄韻互轉，句式格律均同。《詞律》卷八以蔣捷詞（絲絲楊柳絲絲雨）為正體，以閻選詞（粉融紅膩蓮房綻）五十八字者為「又一體」。《詞譜》卷十二以李煜詞（風回小院庭蕪綠）為正體，另列毛文錫等五十八字者為「又一體」。

【注　釋】❶畫堂　華美的廳堂。❷新霽　雨剛停止。❸珠箔　珠簾。❹洞房　深邃之居室。❺嬋娟　美好貌。❻朱軒　朱紅色屋宇。❼塞管　一名笳管，塞外胡樂器。❽斷　殘破。❾舊歡　舊時情人。

【語　譯】雨剛停歇，人在畫堂，情緒蕭索，深夜垂下珠簾。人睡洞房，瞧見窗外月華美好，步出房間，站立階前，看梧桐雙影移上紅色屋簷。何處高樓舉行連宵宴，笳管吹出聲聲幽怨。只一聲便已使別離心殘破，舊歡將人拋撇，杳不可尋，愁恨深沉。

【研　析】此詞又傳為宋代張先作，見彊村本《張子野詞》，《陽春集》作馮延巳詞，《全宋詞》亦斷為馮詞，當以作馮詞為是。詞寫棄婦情懷。上闋以時間為線索，以人的活動為中心，抒寫孤寂落寞之情。她獨坐畫堂，始而夜雨瀟瀟，似助淒涼，然後雨已止歇，雖然「新霽」，也沒能改變愁人心境。真是景也蕭索，情也蕭索。坐至深夜，百無聊賴，她終於將珠簾放下，步入洞房，橫臥在繡床上，毫無睡意，此時窗外竟然雲破月來。這月，當係團圓之月，月光明亮、皎潔，所以說「月嬋娟」。然而這美好之月，對她而言，只能是此時處境、心情的一種反襯，月圓人缺，益增傷感。橫豎是無法入睡，乾脆起來散散心吧。她站立於階前，看到的是「梧桐雙影」。詞中寫月下梧桐影者，不知凡幾，但寫梧桐「雙影」者，似乎少見，這正是作者的用心處。這種地方，本來也是可以寫成「梧桐樹影」的，因為「梧桐樹」是一個很現成的詞語，平平仄仄的格律也很順口。但作者強調的恰是一個「雙」字。連無知之物的梧桐都是成雙的，在月下都形「影」不離，而今閨婦孤立獨對，情何以堪！下面的「上朱軒」三字也不可忽視。「上」是個漸移的過程，表明觀景者站立之久。「朱軒」，非一般平民居所，聯繫前面的「畫堂」、「珠箔」、「洞房」，說明居者有一定的身分。她的這種身分和曾受過的教養，使她不能如某些平民女子那樣潑辣，對負心漢作憤怒的指斥，而只能獨自默默地承受著痛苦的煎熬。

詞的下闋重在從聽覺寫。「高樓何處連宵宴」，說明別處的宴會是通宵達旦，那宴會上的歡笑聲、喧鬧聲、歌唱聲，陣陣傳來，那份熱鬧更襯托出眼前的寂寥。如果說，熱鬧是反襯，則遠處「塞管」吹出的嗚咽之聲，便是一種對愁情的烘托。在愁人聽來，胡笳聲充滿幽怨，不要說連續的吹奏，只聽一聲就使那顆別離心變得破碎了。本來心情「蕭索」，又耳聞悲音，情益難堪。舊日的情人、往昔的歡樂，都已一去不返，恨極怨深，故以「恨沉沉」的情語作結。

詞作寫棄婦情懷，由開始的「情蕭索」到結尾的「恨沉沉」，有一個漸變的過程，作者對這一過程的心理刻劃，用層層推進手法，顯得細膩而又分明。上闋以時間為主線，以景寫情，得移步換形、逐層轉深之妙；下闋抒情以空間為軸心，以聲音為引導，將愁恨推向高潮。上闋寫景顯凝重，下闋抒情帶流利。即使是小令，亦講究前後變化，此等處都顯示出作者在構思上的用心。

虞美人

碧波簾幕垂朱戶❶，簾下鶯鶯❷語。薄羅依舊泣青春，野花芳草逐年新，事難論。

鳳笙❸何處高樓月，幽怨憑誰說？須臾❹殘照上梧桐，一時彈淚❺與東風，恨重重。

【注釋】❶朱戶　紅色的門。❷鶯鶯　即鶯。杜牧〈為人題贈〉詩：「綠樹鶯鶯語，平沙燕燕飛。」❸鳳笙　管樂器，長四寸，十三簧，像鳳之身，故稱。❹須臾　片刻。❺彈淚　即灑淚。

【語譯】如碧波的簾幕掛於朱門，簾下鶯鳥在啼鳴。穿著薄羅衣裳，依舊為青春易逝而悲傷，野花芳草逐年新生，人事難以理論。　何處高樓，月下鳳笙吹奏，我的幽怨，能向誰傾訴？月亮斜光，很快移上梧桐，一時惟有向東風灑淚，離恨重重。

【研析】此詞又傳為宋代張先作，見《張子野詞》。今依四印齋本《陽春集》作馮延巳詞。詞寫離懷別怨。上闋可分兩層：第一層為前兩句，寫居室。碧波、朱戶，色彩華美，映襯出居室主人的美麗；簾下僅有鶯啼，似在說話，意在突出鶯語，強調無人語，以映襯出主人的寂寞。第二層為「薄羅」三句，將人的青春易逝與自然界「野花芳草逐年新」對照，充滿無窮感慨，不免由愁而泣。「薄羅」，係以衣著指代人，又由人之身著薄羅，可以推知季節為暮春，而暮春尤易引發美人韶華虛度之感。「依舊」，表明「泣青春」非止一次，而是多次，非止一年，而是年年。「事難論」，更進一層，由事實推測事理，但沒有結果，因而感到十分困惑。這三句，與作者在〈鵲踏枝〉詞中所寫「河畔青蕪堤上柳，為問新愁，何事年年有」表達的情思頗為相類，沉思中存有對時間流逝中關於人事的許多疑惑。

上闋所寫當係白天情景，下闋轉寫月夜情事。「鳳笙何處高樓月」，與前面一首「高樓何處連宵宴」表達方式相似，即以他人之歡樂反襯自己的悲愁與孤獨，故下面緊接「幽怨憑誰說」，煢煢獨處，竟無人可以訴說。心中有愁怨，向人訴說、讓人分擔，也是排解之一法，無人傾聽，只能獨自承受，愁結更難開解。「高樓月」，寫的應是當空明月，下面的「須臾殘照上梧桐」，則是到了夜闌更盡之時。可見主人公在室外的月下徘徊良久。她愁腸百結，惟有面對東風彈淚而已。末以

「恨重重」點明心緒。

這首詞中的「事難論」、「恨重重」，是一種人生經驗和感情體驗的總結與概括。那份美人的孤獨，那份對事理的沉思，那份無可訴說的幽怨，那份重重的愁恨，看似寫一位閨中婦女的離懷別怨，但也可理解為傷心人別有懷抱。故陳秋帆云：「此闋似別有悲涼滋味，《陽春》類此者多。蒿庵（馮煦）所謂『黍離麥秀，周遺所傷；美人香草，楚累所托』者非歟？」（《陽春集箋》）

虞美人

玉鉤鸞柱❶調❷鸚鵡，宛轉❸留春語。雲屏❹冷落畫堂空，薄晚❺春寒無奈，落花風❻。

搴簾❼燕子低飛去，拂鏡塵鸞舞❽。不知今夜月眉彎，誰佩同心雙結，倚闌干？

【注　釋】❶玉鉤鸞柱　指形製精美、繪有鸞鳥圖案的鸚鵡架。❷調　逗弄。❸宛轉　柔婉隨順。❹雲屏　以雲母作裝飾的屏風。❺薄晚　即薄暮，接近日落。❻落花風　吹散花朵之風。❼搴簾　揭起簾子。❽鸞舞　鏡子上有鸞鳥舞動的圖案。

【語　譯】對著玉鉤鸞柱，調弄鸚鵡，聽牠學說婉轉留春話語。雲屏冷落，畫堂空寂，薄暮時分料峭春寒，面對落花風起，一片無奈情緒。　揭起簾幕，燕子低低飛去，拂拭鏡上灰塵，顯出鸞鳥飛舞。不知今夜月如眉彎，有誰佩戴同心雙結正倚闌干？

【研析】詞寫閨怨。全詞以時間為線索，從白天寫到薄暮，從薄暮寫到月夜，通過所見所思，表露一腔落寞幽怨情懷。「玉鉤」二句寫白天調弄鸚鵡，曲折傳情。玉鉤鸞柱的精美，顯示出其物質生活的富足，但這並不能掩蓋她精神的空虛，閒極無聊中，以逗弄鸚鵡為戲。平日主人公每每嘆息韶光易逝，願留春長駐，鸚鵡學舌，也說出「留春」的話來，連那「宛轉」的聲口，也相彷彿。借鸚鵡之口道情，真乃神來之筆！留春，既是留住美麗的春光，也是留住自己美好的青春。宛轉，則可見出她那柔順的性格特點。「雲屏」三句轉寫日暮時分。雲屏，乃室內的陳設，置於床前作為隔離物，這裡應該是她和所愛溫存繾綣之處，但如今已是一片「冷落」；畫堂，是他們共同活動的場所，那裡曾留下許多歡笑和溫馨的記憶，而今竟是一派空寂。這裡沒有寫過去，但卻包含了過去，眼前的冷落、空寂，是對昔時共度花朝月夕生活的一種對照。正當難堪之際，傍晚時的氣候又生變化，寒氣襲人，陣陣風急，花落階庭，更引起一片惜春之意。本來想要「留春」，如今卻春光將逝；本想要挽回往昔的歡樂，卻偏又失去那份歡樂，面對這難以逆轉的形勢，能不感到萬般「無奈」！

下闋的起首兩句續寫薄暮時情景。「搴簾燕子低飛去」，這裡寫的是一種反常現象，傍晚是燕子歸巢的時刻，何以又「低飛去」？想來這只是一種象徵，燕子雙飛雙宿，牠們的離去，意味著雙雙團聚的日子，離自己愈來愈遠，愈來愈希望渺茫。因為煢煢獨處，無人欣賞，也懶得對鏡梳妝。「拂鏡塵鸞舞」，這句表達頗為含蓄，不直說無心打扮，也不直說鸞鏡蒙塵，而說要拂去塵埃，才能見到鏡上飛鸞，這就比說「懶起畫蛾眉」之類顯得委曲。詞的結尾，進一步寫月夜感受，生出一種推測、一種猜疑：「不知今夜月眉彎，誰佩同心雙結，倚闌干？」在一彎眉月點綴的夜空下，他和誰一起佩戴同心雙結，依倚闌干共度良宵呢？其所以會有這種揣想，一方面是因為她和他曾經歷過這樣美好的場景，故其中含有對往昔歡樂的回味，另一方面她對自己所愛的郎君又缺乏足夠的信心，懷疑他有可能棄自己於不顧而移情別戀，懷有一種對被遺棄的恐懼。她之所以有如此猜疑，也是愛到極深處引發的心事。這兩句以「不知」二字領起，虛寫一筆，卻又虛中有實，形象極為生動，情境極為美好。

全詞多從旁面著筆，借鸂鶒、雙燕、雲屏、鸞鏡寫情，顯得凝煉蘊蓄。而結尾的愛極生疑，亦饒餘味。故清陳廷焯曾以「風神蘊藉」評之（《閒情集》卷一）。

虞美人

春山拂拂❶橫秋水❷，掩映遙相對。祇知長坐碧窗期❸，誰信東風吹散，綠霞❹飛？

銀屏❺夢與飛鸞遠，祇有珠簾捲。楊花零落月溶溶❻，塵掩玉箏❼絃柱，畫堂空。

【注釋】❶拂拂　風輕吹貌。❷秋水　眼波。❸碧窗期　指對男女歡會的期盼。碧窗，原指綠色紗窗，但詩詞中往往指女性居所，如李白〈寄遠〉詩十二首之八云：「碧窗紛紛下落花，青樓寂寂空明月。」施肩吾〈夜宴曲〉詩：「碧窗弄嬌梳洗晚，戶外不知銀漢轉。」韋莊〈菩薩蠻〉詞：「勸我早歸家，綠窗人似花。」此處當指與女子幽會之所。❹綠霞　彩雲。此處指代所戀之人。❺銀屏　鑲銀之屏風。❻溶溶　水蕩漾貌。❼玉箏　以玉為裝飾的箏。箏之美稱。

【語　譯】微風吹拂春山，人的眼波流盼，綠樹掩映，兩人遙遙相望。只知長久堅守歡聚的期盼，誰料又被東風，將彩雲吹散？　相會於銀屏的美夢，與飛鸞一樣遙遠，只有珠簾依舊高捲。楊花零落，月色溶溶，灰塵蒙上玉箏絃柱，畫堂只是一片虛空。

【研　析】詞寫男子對戀人的懷想。首憶心許目成的美好場景。「春山拂拂」寫景兼寫人，一方面表明那是山青草綠、輕風微拂的明麗春天，是令人心旌搖盪的季節；同時也是讚美對方眉如春山，面目姣好。「橫秋水」則寫她的眼睛，通過眼睛，既寫出她的多情：暗送秋波，目傳心愫；也寫出她的美麗：眼如秋水，顧盼生輝。「掩映遙相對」則兩人合寫，在綠樹掩映中四目遙遙相對。眼睛是心靈的窗戶，無需用言語表白，已各自感應到了對方的柔情蜜意，真是「此時無聲勝有聲」。這是一種怎樣的心靈契合，這是一個何等令人心醉的場面！以下情勢陡轉，主觀願望與客觀現實相差十萬八千里。我在很長的時間裡盼望著、等待著，深信終會有歡聚碧窗下的一天，可是出人意料的是，東風竟然把彩雲吹散得無影無蹤了。東風，與前面「春山」表明的季節相應，同時又顯示出是一種無形的力量。綠霞（彩雲），則是化用李白〈宮中行樂詞〉詩意：「只愁歌舞散，化作彩雲歸。」彩雲，輕柔、美麗，又易聚易散，用在這裡，比喻所愛者的消失無蹤，恰到好處。由欣喜到失望，由高揚而低沉，揚抑之間，反差極大，因之心靈創傷極深。

下闋轉寫眼前之空寂。「銀屏夢」與上面「碧窗期」相應，是期待會合之後於陳設銀屏之洞房兩情繾綣，共度良宵。「飛鸞遠」與「綠霞飛」相應，鸞為鳳凰之一種，赤色五彩。彩雲、鸞鳳，都是美的化身，「霞飛」也好，「鸞遠」也好，都意味著她遠離自己而去。「銀屏夢與飛鸞遠」，是說這美麗的嚮往隨同她的蹤影消失而化為虛幻。「祇有珠簾」，依然高捲。珠簾高捲，是因為有所期待，現在依然高捲，不斷凝望，表明仍沒有放棄等待，真是癡情已極！詞末以景結情，室外的零落楊花，如水月光，室內蒙塵的玉箏絃柱，畫堂的空蕩寂寥，渲染出一派冷清、淒涼的環境氛圍，既包含有對那人的無限思念，也烘托出自己失落、傷感的情懷。俞陛雲對此有「淒韻欲絕」的評語（見《唐五代兩宋詞選釋》）。

這首詞在結構上用先揚後抑之法，造成情緒上的大起大落。在寫法上注意情語與景語的交錯，虛實結合，空靈動盪，其中運用「祇知」、「誰信」、「祇有」等虛詞加以連綴，因而造成流動之感。在語言運用方面，相對於其他詞作，較多地使用色彩字面，如「碧窗」、「綠霞」、「銀屏」、「玉箏」等，但並不使人覺其濃豔、有脂粉氣，而是恰到好處地表現了這位多情男子的思戀之情。

舞春風

嚴妝❶才罷怨春風，粉牆畫壁宋家東❷。蕙蘭有恨枝猶綠，桃李無言❸花自紅。燕燕巢時簾幕捲，鶯鶯啼處鳳樓❹空。少年薄倖知何處，每夜歸來春夢中。

【詞　牌】〈舞春風〉，又名〈瑞鷓鴣〉。雙調，五十六字，上闋四句七言，三平韻，三四兩句為對仗，下闋四句七言，兩平韻，一二兩句為對仗，與七律同，惟分上下闋有異。《詞律》在詞牌目錄中，指出〈舞春風〉即〈瑞鷓鴣〉，卷八列有〈瑞鷓鴣〉詞調，以侯寘詞（遙天拍水共空明）為正體。《詞譜》卷十二釋〈瑞鷓鴣〉詞調，認為「原本七言律詩，因唐人歌之，遂成詞調。」並引馮延巳此詞作為正體，第一句則為「才罷嚴妝怨曉風」，並列賀鑄詞（月痕依約到西廂）等為「又一體」，則此詞調與七律一樣，有平起（首句第二字為平聲）、仄起（首句第二字為仄聲）兩式，格律亦因之不同。此處所錄馮延巳詞首句平起，與第二句平仄未能相對。

【注　釋】❶嚴妝　整齊裝束。❷宋家東　即宋玉的東鄰。戰國楚宋玉〈登徒子好色賦〉謂宋玉東鄰有一女子，姣好為楚國之冠，登牆窺宋玉三年，而宋玉不為所動。後以「宋東鄰」喻指貌美多情之女子。❸桃李無言　桃樹李樹不言語。語出《史記・李將軍列傳》：「桃李無言，下自成蹊。」❹鳳樓　借用蕭史妻弄玉居鳳樓事，指婦女所居樓閣。

【語　譯】居住粉牆畫壁的東家美女，整齊妝束剛剛完畢，面對春風生出愁怨。蕙蘭雖然有恨，但花枝仍然碧綠，桃李雖然無言，但花朵自然紅豔。　燕子歸巢時簾幕高捲，黃鶯啼鳴時閨閣空寂。薄情年少不知身在何處，每夜只在春夢中歸來相會。

【研析】詞寫春日閨怨。起首即突出詞中主人公美麗非常，但句式為倒裝，即將謂語「嚴妝」置前，主語「宋家東」置後。寫人始以「粉牆畫壁」的華麗居室映襯，復以宋玉筆下之東家女（「增之一分則太長，減之一分則太短；著粉則太白，施朱則太赤；眉如翠羽，肌如白雪，腰如束素，齒如含貝」）為喻，足見天生麗質。再加以打扮，妝束齊整，更是美若天仙。本來妝束停當，面對滿園春色是有所待的，但良辰獨對，怨恨油然而生。詞中主人公並不直接怨人，卻埋怨起春風來了，是你春風伴隨春光把我的寂寞春心撩撥起來了，似無理而實合情。「怨春風」是將物擬人，下面「蕙蘭有恨枝猶綠，桃李無言花自紅」，從整體說，是以物喻人。但「蕙蘭有恨」、「桃李無言」，亦是採用擬人手法，所謂「恨」係移主觀之情於客觀之物。這兩句是說，雖然有恨，但我仍保有蘭心蕙性，高潔芬芳，雖則無言，但我仍然保持著花朵般的鮮麗，容顏嬌美。由此可見主人公是何等自矜、自貴。同時，又是以綠枝蘭蕙、紅白桃李補寫春日景物，與前面的「春風」相呼應，顯示出春景的爛漫，形成對閨中低沉情緒的一種反襯。這裡景物描寫的妙處還在於它是「即事敘景」，係從抒情中帶出，使情語與景語相互交融。此為一聯對仗，極為工穩，有兩點值得我們注意：一是中間用「猶」、「自」之虛詞連接，含有轉折意味，句式顯靈動而不板滯。二是「桃李無言」來自一現成諺語「桃李無言，下自成蹊」，用「花自紅」替代「下自成蹊」，便賦予了新意，為詞中活用語典之例。又，本來是桃紅李白，卻說桃李「花自紅」，這是受詞的字數、押韻的限制，實際是包含了李白在內的。

下闋開頭亦用對仗：「燕燕巢時簾幕捲，鶯鶯啼處鳳樓空。」「燕燕」句有兩重意，一是重在說明時間已至薄暮，故燕子穿過簾幕歸巢（巢，在此處作動詞用），二是燕子的雙飛雙宿，對人物的獨守空閨形成反襯；「鶯鶯」句重在以動寫靜，以啼聲襯托出「鳳樓」的空寂。這兩句渲染出薄暮時分樓閣的環境氛圍，雖未直接寫懷人，但懷人之意已蘊含其中。「鶯鶯」與「燕燕」，小巧玲瓏，色彩美麗，人稱黃鶯、紫燕，鳴聲或呢喃，或婉轉，帶有陰柔的特徵，又與女性的生活環境，關係至為密切，牠們同時出現在這一組聯語中，後來有的詞曲將「鶯鶯」、「燕燕」作為女性的代名詞或與此有關（如蘇軾調侃張先年八十猶娶妾時，有「詩人老去鶯鶯在，公子歸來燕燕忙」之句）。詞之末尾兩句「少年薄倖知何處，每夜歸來春夢中」為情語，最後揭示出「怨春風」之「怨」、「蕙蘭有恨」之「恨」的因由。這兩句亦含有對照之意：公子薄倖，我自多情。雖然所愛之人連個信息也不捎來，但我思念深切，日有所思，夜有所夢，每日在春夢中和他相聚。詞中寫夢用了「歸來」二字，帶有對方主動歸來之意，則在責難中又顯得有一份旖旎之情。

此詞寫閨怨，顯得美豔、莊重，似亦可以起首二字「嚴妝」評之。

歸自謠

何處笛？終夜夢魂情脈脈，竹風檐雨寒窗滴。離人數歲無消息。
今頭白，不眠特地❶重相憶。

【詞　牌】〈歸自謠〉，又名〈思佳客〉、〈風光子〉，始見馮延巳《陽春集》。雙調，三十四字，上下闋均三句，三仄韻。《詞譜》卷二列馮延巳詞（春豔豔）（誤題作歐陽脩詞）為範式。有的版本調名作〈歸國遙〉，實則三十四字之〈歸自謠〉與四十三字之〈歸國遙〉無涉。

【注　釋】❶特地　特別；特意。

【語　譯】終夜在夢魂中含情脈脈，何處吹來笛聲？醒來聽到竹林風吹，窗簷雨滴，感到寒氣侵襲。離人幾年都無消息。如今頭髮已白，再也不願入睡，特地重溫夢中相聚的甜蜜。

【研　析】〈歸自謠〉三首，一作歐陽脩作，見《六一詞》。但三詞原載《陽春集》，馬令《南唐書》曾載有「寒山碧」（按：見另一首〈歸自謠〉）詞「見稱於世」之說，《全唐詩》、《全宋詞》均斷為馮作，當以作馮詞為是。

此詞寫閨婦懷人。全詞寫夢醒後的回憶：夜來她做了一個甜美的夢，夢中四目相對，含情脈脈，無限溫馨。可是不知何處吹奏羌笛，將她的美夢驚醒。「何處笛」，為夢醒之由，應是夢境在前，聞笛在後，此處行文倒置，一是詞牌的要求，再則也是以動寫靜，強調夜的靜寂。故下面接寫醒後耳聞風吹竹林聲、房簷雨滴聲，加之風雨透過窗戶帶來的寒意，便營造出一種冷寂淒清的環境氛圍。美夢驚醒，本懷惆悵，面臨此情此景，更添愁悶，因而難再入睡，她也不想再睡了，乾脆一腦門子想心事。她在埋怨所愛之人一去數載杳無消息，日日等待，年年等待，以致如今都等白了頭。現在她能得到的惟一安慰，就是特意地回憶夢中「情脈脈」的場景，用那曾經擁有的虛幻的甜蜜，來填補眼前心靈的空虛。全詞約略寫景，而以內心獨白為主，一氣說下，情深意切，質樸無華。雖然短小，但讀來令人迴腸盪氣。俞陛雲《唐五代兩宋詞選釋》稱讚此類詞作：「揮毫直書，不用迴折之筆，而情意自見。格高氣盛，嗣響唐賢。」

歸自謠

春豔豔❶，江上晚山三四點，柳絲如剪❷花如染。

香閨寂寂門半掩。愁眉斂，淚珠滴破燕脂❸臉。

【注　釋】❶豔豔　明媚豔麗。❷柳絲如剪　綢帶一樣的柳絲是被裁剪出來的。唐賀知章〈詠柳〉詩：「碧玉妝成一樹高，萬條垂下綠絲條。不知細葉誰裁出，二月春風似剪刀。」為此語所本。❸燕脂　即胭脂。

【語　譯】春色明媚濃麗，江流遠處，晚時山峰三四點，柳絲如用剪刀裁出，鮮花似用五彩顏料浸染。

閨房寂寥，房門半掩。愁眉緊鎖，淚珠將臉上胭脂滴破。

【研　析】此詞寫閨怨。上闋寫景，極濃豔明麗。先以「春豔豔」總寫，然後遠近分寫。「江上晚山」一句寫遠景，江流宛轉，數點遙岑，夕照晴嵐，富有畫意。「柳絲如剪」一句寫近景，柳翠花紅，鮮豔奪目，令人想見萬紫千紅的絢爛景象，關不住的滿園春色。謂「如剪」、「如染」，不僅凸現出柳與花的形、色，又能顯示出造物主的神奇力量，它們是造物主「剪」出來、「染」出來的。此雖寫景，實則寫情，重在以明豔之樂景，反襯空閨獨守之哀情。上闋的寫景雖則總體呈濃麗特點，但運筆、著色實有濃淡之分，遠景淡而近景濃，那淡墨春山、蜿蜒江水，對於近處的花柳而言也能形成一種鮮明的色彩對照，從而使眼前的園林顯得更加絢麗多彩。

下闋抒情。「香閨寂寂」一句，既是寫環境，也是寫人。寂寂，既是環境的冷清氛圍，也是閨婦的心靈感受。由此可知上闋所寫之景，乃身處香閨之人眼中之景。她何以要在傍晚之時眺望那遙山遠水，應該是在潛意識中懷有那麼一絲希望，以為或許會出現什麼意外的令人驚喜的奇蹟，但是沒有。她把目光收回，凝注於眼前的「豔豔」春景，這景物引得她春心繚亂，激發她對美滿幸福生活的熱烈嚮往，但無情的現實卻讓她感到有太多的失落和遺憾。雖然如此，她並沒有完全絕望，而仍有所期待。她從室外回來，只是將「門半掩」，是因為說不定他會不期而至、突然歸來啊！但期盼的結果終歸是徹底失望，獨對黃昏，真不知該如何打發這漫漫長夜？這時出現了她的面部特寫鏡頭：「愁眉斂，淚珠滴破燕脂臉。」宋代李清照〈一剪梅〉詞有「此情無計可消除，才下眉頭，卻上心頭」之句，可作「愁眉斂」的注腳，或者我們可以把李詞稍作改動：「此愁無計可消除，才上心頭，又到眉頭。」這樣解說「愁眉斂」更為貼切。淚流滿面，是傷心至極的表露，在不同的詞人筆下，有不同的寫法，一般的寫法是「淚闌干」、「淚滿腮」之類，馮詞的描寫相對比較細膩，說淚流破壞了她臉上化妝的完整形象，與溫庭筠〈菩薩蠻〉詞「玉纖彈處真珠落，流多暗濕鉛華薄」近似。陳秋帆認為這兩句：「與韋莊『恨重重，淚界蓮腮兩線紅』同一風韻。較後主『多少淚，斷臉復橫頤』為雋。」（《陽春集箋》）

這首詞相對於前面一首的「揮毫直書」、作內心獨白又自不同，只讓情感從景物和表情中流露出來，因而耐人尋味。

歸自謠

寒山碧，江上何人吹玉笛？扁舟❶遠送瀟湘❷客。蘆花千里霜月❸白。傷行色，來朝便是關山隔。

【注　釋】❶扁舟　小船。❷瀟湘　瀟水與湘水的合稱，泛指湖南地區。❸霜月　霜夜之寒月。

【語　譯】寒秋的山巒猶帶青碧，江上何人吹奏玉笛？扁舟遠行，載著客人前往瀟湘之地。千里蘆花，霜月照射，一片皆白。傷感於朋友間的離別，待到明朝，已是關山遠隔。

【研　析】此詞寫友朋別情。上闋描寫送別場景，下闋懸想別後情形。古代人出門、旅行，多走水路，此番朋友的離別亦是如此，故詞從寫江景入手。「寒山碧」，寫江之兩岸多山。山曰「寒山」，表明時節，渲染別離環境氛圍，說明此次分手是在淒清的秋季。秋山以「碧」形容，這種青蒼之色與春天充滿生命力的新綠、亮綠有所不同，而帶慘綠之象，因此它給人的感覺往往不是歡愉，而是淒涼，特別在離人眼中更助傷悲，故李白〈菩薩蠻〉詞寫羈旅之情有「寒山一帶傷心碧」的描述，此處用「寒山碧」即化用李白詞語，而傷心的情感即含其中。兩岸青山助人淒涼，而此時江上又傳來悠揚的笛聲。月下聞笛，特別是江上聞笛，最易令人動情，如李肇《唐國史補》載，李牟秋夜吹笛於瓜洲，「初發調，群動皆息。及數奏，微風颯然而至，俄頃，舟人賈客有怨嘆悲戚之聲」（轉引自《淵鑒類函》）。又如李白〈清溪半夜聞笛〉詩：「羌笛梅花引，吳溪隴水情。寒山秋浦月，腸斷玉關聲。」「江上何人吹玉笛」，所吹不知為何曲調，但在江面上空飄蕩的淒清笛聲，更令離人心生悲戚。在這種環境氛圍中，送走自己的親密朋友，映入眼中的，是浩淼江面上的一葉扁舟，漸行漸遠，駛向那遙不可見的瀟湘。「扁舟遠送瀟湘客」，再聯繫下面的「蘆花千里」，很有點柳永〈雨霖鈴〉詞「念去去千里煙波，暮靄沉沉楚天闊」的韻味。一葉扁舟與浩淼江流在空間上形成一種強烈的對照，更映襯出舟中人之渺小、孤單。

下闋首句「蘆花千里霜月白」是眼前景與擬想景的結合。蘆花、霜月，係眼前所見秋夜景色。曰「千里」，係由所見推知未見，並呼應上闋的「遠送」。蘆花為白色，秋霜亦呈白色，夜月為銀色，三者組合成一片空闊、慘白的濛濛夜色，襯托出千里行程，獨行獨臥的淒冷慘淡。這一句重在設想行者。下面「傷行色，來朝便是關山隔。」則行者與送者合寫。各自都在為此次的遠別傷感，並由今宵翻進到「來朝」，想見那時已是關山阻隔，留下的惟是深深的思念。以喟嘆作結，有餘不盡。

此詞在《陽春集》中可謂別具一格，境界闊大，風神清勁，言少意豐，語淡情濃，在當世與後世均受人稱賞。馬令《南唐書》馮傳載，「(延巳)著樂章百餘闋」，其〈鶴沖天〉詞（曉日墜）及〈歸國謠〉（寒山碧）一闋（按：即〈歸自謠〉（寒山碧）），「見稱於世」。可見當時頗為流傳。清代陳廷焯稱其：「句句有骨，不同泛寫。結得蒼涼。」（《別調集》卷一）又，寫與朋友間的別離，在唐五代詞中少見，此詞亦可視為題材開拓的一例。

南鄉子

細雨溼流光❶，芳草年年與恨長。煙鎖鳳樓❷無限事，茫茫，鸞鏡❸鴛衾❹兩斷腸。魂夢任悠揚，睡起楊花滿繡床。薄倖❺不來門半掩，斜陽，負你殘春淚幾行。

【詞　牌】〈南鄉子〉，唐教坊曲名，用作詞調。有單調、雙調兩種。單調有二十七字、二十八字兩體，至馮延巳則疊作雙調，成五十六字體，上下闋各五句。《陽春集》中兩首，用韻方式不同，一首為上下闋四平韻，一首為上下闋二平韻、三仄韻。《詞律》卷一、《詞譜》卷一均列歐陽炯詞（畫舸停橈）二十七字者為正體，列二十八字、五十四字、五十六字者為「又一體」。

【注　釋】❶流光　似在流動的白光。❷鳳樓　借蕭史妻弄玉居鳳樓事，指女子所居樓閣。❸鸞鏡　飾有鸞鳥圖案的妝鏡。❹鴛衾　繡有鴛鴦圖案的緞被。❺薄倖　薄情郎。

【語　譯】細雨飄濕空間，好似流動的白光，芳草年年與愁恨一般長。煙靄閉鎖鳳樓，令人想起無窮往事，而今已是渺茫，對鸞鏡妝扮、入鴛衾睡臥，都為之斷腸。　任憑魂夢恍惚悠揚，睡起仍覺楊花鋪滿繡床。薄倖不來，門兒半掩，射進縷縷斜陽，辜負你殘春，我流下熱淚幾行。

【研　析】此詞寫閨情。從寫景入手，託物起興。「細雨溼流光」，在視覺中突出光感，細雨飄飄灑灑，空中白光依稀在雨絲中流動，再加青草翠綠水光的閃耀，更有一種雨濕流光的感覺。這一句歷來備受人稱賞，宋代的胡仔在《苕溪漁隱叢話》中引《雪浪齋日記》評語曰：「『細雨濕流光』最好。」近人王國維《人間詞話》亦云：「人知和靖（林逋）〈點絳脣〉、聖俞（梅堯臣）〈蘇幕遮〉、永叔（歐陽脩）〈少年游〉三闋，為詠春草絕調，不知先有正中『細雨濕流光』五字，皆能攝春草之魂者。」春草有細雨的滋潤，使人益發感到它在瘋長。芳草年年春風吹又生，春雨助生長，人也是年年在春天盼望賞心樂事，可是又年年在失望中增長愁恨。「草」與「恨」本無必然聯繫，但詞人找到了它們的共同點，即不斷地生長，因而便有了可比性。以草比憂比恨為詩人詞人所喜用，如唐薛逢〈長安夜雨〉詩云：「滯雨通宵又徹明，百憂如草雨中生。」以雨中快速生長的青草喻「憂」之不斷增長。李煜〈清平樂〉詞：「離恨恰如春草，更行更遠還生。」係以草之無處不在，比喻恨之處處皆有。又如秦觀〈八六子〉詞：「恨如芳草，萋萋剗盡還生。」比喻愁恨揮之不去的內心掙扎的複雜狀態。但薛詩與李、秦之詞用的是「比」的手法，帶有某種理性判斷的性質，而馮詞用的是「興」的手法，是受眼前景物的觸發而生出某種情愫，尤耐人尋味。下面「煙鎖鳳樓」三句就「恨」字加以抒發。「煙鎖」與「細雨」映照，這是從寫景的角度說；鳳樓在煙籠霧罩之中，同時也是對環境氛圍的渲染，暗示出鳳樓中人處境的寂寞。後來李清照〈鳳凰臺上憶吹簫〉詞有「煙鎖秦樓」之語，或即脫胎於此。這位閨中女性在想什麼呢？詞人只用「無限事」概而言之，令人有許多揣想：她在回憶別後的淒涼、孤苦？她在追憶過去的兩情繾綣、海誓山盟？她在滿心期待歡欣美妙時刻的到來？而結果是「茫茫」。白天對鸞鏡梳妝麼，「女為悅己者容」，收拾打扮，誰人欣賞？夜晚入睡鴛衾麼，那不離不棄的鴛鴦只能讓人平添縈縈獨處的孤淒感。無論是白天，還是夜晚，都令人為之腸斷，把一腔悲苦真是寫到了極致！

詞的上闋應該是寫一春的心事，至下闋則具寫一天的情事。「魂夢任悠揚，睡起楊花滿繡床」寫白天心有所思，翩然入夢。夢魂無定所，任意飄蕩，有如隨風飛舞的楊花。夢覺起坐繡床，仍然迷糊懵懂，似流連於楊花飄忽般的夢中。這兩句所寫，即後來蘇軾〈水龍吟〉楊花詞中「夢隨風萬里，尋郎去處，又還被，鶯呼起」的迷離惝恍境界。她在由迷離而至清醒之後，便走下繡床，將房門半開半掩。其所以「門半掩」，是因為有所期待，可是等待的人兒卻沒有來，心頭不免恨罵他的「薄倖」。薄倖不來，斜陽卻射進來了，說明她由白天等待至日暮。詞的最後以「負你殘春淚幾行」的情語作結，辜負了多少良辰佳景，虛擲了多少美好時光，以致如今已到「殘春」時節。春光將逝，能不惋惜韶華轉瞬，能不恐美人之遲暮！故而泣下沾襟。詞人在這裡不用「辜負殘春」，而用「負你殘春」，不僅將「春」擬人，而且帶有與「春」對話的性質，行文靈動而富有情味。對此詞結尾前人均極稱賞，俞陛雲《唐五代兩宋詞選釋》評云：「夢與楊花，迷離一片。結句何幽怨乃爾。」劉永濟《唐五代兩宋詞簡析》認為末句：「幽怨動人，與和凝、歐陽炯輩之純作豔情詞不同，不可並論。」

詞之寫「恨」，以時間為線索，富有層次，由「年年」而至日日夜夜，進而具寫一天由白晝而至日暮的愁苦情懷，可謂力透紙背。語言亦顯清麗、流動，雖也出現「鸞鏡鴛衾」、「繡床」等字眼，但以白描為主，雖寫閨怨，卻無香豔脂粉之氣。在歷來的閨怨詞中，此詞不愧為上乘之作。

因王國維激賞此詞「細雨溼流光」之句，而涉及其他詠春草之詞，茲將有關詞作附錄於後，供讀者參閱比較。

金谷年年，亂生春色誰為主。餘花落處，滿地和煙雨。　又是離歌，一闋長亭暮。王孫去，萋萋無數，南北東西路。（林逋〈點絳脣〉）

露堤平，煙墅杳。亂草萋萋，雨後江天曉。獨有庾郎年最少，窣地春袍，嫩色宜相照。接長亭，迷遠道。堪怨王孫，不記歸期早。落盡梨花春又了。滿地殘陽，翠色和煙老。（梅堯臣〈蘇幕遮〉）

闌干十二獨憑春，晴碧遠連雲。千里萬里，二月三月，行色苦愁人。　謝家池上，江淹浦畔，吟魄與離魂。那堪疏雨滴黃昏，更特地，憶王孫。（歐陽脩〈少年游〉）

南鄉子

細雨泣秋風，金鳳花❶殘滿地紅。閑蹙黛眉❷慵不語，情緒，寂寞相思知幾許？　玉枕擁孤衾，挹恨❸還同歲月深。簾捲曲房❹誰共醉，憔悴，惆悵秦樓❺彈粉淚。

【注　釋】❶金鳳花　即鳳仙花。婦女常用以染指甲，故又稱指甲草。❷閑蹙黛眉　平常蹙著眉頭。黛眉，用黛（青黑色顏料）畫眉，特指女子之眉。❸挹恨　引恨。❹曲房　深邃幽隱的密室。❺秦樓　《列仙傳》載，秦穆公有女嫁善吹簫之蕭史，築鳳臺以居。此借指女子居處。

【語　譯】細雨飄灑，似在秋風中哭泣，金鳳花已凋殘，紅色花瓣滿地。平常緊蹙黛眉，懶於言語，滿懷愁緒，寂寞中的相思，可知究竟有幾許？　倚著玉枕，獨自擁著羅衾，引發的怨恨，與歲月一樣長深。深邃閨房窗簾高捲，有誰與我同飲共醉。如今憔悴，心懷無限惆悵，在妝樓中，一任粉面揮灑珠淚。

【研　析】此詞寫閨怨，與前一首〈南鄉子〉不同的是季節在秋天。「細雨泣秋風，金鳳花殘滿地紅」，詞從寫景入手，景中帶情。秋風，本是無形的，但當它與其他的事物發生關係時，會有聲音，會顯示方向，特別是它會顯出一種「殺傷」自然物的威力，令人聯想到生命的衰殘、萎謝，帶給人的是傷感、悲涼的況味。這首詞的寫景即融入了這種感情。在閨人的眼中，細雨在秋風中斜飛，有如人的淚灑，故而用「泣」加以形容。再加滿地殘紅狼藉，更構成了一種慘淒的環境氛圍。所謂「泣」，不僅是一種視覺感受，更是自己內在情感的投射，此即王國維所說之「有我之境」，其景物著有「我」之主觀色彩。因此，發端之寫景，即已為全詞定下了一個悽楚的基調。至「閑蹙黛眉」三句，始出現人物形象，可知前面景物乃閨人眼中之景。寫閨人先寫其雙眉緊蹙、懶於說話的表情，然後揭示其因由：處境「寂寞」，為相思所苦，情緒不佳。「相思」二字，點出一篇主旨。「相思知幾許」（幾許，此處意為很多）係用反詰語氣，從而增強了感情表達的分量與力度。

詞的上闋重在寫白天，詞的下闋則轉寫夜晚。「玉枕擁孤衾」是寫眼前，但也包含了與往昔的對比。玉枕、羅衾，昔時共度，曾擁有過多少柔情與歡樂，而今卻是寒衾獨擁、玉枕孤倚，能不引發無限愁怨！這愁怨與日俱增，與歲月同長，無時無刻不在折磨著自己，正是「挹恨還同歲月深」。下面「簾捲曲房誰共醉」同樣含蘊有眼前與昔時的比照，因為有對從前捲簾對月、曲房共醉的回憶，才有對眼前「誰共醉」的質疑。今昔對照，真是歡愁各異！愁能使人瘦損，愁能令人憔悴，因此主人公在「閑蹙黛眉」之外，再加形容「憔悴」，還禁不住獨自頻「彈粉淚」，這樣便把內心的相思、情緒的惆悵和外在的形象結合於一處，使人物更富立體感。

這首詞的寫法與前面一首〈南鄉子〉有相似處，均以景物起興，然後具寫內心活動。但前首較為率直、勁切，此首較為蘊蓄、溫婉，各有風致。其用韻不同於前首的一韻到底，而是平仄韻轉換，且上下闋所用韻部亦不相同，《詞律拾遺》卷二作〈南鄉子〉雙調補體；有的版本則將上下闋分為各自獨立的兩首，如《詞譜》卷一單列上闋為一首，今人曾昭岷《溫韋馮詞新校》亦分列為兩首，並謂：「雙調皆平韻體，無此平仄韻轉換格，《詞律拾遺》收作補體非是。」

長命女

春日宴，綠酒❶一杯歌一遍❷。再拜❸陳三願。一願郎君千歲，二願妾身❹常健，三願如同梁上燕，歲歲長相見。

【詞　牌】〈長命女〉，唐教坊曲，用作詞調。又名〈長命西河女〉、〈長命女西河〉、〈長命西河〉。雙調，三十九字，《詞譜》卷三列馮延巳本詞，上闋三句三仄韻，下闋四句三仄韻。

【注　釋】❶綠酒　色呈碧綠之酒。❷一遍　一曲。❸再拜　拜了又拜。❹妾身　古時婦女自稱。

【語　譯】在春日宴會上，舉起一杯綠酒，唱一曲祝福歌，拜了又拜，陳述三個願望。第一願郎君長壽千歲，第二願自己身體常健，第三願我們如同梁上雙燕，年年長時相見。

【研　析】詞寫民間春日宴會祝酒風俗。前面三句敘寫祝酒程序：敬酒、唱歌、禮拜、述願，這應是當時民間的一種習俗。這種習俗在現代一些少數民族中如蒙古族、苗族等仍有保留。後面四句為祝願的內容，係以女子口吻說出，可知敬酒、唱歌等均係女子所為。這裡寫的祝願內容可說是極其平常，極為樸實，沒有對功名利祿的追求，沒有治國平天下的宏願，它表達的只是普通平民百姓的美好願望：身體健康，家庭和睦，長相廝守，白頭偕老。詞中描寫的氛圍也很溫馨，明媚春天、梁間雙燕（從祝酒詞中帶出）、綠酒、清歌，一片祥和。語言通俗、明淺，帶有民歌風味。

清代徐釚認為此詞：「典雅豐容，雖置在古樂府，可以無愧。」（《詞苑叢談》卷四）

喜遷鶯

宿鶯❶啼，鄉夢斷，春樹曉朦朧。殘燈吹燼閉朱櫳❷，人語隔屏風。

香已寒，燈已絕，忽憶去年離別。石城❸花雨倚江樓，波上木蘭舟❹。

【詞牌】〈喜遷鶯〉，又名〈鶴沖天〉、〈萬年枝〉、〈春光好〉等。令詞有四十六字、四十七字兩體，馮延巳兩首均四十七字。上闋五句三平韻，下闋五句兩仄韻、兩平韻。上下闋的第一、二句的三言，一般都用為對仗。此詞牌之長調則起於宋人。參看《詞律》卷四、《詞譜》卷六。

【注釋】❶宿鶯　歸巢棲息的鶯。❷朱櫳　紅色的窗戶。櫳，木製的窗格。❸石城　地名。石頭城的簡稱，即今南京。❹木蘭舟　以木蘭製作的船。此處為船的美稱。

【語譯】棲宿的鶯鳥啼鳴，回鄉的甜夢已醒，拂曉時，可見春樹朦朧。殘燈灰燼被風吹散，紅色窗戶還未打開，隔著屏風，已聞人語聲。　薰香已冷，殘燈已滅，忽憶去年離別。正是落花時節，她在石城江樓遠望，我在江上舟中頻頻回盼。

【研析】詞寫遊子思鄉情懷。作者只寫拂曉醒來一霎那的情景，啼鶯驚醒了鄉夢，夢醒後見到樹色朦朧、曉風把殘燈的灰燼吹散，又聽到室外有人說話的聲音，寫得十分真切。但這時他還沒有來得及去回味「鄉夢」的甜蜜。當時間稍加延宕，原有的「殘燈」已經熄滅，燃香也已化為寒灰，這時他重拾夢中情景，與家人的團聚，與愛人的溫存，是怎樣的令人心旌搖盪，令人莞爾。但這畢竟是夢，當他回到現實中時，卻是無比孤單，說香「寒」，說燈「絕」，便融進了自己這種寂寞淒涼的感受。接著用「忽憶」二字領起，進入到對去年離別時難分難捨情景的回憶：「石城花雨倚江樓，波上木蘭舟。」一個在依倚江樓遙望「波上木蘭舟」的郎君，一個在「波上木蘭舟」回望依倚江樓的倩影。從空間來說，寫的是兩個「點」，一個在江岸，一個在江中，一個是「花雨」、「江樓」，一個是「木蘭舟」，景物非常美好，他們互相用目光把這兩個點加以聯結，便把那無限深情融化到了如詩如畫的圖景中。「石城」兩句係憶念中情景，是實事虛寫，虛中有實，令人如見。從時間來說，由「去年」到眼下，已經過了三百多個日日夜夜，對於滿懷離情的人來說，顯得何等漫長，真是令人鄉思縷縷，連綿難絕。

詞的上闋寫景較為密緻，下闋則顯清疏流動，疏密結合，富於變化，結尾尤別具風神，令人回味無盡。

喜遷鶯

霧濛濛，風淅淅❶，楊柳帶疏烟。飄飄輕絮滿南園❷，牆下草芊眠❸。

燕初飛，鶯已老，拂面春風長好。相逢攜手且高歌，人生得幾何。

【注　釋】❶淅淅　風聲。象聲詞。❷南園　南面之園，此泛指園圃。❸芊眠　茂密幽深貌。

【語　譯】朝霧濛濛，春風淅淅，楊柳浮帶淡煙。輕微柳絮飄飄，滿漾南園，牆下青草，茂密芊綿。雙燕剛剛飛來，鶯鳥已經顯老，拂面春風長好。朋友相逢，應當攜手高歌，人生短促，年光能有幾何。

【研　析】詞寫人生短暫，當及時行樂。從開篇至下闋的前三句，均寫暮春景物。朝霧濛濛，春風淅淅，楊柳帶煙，風飄落絮，燕飛鶯老，青草萋萋，皆季春時節之景觀。但詞人面對此景，並無傷春愁戚之情，而是有一種特別的歡欣快感，因此總寫一句：「拂面春風長好。」大自然的賜予如此美好，而人生又如此短暫，正當享受眼前的一切，特別是親密的朋友難得一聚，更應該攜手高歌，暢敘闊別情事。讀來感覺很有點曹操「對酒當歌，人生幾何」（〈短歌行〉）的慷慨之氣，更帶幾分曠放豪情。相對於眾多的傷春悲秋的詞作來說，可謂別具一格。這種人生短暫、對景當歌、追求享受清雅閒逸的士大夫情懷，影響到北宋的歐陽脩、晏殊等人的詞作。

芳草渡

梧桐落，蓼花❶秋。煙初冷，雨才收。蕭條風物正堪愁。人去後，

多少恨，在心頭。燕鴻❷遠，羌笛❸怨，渺渺澄江一片。山如黛❹，

月如鉤。笙歌散，魂夢斷，倚高樓。

【詞　牌】〈芳草渡〉，有令詞、慢詞兩類。馮延巳詞為五十五字體令詞，雙調，上闋八句，四平韻，下闋八句，五仄韻，兩平韻，平仄韻相間。以三言句為主，上闋僅間一七言句，下闋僅間一六言句。上闋起首一二句、三四句，各為對仗，下闋一二句、四五句、六七句，各為對仗。《詞律》卷八列馮延巳（題作歐陽脩）本詞為正體，列周邦彥八十九字之慢詞為「又一體」；《詞譜》卷十一亦列馮詞（題作歐陽脩）為正體，列張先詞二首（主人宴客玉樓西、雙門曉鎖響朱扉）及周邦彥等八十七字者為「又一體」。

【注　釋】❶蓼花　蓼為草本，或生水中，或生原野，秋日開花，花紅色。❷燕鴻　北方燕地的鴻雁。❸羌笛　笛出自羌地，故名。❹黛　青黑色。

【語　譯】梧桐枯葉墜落，紅蓼秋日正開，煙靄始生寒意，涼雨剛剛停息。蕭條風物令人感到憂愁。那人去後，有多少怨恨，聚集心頭。　　燕地的鴻雁南飛杳遠，羌笛的吹奏充滿哀怨，惟見浩渺澄澈江流一片。遠山如黛，新月如鉤。笙歌已散，夢失魂銷，人正依倚高樓。

【研　析】此詞又傳為歐陽脩作，見《六一詞》，今從《陽春集》作馮延巳詞。詞寫秋日相思之情。上闋發端寫秋日「蕭條風物」，首先作者抓住了最具代表性的梧桐與蓼花。昔時庭院多植有梧桐，梧桐葉大，夏日可供清陰，但經秋即葉落，故梧桐一旦與秋日相聯，即令人易生悲感，南朝沈約有〈霜來悲落桐〉詩：「悲落桐，落桐早霜露。燕至葉未抽，鴻來枝已素。」李後主〈相見歡〉

詞寫離愁，也有「寂寞梧桐深院鎖清秋」之句。因此開篇「梧桐落」三字，即含悲情，再聯繫下面的「雨才收」，更會令人聯想到後來李清照在〈聲聲慢〉詞中「梧桐更兼細雨，到黃昏、點點滴滴」描繪的情景。蓼花也是一種容易引起淒冷感的景物，如唐柳宗元〈田家〉詩曰：「蓼花被堤岸，陂水寒更綠。」鄭谷〈蓼花〉詩曰：「差池伴黃菊，冷淡過清秋。晚帶鳴蟲急，寒藏宿鷺愁。」「蓼花秋」即含有一種淒涼的意味（這裡的「秋」字，既點明季節，又帶有動詞的性質，即秋天開放）。不僅周圍草木蕭條，那天氣的變化「煙初冷（「冷」，變冷，形容詞作動詞用），雨才收」，也增寒涼之感。此數者意象疊加，形成了雨滴梧桐、煙籠蓼草、梧葉飄墜、寒氣襲人的冷落、淒迷之境，這一切正教人「堪愁」。陸機〈文賦〉云：「悲落葉於勁秋。」這「愁」之來，無疑受到了自然物候的影響，但和人的心情有更密切的關係，故下面三句「人去後，多少恨，在心頭」，直抒胸臆，點出這「愁」的來由，這「愁」的分量。陳秋帆認為：「『多少恨，在心頭』與李煜『別是一番滋味在心頭』同一淒惋。」（《陽春集箋》）

上闋所寫為白天情景，下闋所寫應該是接近傍晚的時分，一直到月上之時。如果說，上闋的寫景突出的是風物蕭條的話，那麼下闋的寫景，便在於營造出一個極為遼闊的空間。此處的「燕鴻遠」（「遠」字亦帶動詞性質，謂愈飛愈遠）為仰視所見，「渺渺澄江一片」為遠望所見，再以「羌笛怨」（「怨」字，形容詞兼動詞），以動寫靜，突出闊遠中的一片寂寥。所謂「羌笛怨」的「怨」也是客觀聲音與主觀心緒相融合的感受。隨著時間推移，眺望遠山如黛，仰看新月如鉤，俯仰之間，依然是空闊中帶著無邊的寂靜。將人置於如此闊大靜寂的空間，愈見人之孤單、渺小。詞之末尾回應上闋的「人去後」，點出該「人」在宴會笙歌散去之後，即不見蹤影，自己從此魂不守舍，深陷於相思的痛苦之中而不能自拔。最後一句「倚高樓」，方點明以上所見所感，乃倚高樓時發生之情事。在結構上運用的是「逆挽」法，即將後發生之事置之於前，先發生之事置之於後，以避免平鋪直敘之病。

詞從白天寫至傍晚，再寫至入夜，以蕭疏空闊之景烘托離恨，以時間之長表思念之深切。又大量運用三字短句，頗能表達其急切、動盪的感情。故沈際飛謂其：「悲促之音，像《花間》〈三字令〉。」（《草堂詩餘別集》卷一）陳廷焯稱其：「語短韻長，音節綿邈。」（《別調集》卷一）此詞主人公的性別似乎不夠明朗，從「笙歌散」，「人去後」看，從景物描寫不帶閨閣氣看，似是男子對所鍾情的歌女樂伎的懷想。但它和其他某些詞作一樣，主要重在寫一種失落幽淒情懷，一種人生中常有的憾恨。

更漏子

金翦刀❶，青絲髮，香墨蠻箋❷親劄❸。和粉淚，一時封，此情千萬重。

垂蓬鬢，塵青鏡❹，已分❺今生薄命。將❻遠恨，上高樓，寒江天外流。

【詞　牌】〈更漏子〉，又名〈付金釵〉、〈獨倚樓〉、〈翻翠袖〉等。雙調，四十六字。上闋六句，兩仄韻，兩平韻；下闋六句，三仄韻，兩平韻。上下闋前面兩個三字句，多用為對仗，第四五句之三言，亦有用作對仗者，末句五言第三字例用平聲，如本詞之「千」、「天」。參看《詞律》卷四、《詞譜》卷六。

【注　釋】❶金剪刀　剪之美稱。❷蠻箋　蜀地出產之詩箋，有紅、黃、綠等多種顏色，前人有「十樣蠻箋出益州」之說。❸箚　書寫。❹塵青鏡　青銅鏡蒙上灰塵。塵，名詞作動詞用。❺分　料想。❻將　偕；帶。

【語　譯】手拿金飾剪刀，剪下一綹青絲髮，蘸上芳香墨汁，鋪展蠻箋，將相思親筆寫入信札。再把它們和粉淚一齊緘封，其中含情千萬重。　　鬢髮蓬亂下垂，青銅鏡已蒙塵，料想今生薄命。帶著悠遠的憾恨，步上高樓，只見寒江遠向天外流。

【研　析】詞寫女子相思之情。上闋通過一系列行為動作表「千萬重」之深情。青絲、粉面，表明女主人公的青春煥發；金剪、香墨、彩箋，用品如此精美，更襯托出人之美麗、華貴。她親筆寫信，這表示出她態度的鄭重，當然也含有保守私密之意，同時表明她是一個有一定文化素養之人。她剪下一綹青絲髮，作為信物，同時裝入信封內，更是一種忠信於愛情的表示。古人認為髮膚受之於父母，是不能隨意折損的，此女子居然剪下頭髮，說明她這份情感的堅定摯著，非尋常可比，所以說是「此情千萬重」。剪髮，寫信，一邊寫，一邊流淚，和著妝粉的淚水滴到信箋上，然後封信，這一連串動作如同一組連續的鏡頭，一個美貌多情的女子形象，令人有如目睹。這種敘事性的描寫在唐五代詞中極為少見，後來在北宋柳永詞中倒是得到了長足的發展。

人的感情愈是摯著而又得不到回應，便愈是痛苦，故詞的下闋著力抒寫這種失望的苦痛情懷。

她所思念的人在遠方，行蹤飄忽，她寫好了信，卻無由寄達。此時，她全無心思收拾打扮，故青鏡蒙塵，頭髮蓬亂下垂，也懶得打理。在當時那個社會環境裡，以她的身分，似乎又難以積極主動地去與命運抗爭，只能被動地等待，而等待又希望渺茫，因此不免感嘆「今生薄命」。儘管如此，她還是帶著一懷「遠恨」，到高樓上去眺望，因為內心深處依然懷著一絲希望，企盼他乘舟從遠方歸來，然而極目所見，惟是「寒江天外流」。一個「寒」字，既表明節候，也透露出心境的淒涼，而江流天外，更以闊遠之境寓恨之綿遠悠長。以景結情，餘味曲包。

〈更漏子〉這一詞牌三字句多，又多半講究兩兩相對，故在對仗語中須講求變化，如溫庭筠詞「柳絲長，春雨細」，用的是主謂結構，下面「驚塞雁，起城烏」，則用動賓結構，以避免單調之病。馮延巳此詞「金剪刀，青絲髮」，用名詞作對仗，意為：我用金剪刀剪下青絲髮，實為主謂結構，只是省去了「我」的主語，下面的「垂蓬鬢，塵（名詞作動詞用）青鏡」係以動賓結構作為對仗，而「將遠恨，上高樓」則是動賓結構的流水對。可謂變化多端。又，此詞下闋開頭三句的韻腳，「鬢」為前鼻音，「鏡」與「命」為後鼻音，由此可見，五代時即已出現前後鼻音混用的情況。

更漏子

秋水平，黃葉晚，落日渡頭雲散。擡朱箔❶，挂金鉤❷，暮潮人倚樓。

歡娛地，思前事，歌罷不勝沉醉❸。消息遠，夢魂狂，酒醒空斷腸。

【注　釋】❶擡朱箔　捲起紅色簾子。❷金鉤　簾鉤之美稱。❸沉醉　大醉。

【語　譯】江上秋水齊平，黃葉秋晚凋殘，渡頭太陽西沉，彩雲漸散。捲起紅色簾幕，掛上精美簾鉤，暮潮上漲時，人正倚樓。　在現今歡娛之地，懷想往昔樂事，歌唱完畢，禁不住大醉。所思之人消息杳遠，在夢中相會，恣意歡狂，酒醒之後，空有斷腸。

【研　析】此詞寫女子相思之情。詞以描寫深秋景物為發端。上漲的秋水，飄零的黃葉，渡頭的落日，天邊的寒雲，構成一幅蕭疏慘淡的圖畫。不言情而情自在其中。下面的「擡朱箔，挂金鉤」，連續出現兩個動作，是為人物出場做準備的。朱箔、金鉤，都屬精美的陳設，為的是襯托出女主人公的姣美。接著便點出「暮潮人倚樓」。這三句連起來，帶有強烈的動態視覺效果。後來李清照的「簾捲西風，人比黃花瘦」（〈醉花陰〉），其手法與此有相似之處，即先將簾子捲起，再出現人物形象。「暮潮」二字一則點明正值傍晚時刻，再則說明「秋水平」與漲潮有密切關係，並顯示該女子所居靠近江河。「人倚樓」眺望，江水、渡頭，是她注目的側重點，想必那裡正是她之所愛者啟程遠去的所在。這首詞在結構上，不同於其他詞作將人物出場安排在最後或安排在下闋，而是安排在上闋的末尾，使其在全詞中具有承先啟後的作用。前面的秋景為倚樓時眺望所見，後面的抒情為倚樓時所思。上闋的寫法用前人的說法是「逆入平出」，抬簾、掛鉤、倚樓，依順序寫來，是為「平出」；秋水、黃葉等為倚樓後所見，卻置之於詞首，是為「逆入」。

詞的下闋是倚樓時的回憶，通過敘事來抒情。她參加了一次歡娛的宴會，這個處所是她從前和情郎相逢、兩心相印的地方，故而睹物思人，令人懷想起往昔的繾綣情深和別後的幽愁暗恨。她為大家歌唱完畢，欲借痛飲沉醉，忘卻相思的痛苦。那人遠在他鄉，惟可在夢中相會。正是「夢魂慣得無拘檢」（晏幾道〈鷓鴣天〉），在醉夢中他們團圓一處、情意纏綿，共同享受著那份令人暈眩的幸福。那種快樂、那份激情，用一個「狂」字來形容，把虛幻的歡情寫到了極致。末了來一陡轉：「酒醒空斷腸。」似從高空一下子墜落到地面，現實終於將夢幻擊得粉碎。以「狂」與「空」對照，先揚後抑，以夢幻之樂反襯現實之哀，從而把一懷愁怨推向高潮。從「歌罷不勝沉醉」來看，女主人公是一個歌女，她雖然滿懷愁恨，為了生計，卻又不得不噙淚裝歡，唱歌為他人助興。因此相比於一般閨中婦女，更多一層痛苦，不能不令人對之寄予更多的同情。

更漏子

風帶寒，秋正好，蘭蕙無端❶先老。雲杳杳❷，樹依依，離人殊❸未歸。

褰❹羅幕，凭朱閣，不獨堪悲寥落❺。月東出，雁南飛，誰家夜擣衣❻？

【注　釋】❶無端　沒來由；無緣無故。❷杳杳　悠遠深暗貌。❸殊　猶。❹搴　揭。❺寥落　寂寞冷落。❻擣衣　洗衣時用木杵，在砧上捶擊，使之潔淨。

【語　譯】風帶寒涼，秋光正好，蘭花蕙草，無緣無故先老。積雲深杳，樹木依依，離人還未歸。揭起絲羅簾幕，倚靠紅色樓閣，不僅只是悲傷寂寞。月亮東邊升起，大雁向南遠飛，是誰家在夜晚擣衣？

【研　析】此詞又傳為歐陽脩作，見《六一詞》，又載《陽春集》作馮延巳詞，各家選本多斷為馮作。今依《陽春集》作馮詞。詞寫秋夜懷人。先從白天寫起。以氣候而言，暑熱消退，秋風略帶寒涼，感到頗為宜人，故說「秋正好」。以下說「蘭蕙無端先老」，是一轉折，實際揭示出秋的另一面，即充滿肅殺之氣，故柔美的花草暗中漸漸凋殘。平日我們讀描寫暮春景物之詞，會從中領略到美人遲暮之感，其實，寫秋日的蕭瑟之景，又何嘗不寓有人將衰暮之意！「蘭蕙無端先老」，既是描寫自然景物的變化，實也含有光陰迢迢似水流的嘆息。「雲杳杳，樹依依」，用一聯對仗寫景，情含景中，甚是佳妙。詞中女主人公仰望天空，長空雲層暗淡，情緒也隨之變得陰沉；俯瞰大地，地平線上樹木相連，在她的眼中、心中，呈現相互依依之態。所謂「樹依依」，實乃主人公主觀情感對客觀之物的投射，那種依依之情，恰是自己的嚮往、自己的期盼。這兩句在俯仰天地之間，又構成了一個闊大的空間，反襯出人之形單影隻。女主人公面對樹之依依與人之乖隔所形成的鮮明對照，不禁發出一聲「離人殊未歸」的深沉喟嘆。

下闋之「搴羅幕，凭朱閣」兩句在詞中是倒敘，即上闋描述之所見所感，皆憑倚朱閣時情事。

「不獨堪悲寥落」，乃是總寫自己情緒，謂自己的悲恨遠勝過一般的寥落之情。以下進一步通過視覺與聽覺，渲染環境氛圍。「月東出」，有一個月亮漸升的過程，它表明依倚朱閣時間之長，再則「月」又是最易引人念遠的景物，前人有「明月照高樓，含君千里光」（湯惠休〈怨歌行〉）的抒寫，有「誰家今夜扁舟子，何處相思明月樓」（張若虛〈春江花月夜〉）的感嘆，此詞中的情感則暗寓景中。「雁南飛」，也包含有一種暗示，鴻雁尚且依時南歸，而人卻淹留異域，因此雁南飛是對離人未歸的一種反襯。末尾轉入聽覺描寫，在這深深的夜晚，遠處傳來陣陣擣衣聲。擣衣聲，一方面是以動寫靜，顯示出夜的寧寂，另一方面擣衣聲也同樣是容易引發人的懷遠之思的。這種情境可以用李煜的〈擣練子令〉詞的描寫來將它具象化：「深院靜，小庭空。斷續寒砧斷續風。無奈夜長人不寐，數聲和月到簾櫳。」詞以景結情，令人味之無極。

這首詞以景物描寫為主，或含比興，或突出與人事的對照。為顯示景物特徵，其中對仗「風帶寒，秋正好」、「雲杳杳，樹依依」、「月東出，雁南飛」，以主謂結構為多，但各自的謂語卻能有所變化，故無板滯之病。

更漏子

雁孤飛，人獨坐，看卻❶一秋空過。瑤草❷短，菊花殘，蕭條漸向寒。

簾幕裡，青苔地，誰信閑愁❸如醉。星移後，月圓時，風搖夜合❹枝。

【注　釋】❶卻　動詞詞尾，含有「著」意。❷瑤草　傳說中的仙草。此處指珍奇之草。❸閑愁　似無端而來、揮之不去的愁情。❹夜合　合歡的別名。合歡，葉為羽狀複葉，入夜即合，故有「夜合」之名。

【語　譯】孤雁南飛，一人獨坐，眼看整個秋天空過。珍奇芳草變短，菊花也已凋殘，景物蕭條，氣候逐漸轉寒。　坐在簾幕裡，行於青苔地，有誰相信，閒愁令人有如酒醉。星斗轉移之後，月亮團圓之時，涼風吹動夜合樹枝。

【研　析】此詞寫秋夜懷人。詞的起首情景合寫。「雁孤飛，人獨坐」，看似寫平行的兩件事，但實際是以前者襯托後者，並以「孤」、「獨」二字嵌入其中，暗示出人的內心感受；「看卻一秋空過」是其獨坐時所想，整整一個秋天，她都在期盼、等待著遠遊人的歸來，可是沒有如願，秋天的時光就這樣白白地流淌走了，中含無限感慨。下面「瑤草短」三句通過花草凋殘，天氣變冷，具寫深秋景色，以「蕭條」二字加以總括。面對此蕭條之景，孤獨之外，兼以心緒低沉。

女主人公心緒不佳，如果說在室內獨坐，無法排遣愁悶，那麼踱到室外，應該可以散散心，可是漫步在長滿青苔的庭院，也無法消除心頭的悵恨。那份縈繞於心的愁情，總是令人如醉酒般昏昏然地無法擺脫。結尾「星移後，月圓時，風搖夜合枝」三句，寫出夜景的變化，時間的推移，一氣呵成。時間的推移，說明她在庭院逗留很久；仰望圓月騰升，自然不免會生出月圓人不圓的感嘆！而在此夜深之際，看著陣陣涼風搖動著合歡的樹葉，其心能不有動於衷？樹猶「夜合」，而人卻兩地分離，念及此，真是無限傷感。這三句以景結情，寓情於景，極流動之至，極蘊蓄之至。俞陛雲在《唐五代兩宋詞選釋》中評此首與前面兩首〈更漏子〉（金翦刀、風帶寒）的結句，謂「善用蕭索之景，寓悵怏之懷，令人攬擷不盡。」頗為的當。

〈更漏子〉這一詞調，每三句成一組合，其詞意一組一轉。這首詞的上闋的兩個組合一偏重於情，一偏重於景，似無特別之處。下闋的兩個組合卻頗具特點，第一組「簾幕裡，青苔地」，乃是作為人思維活動「閑愁如醉」的空間狀語，第二組「星移後，月圓時」，則是作為另一景物「風搖夜合枝」出現的時間狀語，在空間、時間轉換中，讀來感到一氣流走。此等處，也頗能顯示出作者運思的巧妙。

更漏子

夜初長，人近別，夢斷一窗殘月。鸚鵡睡，蟪蛄❶鳴，西風寒未成。
紅蠟燭，半棋局，牀上畫屏山綠。搴繡幌❷，倚瑤琴❸，前歡淚滿襟。

【注　釋】❶蟪蛄　蟬的一種，夏末秋初始鳴。❷繡幌　繡有圖案的簾帳。❸瑤琴　有玉飾的琴。

【語　譯】夜晚剛剛變長，心愛的人新近分別，夢醒之際，透過窗櫺，惟見西沉斜月。鸚鵡入睡，蟪蛄啼鳴，西風乍起，寒涼尚未釀成。　紅色燭光中，几上陳列一半棋局，床上畫屏，山峰一片翠綠。揭起繡簾，倚靠瑤琴，回想從前歡樂，淚滿衣襟。

【研　析】 詞寫新近離別時心情。這次的分別是在初秋時節，此時相對於夏天，夜已開始由短而變長。夜長多夢，故主人公進入了夢境。但這夢是怎樣的光景，詞人並不去作具體的描繪，留下空白，讓讀者去揣想。一般人也可推知，那夢中之樂和現實之愁，必定存在著極大的反差，美妙的夢境乃是現實寂寥生活的反襯，故「夢斷」之後，忒難以為情。因此，這首詞側重寫的是夢醒後的情景。先從視覺寫起，室外月亮已經西沉，透過窗櫺射進斜光，這是寫景，也是抒情。晏殊〈蝶戀花〉詞有「明月不諳離恨苦，斜光到曉穿朱戶」的怨懟，二者情境頗為相似。下面「鸚鵡睡，蟪蛄鳴」，從聽覺寫，鸚鵡睡，是從無聲來判斷的。這兩句係以動寫靜。「西風寒未成」，主要從觸覺寫氣候感受，其中當也包含了聽覺、視覺的因素，即使是輕微的西風，也會帶來樹葉的沙沙聲，也會引起簾帳的飄動。以上通過殘月、西風、蟲鳴、鳥睡，營造出一個寂靜而又淒清的環境氛圍，映襯出主人公長夜夢斷時的淒涼心境。

上闋側重寫自然物候，下闋開頭轉寫室內景象。「紅蠟燭，半棋局」，是眼前景。「半棋局」是兩人對弈留下來的棋盤殘局，這一句涵義比較豐厚。第一，它說明女主人公的情趣不俗，聯繫後面的瑤琴，知亦善操琴，可謂是琴棋兼擅；第二，表明心愛之人走得比較匆忙，一盤棋來不及下完便急急離開，因而留下深深遺憾；第三，這棋局是他們共度美好時光的見證，因此不忍將它收拾，可見用情之深。接著女主人公的視線轉向曾經共度良宵的床鋪，床上畫屏的山峰依舊翠綠，沒有任何變化，變了的是同宿鴛鴦，而今化為孤鸞一隻，因此不免引起物是人非之感。她心神不定，愁緒滿懷，再難入睡，於是揭開繡帳，下床依倚瑤琴。其所以「倚瑤琴」，也是睹物思人，是在回味從前共賞音樂的快樂。念及「前歡」種種，反觀現在孤淒之狀，能不「淚滿襟」乎！

全詞集中寫夜間發生的情事，細膩深幽。上闋以景襯情，描摹環境，純用白描；下闋以事寫情，以昔襯今，使用了一些色澤豔麗的字面，亦有助於渲染閨閣氛圍。穠麗淺淡，各有攸宜。

拋球樂

酒罷歌餘興未闌❶，小橋秋水共盤桓❷。波搖梅蕊當心白❸，風入羅衣貼體寒。且莫思歸去，須盡笙歌此夕歡。

【詞　牌】〈拋球樂〉，唐教坊曲，用為詞調，又名〈莫思歸〉。〈拋球樂〉原是一種在宴會上拋球為令兼有歌舞功能的勸酒曲，胡震亨《唐音癸籤》云：「〈拋球樂〉，酒筵中拋球為令，其所唱之詞也。」始為單調，有三十字體，如劉禹錫詞（五色繡團圓）；有三十三字體，如皇甫松詞（金蹙花球小）；有四十字體，如馮延巳此詞。至北宋柳永，創為雙調慢詞，一百八十七字。馮延巳《陽春集》有〈拋球樂〉八首，每首六句，於五個七言句中雜一五言句，前四句格律同仄起首句入韻之七言絕句，因第三四句用對仗，又似仄起七律之前面兩聯，故《詞譜》謂其為「五七言小律詩體」。參看《詞律》卷一、《詞譜》卷二。

【注　釋】❶未闌　未盡。❷盤桓　徘徊；逗留。❸當心白　指水流當中的光影。

【語　譯】飲酒聽歌已經結束，而興致猶酣，在秋水小橋上，與人一道盤桓。水中波光呈現白色，有如美麗梅花，夜風吹入羅衣，膚體感到寒涼。暫且不要思量歸去，當再聽笙歌以盡今夜之歡。

【研　析】《陽春集》中收錄八首〈拋球樂〉詞，多與歌酒宴會相關，因此有的人將它們看成是聯章組詞，描寫的是「一次盛大宴會的全過程」（見蔡厚示、黃拔荊《南唐二主暨馮延巳詞傳》），此可備一說。實則八首詞可各自獨立成章，所寫季節或為新春，或為秋日，應非一時之情事。但各首表達的情感色彩有的頗為相似，故俞陛雲《唐五代兩宋詞選釋》將其大體劃分為兩類，並對其創作所體現的氣格大加稱賞：「『酒罷歌餘』、『逐勝歸來』、『梅落新春』三首聽歌對月，紀歡娛之情。『霜積秋山』、『盡日登高』、『坐對高樓』三首人散酒闌，寫離索之感。能於勁氣直達中含情寄慨，故不嫌其坦直。此五代氣格之高也。」這一評價相當中肯。但八首詞仍各有特色，不能不細加研味。

此為八首中的第一首，寫餘興未盡時之心緒。起首「酒罷歌餘興未闌」即直抒其情。古人宴會是歌酒並舉的，以歌唱佐酒，為參加宴會的人助興，並為宴會營造出一種熱烈的氣氛。而聽歌飲酒又是詞人生活的一個重要組成部分，陳世修〈陽春集序〉記述：「公以金陵盛時，內外無事，朋僚親舊，或當燕集，多運藻思為樂府新詞，俾歌者倚絲竹而歌之，所以娛賓而遣興也。」然而宴會總有結束的時候，「酒罷歌餘」，大體會出現兩種不同的心態，即有時候在一番熱鬧之後會感到冷清孤寂，有時候可能會感到興猶未盡，詞人此詞所寫屬於後者。以下便就「興未闌」加以敘寫。步出宴會廳堂，來到「小橋秋水」的幽雅之處欣賞清景。「盤桓」前著一個「共」字，當另有人在。此人為誰？沒有明說。「秋水」二字頗耐人尋味，既是寫景，顯示出水流一片澄明清澈，與小橋渾然一體，又隱約暗示人的美麗，那人的眼目如同秋水般明澈，但這種暗示似有若無，這正是馮詞的特點。下面用一對句承接：「波搖梅蕊當心白，風入羅衣貼體寒。」前句通過視覺寫景。前面既說是「秋水」，則時當秋季，而梅花開在冬末春初，因此「梅蕊」非眼前之梅花，而是一種喻體，是以梅花比喻月光照射下的水波。水之當心，波光粼粼，如梅花朵朵，景致何等雅潔！境界何等空靈！於此等處與麗人一道徘徊，真令人有出塵欲仙之感。後句通過觸覺寫氣候的變化。夜間在橋上「盤桓」已久，氣溫逐漸下降，夜風吹來，透過羅衣，感到涼透肌膚。「羅衣」二字，不可忽視。古詩詞中，羅衣多指女性穿著，如王維〈西施詠〉詩「邀人傅香粉，不自著羅衣」，韋莊〈丙辰年鄜州遇寒食〉詩「金鳳羅衣濕麝熏」，馮延巳〈鵲踏枝〉詞「一點春心無限恨，羅衣印滿啼妝粉」等等，都說明了這一點。所謂「風入羅衣貼體寒」，應該先是自己感到冷氣襲人，然後聯想到那人感受的寒涼。此等處，足見詞人的心細如髮，體貼入微。由「秋水」、「羅衣」，已可揣測共盤桓者乃一女性，或即參與宴會之歌女。「盤桓」良久，夜已深沉，然而依舊戀戀不捨，不忍分開，因此勸說她不要歸去，挽留她共聽笙歌，作竟夕之歡，從而申足「興未闌」之意。

這首詞既表現出士大夫流連歌酒的趣味，又透露出作為文人對異性的旖旎柔情。但在寫法上顯得幽微隱約，故令人有撲朔迷離之感。共盤桓之人始終不曾直接露面，卻又使人感覺到她的存在，這是本詞的特點，也是其藝術表現的高妙之處。

抛球樂

逐勝❶歸來雨未晴，樓前風重草煙輕。谷鶯❷語軟花邊過，〈水調〉❸聲長醉裡聽。款舉❹金觥❺勸，誰是當筵最有情？

【注　釋】❶逐勝　追遊勝景。❷谷鶯　從山谷飛出的黃鶯。語本《詩經・伐木》：「伐木丁丁，鳥鳴嚶嚶。出自幽谷，遷於喬木。」❸水調　曲調名。王灼《碧雞漫志》引《脞說》，謂為隋煬帝幸江都時所製。❹款舉　慢舉。❺金觥　精美酒器。

【語　譯】追遊勝景歸來，雨霏還未放晴，樓前風力強勁，草上煙靄漸輕。谷鶯啼鳴婉轉，快速花邊掠過，〈水調〉聲韻悠長，正在醉中聆聽。慢舉酒鍾相勸，筵席之中，誰最有情？

【研　析】詞寫逐勝歸來後之興致。詞一入手，即交代活動的具體時間，並點明季節、氣候。他們曾經出遊，雖然只寫「歸來」的時刻「雨未晴」，可知遊覽是在霏霏煙雨中進行的。在煙雨中觀賞明麗春光，當別饒一番詩情畫意，那種朦朧美的妙趣，有時無可言宣。但因為有雨，路滑泥濘，又未能完全盡興，不免有一絲遺憾。由「雨未晴」，可知此時天氣是處於欲晴未晴之狀。「樓前風重草煙輕」一句，寫歸來後登樓所見，此時風力強勁，因而草上籠罩的煙靄被它吹散；同時風力強勁，也預示著烏雲的飄散，這正是放晴的前兆。「風重」與「煙輕」對舉，二者實是因果關係，

「重」與「輕」雖屬形容詞，卻包含有吹與飄的動感，而那進入人之視野的青草，實也含有一種勃勃生機。此等處可見出詞人觀察的細膩，內心感觸的幽微。以下用一工整的對句，分別寫景、敘事。出句「谷鶯語軟花邊過」，把視覺、聽覺結合，寫出一種動態美（飛掠、啼鳴）、聲音美（婉轉、嬌軟）與色彩美（鶯的金黃、花的紅紫，互相映襯），數者組合，傳達出來的不僅是春光的明媚，更有一種生命活力的洋溢。自然界如此生意盎然，人的歡悅情悰亦由之觸發，正所謂「喜柔條於芳春」（陸機〈文賦〉）也。對此良辰佳景，人又豈當寂寞！對句「〈水調〉聲長醉裡聽」，便轉寫人事，面對撩人的春光，再享之以歌酒，何等愜意！關於〈水調〉，王灼《碧雞漫志》引《脞說》，謂為隋煬帝幸江都時所製，宋郭茂倩《樂府詩集》卷七十九引舊說，謂〈水調〉「聲韻怨切」，可知此調情帶淒怨，聲韻悠長，能令人心神搖盪，故士大夫飲酒時常沉醉其中，馮延巳如此，宋代張先〈天仙子〉詞亦曾有「〈水調〉數聲持酒聽」的敘寫。以下再承「醉裡」寫酒筵。在酒筵上，不是高陽酒徒式的豪飲，更沒有吆五喝六的粗俗，勸酒是「款舉金觥」，動作優雅，從容不迫，所舉酒杯極其精美，由精美之酒器可想見酒之醇濃。這種描寫很符合作者的身分與性情，而從詞人內心來說，是要在酒筵上尋覓一個特殊的對象，一個值得將酒奉獻的人：「最有情」者。無疑，此「最有情」者應該是與自己心靈契合之人，是情感息息相通之人。他找到了嗎？詞中沒有交代，這一點並不重要，重要的是表達了一份對知音的渴盼與追尋。全詞依時間線索，寫出了逐勝歸來、登樓觀景、飲酒聽歌、舉杯尋覓知音的全過程，透露出詞人對自然物候變化的敏感以及由此引發的微妙情思。

拋球樂

梅落新春入後庭❶，眼前風物可❷無情？曲池❸波晚冰還合，芳草迎船綠未成。且上高樓望，相共凭欄看月生。

【注　釋】❶後庭　屋後之庭園。❷可　豈；哪能。❸曲池　曲折的池塘。

【語　譯】新春時節，梅花飄落後庭，眼前風物，豈可說是無情？曲池中的水波，夜晚凍合成冰，芳草迎接行船，青綠還未形成。姑且登上高樓，一道憑欄眺望，觀看月華東升。

【研　析】此詞寫初春時節遊樂情景。詞之發端描寫新春景物，此時庭園的梅花已經逐漸凋謝，花片正在隨風飄落。但梅花是報春花，它報道了春的信息，故而說「新春入後庭」。梅花過後，接著而來的將是水仙、迎春、櫻桃、杏花等相繼開放，將要出現的是一個色彩繽紛的斑斕世界。「新春入後庭」，語極空靈，引人浮想聯翩。眼前雖是新春，風物還未臻於極盛，但正在醞釀勃勃生機。「眼前風物可無情？」用一反詰語，否定了「無情」之說，融化其間的是一派樂天的精神。正因為持有這種樂觀心態，所以遊興不減，故下面兩句轉寫水上遊覽。「曲池波晚冰還合」，寫水面，作者只寫曲池水波冰凌夜合，這是一種從背面著筆的寫法，從而顯示出白天的冰消水流，為遊船的行進提供了可能。曲池晝夜的這種變化與前面的「新春」時節正相吻合。「芳草迎船綠未成」，是從船上的遊歷者著眼。船在水中行進，感到岸上的新芽嫩草正在相迎。「迎」字用得很好，是擬人化手法的運用，富有動感。其實說草在「迎」，是船在向著草岸前進時產生的一種錯覺。敦煌詞中有一首〈浣溪沙〉寫道：「滿眼風波多陜汋，看山恰似走來迎。子細看山山不動，是船行。」二者的道理是一樣的。但這種感覺很美，很富有人情味，體現出了人與自然的親近感。因為時處「新春」，春草剛剛發芽，應是一片鵝黃嫩綠之色，故說「綠未成」。詞人不直接寫草的顏色，只說是「綠未成」，這有點類似於「排除法」，只說不是什麼，至於是什麼，讓讀者去想像、去補充。遊罷曲池，天色將晚，而興猶未盡，又邀約他人登樓眺望，一道憑欄看月亮冉冉東升。憑欄眺月，看那雲影蟾光，又將生出多少遐思妙想，引發多少雅意騷情！

此詞敘遊樂歡娛之情，清超開朗，運筆又不乏宛曲之致，故而別具風神。陳廷焯評此詞用字鍊句，謂：「『入』字妙。『芳草』七字，秀鍊有餘味，對句稍遜。」（《別調集》卷一）可謂知言。「梅落新春入後庭」之「入」字其所以妙，是因它寫出了「新春」的動態，似乎使人聽到了春的腳步聲。「芳草迎船綠未成」的對句是指「曲池波晚冰還合」，這句不及「芳草」句自然天成，顯得有點湊泊。

拋球樂

年少王孫❶有俊才，登高歡醉夜忘回。歌闌賞盡珊瑚樹❷，情厚重斟琥珀杯❸。但願千千歲，金菊年年秋解❹開。

【注　釋】❶王孫　公子。❷珊瑚樹　熱帶海中的腔腸動物，能分泌出石灰質，聚結成相連的骨骼，形似樹枝，故稱。有紅色、白色，可做裝飾品或室內陳設品。❸琥珀杯　用琥珀石製成的酒杯。❹解　會；能。

【語　譯】年輕公子才能傑出，登高中歡娛沉醉，以致夜晚忘歸。笙歌結束，又賞盡珊瑚樹，情興濃厚，斟酒重用琥珀杯。但願活上千千歲，金菊能年年秋天盛開。

【研　析】詞寫王孫重九登高宴飲之樂。此詞主要運用賦的手法，先言其「年少」、「有俊才」。因為年少，精力充沛，可以盡興遊樂；因為「有俊才」，顯得風流倜儻，能流連歌酒，鑑賞珍奇。如此，便為下面活動的描寫作了鋪墊。接著概寫白天的「登高」與夜以繼日的「歡醉」。「登高」，暗示這一天乃是重陽佳節。「歡醉」而至於「夜忘回」，可想見其縱情歡樂、狂飲爛醉之狀。以下「歌闌」兩句具寫「歡醉夜忘回」情景。夜幕降臨，再聽笙歌，看罷歌舞，又欣賞珊瑚。珊瑚非尋常人家所有，《世說新語・汰侈》載，西晉武帝之舅王愷與富豪石崇鬥富，不勝。武帝出珊瑚樹，高二尺許，助愷。崇將其擊碎，愷欲其賠償。崇以高三、四尺者賠之。由此可見，珍奇的珊瑚的擁有者是帝王與富豪之家。公子流連在外，應該是在一個非尋常人家鑑賞色彩絢爛的珍貴珊瑚。白天醉酒之後，晚上情興依然未減，又重新開宴，所謂「重斟琥珀杯」，是寫現在，用一「重」字，便也包含白天高擎琥珀杯的暢飲之舉。琥珀杯，乃杯中之美者，由此用具之精美，可以推想所斟酒之醇香。因此這個重陽夜宴，也可以說是一次極為豪奢的享受。但這次宴會似和主人的生日有關，故詞的末尾出現「但願千千歲，金菊年年秋解開」的祝福。「金菊」開，在這裡，是作為祝願表現出來的，但它同時是對眼前自然景物的描寫，是實景虛寫。可知登高、飲酒、聽歌，是在金菊開放的環境中進行的，於是，在豪放之中又平添了幾分雅逸之趣。詞中記述的是重陽佳節的「王孫」之樂，也許它就是作者自身的一次經歷。詞最後歸結到舉酒祝壽，就在「歡醉」的節慶中又增加了一層人事的意義。

拋球樂

霜積秋山萬樹紅，倚簾樓上掛朱櫳❶。白雲天遠重重恨，黃草煙深淅淅❷風。髣髴❸〈梁州曲〉❹，吹在誰家玉笛中。

【注釋】❶朱櫳　紅色木製窗格。❷淅淅　風聲。象聲詞。❸髣髴　同「彷彿」。❹梁州曲　即〈梁州令〉，一作〈涼州令〉，曲調名。

【語譯】霜露積久，秋山萬樹轉紅，依倚樓臺，簾幕掛於朱櫳。白雲遠布天際，如恨重重，黃草煙靄籠罩，被淅淅秋風搖動。彷彿聽到〈梁州令〉曲，從誰家玉笛中吹出。

【研析】詞寫秋日宴會後的離索情思。從「倚簾樓上掛朱櫳」，可知詞中所寫係登樓所見所感。這個樓臺設有朱櫳、懸掛簾幕，可能曾是眾人歡聚、舉行宴會之處。因立於樓上，故所見極遠，首先映入眼簾的是萬山紅遍，楓林似染，而且從理性上作出判斷，這種景觀的出現是因為時至深秋，「霜積」已久的緣故。由於宴會散後冷寂的境遇，由於感到了秋霜對生物的摧折力量，主人公似乎並沒有因為秋山的紅豔奪目而引起情緒的興奮，沒有如杜牧那樣懷有「霜葉紅於二月花」（〈山行〉）的欣喜。下面的對句「白雲天遠重重恨，黃草煙深淅淅風」，便明顯透露出內心的傷感。秋山紅樹，白雲天遠，這本來是一幅十分遼闊、壯美的畫卷，但主人公登樓瞭望，不在於欣賞壯麗秋景，而是面對遼闊無際的空間，感到了酒闌人散的虛空與孤獨，因此說「重重恨」。再看原野，草已枯黃，煙靄深濃，呈現衰敗之象，秋風淅淅，一派蕭瑟之聲，因而更添淒切之情。這一聯對仗非常工穩，有聲有色，有虛有實，俯仰之中，境界疏闊，語帶悲涼。故陳廷焯認為「近中唐名句」（《別調集》卷一）。末尾兩句「髣髴〈梁州曲〉，吹在誰家玉笛中」，頗能入妙。它承「淅淅風」而來，是由風聲而引起的想像，主人公又彷彿回到了歡聚時聆聽音樂的情境之中，因而情緒有所變化。這一想像極為清奇，把人的情思引入一個高曠、杳冥的境界。玉笛吹奏〈梁州令〉，是一種怎樣的情味？也許白居易〈秋夜聽高調涼州〉詩所描繪的景象，能給我們提供一些啟示：「樓上金風聲漸緊，月中銀字（有銀飾之管樂器）韻初調。促張弦柱吹高管，一曲〈涼州〉入泬寥（曠遠空虛之天空）。」白詩中所謂樓上金風聲緊，〈涼州〉調入泬寥，正與眼前景象相吻合，也與回味中的境況相同。當然，就全詞而言，這種憶念中笛音的高曠、清朗，是為了突出昨宵宴飲之樂，而突出昨宵之樂又是為了襯托眼前的寂寥。所謂「能於勁氣直達中含情寄慨」（俞陛雲語），當即指此等處。

拋球樂

莫怨登高白玉杯，茱萸❶微綻菊花開。池塘水冷鴛鴦起，簾幕煙寒翡翠❷來。重待燒紅燭，留取❸笙歌莫放回。

【注釋】❶茱萸 植物名，香氣辛烈，可入藥。古風俗農曆九月九日重陽節，佩茱萸，以為能祛邪辟惡。❷翡翠 鳥名。《本草附錄》曰：「雄為翡，其色多赤；雌為翠，其色多青。」此處當指簾幕上的圖飾或簾幕的色彩。❸取 動詞語尾，意為「得」、「著」。

【語譯】莫怨重九登高，頻頻舉起白玉杯，此時茱萸花蕊微綻，菊花正在盛開。臨晚池塘水冷，鴛鴦上岸棲宿，室外煙靄漸寒，掛起翡翠簾幕。等待重新燃起紅燭，讓笙歌繼續，不放大家歸去。

【研析】詞寫重陽宴飲留客之情。昔時重九有登高飲酒之習，如杜牧〈九日齊山登高〉詩寫道：「江涵秋影雁初飛，與客攜壺上翠微。……但將酩酊酬佳節，不用登臨恨落暉。」此詞一開始以「莫怨」虛寫一筆，以否定語氣寫重九已經發生之事：「登高白玉杯。」在登高飲酒時，用的是精美的白玉杯，令人想見那酒的香冽，飲者的醺醉。接著再補寫此時景物：「茱萸微綻菊花開。」這兩種景物非泛泛而寫，它們與重九風習密切相關。《風土記》載，此日折茱萸插頭，辟除惡氣，而禦初寒。亦有製成茱萸囊佩戴於身上者。王維〈九月九日憶山東兄弟〉詩，有「遙知兄弟登高處，遍插茱萸少一人」之語，所寫即與此習俗有關。又，古人有飲菊花酒可延年益壽之說。他們身佩茱萸，喝著菊花酒，在登高中欣賞、享受寥廓的秋光，胸襟為之開闊，精神為之清爽。以上所寫乃白天發生之事。時間推移到了傍晚，氣候轉涼，水中的鴛鴦也上了岸，人們為擋住寒氣的入侵，把簾幕也放了下來。這裡用的一聯對仗，上一句「池塘水冷鴛鴦起」是實寫；下一句「簾幕煙寒翡翠來」是實寫與借代相結合，「簾幕煙寒」是實，「翡翠來」，乍看以為是翡翠飛來，細加體察，方知「翡翠」係指簾幕上的圖案，是以「翡翠」代簾幕之彩色，「來」是指繡有這種圖案的簾幕垂放下來。此等寫法，頗能顯示出詞人伎倆的「狡獪」。我們從池中有浴水之鴛鴦，室內有精麗之簾幕，可以揣想此處乃富豪之家。環境如此美好，雖有白天登高之樂，更宜作徹夜之歡。從「重待燒紅燭」，可知在紅燭照耀下的夜宴歌舞已進行了一段相當長的時間，這時夜已深沉，有的客人也許覺得該到離開的時候了。但主人興猶未盡，殷勤挽留，擬重燒紅燭，讓宴會與歌舞再繼續下去。這一結尾，與另一首〈拋球樂〉「且莫思歸去，須盡笙歌此夕歡」相類似。

前人詩中寫重九，止於寫白天登高、遊樂，此詞則言及夜宴笙歌，其興致之高更突過前人矣。

拋球樂

盡日登高興未殘，紅樓❶人散獨盤桓❷。一鉤冷露縣❸珠箔❹，滿面西風凭玉闌❺。歸去須沉醉，小院新池月乍寒❻。

【注　釋】❶紅樓　女子居所。此處當指歌樓。❷盤桓　徘徊。❸縣　同「懸」。❹珠箔　珠簾。❺玉闌　玉質之闌干。此處係闌干之美稱。❻乍寒　初寒；新寒。

【語　譯】盡日登高，興致仍然不減，紅樓歌宴人散，獨自徘徊。冷露侵濕簾鉤，懸掛著珠箔，西風吹掠面龐，我倚靠玉石闌干。歸去正須大醉，月照新池小院，始覺涼寒。

【研　析】此詞又傳為和凝所作，見《歷代詩餘》，今從《陽春集》作馮延巳詞。詞寫酒宴後之孤獨情懷。此詞的寫法是先揚後抑。首言重九登高，興致高漲，再回到紅樓參加歌舞酒宴，熱鬧非常。以下陡轉，酒闌「人散」，頓感一片冷清，滿懷孤寂，因而獨自徘徊。以下再用一個對句「一鉤冷露縣珠箔，滿面西風凭玉闌」寫自然氣候的變化，露濕涼侵，西風淒緊，以進一步烘托失落悵惘的心情。主人公時而徘徊，時而倚闌，反覆思量，心潮起伏。他在思量什麼？是「歸去須沉醉」，是打算離開歌樓回去以後喝個痛快，即使酩酊大醉也在所不惜，情緒又稍稍振起。詞中並未交代是否果真「沉醉」，只是以這種強烈的願望來表現其「興未殘」，希望補償現實中的欠缺，當然，也是借「沉醉」來排除人去樓空的寂寥之感。而此時倚闌所見惟是「小院新池」，霜月升起，寒氣襲人。以景結情，含有餘味。詞寫一種心緒，恨歡娛短暫，孤獨長隨，於短幅之中，能起伏跌宕，亦可謂善能傳情。這首詞的語言仍是白描為主，整個「紅樓」寫得小巧有致，其中有的景語堪稱精美，如「一鉤冷露縣珠箔」，不僅形象，且具質感，似可摸觸。

拋球樂

坐對高樓千萬山，雁飛秋色滿闌干。燒殘紅燭❶暮雲合，飄盡碧梧金井❷寒。咫尺❸人千里，猶憶笙歌昨夜歡。

【注　釋】❶燒殘紅燭　喻晚霞消散。❷金井　施有雕欄之井，古時多用以美稱宮廷或園林中之井。❸咫尺　喻距離很近。咫，古代長度名，約合今制市尺六寸二分二釐，公制近二十一公分。

【語　譯】登上高樓，坐對千萬秋山，北雁南飛，秋色湧滿闌干。晚霞消散，有如紅燭燒殘，暮雲四合，連成一片，綠色梧葉已經飄盡，園林金井亦顯涼寒。近在咫尺的人已遠隔千里，我還在回憶昨夜笙歌的狂歡。

【研　析】詞寫酒闌人散的離索之感。詞為順入，即先點明人之所在地——高樓，人之行為——坐對。「坐對高樓」乃「高樓坐對」的倒裝。以下為「坐對高樓」時所見所感。因為在高樓，故所見極廣，眼目所及首先是「千萬山」。千萬山之連綿重疊，給人以無限阻隔之感，為後面的「人千里」作鋪墊。再仰望天空，正雁陣南飛，它與遼闊的雲天、淡遠的山色等等，組合成的一派無限秋光，湧向闌干。詞中說「秋色滿闌干」，「滿」，表明無處不在，「闌干」，實即代表樓臺，而樓臺即代表高樓坐對之人，因之此句亦即秋色滿眼之意。下面續寫登樓所見：「燒殘紅燭暮雲合，飄盡碧梧金井寒。」這聯對仗描寫的景物，首先包含了時間的推移與氣候的變化，即由白天到了暮色降臨，氣溫也逐漸轉寒。其次，是視線由遠而近，兩句各有涵義。前一句是遠望秋空，「燒殘紅燭」是對晚霞漸漸消退的一種比喻，頗為新鮮，它取譬於夜宴燃燒的紅燭，暗中含有歌酒宴會的影像。「暮雲合」則用江淹〈休上人別怨〉「日暮碧雲合，佳人殊（猶）未來」詩意，暗喻人之離去，情寓景中。後面一句轉向庭院，翠綠的梧葉已轉為枯黃，飄落於金井之旁，雖未直接寫西風，但一個「飄」字，已透露出西風消息。西風、落葉、金井寒涼，一片淒切，景中含情。詞人寫景，先從大處遠處落墨，最後收緊到庭園，貼近樓臺，復引出坐對高樓者的感慨：「咫尺人千里，猶憶笙歌昨夜歡。」昨宵的歡樂還清晰地印在腦海，今朝就與共歡樂之人遠隔千里。「咫尺」與「千里」對舉，言人事的變化何其快速！以「昨夜」歡聚反襯此時離懷，含有無限悵惘。作者通過景物寫離索之感，景極疏朗，境極遼闊，表情逕直，氣格清勁，與纏綿悱惻之詞大異其趣。

鶴沖天

曉月墜，宿雲披，銀燭❶錦屏帷。建章❷鐘動玉繩❸低，宮漏❹出花遲。

春態淺，來雙燕，紅日初長一線。嚴妝❺欲罷囀黃鸝，飛上萬年枝❻。

【詞　牌】〈鶴沖天〉，即〈喜遷鶯〉。五代韋莊詞有「爭看鶴沖天」句，馮延巳更名為〈鶴沖天〉；又因馮詞末句有「飛上萬年枝」之語，又名〈萬年枝〉。雙調，四十七字，上闋五句四平韻，下闋五句兩仄韻兩平韻（本詞下闋第一句「淺」字非韻腳字）。上下闋開頭兩個三字句一般多用為對仗。此調亦有八十餘字者，見宋代柳永《樂章集》及杜安世詞。參看《詞律》卷四、《詞譜》卷六。

【注　釋】❶銀燭　指有銀飾燭臺的蠟燭。❷建章　漢宮名。漢武帝時建，故址在今陝西長安西。此借指南唐宮殿。❸玉繩　兩星名，在北斗第五星（玉衡）的北面。玉繩星越低，夜越深。❹宮漏　古代宮中的計時器。器貯以水，其上有刻度，滴漏以計時。❺嚴妝　整齊的妝扮。❻萬年枝　指萬年喬木的樹枝。

【語　譯】拂曉時分月已墜落，隔夜的雲已經消散，室內燃著銀燭，照映繡屏幃帳。玉繩低轉，宮中鐘聲敲響，宮漏聲緩緩傳出花外。　春光猶顯淺淡，已見南來雙燕，紅日剛剛升起，照到宮室長長一線。整齊妝扮將畢，聽黃鸝啼囀，飛上萬年樹枝。

【研　析】此詞寫宮女望幸心態。昔時後宮女子天未亮，即起床梳妝打扮。因此，詞即從拂曉時刻月落雲收的景物寫起，繼而寫室內陳設：「銀燭錦屏幃。」從銀燭、錦屏、幃帳來看，頗為富麗，可以看出宮人在物質享受上是錦衣玉食，絕無匱乏之憂。此時玉繩低轉，黎明將臨，宮中的鐘聲悠遠傳來，還可聽到宮漏之聲緩緩傳至花叢之外，這聲音正是催人迅即起床整裝打扮的信號。此處之「建章」乃是借指南唐宮殿，「鐘動」是藉以報時。以鐘聲報時催人早妝，從南北朝開始即已有此習規，如《南齊書・武穆裴皇后傳》載，齊武帝以宮內深隱，不聞端門鼓漏聲，置鐘於景陽樓上，宮人聞鐘聲，早起裝飾。李賀〈追賦畫江潭苑〉詩有「今朝畫眉早，不待景陽鐘」之語。

南唐時仍保留此習慣。宮人在鐘聲催促下，有一系列緊張的動作，但詞中省略了對這個過程的具體描寫。

上闋重在借景敘事，下闋重在借景抒情。「春態淺，來雙燕」，首先點明季節特色，此時尚是早春天氣，萬物正處在萌發的階段，尚未呈現出萬紫千紅的絢麗色彩，故說「春態淺」。春態雖淺，但卻充滿希望。此時「雙燕」已經歸來，這更是一種美好的象徵。「紅日初長一線」承上闋「曉月墜，宿雲披」，通過景物變化寫時間的推移。另一方面，紅日初升，斜照殿宇，未能遍照房櫳，故呈長長一線之狀，但晴天也是一個好兆頭。眼前之景都令人喜悅，感到充滿希望，故對未來充滿新的憧憬。詞的結尾「嚴妝欲罷囀黃鸝，飛上萬年枝」既是寫景，也是傳遞她的心聲，其所以整齊妝扮正是為了得到主上的寵幸，希望有朝一日，如同黃鸝一般飛上萬年高枝。

這首詞屬宮詞，其他的宮詞多寫宮怨，此首側重寫的是宮願。不管是希冀得到寵幸，還是因失寵而懷怨，表現的都是一種臣妾心態。但在那個時代的那個環境中，得到主上寵幸，是她們追尋的最高生活目標，是她們惟一可能得到的「光明前途」。否則，只能等待老死。作者把這種心態形象地藝術地表現出來，從某種意義上來說，真可作為「歷史」來加以解讀。

醉桃源

南園❶春半踏青❷時，風和聞馬嘶。青梅如豆柳如眉，日長蝴蝶飛。

花露重，草煙低，人家簾幕垂。秋千慵困❸解羅衣，畫梁雙燕歸。

【詞牌】〈醉桃源〉，又名〈阮郎歸〉、〈宴桃源〉、〈好溪山〉、〈碧桃春〉等。南朝宋劉義慶《幽冥錄》載，東漢時阮肇、劉晨入天台山，遇仙女，被邀至其處，淹留半載，及歸，子孫已歷七世。調名或即本此。雙調，四十七字，上闋四句四平韻，下闋五句四平韻。上下闋的五言句，後面三字，名家多用平仄平，以求音律和諧中帶拗峭，如本詞之「聞馬嘶」、「蝴蝶飛」、「簾幕垂」、「雙燕飛」即是。下闋開頭兩句三言，宜用為對仗。參見《詞律》卷四、《詞譜》卷六。

【注釋】❶南園　南面之園，此泛指園圃。如晉張協〈雜詩〉：「借問此何時，蝴蝶飛南園。」❷踏青　春日郊遊。❸慵困　倦怠；疲勞。

【語譯】春已過半，在南園踏青，於和煦熏風中，傳來寶馬嘶鳴。園中青梅如豆，柳葉如眉，白日悠長，蝴蝶翻飛。　花露成滴顯出重量，草煙低伏而不飄浮，那裡的人家簾幕低垂。盪罷秋千，疲倦無力，輕解羅裳，此時雙燕飛歸畫梁。

【研析】此詞又傳為歐陽脩作，見《六一詞》，調作〈阮郎歸〉。而《陽春集》、《花草粹編》、《歷代詩餘》、《全唐詩・附詞》等均作馮延巳詞，當從《陽春集》作馮延巳詞。

詞寫踏青之樂。踏青，為古代的一項休閒娛樂活動，時間因地域不同而有異，或在農曆二月二日，或在三月三日。後世多以清明出遊為踏青。詞一開始，點明踏青地點——「南園」與季節——「春半」。踏青時人來人往，熙熙攘攘，場面十分熱鬧，但作者不從正面著筆，只通過「風和聞馬嘶」的聽覺來表現。男人騎馬，仕女乘車，馬鳴蕭蕭，表明車馬絡繹，不絕於道。「風和」二字既顯示春日季候之宜人，又和「聞」的聽覺密切相關，是風把聲音吹送過來了。以下通過人的視覺描寫南園風光，所寫側重其靜美的一面：樹上初結的梅子如豆，柳葉舒展恰似眉彎，色彩斑斕的蝴蝶，在日照下飛舞於花叢，顯示出無論是植物、動物，無論是靜態、動態，都充滿勃勃生機，透露出盎然的春意，從而映襯出遊者內心的愉悅。

此詞在結構上打破上下闋的界限，以下「花露重，草煙低，人家簾幕垂」，係續寫南園所見。花之滴露，草之浮煙，應是太陽未出或剛出時之景，是在感覺「日長」之前所見之景，因此從時間順序言，包括「人家簾幕垂」，均屬於倒敘。此數句極寫靜境，周汝昌認為：「花而覺其露重若滴，草而見其煙伏不浮，非在極靜之物境心境下，不能察也。」《唐宋詞鑑賞辭典》所言極是。「人家簾幕垂」，除描寫出環境靜謐之外，還暗示出人家亦是傾巢而出參與踏青活動。通過靜境透露人心中的愜心快意，正是此詞的一大特點。至詞之末尾，「秋千慵困解羅衣」方出現此踏青之人乃一女性，前面所寫，皆其所見所聞。寫人只寫她盪罷秋千後的慵困，解開羅衣稍事休息後，再返回居所，而此時雙燕也與她一道歸來，歇息於畫梁。這就說明她從日出到「日長」、再到傍晚，遊玩了一整天，玩得十分盡興。

此詞寫踏青之樂，表現出少有的輕快。在以寫悲情為主的詞作中，可謂別具一格。其樂情從靜境中流露出來，體現出一種獨特的藝術視角。在章法上，寫景中有倒敘，人物出場又置於詞末，可謂於短調中善能變化。

醉桃源

角聲❶吹斷隴梅枝❷，孤窗月影低。塞鴻❸無限欲驚飛，城烏❹休夜啼。

尋斷夢❺，掩香閨❻，行人❼去路迷。門前楊柳綠陰齊，何時聞馬嘶？

【注　釋】❶角聲　畫角之聲，古代軍中吹角報黃昏來臨。❷隴梅枝　隴山之梅枝，泛指塞上之梅。❸塞鴻　邊塞的鴻雁。❹城烏　棲息於城牆上的烏鴉。❺斷夢　即夢斷、夢醒。❻香閨　女子閨房。❼行人　指離家遊子。

【語　譯】畫角吹奏停息，塞上梅枝掩映，透過獨居窗戶，見到月影西沉。無數塞鴻驚醒欲飛，城烏休要在夜晚鳴啼。　簾幃遮掩香閨，回味夢中情景，遊子去向不明。門前楊柳綠陰已齊，何時可聞馬嘶之聲？

【研　析】詞寫閨婦懷人。上闋重在寫夢境，但這夢似斷似續，惝恍迷離，時而夢中，時而眼前，亦虛亦實，亦真亦幻。女主人公的夢魂忽然飛到了邊塞，聽到軍中號角的嗚嗚吹奏之聲，報道著黃昏的來臨。在角聲餘音嫋嫋中，又有搖曳的隴頭梅枝映入眼簾，那兒呈現出一派早春的邊塞風光。在這遙遠的空間，她盡力地尋覓著心愛人的蹤影。夢中一遍又一遍地苦苦追索，此時夜已深沉，在似醒非醒中透過窗戶，看到的是月影西斜。「角聲吹斷隴梅枝」是夢中境，而「孤窗月影低斜」則係眼前景，一虛一實，但二者在恍惚中混淆莫辨。寫「窗」而以「孤」形容，正透露出她獨處獨臥的心境。她在迷糊中，仍在夢境中流連，那邊塞的鴻雁在臨近拂曉時，被曙色驚起，似乎要高飛遠翥，發出了輕微響聲，自己悠然夢醒，而在朦朧中聽到的塞鴻驚起聲實是城烏的啼鳴，故對城烏生出埋怨之心，「城烏休夜啼」，帶有「啼時驚妾夢，不得到遼西」（金昌緒〈春怨〉）的意味。此處塞雁是幻，城烏是真，真與幻，混而為一。詞的上闋所寫與蘇軾〈水龍吟〉詞「夢隨風萬里，尋郎去處，又還被、鶯呼起」所寫情境大體相似，悠遠、迷濛、飄忽。

下闋寫夢醒之後的情思，首先是在香閨中對夢境的回味，這個夢並不是一個團圓的美夢，而是給人留下很深的遺憾，雖然追尋到遐方異域，也未見到他的身影，不禁發出「行人去路迷」的嘆息。雖然夢中也有遺憾，但她並沒有失望，故詞的結尾說：「門前楊柳綠陰齊，何時聞馬嘶？」仍然滿懷期待，希望在這楊柳蔥綠的時刻，從遠而近傳來馬鳴之聲。這裡描寫的「楊柳綠陰齊」，當非泛泛寫景，一是表明季節已至仲春，這是春光最為明媚的時刻，應當共度此良辰才是啊！再則，臨別時，曾折柳相贈，兩人之間當有過什麼約定，可不要忘記啊！又，重聚之期盼，只說希望「聞馬嘶」，用筆宛折；而「何時」二字，則含有不能確定之意，仍然表現出女主人公心存疑慮。如此寫懷人之情，極宛曲，極動盪，極細膩，極深摯。

醉桃源

東風吹水日銜山❶，春來長是閑。林花狼籍酒闌珊❷，笙歌醉夢間。

春睡覺，晚妝殘，憑誰整翠鬟❸？留連光景惜朱顏，黃昏獨倚闌。

【注　釋】❶日銜山　太陽一半落山，一半未落，如山銜日狀。❷闌珊　盡。❸翠鬟　黑色髮鬟。

【語　譯】東風吹拂池水，太陽半落西山，入春以來，長感寂寥少歡。林中雜花滿地狼藉，熱鬧酒筵已經消散，回想聆聽笙歌，似在醉夢之間。　春睡醒來，晚妝零亂，靠誰梳理鬆散翠鬟？留連美景，愛惜年少容顏，黃昏時刻，獨自依倚闌干。

【研　析】此詞又傳為李煜作，見《南唐二主詞》，又傳為歐陽脩作，見《近體樂府》卷一，明吳訥《百家詞》、今人王仲聞《南唐二主詞校訂》、唐圭璋《全宋詞》、曾昭岷《溫韋馮詞新校》均據《陽春集》斷為馮延巳詞。當從《陽春集》作馮詞為是。

詞寫閨婦春情。詞章結構用逆挽法，詞末的「獨倚闌」之人，是所見所思之主體。首先寫她遠眺所見，「東風吹水」是近景或中景，故能看得見「吹」引起的波紋蕩漾；「日銜山」則為夕陽西下遠景，接近於唐王之渙〈登鸛雀樓〉詩所寫「白日依山盡」的景觀。在常人看來，這景觀遼闊而壯美，有的詩人甚或會生發出某種情景相融的哲理來，但對獨處閨中的人來說，感受到的是暮色即將來臨，一天即將結束，而這一天是春季裡的一天，春天就這樣一天一天地過去，如今已是接近尾聲。故下面發出一聲長嘆：「春來長是閑！」整個春天我都是在寂寞中百無聊賴地打發著歲月。雖不言怨，而「怨」已在其中。接著轉入回憶，將往事與眼前景相結合：「林花狼籍酒闌珊，笙歌醉夢間。」為了排遣落寞情懷，也曾參與過對花飲酒、聽聆笙歌的活動，可是現在春花已經凋謝，飲者、歌者皆已星散，雖曾有過歡樂的時刻，卻是那麼短暫，現在回想起來，只不過如「醉夢」般的一瞬間罷了，醉夢醒來，惟增悽愴。此兩句係以短暫的歌酒歡愉反襯長久的精神痛苦，真是歡愉何短，愁寂何長！

下闋再回到今天，早上一覺醒來，晚妝已經殘褪，鬢鬟已經散亂。面對此情此景，觸景生情：「憑誰整翠鬟？」此句將今昔綰合一處，昔日梳妝時，親愛的人在一旁幫忙整理，或遞玉梳，或插鳳釵，其人何等溫柔體貼，其情何等旖旎纏綿！可是如今惟有自己獨自對鏡理妝，斯人遠去，能不令人百感交集！漢朝有張敞為婦畫眉之舉，後世傳為佳話，後來蘇軾〈江城子〉悼亡詞也有「小軒窗，正梳妝」的描寫，這種閨房細節最能體現夫婦或戀人之間的親密關係。這首詞沒有正面對這種親密加以描述，而是用一反詰語帶出昔時的歡情，實事虛寫，在虛實之間作今昔對比，更強烈地凸現出今朝的孤苦失落情懷。但這位女子並不自暴自棄，而是很自愛，她「留連光景」是為了「惜朱顏」，而「惜朱顏」是為了將來與親愛的人歡聚。她從白天到「日銜山」，再到「黃昏」，一直獨自憑闌，雖然有很多思慮，有無限的悵惘，但她並不沮喪，心中充滿著自信和對未來的嚮往。這一結尾與其他詞作以悲切語、淚流狀作為結束大為不同，而是顯得情緒高揚。

這首詞只是寫閨情嗎？是否含有某種託喻？如果我們說，這首詞寄託著詞人自己的某種失意情懷，同時又在給自己某種精神鼓勵，當也是可以說得通的。其比興意恰在幽微隱約之間。

菩薩蠻

金波❶遠逐行雲去，疏星時作銀河渡。花影臥秋千，更長人不眠。

玉箏❷彈未徹❸，鳳髻鸞釵❹脫。憶夢翠蛾❺低，微風涼繡衣。

【詞　牌】〈菩薩蠻〉，唐教坊曲名，用作詞調。唐蘇鶚《杜陽雜編》載：「大中初，女蠻國入貢，危髻金冠，纓絡被體，號菩薩蠻隊。當時倡優遂制〈菩薩蠻〉曲，文士亦往往聲其詞。」又名〈菩薩鬘〉、〈重疊金〉、〈子夜歌〉等。雙調，四十四字，前後闋各四句，兩仄韻，兩平韻，仄韻與平韻互轉，為平仄韻轉換格。上下闋末句之五言，後面三字一般作平仄平，如本詞「人不眠」、「涼繡衣」。《詞律》卷四、《詞譜》卷五均列李白詞（平林漠漠煙如織）為正體，《詞譜》又列押韻方式略有不同者兩種為「又一體」。

【注　釋】❶金波　指月光。漢〈郊祀歌・天門〉：「月穆穆以金波，日華耀以宣明。」沈佺期〈古歌〉：「水晶簾外金波下，雲母窗前銀漢迴。」❷玉箏　有玉飾之箏。箏之美稱。❸未徹　未奏完一遍。徹，古代音樂術語。從頭至尾演奏一支（套）曲子，叫「徹」。❹鸞釵　鸞鳥形的釵飾。❺翠蛾　指女子細長而彎曲的黛眉。

【語　譯】月光遠遠追隨行雲西去，疏星在空中飛流似渡銀河。秋千臥於花影中，夜長人未睡著。

玉箏彈奏尚未完畢，鳳形髻鬟鸞釵斜墜。回憶夢境眉黛低垂，深夜微風涼透繡衣。

【研　析】詞寫閨婦秋夜懷人。上闋所寫係「不眠」時所見夜景。先寫夜空景物變幻，在動態中寫出時間的推移。月亮在微風吹拂中，隨飛雲漸漸西沉，疏星也漸漸隱沒，雲空留下一道銀河，夜越來越深沉。詞中開頭的「金波遠逐行雲去，疏星時作銀河渡」的兩句景語係一同聲對（平仄相同，一、三字可不論），用語極雅煉，故覺其具有整飭之美，其中用了「逐」、「去」、「作」、「渡」幾個動詞，在整飭中，又具流動之感。後來北宋的蘇軾〈洞仙歌〉詞寫夏夜景致有「時見疏星渡河漢」、「金波淡、玉繩低轉」等語，可能受馮延巳這種描摹的影響。寫罷天空，再看地上，是「花影臥秋千」。在月亮漸漸西移中，庭院中花影斑駁，白天所盪秋千正靜靜躺臥。這裡渲染的是夜的靜謐，映襯出人的孤獨，同時也含有白天與夜晚的對照之意，白天尚可盪秋千以消磨時光、分散注意力，而到夜晚卻難以排解相思的折磨。上闋的最後始點出「更長人不眠」。「人」的出現，在詞的結構上是為倒敘。「更長」是一種對時間的感受，人有心事，有苦惱，才會感到時間的漫長。有了「更長」的感覺，上面的寫景便融入了人的主觀感情。上闋所寫皆室外之景，可見她是因「不眠」在室外徘徊。

下闋轉寫室內的行動。她想通過彈箏打發時間、排解淒寂情懷。她在彈奏時，可能由於情緒激動，動作幅度較大，以致「玉箏彈未徹」，一曲未了，即鸞釵斜墜，鳳髻鬆散。「鳳髻鸞釵脫」，就像作者〈謁金門〉詞寫的「碧玉釵頭斜墜」一樣，是一個特寫鏡頭，它既是一種主觀之情造成的表象，同時也是對人物形象的暗示，我們沒有看到她的面部，但從這種打扮、裝飾可以想見她的美麗。這樣一個美麗的女子，又有著彈箏的技藝，卻獨守空房，虛度青春，不能不引起人們的同情。詞的結尾「憶夢翠蛾低」，再進一步寫她的內心活動與表情。她所回憶的是一個怎樣的夢境，沒有說，從「翠蛾低」的表情看，固然是處於一種沉思的狀態，但詩詞中的「低眉」有時是表示羞澀，如韋莊〈女冠子〉詞：「依舊桃花面，頻低柳葉眉。」有時是表示懷有心事，如白居易〈琵琶行〉詩：「低眉信手續續彈，說盡心中無限事。」此處的低眉，應屬後者，即懷有無限心事。最後「微風涼繡衣」以景結情，以「涼」的氣候變化，顯示其憶念之久，相思之深，悵惘之極。

此詞結構頗具特色，由後面的「憶夢」，方知「不眠」乃夢醒後之情事，而發端呈現之秋夜之景，又係「不眠」時所見，倒敘中又包含倒敘。讀此詞，如同層層剝筍，最後始見核心。詞人伎倆，真不可測！

菩薩蠻

畫堂❶昨夜西風過，繡簾時拂朱門鎖。驚夢不成雲❷，雙蛾❸枕上顰。

金鑪❹煙裊裊，燭暗紗窗曉。殘月尚彎環，玉箏❺和淚彈。

【注　釋】❶畫堂　華美的廳堂。❷夢不成雲　即梨雲夢做不成。唐王建〈夢梨花雲〉詩：「落落漠漠路不分，夢中喚作梨花雲。」（引自《佩文韻府》，《全唐詩》王建集中不載）寫夢中見大雪繽紛如梨花狀，後以「梨花雲」

指夢境。❸雙蛾 雙眉。❹金爐 銅製香爐。❺玉箏 有玉飾之美箏。

【語 譯】昨夜西風吹過畫堂，繡簾不時飄拂，紅色門戶緊閉。梨雲夢被驚醒，在枕上緊皺雙眉。銅製熏爐，香煙裊裊，燭光漸暗，曙色透進紗窗。天邊一鉤殘月，尚彎曲如環，一邊流淚，一邊把玉箏彈。

【研 析】此詞寫秋夜閨情。詞之發端寫景，係拂曉夢醒後所憶，是為逆入。西風吹過，繡簾飄拂，朱門緊閉，環境氛圍寂寥，映襯出主人公心靈的落寞；而畫堂、朱門、繡簾這樣的居所、陳設，也是很美的，這應該是她昔日與所愛者共度良辰的處所，而今光景已是不同，故也隱含有一種昔樂今愁的對比之意。以下為順寫。在愁寂中她終於入睡，尋思著或許進入夢境會給自己帶來歡樂，可是夢又很快被驚醒，連這點虛幻的希望也竟然破滅，故「雙蛾枕上顰」，用了一個眉彎緊蹙的特寫鏡頭來表現內心的失望與悵恨。對「驚夢不成雲，雙蛾枕上顰」兩句，俞陛雲在《唐五代兩宋詞選釋》中說：「梨雲入夢，詩詞恆用之。此詞不言夢醒，而言夢不成雲，造句頗新。詞中言顰眉，類皆花前月下、鏡裡窗前，此言枕上顰眉者，因追想夢情，故愁生枕上也。」所言甚是，可作為對這兩句的具體詮釋。

下闋「金鑪煙裊裊，燭暗紗窗曉」，先通過室內景物寫時間推移，金鑪中的香煙仍在裊裊飄動，但燭光已漸顯暗淡，因為此時已是曙色臨窗。這一時間推移過程，表明她愁眉不展，徹夜無眠。再仰視窗外，「殘月尚彎環」。這彎環殘月應當是下弦月，為拂曉時景象，在此似帶有某種象徵意，它象徵著生活的不圓滿。因此內心波瀾起伏，難以自持，遂坐彈玉箏，以排解滿腔哀怨情思，眼淚亦隨之潸然而下，滴落到手上，甚而滴落到箏上，其楚楚可憐的形象，令人如見，表明一懷愁緒，終是無法排解，還在日以繼夜地繼續蔓延。全詞語極流暢，情極淒婉。

菩薩蠻

〈梅花〉❶吹入誰家笛？行雲半夜凝空碧。欹枕❷不成眠，關山人未還。聲隨幽怨絕，雲斷澄霜月❸。月影下重簾，輕風花滿檐❹。

【注　釋】❶梅花　即〈落梅花〉，曲名。❷欹枕　斜靠在枕上。❸霜月　霜夜寒月。❹滿檐　滿廊。

【語　譯】〈落梅花〉曲，從誰家笛中吹出？半夜行雲，為之凝固在碧空。斜靠枕上，無法入睡，因被關山阻隔之人，尚未回歸。　笛聲隨幽怨之情斷絕，行雲飄去，湧現澄明霜月。月影移動，低照重重簾幕，輕風吹拂，落花飄滿走廊。

【研　析】此係秋夜聞笛懷人之作。宋郭茂倩《樂府詩集》卷二十四將〈落梅花〉列入漢橫吹曲，並云：「〈梅花曲〉，本笛中曲也。」江總〈梅花落〉詩云：「可憐香氣歇，可惜風相摧。金鐃且莫韻，玉笛幸徘徊。」又云：「橫笛短簫淒復切，誰知柏梁聲不絕。」可知其聲比較幽怨淒切。李白〈與史郎中欽聽黃鶴樓上吹笛〉詩：「一為遷客去長沙，西望長安不見家。黃鶴樓中吹玉笛，江城五月〈落梅花〉。」借〈落梅花〉曲反映自己遷謫途中的淒涼心境，也能證明該曲調淒怨的情感色彩。弄清了笛奏〈落梅花〉的情感色彩，我們也就容易理解主人公聞笛的心情。詞的開篇陡然發問：「〈梅花〉吹入誰家笛？」本來隱然有著心事，尚未入睡，突然笛聲打破夜的寂靜，令人一驚。這句本來也可寫成「誰家笛裡〈梅花曲〉」，但側重點有所不同。此處將「梅花」置之於前，便帶有對這一曲調特別強調之意。再仔細聆聽，其聲音極清亮悠遠，真是「響遏行雲」！「行雲半夜凝空碧」是一種更為形象化的描寫。李賀〈李憑箜篌引〉詩有「吳絲蜀桐張高秋，空山凝雲頹不流」的形容，此處寫法與其相類，由下闋「霜月」可知詞中所寫亦係「高秋」時節。其聲不僅清亮悠遠，其曲更是淒怨動人，引得人「攲枕不成眠」，思慮「關山人未還」。為什麼夜聽笛奏〈梅花落〉會引起關山懷遠之情呢？這固然和笛聲的淒怨有關，同時也因為笛聲和「關山」和「月」，有一種密切的聯繫，杜甫〈洗兵馬〉詩曾有「三年笛裡關山月」的慨嘆。〈梅花落〉與關山月似更有一層密切的關係，唐宋之問〈詠笛〉詩云：「關山孤月下，來向隴頭鳴。逐吹〈梅花落〉，含春柳色驚。」〈梅花落〉既易引起邊遠地域之人的懷鄉之情，也易引起思婦對遠人的思念之情。

詞的下闋轉寫笛聲休歇情景。說「聲隨幽怨絕」，不說「幽怨隨聲絕」，為的是突出「幽怨」二字。「聲」和「情」，二者本來密不可分，這裡卻說「聲隨」，便有了主次之分，於是「幽怨」成了「主」，強調了笛聲傳達出的情感，這和聞笛者的心情有密切的關係。笛聲停歇，行雲流走，那原被遮蔽的月亮重新展露出了她的空明澄澈。寫聲音之美，可從正面著筆，也可從旁面著筆，「雲斷澄霜月」，便是從旁面、從聲停曲止後雲散月出的情景來反襯笛聲的高亢瀏亮。笛聲停歇，夜重歸寂靜。最後兩句「月影下重簾，輕風花滿櫚」，以景結情。先用一頂真格寫「月影」，銜接自然。月影下照重簾，表明時間的移動，聞笛者的長久回味，念遠之情的綿長，而夜景又是那麼柔和：

輕風吹拂、秋花無聲地飄落於迴廊。俞陛雲評此結尾：「以輕筆寫幽情，便覺情思悠然。」（《唐五代兩宋詞選釋》）亦可謂是悠然心會。沈義父《樂府指迷》云：「結句須要放開，含有餘不盡之意，以景結尾最好。」此詞正可當之。

詞主要通過秋夜聞笛寫懷人之情，與李後主〈擣練子令〉詞通過秋夜聞擣衣聲寫念遠之情，同一機杼，但各有特色。李詞主要憑聽覺寫聲，空靈蘊藉，餘味曲包；馮詞側重通過效果寫聲，情韻悠長。

菩薩蠻

回廊遠砌❶生秋草，夢魂千里青門❷道。鸚鵡怨長更，碧籠金鎖橫。

羅幃❸中夜起，霜月❹清如水。玉露不成圓，寶箏❺悲斷絃。

【注　釋】❶遠砌　門外的臺階。❷青門　漢代長安城東南門名，本名霸城門，乃古時送別行人之地。此處代表地域遙遠。❸羅幃　絲羅幃帳。❹霜月　霜夜寒月。❺寶箏　箏之美稱。

【語　譯】曲折走廊之外，臺階長出秋草，夢魂飛越千里，抵達青門遠道。鸚鵡怨恨秋夜太長，碧綠鳥籠還有金鎖橫掛。

半夜從羅幃中起來，感到霜月清涼如水。玉露濕潤，未似珠圓，悲不自勝，寶箏斷絃。

【研析】詞寫閨婦秋夜懷人。首句「回廊遠砌生秋草」用曲筆，以秋草叢生，通道荒蕪，言人不來。這是回憶白天所見之景，這種景象非止一日，而是多日，印象極深。雖不明言懷人，實已寓懷人之意，是為致夢之由。故次句「夢魂千里青門道」寫入夢，夢魂千里追尋，也難找到他的身影，無法到達他的身邊。一開始便凸現出一個獨處閨中的思婦形象。以下寫夢醒之後。「鸚鵡」二句借物寫人，移情於物。所謂「鸚鵡怨長更」，實是人怨夜長，鸚鵡被橫鎖於碧籠，乃喻人之閉鎖深閨。「碧籠」、「金鎖」，所用器物可謂華美，然而它們卻扼殺了籠中鳥的自由，因而這華美之物倒反成了一種精神的桎梏。

面對如此漫漫長夜，將何以排遣時光，故詞之下闋先寫其半夜從幃帳中起來，徘徊於月下。寫月，不寫其圓缺，不寫其光華，只說「霜月清如水」。「霜」與前面的「秋」相呼應，「清如水」強調的是一種生理上的寒涼感受，也是對心理上淒清感的映襯。徘徊良久，夜露愈來愈重，因有感於自己的孤獨處境，不禁發出了「玉露不成圓」的感慨，玉露不圓，正是人事不團圓的象徵。室外的徘徊並沒有減輕自己的煩憂，遂又踱入室內，欲借彈箏加以排解。可是這「寶箏」是昔日與良人共度佳時的見證，當時共賞音樂，何等歡洽！如今獨奏，何等悽惶！彈到激越處，竟至箏絃斷裂，更令人悲不自勝！

詞以入夢、夢醒、夜起、彈箏的敘事作為線索，時空亦隨之轉換，或以環境烘托，或以他物為喻，或融情入景，或以事寫情，寫出女主人公的精神苦悶。她有一種被壓抑被禁錮的感覺，但她無力改變這種狀況；她有一種被棄置的孤獨感，於是到夢中去追尋歡樂，夢而不得，又苦苦掙扎，極欲擺脫內心的情感重壓，然而越是想擺脫，越是無法擺脫。這種狀況，帶有一種悲情的性質，對於當時的思婦來說，具有相當的代表性。

菩薩蠻

嬌鬟❶堆枕釵橫鳳，溶溶❷春水楊花夢❸。紅燭淚闌干❹，翠屏煙浪寒。

錦壺❺催畫箭❻，玉佩❼天涯遠。和淚試嚴妝❽，落梅飛曉霜。

【注　釋】❶嬌鬟　柔美的髮髻。❷溶溶　水波盪漾貌。杜牧〈漢江〉詩：「溶溶漾漾白鷗飛，綠淨春深好染衣。」❸楊花夢　美好春夢。❹闌干　縱橫貌。❺錦壺　精美的計時漏壺。❻畫箭　指壺中漏箭，上有表示時間的刻度。❼玉佩　玉石製作的佩飾。此指佩玉遠遊之人，古時男子有佩玉之習，故稱。❽嚴妝　妝束端整。〈古詩為焦仲卿妻作〉：「雞鳴外欲曙，新婦起嚴妝。」

【語　譯】柔美髮髻堆於枕上，鳳釵橫斜，夢境中楊花飄舞，春水溶漾。紅色燭淚縱橫，翠屏上的煙浪生出寒涼。　精美漏壺催促時光流走，佩玉之人遠在天涯。帶淚試作整齊的妝扮，窗外梅花在晨霜中飛揚。

【研　析】此詞寫思婦懷人。首寫其嬌憨睡姿，柔髮散亂，鳳釵橫斜，說明她睡得很香很熟，寓示著進入了一個酣甜的夢境。接寫夢境之美：春水溶溶，柔情萬種，正如後來秦觀所形容的「柔情似水」（〈鵲橋仙〉）；楊花飛舞，魂夢悠揚，有如後來蘇軾楊花詞所描繪的「夢隨風萬里，尋郎去處」（〈水龍吟〉）的迷離境界。以景寫夢，實則是以美景寫歡情。下面「紅燭淚闌干，翠屏煙浪寒」，轉寫夢醒後情景，所寫為室內景物與陳設。前句重在寫形態，實際是女主人公含悲的自我形象的寫照；後句重在寫感覺，煙浪乃屏風上圖案，卻給人以寒涼之感，這與李白〈菩薩蠻〉詞說「寒山一帶傷心碧」一樣，「寒」實際是人的一種主觀感受的投射，包含有淒涼、孤寂的況味。這兩句傳達出來的，是美好夢境與淒涼現實間的巨大落差所帶來的悲情。

上闋重在寫夢境與夢斷之後的現實，虛實對照，以樂襯悲。下闋就悲情進一步抒寫。「錦壺催畫箭」，一方面從聽覺寫漏滴之聲，以動寫靜，渲染夜的沉寂，襯托人的孤單；另一方面也是寫對時間的感受。大凡詞作中寫懷人，都是嫌「更長」、「夜長」，感嘆時間過得太慢，但此詞卻不同，感覺時光緊迫，用了一個「催」字，那漏滴之聲似在「催」促著光陰迅疾流逝，因此也就暗含有一種「恐美人之遲暮」的心情。在這種心境中，對「玉佩天涯遠」的空間阻隔更懷有一種深深的遺憾與悵恨，時不我待，晤對何時？因之哀傷，因之流淚。故下面有「和淚試嚴妝」的描述。妝扮齊整，本為悅己者容，然而眼前卻沒有欣賞者，但她並未因此而有所放棄。因此「和淚試嚴妝」，一方面表現無法抑制的內心傷感，另一方面又表明懷有一種期待，不改初心。俞陛雲評曰：「『嚴妝』句，悅己無人，而猶施膏沐，有帶寬不悔之心。」（《唐五代兩宋詞選釋》）可謂知言。當其嚴妝畢遊目窗外，惟見「落梅飛曉霜」。此句承「錦壺催畫箭」，惋惜時光之悄然流逝。在憐惜美麗梅花的飄落時，不是也包含有自憐之意麼？以景結情，味之不盡。

詞中「和淚試嚴妝」一語，淒婉、精豔，歷來受人稱賞。王國維《人間詞話》甚至以此語概括對馮延巳詞品的評價，謂：「正中詞品，若欲於其詞句求之，則『和淚試嚴妝』殆近之歟！」

從整首詞看，用了「紅燭」、「翠屏」、「錦壺」、「玉佩」等色彩字面，顯得很精美，而寫景、敘事，又極雅煉，每兩句一意一轉，中間略帶跳躍性，乍看有讀溫庭筠詞之感，細讀覺其整麗之中脈絡井然，意含比興，情感深摯而莊重。故全詞似亦可以「嚴妝」二字評之。

菩薩蠻

西風嫋嫋❶凌歌扇❷，秋期正與行人遠。花葉脫霜紅，流螢殘月中。

蘭閨❸人在否？千里重樓暮。翠被❹已消香，夢隨寒漏❺長。

【注釋】❶嫋嫋　搖盪不定貌。屈原〈湘夫人〉：「嫋嫋兮秋風，洞庭波兮木葉下。」❷歌扇　歌唱時用的扇子。❸蘭閨　香閨，指女子居室。❹翠被　繡有翡翠圖案的被子。❺寒漏　寒夜漏滴聲。

【語譯】西風吹拂，寒氣侵迫歌扇，秋日很長，與行人蹤跡一般遙遠。斑斕的樹葉經霜而紅，已經脫落，西沉的月光下，還有流螢閃爍。

香閨中人是否還在？想見千里重樓籠罩著暮靄。翠被香氣已然消散，追尋好夢，夜和寒漏一樣漫長。

【研析】此詞寫行人旅愁。秋天是引惹行人思歸的季節，宋玉〈九辯〉起首即云：「悲哉秋之為氣也，蕭瑟兮草木搖落而變衰。憭慄兮若在遠行（心情淒涼似背井離鄉），登山臨水兮送將歸。」未離家園尚且有背井離鄉之感，況流落在外之行人，故潘岳〈秋興賦〉謂秋日「遠行有羈旅之憤」。

秋對行人來說，那高曠、清遠、澄明的特色往往被忽略，而衰瑟、淒清正與自己的懷鄉念遠之愁相吻合。此詞所寫行人，恰值秋季羈旅在外，故一開始即寫秋風的凌厲：「西風嫋嫋凌歌扇。」這種凌厲之勢不直接從自己的膚體感受寫，而是通過歌扇的搖動、扇不禁風來表現，便多了一層曲折。為何提到「歌扇」？當與聽歌排遣旅途寂寞有關，從而從旁面暗示出羈愁。由於遠在他鄉異地，不能及時返回故園與家人團聚，便覺得被阻隔的空間特別闊遠，也覺得這秋季的時程顯得特別漫長。於是，這時間與空間在感覺上便有了相通之處，故說「秋期正與行人遠」。下面「花葉脫霜紅，流螢殘月中」，承「西風」具寫秋景。白天所見是經霜的紅葉飄飛。由葉的斑斕變化為紅葉，有一個時間過程，因此，這景觀不是一天、而是很多日子積留下來的印象，這積累起來的印象，與「秋期」、「遠」的感覺相一致。夜晚所見是殘月，是月光下的流螢明滅，表明行人因念遠而夜不能寐，眼見遙天月亮西斜，而近處的數點流螢，更襯托出夜的淒清、寂靜。此時情懷正如宋玉在〈九辯〉中所描寫的：「靚（靜）杪秋（暮秋）之遙夜兮，心繚悷（纏繞而鬱結）而有哀。」

詞的上闋將自己的異地愁情寫透，下闋便從對方著筆。先問「蘭閨人在否」，一是表關切之情，再則從行文言，為的是引出對方。這一問令我們想起宋代周邦彥〈瑣窗寒〉詞中的「小唇秀靨今在否」的句子，或曾受此詞影響。下面接以「千里重樓暮」的想像。「千里重樓」與上闋「行人遠」相呼應，但在此處屬實事虛寫。她在千里重重樓閣之外，面對暮色蒼茫，是怎樣的情景？想來也在思念著遠方的我啊！最後兩句作進一步的推想：她蓋的翠被，我們曾共享它的芳馨，而今香味已經消歇，長長的寒夜，她為與郎君相會正在睡夢中苦苦地追尋。如此寫來，顯得無比細膩，無比深情。

寫羈旅情懷，抒相思愁苦，既從自己著筆，又設想對方情景，就會產生一種「照花前後鏡，花面交相映」（溫庭筠〈菩薩蠻〉）的藝術效果。如杜甫〈月夜〉詩係被困於淪陷的長安時所寫，見長安月而思妻小所在的鄜州月：「今夜鄜州月，閨中只獨看。遙憐小兒女，未解憶長安。香霧雲鬟濕，清輝玉臂寒。」其情何等旖旎、何等深沉！宋代柳永〈八聲甘州〉詞亦有「想佳人、妝樓顒望，誤幾回、天際識歸舟」的揣度。由自己的念遠推想對方的懷人，便把一種相思、兩處愁苦融合於一處，這種「心有靈犀一點通」的感應，已湮沒了地理空間所造成的遙遠距離。馮延巳此詞即具有這種特色，運筆曲折，韻味悠長。

菩薩蠻

沉沉❶朱戶橫金鎖，紗窗月影隨花過。燭淚欲闌干❷，落梅生晚寒。

寶釵❸橫翠鳳❹，千里香屏❺夢。雲雨已荒涼，江南春草長。

【注釋】❶沉沉　宮室深邃貌。❷闌干　縱橫貌。❸寶釵　用金銀珠寶製成的雙股簪子。❹翠鳳　以珠翠為鳳形的釵上飾物。❺香屏　華美的屏風。

【語譯】深邃居室的紅色門戶，橫掛著金鎖，紗窗前的月光，隨著花影移過。燭淚將呈縱橫之狀，落梅時節夜晚生寒。

寶釵上的翠鳳，橫斜枕上，香屏掩映，進入千里夢境。見那雲雨已經荒涼，江南春草已長。

【研析】此詞寫閨婦春夜懷人，夢境當暗含比興。起筆即寫閨婦所處環境，屋宇深深，門橫金鎖，雖不言孤寂，而已暗示出煢煢獨處，悄無人聲之狀。由朱門、金鎖，再聯繫後面的「香屏」以及「寶釵」、「翠鳳」的頭飾，其器用、首飾的華美，表明她的物質生活不僅無虞，且頗富足，其所缺者是生活的伴侶、情感的溫馨。值此夢覺之時（由後面「千里香屏夢」可知），舉目窗外，惟見月影透過花枝在緩緩移動。「紗窗月影隨花過」這一句，輕倩而富有動感，顯示出閨人之不寐，時間之暗換。以下「燭淚欲闌干」與另一首〈菩薩蠻〉中所寫「紅燭淚闌干」一樣，既是寫室內之景，也是一種自我形象的物化：因傷悲而淚流，因淚多而縱橫。隨著夜轉深沉，氣溫愈來愈下降，故又生出寒涼之感：「落梅生晚寒。」「落梅」，乃白天所見，在此點明早春之季節。詞中寫對氣溫的感受，往往既是對環境氛圍的渲染，也是對人的主觀情緒的傳遞，特別是寒涼之感，往往兼及生理與心理兩個方面，此詞亦然。

這首詞用的是倒敘手法，上闋寫夢醒之後，下闋方寫夢境。「寶釵橫翠鳳」，為一特寫鏡頭，與另一首〈菩薩蠻〉所寫「嬌鬟堆枕釵橫鳳」相類似，乃寫入夢時情狀。而「夢魂慣得無拘檢」（晏幾道〈鷓鴣天〉），飛越至「千里」之外。所見者為何？是「雲雨已荒涼，江南春草長」。那遼闊的千里江南之地，春草已長，百卉已經凋零，顯得一派荒蕪，而雲低雨黯，更是一片淒涼。這個夢境確實與一般的春夢大不相同，闊大、荒涼、淒黯，而地點又明確是在「江南」，其中當隱含有國勢前景暗淡之意，因此俞陛雲認為：「江南繁華之地，作者青紫（高位貴官）登朝，而言雲雨荒涼，江南草長。滿紙蕭索之音，殆近降旛去國時矣。」（《唐五代兩宋詞選釋》）也不是沒有道理的。

詞寫閨情，語語牽合女性。但此詞之蘊意又顯然不限於閨情，而是在其中暗寓著一種時勢之感、家國之憂，比興寄託之意存焉。

菩薩蠻

欹鬟墮髻❶搖雙槳，采蓮晚出清江上。顧影約❷流萍，楚歌❸嬌未成。

相逢顰翠黛❹，笑把珠璫❺解。家住柳陰中，畫橋東復東。

【注　釋】❶欹鬟墮髻　偏斜下垂的髮髻。欹，傾斜。❷約　止住。❸楚歌　楚地的歌謠。❹顰翠黛　皺起黛眉。顰，皺眉。❺珠璫　綴有明珠的耳飾。

【語　譯】髮髻斜墜，搖著雙槳，傍晚時分，採蓮在清江上。顧盼水中倩影，水面浮萍也停止流動，唱著楚地歌謠，顯出未成年女子聲音的嬌美。　與那人相逢，輕皺黛眉，笑解珠翠耳環相贈。並說家住柳陰中，在畫橋的東邊之東。

【研　析】此詞寫情竇初開的採蓮少女，情韻兼勝，富有民歌風味。她在傍晚時分，到清江上去採蓮，因為用力搖著雙槳，以致原來梳妝得很整齊漂亮的髮髻也歪斜了。她顧盼水中自己的嬌影，感到很自矜、自負，那流動的浮萍也在為之「駐足」，真可謂是有「落雁沉魚」、「羞花閉月」的魅力啊！因為高興，她唱起了楚地的歌謠，歌聲裡還帶著未成年少女的童音，聽起來感到特別的清脆。如此寫來，一個無憂無慮的天真活潑的少女形象，便已鮮明地凸現在我們眼前。但這個年紀的少女，也正處於春心蕩漾的時刻，故下面寫她遇見少年郎的羞澀、欣喜與一見傾心的情態。

上闋單寫少女，下闋實則兩人合寫，只是少年郎沒有直接出現，都隱藏在少女的表情與動作中了。先看「相逢顰翠黛」，這裡說「相逢」，與誰相逢？從下文看，不是與女伴相逢，而是與少年相逢。相逢為什麼「顰翠黛」？是惱怒嗎？是悲愁嗎？都不是，這是少女乍見異性的羞澀表情。韋莊的〈女冠子〉就曾有「含羞半斂眉」的描寫，不僅如此，這羞澀中還含有喜悅的成分，正所謂「半羞還半喜」（韋莊〈女冠子〉）也，故而是一見鍾情。因此下面才有「笑把珠璫解」的行為。這裡的「笑」正是內心喜悅的外在表現，她解下珠璫作為信物，也就是以心相許了。最後，以「家住柳陰中，畫橋東復東」作結。這一結尾包含有手的指示動作，詞中省略了，這一指示的涵義是什麼？總不說破，因而顯得含蓄，耐人尋味，故陳廷焯說：「結二句若關合若不關合，妙甚。較『家住綠楊邊，往來多少年』高出數倍。」（《閒情集》卷一）不說破，能「留」，便有餘味；一說破，便韻味無存。

這首詞在《陽春集》中可謂別具一格，採蓮少女對愛情的熱烈追求以及表現出來的主動精神，有別於閨婦傷離恨別的悒鬱愁悶，讀之感覺有股清新氣息撲面而來。唐皇甫松有首〈采蓮子〉詞：「船動湖光灩灩秋，貪看年少信船流。無端隔水拋蓮子，遙被人知半日羞。」與此詞有類似處，而描寫之細膩與女性之大膽則有所不及。無疑，此詞的創作受到了樂府民歌的影響。

浣溪沙

春到青門❶柳色黃，一梢紅杏出低牆，鶯窗人起未梳妝。繡帳
已闌❷離別夢，玉鑪❸空裊寂寥香。閨中紅日奈何長。

【詞　牌】〈浣溪沙〉，唐教坊曲名，用作詞調，首見唐韓偓詞。又名〈浣紗溪〉、〈小庭花〉、〈滿院春〉等。雙調，七言六句，四十二字。上闋三句三平韻，下闋三句兩平韻。下闋前兩句例用對仗。上下闋的第二、三句均為平起式，格律全同。押平聲韻者尚有四十四字、四十六字體，中間雜有三字句。又有押仄韻一體，見李煜詞（紅日已高三丈透），但詞中僅此一首。參見《詞律》卷三、《詞譜》卷四。在唐五代詞中，尚有雙調四十八字者，上下闋各四句（三句七言，一句三言），三平韻，詞調名亦作〈浣溪沙〉，如毛文錫詞（秋水輕波浸綠苔）、李璟詞（菡萏香銷翠葉殘）、敦煌詞（五里灘頭風欲平）等，《詞律》卷三列調名〈攤破浣溪沙〉，《詞譜》卷七列調名〈山花子〉，並注明「此調即〈浣溪沙〉之別體」。

【注　釋】❶青門　原為漢長安東南門，本名霸城門，外有霸橋，古人於此折柳送別。此處泛指送別之地。❷已闌　已盡。❸玉鑪　瓷製香鑪。

【語　譯】春天來臨，送別之地，柳色已經轉黃，一枝紅杏的梢頭，伸出矮牆，黃鶯在窗前啼唱，

人已起來尚未梳妝。繡帳內離別夢已醒，玉鑪中靜靜地昇裊寂寞薰香。無奈閨房映照紅日，時間顯得如此漫長。

【研　析】此詞寫閨婦離情。詞的上闋以樂景襯愁情：「春到青門柳色黃，一梢紅杏出低牆。」即向人展現出一派明媚的春光：柳樹已綻出鵝黃嫩葉，一梢火樣的紅杏伸到了牆外，聯繫下面一句的「鶯窗」，可知還有黃鶯在窗外的樹間婉轉啼鳴，真是有聲有色，生意盎然！柳的金黃與杏的鮮紅相互映襯，色彩又何其絢麗！王國維在《人間詞話》中說：「一切景語皆情語也。」此處景語亦然。第一，如此良辰美景，竟是孑然獨對，於心能不戚戚乎！景的熱鬧反襯出冷清，景的歡樂反襯出悲涼；第二，青門、柳黃，別含深意。青門，指代當時送別之處，於此處曾折柳相贈表「留」之意，柳由繁茂轉為蕭條，而今又重發新芽，離別時間已很長久，企盼遠人歸來，已令人望眼欲穿。故下面接以「人起未梳妝」的描寫，其慵懶之態，與溫庭筠所寫的「懶起畫蛾眉，弄妝梳洗遲」（〈菩薩蠻〉）透露的無聊心緒相同。當然這種無聊心緒還與夜間所夢相關。

「繡帳已闌離別夢」，這裡的「離別夢」應該是離別後的旖旎溫馨之夢，因此當夢醒之後，從快樂的巔峰跌入了冷酷的現實，才會有「已闌」的遺憾。由此可知，上闋所寫係夢醒後情景，採用的是「逆入」法。「玉鑪空裊寂寥香，閨中紅日奈何長」兩句復轉寫眼前情景，前句寫室內，重在對空寂環境氛圍的營造與渲染，後句室內室外結合，重在寫愁寂之人對時間的感受，也是對前面景物描寫的補充。對寂寞愁苦的閨人來說，這兩句所寫是一種帶有普遍性的感受。我們在宋代李清照的詞中，尤其容易找到相對應的描寫，如「薄霧濃雲愁永晝，瑞腦消金獸」（〈醉花陰〉），

「守著窗兒，獨自怎生得黑」（〈聲聲慢〉）等等。只是馮詞用了「玉鑪」、「紅日」這樣具有色彩的字面，使詞風帶上了一種穠麗的特點。

此詞以麗景寫哀情，逐層深入，可謂達情入微。還要特別提到的是「一梢紅杏出低牆」，這是一個特寫鏡頭，它與鵝黃嫩柳一道傳遞著春的消息，詞人攝取這個鏡頭，表明了他對於自然景物所蘊含詩意的敏感。後來南宋陸游〈馬上作〉詩也有「楊柳不遮春色斷，一枝紅杏出牆頭」的描寫，當然最著名的還是南宋葉紹翁的〈游園不值〉詩中的句子：「春色滿園關不住，一枝紅杏出牆來。」以致後來人們拈出「紅杏出牆」四字，賦予它另外的涵義。但要追溯語源，馮延巳也許是最早的創作者。

浣溪沙

醉憶春衫❶獨倚樓，遠山迴合❷暮雲收，波間隱隱仞❸歸舟。早是出門長帶月，可堪❹分袂❺又經秋。晚風斜日不勝愁。

【注釋】❶春衫　指身著春衫之人。❷迴合　回環縈繞。❸仞　同「認」。辨識。❹可堪　哪堪；怎堪。❺分袂　離別。袂，衣袖。

【語譯】醉中獨自倚樓，回想身著春衫之人，遠處山巒回環縈繞，暮雲已收，隱隱認得波間移動的歸舟。記得他早早出門，長伴曉月而行，哪堪分手後，又經歷了涼秋。晚風侵襲，夕陽西下，心懷無限憂愁。

【研　析】此詞又傳為張泌作，見《花間集》、《花草粹編》等，但張詞上闋為：「馬上凝情憶舊游，照花淹竹小溪流，鈿箏羅幕玉搔頭。」與此詞有異。吳訥《百家詞》及《詞綜》、《詞辨》則作馮延巳詞。今姑錄於此。

詞寫閨婦懷人念遠。發端即點出「醉憶」之對象「春衫」和「獨倚樓」之行為。「醉憶」二字，前無鋪墊，令人有破空而來之感，實際上此前包含有無數曲折。「醉」字尤耐人尋味，說明是為離愁所困擾才去飲酒的，意欲借酒消愁，以致沉醉。「春衫」，係以衣著代人，也暗示出與那人的離別是在春季。其所以獨自「倚樓」，是因為有所期盼。「遠山迴合暮雲收，波間隱隱仞歸舟」，係倚樓極目所見，遙山曲水，境界極為遼闊，由於已近日暮，故又比較朦朧。兩句之中還蘊含有一種情緒的變化，前一句「暮雲收」暗用江淹〈休上人別怨〉詩意「日暮碧雲合，佳人殊（猶）未來」中含惘然若失之感；後面一句化用南朝謝朓「天際識歸舟，雲中辨江樹」（〈之宣城郡出新林浦向板橋詩〉）詩意，盼望等待之際，似乎隱隱看到了江上歸舟，從而又生出了新的希望。這裡只說「隱隱仞歸舟」，而不像柳永那樣直說「誤幾回、天際識歸舟」（〈八聲甘州〉），便帶有點不確定性，顯得比較含糊，但無疑暗含有一種失望之情。

詞之上闋寫倚樓所見，情含景中，下闋則轉寫所憶所思。「早是出門長帶月」，回憶分別時情景，曉風殘月，何等淒清！想著他一人獨自遠行，相伴者惟月而已，孤苦悽惶，令人心酸。這句主要從對方設想。「可堪分袂又經秋」，主要從自身著筆。從春到夏，又從夏到秋，多少相思，多少牽掛，令人感到心理上都難以承受了。這兩句對仗，時間跨度很大，將敘事、寫景、抒情鎔為一爐，起首用了「早是」、「可堪」的虛詞，中間又插用了「長」、「又」的虛詞，顯得極為流動，堪稱詞中佳對。末以「晚風斜日不勝愁」作結，情景綰合。時至涼秋，已令人生念遠之情，況又值日斜天暮，涼風蕭瑟，更令人愁腸百結、蝕魄銷魂。

這首詞寫閨婦離情，集中在日暮這一時刻，所寫皆「倚樓」時所見所思所感，一氣直下，略無滯礙。特別值得一提的是在寫作方法上，捨棄了時空的細部描寫，而是將這種情感的抒發置於大的時空背景中，因此顯得疏朗、大氣。其用語流利而清雅，全無脂粉氣息。在同類題材的詞作中，別具風神。故清代譚獻認為，此類作品「開北宋疏宕一派」（《陽春集箋》引）。

浣溪沙

轉燭❶飄蓬一夢歸，欲尋陳迹❷悵人非，天教心願與身違。待月池臺空逝水，蔭花❸樓閣漫❹斜暉。登臨不惜更❺沾衣。

【注釋】❶轉燭　喻世事及歲月遷流之迅速。杜甫〈佳人〉詩：「世情惡衰歇，萬事隨轉燭。」❷陳迹　以往的事跡。❸蔭花　被花遮住。❹漫　滿。❺更　再；復。

【語　譯】歲月迅疾流逝，行跡有如飄蓬，而今歸來，恍如一夢，想要追尋昔時蹤跡，人事變遷引惹悵恨，現實與心願相違，似是上天捉弄。　曾經待月的池臺，空有不斷逝去的流水，花叢蔭蔽的樓閣，滿布斜日的暉光。登山臨水，不惜再淚下襟沾。

【研　析】此詞又傳為李煜作，見《南唐二主詞》、《陽春集》、《花草粹編》則列為馮延巳作，今人王仲聞《南唐二主詞校訂》、曾昭岷《溫韋馮詞新校》均斷為馮作，當從《陽春集》作馮詞。

詞寫物是人非之深沉感慨。起筆即發跡類轉蓬、人生如夢之嘆，由「歸」字，可知是回歸家園或舊遊之地時發生之情事。他之歸來是為了要尋找「陳迹」，這裡的陳跡主要指人事，人事中主要是指追尋往昔的歡悰，包括「待月池臺」的風雅韻事，「蔭花樓閣」中的情意相投。而今那日夜歡愉的往事已成塵影，人蹤已杳，池臺冷落，空留逝水，樓閣淒涼，滿布斜暉，頗似唐劉長卿在〈長沙過賈誼宅〉詩中描繪的景象：「秋草獨尋人去後，寒林空照日斜時。」面對此情此景，不禁惆悵「人非」，發出了「天教心願與身違」的浩嘆。如果說物是人非的境遇引發出了人生如夢的感喟，那麼「心願與身違」就進一步揭示出了內心痛苦的深層原因。詞的結尾尤其表現出一種初衷不改的專注精神，往昔種種，實在是太令人留戀、太令人回味了，為了尋覓「陳迹」，即便是一而再、再而三地傷感得泣下沾襟，也在所不惜。

詞在今與昔、物是與人非的對照中，抒發人生如夢的傷感，又在追尋、失望、再追尋的鍥而不捨的過程中表現出一種「雖九死其猶未悔」的堅貞與摯著。作者寫的是對人的緬懷、追念，還是對一種美好理想失落的追尋，難以確指，正在可解不可解之間，只覺其筆致沉著，情韻深厚，非有一番特殊的經歷與感受，不能道出。這首詞在寫法上也不同於一般先景後情的結構，而是先情後景。將感情痛苦掙扎的結果展示於前，於詞人來說，是重壓在心，不得不發，而於讀者來說，一上來便感到了一種心靈震撼力，並產生循此而求其原因的衝動。後面的「待月池臺空逝水，蔭花樓閣漫斜暉」，是景語，亦是情語。不惟對仗工整，並將今昔綰合，在景物描寫中隱含著人事的變化，是對情感痛苦原由的形象解答。這聯對仗詞語精雅，內涵豐富，讀來感到那份情感既顯得很淒涼，又顯得很美麗。

相見歡

曉窗夢到昭華❶，阿瓊❷家。欹❸枕殘妝一朵臥枝花。　情極處，卻❹無語，玉釵斜。翠閣❺銀屏❻回首已天涯。

【詞　牌】〈相見歡〉，唐教坊曲，用作詞調。又名〈秋夜月〉、〈上西樓〉、〈烏夜啼〉、〈月上瓜洲〉等。雙調，三十六字，平仄韻互轉：上闋三平韻，下闋前兩句轉仄韻，三四句復轉平韻。句式以三言、九言為主。九言句音節或為上四下五，如本詞，或為上六下三，如李煜「別是一番滋味在心頭」。

【注　釋】❶昭華　古代齊國池名。此處泛指池苑。❷阿瓊　夢中女子之名。❸欹　傾側。❹卻　反而。❺翠

閣　青綠色之閨閣。❻銀屏　有銀飾之屏風。

【語　譯】窗外天將拂曉，夢中來到昭華池邊阿瓊家。她斜靠枕上，妝粉殘褪，恰似一枝橫臥的花。情感到極深處，反而默然無語，她頭上玉釵傾斜。在翠閣中、銀屏旁發生的情事，醒來回首，已是遠隔天涯。

【研　析】此詞記晨夢所歷情事。拂曉時男主人公做了一個夢，夢很短促，但令人難忘。第一個難忘的印象是阿瓊的美麗。「欹枕殘妝」，乃寫其局部，已顯示出其嬌媚慵懶之態，「一朵臥枝花」，寫對她的整體美的感受，極形象，也極空靈。用花來比女性的美麗，是詞人常用的手法，如韋莊〈浣溪沙〉詞：「暗想玉容何所似，一枝春雪凍梅花，滿身香霧簇朝霞。」李珣〈臨江仙〉詞：「強整嬌姿臨寶鏡，小池一朵芙蓉。」寫女人臥姿之美則有閻選的〈虞美人〉詞：「一枝嬌臥醉芙蓉。」馮詞「一朵臥枝花」或即從閻詞變化而來，用語簡潔自然。第二個難忘的印象是她的多情，「情極處，卻無語」，真乃「此時無聲勝有聲」，兩人之間的繾綣情深，只用「玉釵斜」來表達，也頗含蓄。當然，詞中除了寫人，也還寫到景物，如說阿瓊家在池苑當中，令人想見那風物的婀娜，還說到「翠閣」的居所、「銀屏」的陳設，令人想見那環境的華美，這一切都對女子的妍媚起了烘托的作用。寫夢，主要從對方著筆，但在對她美麗的欣賞中，在對她情深的感受中，已然包含了自己的無限愛戀，特別是「回首已天涯」時的失落、遺憾、悵惘，更把「我」的情感作了直接的表露。一段綺夢，寫得如此鮮活、美麗，極富情致，令人浮想聯翩。

三臺令

春色，春色，依舊青門❶紫陌❷。日斜柳暗花蔫❸，醉臥誰家少年？年少，年少，行樂直須❹及早。

【詞　牌】〈三臺令〉，又名〈宮中調笑〉、〈調笑令〉、〈轉應曲〉等。單調，三十二字，八句，由四個六言句與四個二言句組成，其中前三句用仄聲韻（一二句相疊，第一字例用平聲），四五句轉平聲韻（第五句末二字必為仄平），六七八句轉仄聲韻（六七句二言相疊，以上句之末二字顛倒為之）。此調間以疊句、顛倒字句，平仄韻互轉，極具回環婉轉之妙。參見《詞律》卷二、《詞譜》卷二。

【注　釋】❶青門　漢長安東南門名。此處指南唐京城門。❷紫陌　指帝京之道路。賈至〈早朝大明宮呈兩省僚友〉詩：「銀燭朝天紫陌長，禁城春色曉蒼蒼。」❸蔫　指花葉萎謝。❹直須　應當。

【語　譯】又見春色，依舊是在帝城的青門紫陌。太陽西斜，楊柳深暗，百花萎謝，是誰家少年醉臥城街？趁著年少，行樂應當及早。

【研　析】詞抒發傷春遲暮之情。年年送春歸去，又年年迎春到來，年復一年，春光依舊燦爛。故此詞一開始疊用「春色」短句加以詠嘆，當然這種重疊也是詞牌的要求。這春色呈現的地方不是在荒鄉僻野，而是「青門紫陌」，是在繁華的京城、熱鬧的街市，這就暗示出生活在這裡的人們，在春天有更多享受生活的方式與機會。但值得注意的是「青門紫陌」的前面冠以「依舊」二字，便含有過了一年又一年的時光流逝感。不僅年光如流，春光更是易逝，一日之間更易近黃昏。「日斜柳暗花蔫」，就是證明。值此春暮之際，眼前出現俊美少年的盡情享受、以至酩酊醉臥的景觀，也就可以理解，甚至從中得到啟示：年輕時候，是該及時行樂。這首詞在一定程度上體現出了對生命意識的感悟，即在自然時序與景物的循環往復中，感覺到了宇宙的永恆，人生的短促，「年年歲歲花相似，歲歲年年人不同」（劉希夷〈代悲白頭翁〉）。人之由「年少」到遲暮，真是轉瞬間的事情。宋代歐陽脩〈朝中措〉詞寫道：「行樂直須年少，樽前看取衰翁。」也正是本詞的蘊意，但歐詞率直，馮詞含蓄。故丁壽田、丁亦飛云：「此詞傷春遲暮之情均在言外，『依舊』兩字含無限感慨。末句勸人及早行樂，正自傷遲暮也。」（《唐五代四大名家詞》丙篇）

三臺令

明月，明月，照得離人愁絕❶。更深影入空❷牀，不道❸幃屏❹夜長。

長夜，長夜，夢到庭花陰下。

【注釋】❶愁絕　極端憂愁。❷空　寂寥。❸不道　不管。❹幃屏　設帳為屏。

【語　譯】團圓明月，照著閨中離人，令人愁絕。更深月影，照射寂寞繡床，不管帷帳中人正嫌夜長。在漫長春夜，夢到庭園花陰之下。

【研　析】此詞寫月夜離懷。明月，是詞中的主要景物。明月，本是美好的景物，是圓滿的象徵，但在「離人」眼中卻成為引發愁恨的誘因。這首詞即通過明月與人的複雜關係抒發離情。首先是明月的照耀，引發人的愁情，南朝宋謝莊〈月賦〉即有「美人邁兮音塵闕，隔千里兮共明月」的嘆息，唐代張九齡〈望月〉詩有「清迥江城月，流光萬里同。所思如夢裡，相望在庭中」的描寫。明月不僅引發離愁，還與人事形成一種強烈對照：月圓，人缺。在蘇軾的筆下，就會發出「何事長向別時圓」（〈水調歌頭〉）的質問，在馮延巳詞中側重的是結果：「照得離人愁絕。」但其中實也蘊含了埋怨之情。其次是以月之無情反襯人之有情。閨人煢煢獨處，懷有滿腹憂思與寂寥之感，難以入睡，不知該如何打發這漫漫長夜，而月光偏偏「影入空牀」，真是「明月不諳離恨苦」（晏殊〈蝶戀花〉）啊！因而發出「不道幃屏夜長」的怨言。月本無知，而視之為有情之物，以之擬人，是為癡語。陳廷焯謂：「『不道』一語，中含無數曲折。」（《別調集》卷一）此處「夜長」以「不道」領起，係虛寫一筆。下面緊接著的「長夜」為離人實感，而以疊句出之，更帶強調之意。但明月在正常情況下與人卻是十分親近的，而與花組合更構成一優美境界。暗想從前，月下花前曾經留下多少卿卿我我的痕跡，「夢到庭花陰下」，也許即是往昔纏綿親昵情景在夢境中的重現，當然更是現在兩情繾綣美好願望的夢幻化。美麗的夢境又是對眼前淒涼的反襯。兩相廝守的願望只能在夢中實現，實亦堪憐。一首小令居然將離情寫得如此芬芳悱惻，誠為不易。

三臺令

南浦❶，南浦，翠鬢❷離人何處？當時攜手高樓，依舊樓前水流。流水，流水，中有傷心雙淚。

【注釋】❶南浦　本意為南邊水濱，因《楚辭．九歌．河伯》有「送美人兮南浦」之語，後指送別之地。❷翠鬢　青色鬢髮。

【語譯】自從南浦分手之後，鬢髮青青的美人現在何處？當時在高樓攜手，現在樓前水流依舊。不絕的流水，中間摻合有傷心的雙淚。

【研析】此詞寫離情，從「翠鬢離人何處」看，當係從男性角度抒發別後相思。這位被憶念的女性究竟為何許人？我們只知道她年輕又美麗，也很多情。這位女性為何離開？是一次偶然的邂逅、只作短暫的逗留，還是別有隱情，詞中都沒交代，我們也不必去追索。我們能夠感受的是詞中的「情至文生，纏綿流露」（陳秋帆《陽春集箋》）。詞從回憶分別入手。「南浦，南浦」，用疊句強調送別之地，那「送君南浦，傷如之何」（江淹〈別賦〉）的別恨已然寓含於內。別後竟然得不到伊人的信息，心中有多少懸念，可想而知，但又無可奈何，於是轉向對「當時」共度良辰的回憶。「攜手高樓」，何等親密！在高樓或遠眺，或賞月，總之有許多值得回味的情事，而尤其是共聽樓前潺潺流水，別有一番情趣。「依舊樓前水流」一句乃今昔合寫，樓前水流，既是昔日共賞之景，也是眼前獨對之景，同時表明主人公正佇立於「高樓」，前面所思所憶皆此時情事。而當時「攜手高樓」與今之獨立高樓，又形成強烈對照。以下倒用「水流」二字，「流水，流水，中有傷心雙淚」，將景與情二者綰合，將自然之水與離人之淚揉合一處，不僅形象，且顯得無限綿長。對此結尾俞陛雲大為稱賞，認為：「倒用疊字，承上啟下，如溪曲行舟，一折而景色頓異。結句見本意，乃此詞主體也。」（《唐五代兩宋詞選釋》）而且這種淚與水共相和流的寫法，還開啟了宋詞寫作的法門。唐圭璋《唐宋詞簡釋》指出：「末句，即流水而抒真情，語極沉著。其後小晏云『樓下分流水聲中，有當日，憑高淚』；李清照云『惟有樓前流水，應念我終日凝眸』；稼軒云『鬱孤臺下清江水，中間多少行人淚』，皆與此意相合。」今人之詞亦有類似寫法，如回憶日寇統治下的痛苦與憤恨：「憂怨憶當年，清流和淚漣。」（劉慶雲〈菩薩蠻〉）當然，愁恨的內涵已大有區別。

點絳唇

蔭綠圍紅，飛瓊❶家在桃源❷住。畫橋當路，臨水開朱戶❸。柳徑❹春深，行到關情❺處。顰❻不語，意憑風絮，吹向郎邊去。

【詞牌】〈點絳唇〉，江淹〈詠美人春游〉詩有「明珠點絳唇」語，調名取此。始見馮延巳詞。

又名〈南浦月〉、〈點櫻桃〉、〈沙頭雨〉、〈尋瑤草〉等。雙調，四十一字，上闋四句，三仄韻，下闋五句，四仄韻。上闋第三句「畫橋當路」與下闋第四句「意憑風絮」用仄平平仄，後世詞家多沿用之。《詞譜》卷四列馮延巳本詞為正體。

【注釋】❶飛瓊　仙女名。《漢武帝內傳》載，「王母乃命侍女許飛瓊鼓震靈之簧。」此處指代美麗女子。❷桃源　東晉陶淵明作〈桃花源記〉，描繪出一個世外仙境，稱為桃源。此處指女子居處之美好環境。❸朱戶　紅色門戶，指代華貴的住宅。❹徑　小路。❺關情　對人或事的關注、重視。❻顰　皺眉。

【語譯】綠樹蔭蔽，紅花環繞，飛瓊家住桃源仙境。畫橋與道路相通，打開的朱門面臨流水。

柳蔭小徑春色已深，她行到關情處，皺眉不語，有心憑藉風中柳絮，吹到情郎身邊去。

【研析】此詞寫思婦情懷。全詞有如一組電影鏡頭，先遠景，然後中景、近景，最後是人的特寫鏡頭，中心突出。從遠處看，是「蔭綠圍紅」的桃源仙居，由姹紫嫣紅的美景，可以想見生活於其中的女子美若天仙，故以仙女「飛瓊」稱之。再轉看朱門所面對的，是江南特有的小橋流水的天然圖畫，在這旖旎的風光中，想來當時曾發生過許多旖旎的情事，或路橋攜手，或臨流照影，當然也還有臨歧送別的悲傷。以下再轉向朱戶外園庭中的「柳徑」，出現人行的蹤影，且行到了「關情處」。究竟是什麼使她「關情」呢？一是煙柳翠幕寓示著春漸衰殘，難免不引起韶光虛度之感，人在這孤獨的處境中消磨著寶貴的歲月，能不心有戚戚耶！再則在這曲徑通幽的所在，引起了對往日賞心樂事的回憶，昔時共遊，今朝獨步，兩相對照，真乃歡愁各異！詞的末尾出現一個特寫鏡頭：「顰不語」，顰，突出面部皺眉的表情，有恨也有愛；不語，是一種思索的狀態。「意憑風絮，吹向郎邊去」則是她之所思，是此時內心的強烈衝動。「風絮」，係「春深」時節於「柳徑」所見，是眼前景。女主人公觸景生情，願如柳絮隨風飄颺到千里萬里之外，到達郎的身邊，真是落想天外，自然而然，浪漫而又美妙！這一結尾在詞中是畫龍點睛之筆。宋代蘇軾〈水龍吟〉詞寫楊花有「夢隨風萬里，尋郎去處」的描寫，或許曾受此詞的啟示。

全詞主要以空間轉換作為線索，具移步換形之妙，令人有身臨其境，目睹其人之感。兼之用筆極輕靈，境界極優美，想像極曼妙，故覺情致極旖旎。還有一點值得注意的是，此詞既非自抒情懷，也與一般為女性代言的詞作不同，而是以旁觀者的身分敘寫「飛瓊」的居住環境以及她的行動、表情、心緒，帶有一種「小說」的性質。

上行杯

落梅著❶雨消殘粉，雲重烟輕寒食❷近。羅幕❸遮香，柳外秋千出畫牆。

春山❹顛倒釵橫鳳，飛絮入簾春睡重❺。夢裡佳期，祇許庭花與月知。

【詞牌】〈上行杯〉，唐教坊曲，用作詞調。任二北《教坊記箋訂》謂此調：「與〈回波樂〉、〈下水船〉等，同起源於曲水流觴之義，用為酒令著詞（指酒筵上的依調唱辭或依調作辭）。」《詞律》

卷二、《詞譜》卷三列有三十八字、三十九字、四十一字三體。馮延巳此詞五十字，上下闋均四句，由七、七、四、七言組成，兩仄韻，兩平韻，《詞譜》卷八將其列入〈偷聲木蘭花〉一調，《詞律》卷七〈偷聲木蘭花〉列張先詞，字句、格律與馮詞同。故此詞牌應為〈偷聲木蘭花〉。

【注　釋】❶著　沾。❷寒食　節令名，在冬至後一百零五日，或曰一百零六日，為禁火之節，約在清明前二日。❸羅幕　絲羅所織帷幕。❹春山　春日山色青翠，以喻美人之眉。❺重　濃。

【語　譯】落梅沾濕雨水，已消褪殘粉，雲層厚重，煙靄氤氳，寒食節臨近。羅幕遮擋室內熏香，柳外秋千盪出畫牆。　醒後畫眉狼藉，鳳釵斜橫，柳絮飄飛簾下，春日睡意深濃。夢裡的幽會佳期，只許庭花與明月相知。

【研　析】此詞寫少女懷春之情。上下闋分寫兩個不同的空間：室外與室內。寫室外先從節令、景物入手。節近寒食，此時物候特點有二：一是雨水較常時為多，所謂「清明時節雨紛紛」是也，空氣濕度高出常時，故有「雲重煙輕」的描寫，下面的「羅幕遮香」或即與此有關，當然熏香還有使室內氛圍變得溫馨的作用；二是由於雨水較多，庭院有的花樹變得「綠肥紅瘦」了，比如梅花，此時不僅凋謝，連花瓣的顏色都已消褪，但梅花凋謝，繼有桃李花開，因此這時的景觀應該是「褪粉梅梢，試花桃樹」（周邦彥〈瑞龍吟〉），還有青青楊柳，故在下面寫到秋千時，強調了是在「柳外」。寒食節，天漸轉暖，景亦佳勝，這是少女進行遊樂活動的好時光。唐五代寒食節有以秋千為戲的習俗，《開元天寶遺事》載：「天寶宮中，至寒食節，競豎秋千，令宮嬪輩戲笑，以為宴樂。」士民相與仿效，故王維〈寒食城東即事〉詩即有「蹴鞠屢過飛鳥上，秋千競出垂楊裡」

的描寫。王詩寫秋千「競出」，可見風氣之盛。此詞所寫為一特定園庭，「柳外秋千出畫牆」，不僅寫出秋千從柳樹外盪起，而且高出畫牆之上，可見盪秋千者興致之高，充滿青春的生命活力。宋代歐陽脩〈浣溪沙〉詞有「綠楊樓外出秋千」之語，當本於此。

這樣一個充滿青春活力的少女，春心蕩漾是很自然的事情。故詞的下闋轉入室內，側重寫人的情態。在「羅幕遮香」的溫馨氛圍中，她春睡正濃，以致畫眉狼藉，鳳釵橫斜，原來她正沉入夢鄉。及至醒來，還在回味夢中「佳期」，是那麼甜蜜、美好。但由於少女的羞澀，這夢境是不能啟齒告訴他人的，所以說「祇許庭花與月知」。下闋也含有景物描寫，且有其特點，如「春山」，雖是比喻美眉，但和春天的青山相關；「飛絮入簾」與前面的「柳」相呼應；「庭花與月」，從抒情中帶出，是即事敘景，實景虛寫。「春山」、「飛絮」、「庭花」，是對春天景物描寫的補充。「月」寫的是夜景，「月」與「庭花」的組合，既美麗，又朦朧，那也可能是她夢境中的一部分，或者說即是她的幽夢的背景，與〈三臺令〉「明月」一首所寫「長夜，長夜，夢到庭花陰下」意境相同。這首詞寫情竇初開的少女，既活力洋溢，表情又頗含蓄，有清新處，有嬌羞處，均予人以美感，饒有韻致。

賀聖朝

金絲帳❶暖牙牀❷穩，懷香方寸❸。輕顰輕笑，汗珠微透，柳沾花潤❹。

雲鬟斜墜，春應未已，不勝嬌困。半欹犀枕❺，亂纏珠被❻，轉羞人問。

【詞牌】〈賀聖朝〉，唐教坊曲名，用作詞調，始見馮延巳《陽春集》。雙調，四十七字，上闋五句三仄韻，下闋六句三仄韻，上去聲通押，為詞調中之仄韻格。此調式除首句為七言外，其餘均為四言，其他不入韻的句腳字，全用仄聲，四言相連處，有時可用為同聲對，如本詞之「半欹犀枕，亂纏珠被」，另有四十八字、四十九字、六十一字數體，參見《詞律》卷五、《詞譜》卷六。

【注釋】❶金絲帳　以金絲為飾之帳。❷牙牀　以象牙裝飾的床。❸懷香方寸　指偷香之心。懷香，《晉書》載，韓壽美姿容，為司空賈充掾（屬官），賈之女屬意於韓，偷得異國進貢之奇香贈韓，為賈充所覺，後以女嫁壽。方寸，指心。❹柳沾花潤　即弄柳沾花，比喻玩弄女人。❺犀枕　犀牛角裝飾的枕頭。❻珠被　用細珠裝飾之被。

【語譯】金絲帳暖，牙床穩當，心懷偷香之意。弄柳沾花，她微皺眉頭，含情淺笑，汗珠微微沁透。

烏黑般的環形髮結斜墜，合歡尚未結束，已感非常嬌困。身子半起，斜靠犀枕，胡亂纏著珠被，被人詢問時，含羞轉過身去。

【研析】此詞以男性口吻寫男女交歡事。一個是情場老手，一個是雲雨初試；一個洋洋自得，一個含羞掩被。從詞作本身言，似無多可採，但從詞的發展來說，卻透露了兩點信息。一是在唐五代時，詞作內容與詞牌名稱大體吻合，如〈憶江南〉所寫多與江南有關，〈臨江仙〉多寫水仙故事，

〈喜遷鶯〉多寫蟾宮折桂之類的喜事，等等。此調名〈賀聖朝〉，「聖朝」在封建社會、在唐五代是一個頗為神聖的字眼，為崇仰朝廷之詞，如《舊唐書・禮儀志》云：「聖朝垂則，永播於芳規。」杜審言〈送賀西番使〉詩：「聖朝尚邊策，詔諭兵戈偃。」賀聖朝，按理說，當寫比較莊重的內容，但馮延巳此詞所寫卻為男女交歡之事，與詞牌原意相差十萬八千里。由此可知，唐五代詞之情感內容有部分已與詞牌音樂相脫離。其次馮延巳這首詞透露出由表現情欲而開始轉向表現肉欲的傾向，大體同時，與之相類的，還有牛嶠、張泌、歐陽炯等人偏重描寫色相的詞作。讀此類詞作感到似乎在閱讀北宋柳永的某些作品，其大膽、細微處，十分相似。

這首詞清初所編之《曲譜大成》尚保存有曲譜，看來在市井曾頗為流傳。

如夢令

塵拂玉臺❶鸞鏡❷，鳳髻❸不堪重整。綃帳泣流蘇，愁掩玉屏❹人靜。

多病，多病，自是行雲❺無定。

【詞牌】〈如夢令〉，又名〈憶仙姿〉、〈宴桃源〉等，五代後唐莊宗（李存勖）首創。單調，三十三字，押仄聲韻，以六言為主，中間夾一五言句，一個二言疊句。六言中的後面四字一般用「仄平平仄」，以求和婉中帶拗峭，二言疊句必用「平仄」。〈如夢令〉另有兩體，一為三十三字押平聲韻者，一為六十六字合兩段為雙調者，參見《詞律》卷二、《詞譜》卷二。

【注　釋】❶玉臺　梳妝檯之美稱。❷鸞鏡　飾有鸞鳥形的鏡子。❸鳳髻　鳳形的髮髻。❹玉屏　屏之美稱。❺行雲　流動的雲，喻人的行蹤無定。

【語　譯】灰塵布滿玉臺鸞鏡，鳳髻不忍重新梳整。絲織的帷帳流蘇，如哭泣的眼淚，人靜之時，愁情彌漫及於玉屏。憂多成病，原是因為良人行蹤不定。

【研　析】此詞寫思婦愁情。從詞中所寫「玉臺鸞鏡」、「玉屏」、「綃帳」、「流蘇」等使用器物看，閨婦的物質生活頗為優裕，同時這些用品的精美，也是對閨人美麗的一種映襯。人既美麗，物質生活又無匱乏之虞，所缺乏者是愛情的滋潤，是精神的慰安。這也是唐五代詞中絕大部分閨怨詞的共同特點。此詞分三個層次：第一層「塵拂玉臺」二句，寫心緒的慵懶，「女為悅己者容」，悅己者既不在身邊，梳妝打扮也就失去了意義。第二層「綃帳泣流蘇」二句，進一步寫愁情，在寂寞空閨，愁顯得無處不在。這首詞如果說有什麼特別處，就在於「綃帳泣流蘇」的描寫。流蘇沿著帳簷形成一排，其下垂之狀，與人之淚流十分形似，故以「泣」加以形容。本是自己淚流，卻說綃帳哭泣，這樣將眼前之景擬人化，將主觀之情移於客觀之物，很富有新鮮感。第三層為「多病」三句，將「愁」推進一層，因愁成「病」，而且是「多病」，這「愁」就顯得極為沉重了。這裡的「病」並非生理上的疾病，而是內心的愁苦導致的一種精神萎頓的狀態。最後揭示「愁」因：「行雲無定。」「行雲」在這裡是一種借喻，謂其所思者如行雲般飄忽，蹤無定所。全詞不借助任何自然景物，只寫閨房這一狹小的空間，借助其中器物，真實地傳達出思婦的心緒。但結尾終覺率直有餘，蘊蓄不足。

憶秦娥

風淅淅❶，夜雨連雲黑。滴滴，窗外芭蕉燈下客。　除非魂夢到鄉國❷，免被關山隔。憶憶，一句枕前爭❸忘得？

【詞　牌】〈憶秦娥〉，又名〈秦樓月〉、〈雙荷葉〉、〈碧雲深〉等。此調傳為始自李白作。雙調，四十六字，押仄聲韻，後亦有押平聲韻者。馮延巳此詞三十八字，為唐宋詞中所僅見，上下闋各四句，四仄韻，有人稱其為減字體，《詞律》卷四、《詞譜》卷五，均在〈憶秦娥〉調下列為「又一體」。

【注　釋】❶淅淅　象聲詞，形容風聲。❷鄉國　家鄉。❸爭　怎。

【語　譯】夜風淅淅，雨中濃雲連成一片漆黑。燈下客聽著雨聲滴滴，敲打窗外芭蕉。　除非是夢魂回到家鄉，免被關山遠隔，才能擺脫眼前孤寂。我在反覆回憶，臨行前她在枕前的一句叮嚀，怎會忘記？

【研　析】詞寫遊子思鄉之情。上闋寫夜雨客中情懷，通過聽風聽雨渲染環境的淒涼和客心的孤獨。雨打芭蕉係南方風物，它所發出的聲響，最易引發人的思鄉之情，唐代杜牧〈芭蕉〉詩曰：

「芭蕉為雨移，故向窗前種。憐渠點滴聲，留得歸鄉夢。」宋代李清照在其南渡遠離故鄉時曾填〈添字采桑子〉詞詠芭蕉：「傷心枕上三更雨，點滴霖霪。點滴霖霪，愁損北人不慣起來聽。」詞中遊子聽到的不僅是雨打芭蕉的聲音，還有風的淅淅聲，所見窗外之景又是一片黑雲壓城的天空，旅社孤燈獨對，更有一種蕭瑟空虛之感。

在此孤單無助之際，對故鄉的思戀，對家庭溫馨的嚮往比任何時候都要強烈，故下面說「除非魂夢到鄉國，免被關山隔」，才會如何如何。這裡的表述只講了假設的條件，沒有說緩解旅情的結果，似乎只說了半句話，帶有一種「留」的效果，那沒有說出的讓讀者去補充。北宋范仲淹的寫法就不同，其〈蘇幕遮〉詞寫旅情就明白說：「黯鄉魂，追旅思，夜夜除非，好夢留人睡。」表明只要入夢，就不會有鄉魂、旅思的襲擾。當然二者並不存在高下之分，只是表現方式有異罷了。後來南宋辛棄疾〈水龍吟〉（楚天千里清秋）有「可惜流年，憂愁風雨，樹猶如此」的抒發，將「人何以堪」之意「留」待讀者去補充，從表現方法言，與馮詞相類。遊子在客中的假設，只是一種暫時逃遁煩憂的辦法，然而這一點也無法做到，思念與回憶充塞心頭，特別是不能忘懷枕前早早歸來的囑咐，用「爭忘得」的反詰語氣，表明是刻骨銘心。

詞寫旅情，樸質中顯旖旎，簡潔中蘊深厚。清人陳廷焯極為稱賞，謂「意極芊婉，語極沉至」（《別調集》卷一）。

憶江南

去歲迎春樓上月，正是西窗❶，夜涼時節。玉人❷貪睡墜釵雲❸，粉消香薄見天真❹。

人非風月長依舊，破鏡塵箏，一夢經年❺瘦。今宵簾幕颺❻花陰，空餘枕淚獨傷心。

【詞　牌】〈憶江南〉，本名〈謝秋娘〉，段安節《樂府雜錄》載：「〈望江南〉始自朱崖李太尉（德裕）鎮浙日，為亡妓謝秋娘所撰，本名〈謝秋娘〉，後改此名。」又名〈望江南〉、〈夢江南〉、〈江南好〉等。始為單調，二十七字，用平聲韻，至宋，有人將單調複疊為雙調。馮延巳此詞五十九字，雙調，上下闋均五句，兩仄韻、兩平韻，為平仄韻轉換格，與唐宋詞本調不同。《詞律》卷一、《詞譜》卷一均在〈憶江南〉調下列為「又一體」。

【注　釋】❶西窗　指向西之窗，亦用指婦人之居室，如李商隱〈夜雨寄北〉詩：「何當共剪西窗燭，卻話巴山夜雨時。」此處用後一意。❷玉人　美人。❸釵雲　金釵與髮髻。❹天真　謂事物的天然性質或本來面目，此指純樸、自然。❺經年　經過一年或若干年。❻颺　飄飛。

【語　譯】去年在樓上對月迎春，正是西窗夜涼時節。美人貪睡，金釵與髮髻斜墜，妝粉消褪，香氣淡薄，更見自然純樸。　人生不似風月長久依舊，妝鏡破損，箏上蒙塵，懷抱團圓美夢，經年人已消瘦。今宵簾幕，在月下花陰飄漾，只空剩枕上淚水，獨自傷心。

【研　析】此詞寫別後離情。上闋寫去歲共度良宵情景，時節為早春，地點在樓臺，時間是月夜。在這種環境氛圍中，共同「迎春」，感覺自然非常美好。這個「春」，不僅是自然之春，也象徵著兩人間的情感之春。由於是早春，故有「夜涼」之感。因為情感的暢意，睡得很酣甜，髻橫釵墜，粉褪香消，不事雕飾，素面朝天，越發顯出天然的美麗，惹人愛憐。至詞的下闋，則轉寫別後。首先宕開一筆，就人對時移歲改的感受發出議論：「人非風月長依舊。」月復一月，年復一年，風月依舊，而人卻會在歲月的遷移中，華年似水，青春不再。這一議論帶有哲理性，具有普遍的意義，是人對生命意識的感悟。且此處議論，不是抽象的說理，而是帶有形象化特色。後來北宋的柳永〈雨霖鈴〉詞寫別離之情，亦由眼前的臨歧分手，而生發出「多情自古傷離別」的感慨，由眼前推向遠古，由個別上升到一般，成為一句帶有經典性的話語。二者實有相似處。以下緊接「破鏡塵箏，一夢經年瘦」，來證明人事的變化。破鏡塵箏，說明閨人既懶於梳妝，也無心彈奏樂器。這既是說現在，同時也暗含昔日精心整妝、共賞音樂的樂事，有今昔對照之意。由於經年的別離，已被那團圓之夢折磨得十分消瘦。二句通過器物的蕭索、人的瘦弱，形象地表現了「經年」的刻骨相思。最後轉到「今宵」。今宵依舊是月光朗照，透過簾幕可以看到花影的搖曳，但人卻是獨自一個，唯有在枕上傷心流淚而已。

這首詞以時間為線索，從「去歲」春日月夜寫起，寫到「經年」後花月相映的「今宵」，前後呼應，顯示出有一個相當長的時間段。如果我們將其看作一條時間鏈的話，則「月」便是這條鏈上的貫珠：「去歲」的「樓上月」—「風月長依舊」（「長依舊」，包含了永久，也包含了「經年」）—「今宵」、「（月）颺花陰」，讀來真覺得累累如貫珠。詞作展現了不同時間段女主人公的境遇，並抓住其中特別能表現情感的鏡頭，如「粉消香薄見天真」、「瘦」、「枕淚」，作為特寫，由此形成今與昔的鮮明對照。以昔樂襯今愁，更「別是一番滋味在心頭」。

又，這首詞的寫法還有一特別處。詞的上闋，是男女雙方合寫，從「粉消香薄見天真」的描寫看，當係用男性口吻；詞的下闋似主要從女方著筆。但筆者以為不妨將整首詞的描寫視為第三者的口吻，即在寫一個由歡合而分離的帶悲情的故事，帶有一種寫「小說」的性質。

憶江南

今日相逢花未發，正是去年，別離時節。東風次第❶有花開，恁時❷須約卻❸重來。

重來不怕花堪折，祇怕明年，花發人離別。別離若向百花時，東風彈淚❹有誰知？

【注　釋】❶次第　依次。❷恁時　那時。❸卻　還要。❹彈淚　灑淚。

【語　譯】今日相逢，花兒尚未綻放，正是去年別離時節。東風吹拂，依次將有花開，那時必定相約還要重來。

重來不怕花枝能折，只怕明年，花發時刻，人又離別。別離時若正逢百花開放，向東風揮淚有誰知道？

【研　析】此詞與前一首〈憶江南〉聯綴相應，一寫別後，一寫重逢；一寫別後相思之苦，一寫重逢之樂和對又一次別離的擔憂。這首詞從「今日相逢」寫起，由「花未發」的眼前景帶出去年別離的早春時節，則由離別而相逢，已整一年矣。詞的特別處，在於不去就相逢之喜耗費筆墨，而是轉入設想今後，全用虛筆，但虛中有實，其中又可分為兩個層次：一是約定東風吹拂、百花綻放之時，重新相聚，那時花間漫步，香徑攜手，其樂何如！故下面接以「重來不怕花堪折」。這一句承上啟下，承上是對重來時的樂觀情景的揣想，花，既是指自然界的百花，也是指青春靚麗之人，這裡更偏重於後者。所謂折花，即是指趁嬌豔動人之時，好好享受兩人的感情世界，其語源來自唐杜秋娘〈金縷衣〉詩：「勸君莫惜金縷衣，勸君惜取少年時。花開堪折直須折，莫待無花空折枝。」啟下即轉入第二層意，想像重聚之樂中還存在有遠慮。因此「重來不怕花堪折」，又是對「祇怕明年，花發人離別」的墊襯。既然去年「花未發」時節遭遇離別，誰能擔保明年「花發」時節依然廝守一處呢？再進一步想像，若是明年在百花開放時節離別，行人遠去，獨自向著東風揮淚，又有誰知道呢？真是思深慮遠，心細如髮啊！全詞使人感到有點「居安思危」的意味，婦人若此，然則治理家國不也當持有這種「放眼將來」的思考麼？當然，這種解會，「作者之用心未必然」。

這首詞，「花」出現五次，如果說，前一首〈憶江南〉是以「月」作為連綴時間鏈的貫珠的話，那麼這首詞則是以「花」作為連綴情感線的貫珠。詞中還用了一些相重的詞語，如：「時」，三見，

「東風」、「別離」、「年」、「發」、「怕」均兩見，且運用時往往兩兩相對，如「花未發」與「花發」、「不怕」與「祗怕」、「去年」與「明年」等。此外，還有兩處運用頂真格：「恁時須約卻重來。重來不怕花堪折」、「花發人離別。別離若向百花時」，句意之間又用了「須」、「祗」、「若」等虛詞加以連接、轉折。因此全詞讀來有一種回環往復的藝術效果，同時又給人一氣流走之感。故俞陛雲評此詞「一氣寫出，在《陽春集》別具風調」（《唐五代兩宋詞選釋》）。

思越人

酒醒情懷惡，金縷褪❶、玉肌如削❷。寒食❸過卻，海棠零落❹。

乍❺倚遍闌干，烟澹薄，翠幕簾櫳❻畫閣❼。春睡著❽，覺來失、秋千期約❾。

【詞牌】〈思越人〉，雙調，五十一字，上闋五句兩平韻，下闋四句四仄韻，《詞律》卷六、《詞譜》卷九均錄孫光憲詞（古臺平）作為正體。馮延巳此詞四十五字（亦有作四十四字、四十六字者），上下闋各五句四仄韻。《詞譜》卷六列入〈朝天子〉調，並注云：「唐教坊曲名。《陽春集》名〈思越人〉。」

【注釋】❶金縷褪　金縷衣寬。金縷，指飾有金縷的衣裳。❷如削　消瘦。❸寒食　節令名，在冬至後一百零五日，或曰一百零六日，為禁火之節，約在清明前二日。❹零落　凋謝。❺乍　剛剛。❻簾櫳　此處指木製的窗格。❼畫閣　華美樓閣。❽著　語助詞。❾期約　約定的時間。

【語　譯】酒醒之後情緒極惡，金縷衣裳過於寬大，白潤肌膚極為瘦弱。寒食節已過去，海棠花已零落。　剛剛倚遍闌干，煙靄澹薄，籠罩懸掛翠幕的畫閣。春睡昏昏，醒來後，錯過了共盪秋千的期約。

【研　析】此詞又傳為宋晁補之作，見《晁氏琴趣外編》。但原載《陽春集》，當作馮延巳詞。

此詞抒寫傷春情懷。以「酒醒情懷惡」為發端，衝口而出，有破空而來之感，令讀之者心頭一震。由後面的「寒食過卻，海棠零落」，可知時節已屆暮春。在寒食節前，在海棠盛開之時和盛開之前，曾有過多麼燦爛的春光，然都已等閒虛度。面對年光流逝，閨中孤寂，不免生出無限悵惘之情，因此借酒澆愁。而酒醉是暫時的，酒醒之後，煩憂更甚，情緒壞透，一如宋張先所言：「午醉醒來愁未醒。」（〈天仙子〉）故這一發端實從千回百折中來，是心中幽怨積久的總爆發。因為心緒惡劣，以致「金縷褪、玉肌如削」，人變得愈來愈消瘦，衣服越來越寬鬆，簡直是弱不勝衣了。瘦，非一朝一夕之事，乃是長時間精神倍感苦悶的結果。詞的上闋多半通過其靜態的外在形象寫情懷之「惡」，下闋則側重通過動態與心態表現其情緒的低沉。女主人公從室內踱到室外，不時依倚闌干，以致「倚遍闌干」，一直到「烟澹薄，翠幕簾櫳畫閣」，可見倚闌時間之長。所見煙靄濛濛的景象正是寒食節前後的氣候特徵。倚闌眺望道路、原野，應是有所期待，希冀出現某種奇蹟，然而望穿秋水，不見所思之蹤影。煙靄遮斷視線，更令她情緒懨懨。於是回到室內，朦朧睡去。由於「春睡著」，以致「覺來失、秋千期約」。從表面看，似乎是春睡耽誤了秋千約，究其所以，仍是心緒慵懶，缺少戲耍的興致之故。以敘事結情，別具一格。

這首詞沒有對薄情的譴責，沒有對行人的怨恨，但無疑懷有一種殷切的期盼與等待，同時又懷有一種濃重的失落感。然懷人之意終不說破，讓這一切從景物描寫、從人物形象、從人的行為動作中透露出來。除發端的「情懷惡」表現出情感的激烈外，其餘的描寫、敘述，表情均顯含蓄，尤其是結句用筆宛折，饒有餘味，耐人尋繹。

長相思

紅滿枝，綠滿枝，宿雨❶厭厭❷睡起遲。閑庭❸花影移。憶歸期，數歸期，夢見雖多相見稀。相逢知幾時？

【詞　牌】〈長相思〉，唐教坊曲名，用作詞調，首見白居易詞作。又名〈相思令〉、〈雙紅豆〉、〈吳山青〉、〈山漸青〉等。三十六字，雙調，上下闋各四句，四平韻。上下闋的兩個三字句，可用疊韻（如本詞），亦可不用（如歐陽脩：「蘋滿溪，柳繞堤」）。參看《詞律》卷二、《詞譜》卷二。

【注　釋】❶宿雨　夜雨。❷厭厭　同「懨懨」。慵倦貌。❸閑庭　空寂的庭院。

【語　譯】紅花滿枝，綠葉滿枝，夜雨過後，慵懶疲倦，起床很遲。寂靜的庭院，太陽高照，花影在轉移。念著歸期，數著歸期，夢中相見雖多，現實相見卻稀。真正相聚知待何時？

【研　析】此詞馮延巳《陽春集》原不載，王鵬運四印齋本據《御選歷代詩餘》、《全唐詩》、《草堂詩餘》等補入，曾昭岷《溫韋馮詞新校》認為「可疑」。姑錄於此。

詞寫念遠之情。上闋主景，以樂景襯哀。「紅滿枝，綠滿枝」，寫出花繁葉茂的明媚春光。「紅」與「綠」本為色彩形容詞，此處用代花與葉，並置之於句首加以強調，便將一個五彩繽紛的世界展現於人的眼前。不僅如此，天氣也不錯，夜裡雖有雨，那是「潤物細無聲」的微雨，不會令人有「綠肥紅瘦」的遺憾，而是葉更晶瑩，花更肥碩，雨後是明麗的陽光，樹枝花影婆娑搖曳。可是女主人公心緒不佳，提不起精神，遲遲起床，其時已是日上三竿，只見庭院的花影在移動。良辰佳景，本當與良人共賞，如今獨對，興味索然。這裡運用的是相反相成的藝術辯證法，景愈美而人愈愁，愁情在矛盾的兩極強化中得到更充分的體現。

下闋主情，直抒胸臆。對「歸期」又「憶」又「數」，足見盼望心情之急切。下面「夢見雖多相見稀」，將別離後的夢幻與現實加以對照，內心充滿憾恨。這一句具有很強的概括性，李廷機認為「『夢多見稀』，正是閨中之語」（《草堂詩餘評林》）。既有「歸期」，想來分別時雙方當有個約定，但爽約的情形屢見不鮮，因此對於良人能否按期歸來，又心起疑惑：「相逢知幾時？」既急切地盼他回歸，又擔心不能如期歸來。寥寥數語，便刻劃出女主人公七上八下，惶惶不安的心理狀態。

從刻劃人物來說，上闋重在寫愁態，下闋重在寫愁心，形象鮮明，情意真切；以詞風而言，用語明白如話，又兩用疊韻，疊韻句中又重複兩字，反覆其意，帶有民歌韻味。

莫思歸

花滿名園酒滿觴❶，且開笑口對穠芳。秋千風暖鸞釵嚲❷，綺陌❸春深翠袖❹香。莫惜黃金貴，日日須教貰酒❺嘗。

【詞　牌】〈莫思歸〉，即〈拋球樂〉。因馮延巳詞結句「且莫思歸去，須盡笙歌此夕歡」，故名。參見前馮延巳〈拋球樂〉（酒罷歌餘興未闌）「詞牌」介紹。此調名《詞律》不錄，《詞譜》卷二於〈拋球樂〉詞調下說明「或名〈莫思歸〉」。

【注　釋】❶觴　酒杯。❷嚲　下垂貌。❸綺陌　指風景美麗的郊野道路。❹翠袖　青綠色衣袖，此指代女子裝束。❺貰酒　賒酒。

【語　譯】花滿名園，美酒盈樽，且開笑口，享受這濃郁的芬芳。在暖風中搖盪秋千，鸞鳥形的金釵下垂，在風景美麗的郊野道上，春深時節有翠袖飄香。不必愛惜貴重的黃金，天天都應讓人賒酒品嘗。

【研　析】此詞《陽春集》原未載錄，王鵬運四印齋本據《花草粹編》列入補遺。曾昭岷《溫韋馮詞新校》謂《花草粹編》「為書廣博有餘而謹嚴不足」，題作馮詞「是可疑也」。今姑錄於此。

此詞抒發春景芳菲宜縱酒之意。所寫係清明前後景物，當為踏青郊遊時情景。唐宋時期，在清明時節郊野踏青，是一個全民性的遊樂活動。唐杜甫〈清明〉詩寫出遊風氣：「著處繁華矜（誇）是日，長沙千人萬人出。渡頭翠柳豔明眉，爭道朱蹄驕齧膝（駿馬低頭至膝）。」宋代有〈錦纏道〉詞寫「春遊」（傳為宋祁作）：「燕子呢喃，景色乍長春晝。睹園林、萬花如繡。海棠經雨胭脂透。柳展宮眉，翠拂行人首。　向郊野踏青，恣歌攜手。醉醺醺、尚尋芳酒。問牧童、遙指孤村道：杏花深處，那裡人家有。」此詞所寫景象頗為相似。詞中寫及「名園」、「綺陌」、「春深」、「花滿」、「風暖」，表明是在冷暖相宜的季候，遊覽於繁花似錦的美麗園林。在古代，女性能自由地參加的活動，一是元宵，一是踏青，因此詞中特別推出了婦女縱情嬉戲的鏡頭：「秋千風暖鸞釵嚲，綺陌春深翠袖香。」前一句重在視覺，後一句重在嗅覺。仕女忘形地在春風中擺盪秋千，以致髮髻鬆散，鸞釵斜墜，所過之處衣裳飄颺出陣陣幽香，真是好一幅仕女春遊圖，充滿生氣，洋溢歡欣，它是踏青時一道特別引人注目的景觀。男人們縱意歡笑，一方面盡情地享受百花與醇酒的芬芳，另一方面又從視覺與嗅覺，醉賞平日難得一見的仕女們狂歡的風采。不僅如此，還進一步高揚豪氣，要將黃金換酒，日日對景傾觴。對這類詞作，我們不妨將其視為展現當時節物風俗的畫卷，不必責之以宣揚「行樂思想」。即使一個國家有時處於「國勢日蹙」的境地，面臨著內憂外患的威脅，也未嘗不可在憂患之外作短暫的放鬆，領略、享受一下另一種生活情趣。

金錯刀

日融融❶，草芊芊❷，黃鶯求友啼林前。柳條裊裊❸拖金線，花蕊茸茸❹簇錦氈。
鳩逐婦❺，燕穿簾，狂蜂浪蝶相翩翩❻。春光堪賞還堪玩，惱煞❼東風誤少年。

【詞　牌】〈金錯刀〉，又名〈醉瑤瑟〉、〈君來路〉。始見馮延巳詞。漢張衡〈四愁〉詩：「美人贈我金錯刀，何以報之英瓊瑤。」調名本此。雙調，五十四字，上下闋各五句，三平韻，句式、格律均同。四印齋本《陽春集》錄馮延巳本調詞二首，用韻與平仄不盡相同，如本詞除押平聲韻外，於上下闋第四句雜一本部仄聲韻，為另一首所無；第三句後面三字作三平聲，與另一首作仄平平有異。《詞律拾遺》卷二以本詞為正體，以起句為「雙玉斗」者為又一體，《詞譜》卷十則相反，以「雙玉斗」為正體，而以本詞為「又一體」。

【注　釋】❶融融　和暖貌。❷芊芊　草茂盛貌。❸裊裊　搖盪不定貌。❹茸茸　花草叢生貌。❺鳩逐婦　《本草集解》謂雄鳩，天將雨而逐其雌，霽則呼而反之。此處當指鳩鳥求偶。❻翩翩　飛動輕盈貌。❼惱煞　惱恨到極點。煞，極；甚。

【語　譯】春日融融，青草繁茂，黃鶯林前啼鳴，正在求友。柳條拖著金線，隨風搖盪，花蕊叢生，有如簇新錦製地毯。鶺鴒追逐雌鳥，雙燕穿飛簾幕，蜂蝶迅疾輕盈，互相狂飛亂舞。春光值得欣賞，真堪遊戲，只是東風暗誤少年時光，令人惱恨已極。

【研　析】此詞《陽春集》原不載，王鵬運四印齋本據《歷代詩餘》、《花草粹編》等補入，今人曾昭岷《溫韋馮詞新校》以為「可疑」，「俟考」。姑錄於此。

全詞是對春天活躍生命的禮讚。首先是春天的太陽那麼溫和，暖意融融，在它的照耀下，萬物欣欣向榮。以下打破上下闋界限，分別從植物、動物兩方面加以鋪寫。寫植物，不僅展現出其繁茂之狀，更突出其色彩，草之青翠，柳之金黃，花之錦簇，一片萬紫千紅，鋪滿大地，用現在的話說，絢麗得奪人眼球。作者描繪植物重在靜態，但「柳條裊裊拖金線」，卻寫出柳枝在風中的搖曳之狀，「拖」字尤其傳神，是「條」，是「線」，才會形成「拖」的感覺。「裊裊」與「拖」的動態，將無形的「風」帶了出來。由這「風」，又可以推想，那花、那草其實也不是靜止的。它們在陽光下搖首弄影，更添嫵媚。寫動物，則重在動態。寫黃鶯突出其聲，在此暗用《詩經・伐木》詩意：「伐木丁丁，鳥鳴嚶嚶。……嚶其鳴矣，求其友聲。」牠們在林前呼朋喚友，充滿一種友愛和諧的氣氛。寫鳩，為求配偶在空中飛翔追逐；寫燕，忙著築巢、覓食而穿梭於簾幕之間；寫蜂和蝶，正在紛亂的飛舞中忙著採蜜、尋香。這裡雖然只寫到牠們的動態，但我們也彷彿聽到了鳥的鳴叫、燕的呢喃、蜜蜂的嗡嗡聲。總之，處處呈現出活躍的生命力，整個景物描寫，給人以「春意鬧」的感覺。春光這麼燦爛，生意這麼盎然，不禁令人讚嘆「堪賞還堪玩」！最後歸結到對人的生命流逝的嘆息：「惱煞東風誤少年。」自然界的春光如此富有活力，可惜的是東風一年又一年地使人從少年變得衰老了！「東風」在此是實景虛寫，是對前面景物描寫的補充，也是對「柳條裊裊拖金線」的呼應，同時又代表著季節、時光。

我們姑且拋開這個有點感傷的結尾，應當說這首詞寫春光的絢爛、生命的活躍，是相當成功的。讀這首詞很容易使人想起上世紀二十年代中國音樂教育家沈秉廉為俄國作曲家魯賓斯坦〈F大調旋律〉所填歌詞：「啊，春來了，春來了，春來了，它帶來溫暖，也含著微笑，它一步步，一步步，追逐殘冬向大地走來了。它靜悄悄，靜悄悄，靜悄悄，將顯示活力，又張開懷抱，把一個個，一個個弱小生命餵以乳料。它宣誓說，要把世界重新改造，在它懷抱裡不留下枯萎的痕跡，世界又繁華，又美麗，又精巧，世界又繁華，又美麗，又精巧。」二者對春的活力的讚美是一致的。我們還會聯想起楊毓英、周楓為約翰・史特勞斯的〈藍色多瑙河〉譯配的歌詞：「春天來了，大地在歡笑，蜜蜂嗡嗡叫，風吹動樹梢。春天來了，美麗的紫羅蘭，散發著芳香，春天來了多美妙。鮮豔玫瑰，向著我們微笑。美麗春天陽光，金色的陽光多溫暖。水在綠色草地像珍珠發光，小鳥歌唱在樹梢。白雲像面紗，在藍天飄揚，美麗芬芳的花兒，遍地爭豔開放。大地一片春光，這一切多美好。」二者採擇的意象絕大部分相同，如蜜蜂、鳥兒、花兒、草地、樹梢、春風、太陽，有些意象的組合，如「風吹動樹梢」與「柳條裊裊拖金線」、「小鳥歌唱在樹梢」與「黃鶯求友啼林前」也很相似，特別是那種「春意鬧」的感覺，幾乎如出一轍。不同的是，現代的歌詞對春的禮讚，充滿了激情，人們受它活力的感染，對未來洋溢著樂觀的情緒；而古代的詞人在讚美春天的同時，卻會發出「人生易老天難老」的喟嘆。

金錯刀

雙玉斗❶，百瓊壺❷，佳人❸歡飲笑喧呼。麒麟❹欲畫時難偶❺，鷗鷺何猜❻興不孤。

歌宛轉，醉模糊，高燒銀燭❼臥流蘇❽。只銷❾幾覺懵騰❿睡，身外功名任有無。

【注　釋】❶玉斗　精美的酒器。❷瓊壺　玉製的酒壺。❸佳人　美人。此處當指歌舞伎。❹麒麟　指麒麟閣。閣在未央宮內，漢武帝時所建，漢宣帝甘露三年(西元前五一年)，畫功臣霍光、蘇武等十一人圖像於閣上。❺偶　遇合。❻鷗鷺何猜　與鷗鷺為友，本指隱居生活。但此處借指遭同列之人猜忌。❼銀燭　插於銀質燭臺上之蠟燭。❽流蘇　帳幔上之絲縧，此指綴有流蘇的帳幔。❾銷　通「消」。須。❿懵騰　朦朧迷糊，指醉態。

【語　譯】成對的精美酒盞，無數的玉製酒壺，與佳人一道，在歡笑中痛飲喧呼。想建功立業，畫像麒麟，卻難得到機遇，鷗鷺何必猜疑，我自興致不減如故。　歌聲婉轉，酒醉朦朧，高燒銀燭，躺臥流蘇帳中。只須幾覺沉醉迷糊睡去，有無身外功名，又豈在乎。

【研　析】此詞《陽春集》不載，王鵬運四印齋本據《全唐詩》、《花草粹編》補入，曾昭岷《溫韋馮詞新校》以為「可疑」，姑錄於此。

此詞抒發失意牢騷之情。「麒麟欲畫時難偶」乃全詞核心，想建立功業，登上功臣榜，而君上沒有提供這種機遇，以致落落寡歡。不僅如此，還又遭人猜忌，處境艱危。但內心對「功名」實又無法忘懷，遂沉醉歌酒，以求解脫煩憂。故在詞中，以「玉斗」、「瓊壺」的珍貴，以「佳人」陪伴、歌唱助興，笑飲喧呼的熱烈場面，極力渲染歌酒之樂。但這些，包括所說不在乎「鷗鷺」猜疑，「興」致不減，都是一種表象，故至詞之下闋，才將真實的心緒披露，是要在「懵騰睡」中，忘卻「身外功名」，並以「(聽)歌宛轉，醉糢糊，高燒銀燭臥流蘇」的環境氛圍和灑脫形象，顯示出自己的曠放超逸，似乎有點「莫思身外無窮時，且盡生前有限杯」(杜甫〈絕句漫興〉)的意味。其實，是故作姿態，以掩蓋內心失落。詞中所表達的失意難偶的怨憤，如謂係某時之情緒，可；如謂係詞人一生遭遇，則不可。劉永濟《唐五代兩宋詞簡析》認為：「正中本功名之士，而故為此放任曠蕩之言。」

如此詞確為馮延巳所作，則在詞的題材方面，又開拓一新境，即直抒事功之願望，發不遇之牢騷，使詞這種文學樣式開始與政治舞臺、功名成敗發生直接的關係。

玉樓春

雪雲❶乍變春雲簇❷，漸覺年華❸堪縱目。北枝梅蕊犯寒❹開，南浦❺波紋如酒綠。

芳菲次第❻長相續，自是情多無處足。尊前百計得春歸，莫為傷春眉黛蹙❼。

【詞　牌】〈玉樓春〉，又名〈玉樓春令〉、〈惜春容〉等。毛先舒《填詞名解》與《詞譜》認為調名來源於五代顧夐詞「月照玉樓春漏促」、「柳映玉樓春日晚」句與歐陽炯詞「春早玉樓煙雨夜」、「日照玉樓花似錦，樓上醉和春色寢」句。張夢機《詞律探源》則謂牛嶠詞已名〈玉樓春〉，嶠年高於顧夐，故此調非始於顧。此為雙調，五十六字，上下闋各七言四句。但五代及宋代各家詞句式與押韻不盡相同，四句中，句式有三仄起、一平起者，有二仄起、二平起者，押韻則有三仄韻者，有兩仄韻者，故《詞譜》卷十二列顧夐、牛嶠詞等四體。《詞律》不列〈玉樓春〉調，而在卷七將其附於〈木蘭花〉詞調下，說明「又名〈玉樓春〉」。馮延巳此詞，上下闋均三仄韻（首句入韻），句式則平起與仄起相間。

【注　釋】❶雪雲　降雪之雲。張祜〈笛〉詩：「雁起雪雲夕，龍吟煙水空。」❷簇　聚集成團。❸年華　指春日美景。❹犯寒　冒寒。❺南浦　原指南邊水濱，此指池塘。❻次第　依次。❼眉黛蹙　皺眉；愁眉不展。眉黛，即眉，古代婦女以黛（青黑色顏料）畫眉，故名。

【語　譯】雪雲驟變成春日雲團，漸覺春光悅人眼目。北枝梅花冒寒綻放，南浦波紋如酒碧綠。

百花依次開放，長時持續，有人本是過於多情，故無處可感滿足。飲宴中百計賞留春光，最終得到的卻是春歸消息，請莫為傷春而眉黛緊蹙。

【研　析】此詞《陽春集》不載，王鵬運四印齋本據《尊前集》、《歷代詩餘》補入，曾昭岷《溫韋馮詞新校》以為「可疑」。又傳為歐陽脩作，見《六一詞》。姑錄於此。

此詞一反詞體的傷春傳統，對自然界的春來春去表現出一種高曠超逸情懷。寫春極有層次，上闋寫春之來臨，先從雪雲「乍變」為春雲的氣候變化入手，引出春光的「漸」變。天空的雲是很形象的景物，變幻很快，故用「乍變」來形容，似乎突然就從寒冬進入新春了，其中暗含有一股喜悅之情；地上萬物的復甦相對緩慢，有一個時間過程，故而是「漸覺」春光可以放眼一觀了，作者用「年華」來代表春日美景，即含有一種時間的觀念在內。下面兩句「北枝梅蕊犯寒開，南浦波紋如酒綠」，承「年華」二字，用一精妙對仗具寫春光之美。這時雖然還是料峭春寒，但梅花已開得很繁茂了，俗話說：「向陽花木早逢春。」現在不僅向陽的南枝開放了，北枝也衝寒綻放，呈現一派活躍生機；再看池塘，東風拂過，「吹縐一池春水」，那蕩開的波紋碧綠如酒。陶淵明〈諸人共游周家墓柏下〉詩云：「清歌散新聲，綠酒開芳顏。」謂綠酒能令人開顏，故波如酒綠這一比喻，不僅描繪出其色彩，更帶有一種怡然醉人的感覺。下闋開頭一句「芳菲次第長相續」，推進一層，接寫春光之絢麗，不僅梅花盛開，百花亦相繼爭豔，整個春天，大自然都在向人們奉獻色彩繽紛的世界。此處用的是敘述性的語言，高度概括。以下迅即來一轉折：「自是情多無處足。」說儘管如此，那些多情的人還總是感到不滿足。最後先寫世人心態，「尊前百計得春歸」，對景持杯，雖百計留賞春光，可結果仍是春天歸去，因而感到萬分失落與憂傷。隨之又一轉，「莫為傷春眉黛蹙」，翻出另外一層意思，是詞人發出的勸慰：這本是自然法則，盡可不必為傷春而愁眉不展！於是情緒由抑而揚，令人精神為之一振，也顯示出詞人眼光高出凡輩。

俞陛雲在《唐五代兩宋詞選釋》中，說：「詞借春光以託諷，『足』字韻，戒貪求之無厭。『尊前』二句，既盼春來，又傷春去，患得患失之心，寧有盡時焉？」謂詞具有諷喻規誡之意，這樣評說當然也含有讀者的獨特領會，但我們也不妨將它視為一種精神境界的展示。春來與春去，花開與花落，是無法改變的自然規律，我們欣喜地領略、享受它的芬芳美麗，也坦然地面對它的消逝。這裡體現的是一種透脫的眼光，是一種達觀、超曠的心態。故丁壽田、丁亦飛云：「此詞初讀似覺平淡，但愈吟誦愈覺其意味雋永。」（《唐五代四大名家詞》）

這首詞在寫法上也有異於其他詞作，即不多作單純的景物描寫，寓情於景，而是注重以情帶景（如「漸覺年華堪縱目」、「得春歸」），並即景生發議論，特別是下闋每兩句中即含一轉折，極盡頓挫之妙，其所發論帶有詩化、形象化的特點。是以與他詞相較，顯得別具一格。其重在展示精神境界與夾敘夾議的表現手法對宋代歐陽脩有很深影響，王國維在《人間詞話》中曾說：「馮正中〈玉樓春〉詞『芳菲次第長相續，自是情多無處足。尊前百計得春歸，莫為傷春眉黛蹙。』永叔一生，似專學此種。」

壽山曲

銅壺滴漏❶初盡，高閣雞鳴半空。催啟五門❷金鎖，猶垂三殿❸簾櫳❹。階前御柳搖綠，仗下❺宮花散紅。鴛瓦❻數行曉日，鸞旗❼百尺春風。侍臣舞蹈重拜，聖壽南山永同。

【詞　牌】〈壽山曲〉，宋趙令時《侯鯖錄》載：「往在中都，見一士大夫家，收江南李後主書一詞，下云『馮延巳』三字。詞中復云：『聖壽南山永同。』恐延巳作也。」但未題〈壽山曲〉，此調名見於明陳耀文《花草粹編》，依其末句「聖壽南山永同」意取以為名。六十字，六言十句，五平韻，多用對偶，平仄謹嚴，如律詩般講究粘對，故有人稱之為「聲詩體」。《詞譜》卷十三、《詞律補遺》卷二載錄此調。

【注　釋】❶銅壺滴漏　古代的一種計時方法。以銅壺盛水，中插有刻度之箭，滴漏以計時。❷五門　宮廷自外而內設立的五重門。❸三殿　三御殿。各朝所指不盡相同，此處泛指宮殿。❹簾櫳　此處指簾幕。❺仗下　宮廷朝會時之衛隊，有的列於內廊閣外，此當指其所立之處。仗，儀衛。❻鴛瓦　即鴛鴦瓦。❼鸞旗　天子儀仗隊中旗子。上繡鸞鳥，故稱。

【語　譯】銅壺滴漏剛剛結束，高閣雄雞在半空鳴啼。催開了五重門的金鎖，御殿簾幕暫未捲起。階前綠柳搖曳，廊外紅花遍地。鴛鴦瓦上灑下道道日光，鸞旗在春風中高高飄蕩。百官舞蹈一拜再拜，敬祝聖上壽比南山。

【研　析】詞寫百官朝拜情景。前四句晨景依時間次序寫來：漏盡、雞啼、天欲曙，接著是宮門開啟、簾帷待捲。中間四句亦含時間變化，但主要以空間為線索，從地上言，殿外是柳條搖綠，紅花耀眼；從空中言，日灑鴛瓦，旗捲春風。總之作者在盡力通過聽覺、視覺，通過時空的交錯、重疊，描繪出一派昇平景象，為朝拜祝頌營造一派莊嚴祥和的氣氛。最後兩句推出群臣「舞蹈重拜」的場面，以禱頌結束全詞。此詞無疑係應制之作，雖然在景物描寫、渲染環境氛圍上花費不少功夫，由於無真情實感可言，讀來終覺蒼白無力。南唐之主係弱國之君，面臨頻仍的內憂外患，國家本無恢宏氣象，作為臣下恐怕也覺得底氣不足，故難以寫出像唐代王維筆下那種「九天閶闔開宮殿，萬國衣冠拜冕旒」（〈和賈至舍人大明宮之作〉）的宏偉莊嚴的場面與尊貴的氣象，也不可能像王維那樣流露出一種自信與自豪之感。

李　璟

應天長

一鉤初月❶臨妝鏡，蟬鬢❷鳳釵慵不整。重簾❸靜，層樓❹迥。惆悵落花風不定。

柳堤芳草徑，夢斷轆轤❺金井❻。昨夜更闌❼酒醒，春愁過卻❽病。

【詞牌】〈應天長〉，有令詞、慢詞二體。令詞有四十九字與五十字兩體，本詞四十九字，與馮延巳詞不同處是：馮詞上闋五句四仄韻，此則五句五仄韻。上闋兩個三言句「重簾靜，層樓迥」，作同聲對。詳見馮延巳〈應天長〉（石城山下桃花綻）「詞牌」介紹。

【注　釋】❶初月　新月。或謂指女子眉毛。❷蟬鬢　梳成蟬翼狀的髮鬢。❸重簾　層簾。指帶襯裡的窗簾。❹層樓　參差錯落的高樓。❺轆轤　指架於井上、能絞動繩索的一種取水工具。❻金井　有精美雕飾的水井。

此指宮廷園林中的井。❼更闌　更盡；天將亮時。❽過卻　勝過；超過。

【語　譯】一鉤新月，臨照妝臺菱鏡，簪有鳳釵的蟬鬢已亂，懶得加以梳整。層簾密遮十分靜謐，殿閣參差相距遙遠，夜風不定吹散落花，心情惆悵。　夢中行走在柳堤芳草徑，被金井轆轤聲驚醒。昨夜天將明時，從醉酒中醒來，春日愁情勝過生病。

【研　析】此詞又見馮延巳《陽春集》、歐陽脩《六一詞》、《草堂詩餘續集》、《歷代詩餘》、《古今詞統》等作李煜詞。宋陳振孫《直齋書錄解題》謂《南唐二主詞》一卷：「卷首四闋，〈應天長〉、〈望遠行〉各一，〈浣溪沙〉二，中主所作。重光（後主）常書之，墨蹟在盱江晁氏，題云：『先皇御制歌辭。』余嘗見之。」據此，知此詞確係李璟所作。

詞寫宮女幽閉宮中、不為君王寵幸的愁苦之情。詞的寫法帶有跳躍性，但仔細研味，便能理出其脈絡。詞人從新月臨妝鏡寫起，又由室內寫到室外，再轉寫夜夢等情事，這一切乃拂曉「酒醒」時之回憶，可知用的是一種倒敘手法。發端之「一鉤初月」應是一語雙關，一是新月懸空，預示夜將來臨，這是一個令人有所期待的時刻；二是以新月喻人之雙眉彎曲有致。主人公對鏡打量自己的如月蛾眉，映襯得整個面龐如花似玉，大有顧影自憐之意。但她心裡明白，心雖有所期待，卻是無從實現的，這花容月貌又有誰來欣賞呢？經過一天的時光，那蟬鬢已漸散亂，那鳳釵也已歪斜，本該趁這個時候再好好梳理打扮一番。女為悅己者容，但既無悅己者，又何必去費這個心思，故而也就「慵不整」了。然後轉寫她的住所，時間有所推移：此時重簾遮蔽，靜悄無聲。「重簾」的居室著一「靜」字，帶有冷清之意，透露出宮女孤寂情懷。緊接著以「層樓迴」來寫她的內心活動。崇樓高殿乃君王居所，此以之代君王，它（他）對我來說，是顯得多麼遙遠，一個「迥」字，表現了自己被疏離的冷落心境。此情此景與唐代王昌齡〈長信秋詞〉詩所寫「玉顏不及寒鴉色，猶帶昭陽日影來」的怨忿是何等相似！這裡的「層樓迥」既是白天的視覺印象，更是此時心理上的距離感。「惆悵落花」一句寫室外景物，它主要從聽覺寫風聲。因為「靜」，故能感到風聲時緊時慢，由風聲想見落花飛墜，此乃暮春之景，中間暗含比興：明媚鮮妍的春花，漸至凋殘，隨風飄落，這不正是自己命運的寫照麼？故而無限「惆悵」。「惆悵」二字明白點示此時心緒。

下闋「柳堤芳草徑，夢斷轆轤金井」，寫夢境、夢斷。宮女心知期盼無望，遂借酒澆愁，漸漸入睡，闖進夢鄉。夢中和日思夜想的君王並肩攜手漫步柳堤之上、花徑之中，何等溫馨，何等美妙！但突然被凌晨汲水的金井轆轤聲驚醒，美夢煙消雲散，重又跌回冷酷的現實中。在這裡，美夢與現實，形成一種強烈對照。詞的結尾將宮女愁情更推進一層：夢醒了，隨之宿酒也醒了，人在黎明時分，頭腦越來越清醒，人不能不面對無法改變的現實，更感到「春愁」這種精神的痛苦遠遠勝過生理疾病所帶來的折磨。「春愁過卻病」，為全詞點睛之筆。

我們不能不佩服詞人在這樣一首小令中，把一個失意的宮女的內心活動刻劃得如此細膩，如此感人。詞人除了在結構上採用倒敘手法、避免平鋪直敘外，還運用了比興、反襯（除了以夢之樂反襯現實之愁外，還以環境裝飾的精美反襯人物精神的萎頓）等手法，又兼虛實相生（回憶之情境屬虛寫，而又虛中有實）、情景交融（以風中落花寫哀情，以柳堤芳徑表歡情），使一個失意的宮女形象呼之欲出。這首詞從風格言，含情蘊蓄與唐代宮怨詩（如王昌齡〈西宮春怨〉詩：「西宮夜靜百花香，欲捲珠簾春恨長。斜抱雲和（琴名）深見月，朦朧曙色隱昭陽。」）頗為相近，而有別於五代某些直抒哀愁的宮怨詞（如韋莊〈小重山〉：「一閉昭陽春又春。夜寒宮漏永，夢君恩。臥思陳事暗消魂。羅衣濕，紅袂有啼痕。」），是以尤耐人尋味。

望遠行

玉砌❶花光❷錦繡明，朱扉❸長日鎮長扃❹。夜寒不去夢難成，爐香煙冷自亭亭❺。　遼陽❻月，秣陵❼砧❽，不傳消息但傳情。黃金窗❾下忽然驚，征人歸日二毛❿生。

【詞　牌】〈望遠行〉，唐教坊曲名，用作詞調。有令詞、慢詞兩格。此為令詞，始自韋莊。有五十三字、五十五字、六十字數體。本詞為五十五字體，雙調，上闋四句四平韻，下闋五句四平韻。全詞七個七言格律句，除第一句為仄起式外，其餘均為平起式，下闋開頭兩個三言句一般用為對仗，如此詞「遼陽月，秣陵砧」，韋莊詞（六十字體）「人欲別，馬頻嘶」。參見《詞律》卷七、《詞譜》卷十一。

【注　釋】❶玉砌　青石臺階。❷花光　鮮花爛漫，光彩奪目。❸朱扉　紅色門扇。❹鎮長扃　整日關閉。扃，本為關閉門戶的橫木，此處作動詞用。❺亭亭　形容香煙裊裊升騰貌。❻遼陽　今遼寧遼陽一帶，此處代指邊地。詩詞中多用之，如唐金昌緒〈春怨〉詩：「啼時驚妾夢，不得到遼西。」五代毛文錫〈何滿子〉詞：「夢斷遼陽音信，那堪獨守空閨。」❼秣陵　地名，今南京，當時為南唐都城。❽砧　擣衣石。此指擣衣聲。❾黃金窗　當係指以貼金為裝飾的窗戶。❿二毛　黑髮與白髮相雜，指頭髮花白。

【語　譯】庭院繁花似錦，光燦奪目，映照青色石砌，紅漆門扇長時整日關閉。夜寒尚未消退，難入夢境，爐中香煙還帶冷意，裊裊亭亭。　　他在遼陽月下思念家鄉，我在秣陵砧聲中牽念親人，明月、砧聲，不傳消息只傳離情。戍邊之人忽然歸來，黃金窗下驚喜對視，對方已是鬢髮斑白。

【研　析】此詞寫閨婦思念遠戍征人。上闋從思婦角度寫。發端從繁花之豔麗、春光之明媚著筆，以良辰美景，反襯思婦滿懷愁緒。此即清代王夫之所說的「以樂景寫哀，以哀景寫樂，一倍增其哀樂」（《薑齋詩話》）的相反相成的藝術辯證法，以樂景加倍襯出她的哀情。她因為全無遊興，甚至怕見春光，於是緊閉朱扉，獨自品嘗著那份孤寂淒涼的況味。下面轉寫其內心活動：在現實中難以和親人相會，在夢中能兩情繾綣也是一種暫時的安慰啊！但是「夜寒不去夢難成」，這一退而求其次的願望竟也難以實現。在此孤眠獨宿之時，眼中所見惟有爐中香煙冷冷地裊裊升騰，進一步以室內環境烘托其愁寂。

下闋從男女兩面著筆，先分寫，後合寫。「遼陽月，秣陵砧」這一對句，選取了兩個有代表性的地名，以空間的遙遙相隔引發出兩地的懸想；又從視覺與聽覺選取了兩種最富有表現力的景物：月華、砧聲。兩句全由名詞組成，描寫極為簡潔，卻富含引發聯想的力量，它很容易使我們想起前人有關邊庭「月」與擣衣「砧」的詩句、詞語，如「邊草，邊草，邊草盡來兵老。山南山北雪晴，千里萬里月明。明月，明月，胡笳一聲愁絕」（韋應物〈調笑令〉），「長安一片月，萬戶擣衣聲。……何日平胡虜，良人罷遠征」（李白〈子夜四時歌・秋歌〉）等等。詞人在這兩句景語之後，緊接一句情語：「不傳消息但傳情。」兩人不僅不能相見，連互通音問也沒有可能，只能把一腔念遠之情託之於月光與砧聲。結尾兩句，兩面合寫。每一個月都有月圓之時，每年都會聞擣衣之聲，年年月月，不斷思念，不斷等待。及至某日征人歸來，雙方都已兩鬢飛霜。「黃金窗下忽然驚，征人歸日二毛生」，雖有驚喜，更多的卻是悲憤。由前兩句「遼陽月，秣陵砧」到這兩句之間，有一個巨大的時間差。這首詞可說是通過闊大的空間和漫長的時間展示了征人與思婦的悲劇性的遭遇，令讀之者不能不生出對戰爭的痛恨與詛咒。

反映征婦的愁苦，可說是自《詩經》以來形成的文學傳統，唐詩中描寫尤多，唐五代的民間詞和文人詞中也出現了這類作品。李璟寫作這首詞無疑受到這一傳統的影響。即使我們不知道詞作有何「本事」作為背景，僅從審美角度言，應該說是一首相當成功的作品。相對於那些風格較為雄渾悲慨的詞作，更顯含蓄、深沉，也更耐人尋味。

又此詞「庚」、「青」兩部平聲韻通押，均係後鼻音（以ng收音），但下闋之「砧」卻屬「侵」韻（以m收音），可見李璟詞在當時偶有出韻的現象。

浣溪沙

手捲真珠❶上玉鉤❷，依前❸春恨鎖重樓❹。風裡落花誰是主，思悠悠。

青鳥❺不傳雲外信，丁香❻空結雨中愁。回首綠波三楚❼暮，接天流。

【詞　牌】〈浣溪沙〉，唐教坊曲名。五代和凝已有所作。李璟此調將四十二字體的〈浣溪沙〉上下闋第三句之七言攤破，增三字，變為七、三句式，全詞四十八字，又稱〈南唐浣溪沙〉、〈攤破浣溪沙〉、〈添字浣溪沙〉、〈感恩多令〉，或另名為〈山花子〉。雙調，上闋四句，三平韻，下闋四句，兩平韻，上下闋第三句平仄與四十二字體〈浣溪沙〉的平起、押韻有異，而為仄起、仄收。下闋開頭兩句一般用為對仗。《詞律》卷三列名〈攤破浣溪沙〉，注明「又名〈山花子〉」，《詞譜》卷七列名〈山花子〉。兩書均以李璟「菡萏香銷翠葉殘」一首為範例。

【注　釋】❶真珠　即真珠簾。❷玉鉤　玉製簾鉤。❸依前　同從前一樣。❹重樓　層樓；高樓。❺青鳥　原為傳說中的神鳥，《藝文類聚》引《漢武故事》云：「七月七日上午承華殿齋正中，忽有一青鳥從西方來集殿前。上問東方朔。朔曰：『此西王母欲來也。』有頃，王母至，有二鳥如烏，夾侍王母旁。」後來詩詞中常以之作為傳達消息的信使。❻丁香　丁香花，其花蕊叫丁香結。❼三楚　古地區名。秦漢時將屬地分為東楚、西楚、南楚，合稱三楚。此處泛指長江中下游一帶。

【語譯】手捲真珠簾幕掛上玉鉤，春恨依舊閉鎖在高樓。誰是風中落花的主宰，思緒悠悠。青鳥不傳來自雲外的信息，丁香徒然在雨中吐蕊，隱含憂愁。回看三楚暮色中的碧波，正與長天相接遠流。

【研析】詞寫閨中愁情及對身世、命運的感嘆，總括之為「春恨」。作者一上來即從其行動寫起，寫她捲珠簾、掛玉鉤。為何捲簾？為的是觀看室外景物。為什麼觀看室外景物？為的是希望舒展懷抱。然而她所見到的景物並未消減她的滿腹愁情，故說：「依前春恨鎖重樓。」詞人用「春恨」明點此時心緒。「重樓」，本乃安居之地，但對女主人公而言，卻有似幽禁之所，她在這裡倍感空虛、落寞、壓抑、鬱悶，用一「鎖」字來形容其處境、心情，十分恰切。而這種空虛、落寞、鬱悶的困擾又非止一時，而是長期的、日復一日的，甚至是年復一年的，「依前」二字便透露了個中消息。從行文來說，「手捲真珠上玉鉤，依前春恨鎖重樓」兩句，是順入，但兩句之間，實含轉折。下面「風裡落花」補寫捲簾所見景物，表明已是春意闌珊，而美人遲暮之感，即暗含其中。飄搖不定的風裡落花，實乃自己命運的象徵。「誰是主」用一反詰語，強調的正是自己無法主宰命運的困窘與無奈，下面的「思悠悠」，無限的悵惘，無盡的憂思，既是對「誰是主」的回答，也是對前面「春恨」的呼應。

上闋觸景生情，層層推進，下闋則大開大闔，步步折進，通過神話與景物，將「思悠悠」之情推向一個杳遠的境界。「青鳥」句，從眼前宕開，從對面著筆，她多麼希望有神話中「青鳥」那樣的信使，傳遞遠方的信息，可是「青鳥不傳雲外信」，希望如此渺茫，令人無比沮喪。再回到眼前：「丁香空結雨中愁。」丁香花蕊徒然遭遇雨淋，又不免更添悲愁。丁香結在詩詞傳統中本是表愁的意象，如李商隱〈代贈〉詩有「芭蕉不展丁香結，同向春風各自愁」之句，尹鶚〈何滿子〉詞有「欲表傷離情味，丁香結在心頭」之語，故此句乃是借景寫情，亦景亦情。這兩句是一組極精工的對仗，前句運用神話故實，後句著眼於眼前景物，前虛後實，語極靈動，且富詞的婉約特色，故明代王世貞《藝苑卮言》評曰：「『青鳥』二句，非律詩俊語乎？然是天成一段詞也，著詩不得。」詞的結尾：「回首綠波三楚暮，接天流。」再由眼前宕開，時間由白天轉向日暮，空間轉向楚天、長江這一更為廣闊的地域，以天地之悠悠，表現「思悠悠」，傳達出「春恨」的深廣。以景結情，意味無盡。

此詞蘊情於景，情韻悠長，運思開闔有致，摹景小大皆宜，短幅而多曲折，用語凝煉清雅，讀之使人既感到有詞的深婉，又帶有詩的秀韻。詞中「風裡落花誰是主」的嘆息，難以排遣的悠悠「春恨」，當也暗含有詞人身處不利境遇中的幽愁遠恨。

浣溪沙

菡萏❶香銷翠葉殘，西風愁起碧波間。還與韶光❷共憔悴，不堪看。

細雨夢回雞塞❸遠，小樓吹徹❹玉笙寒❺。多少淚珠何限❻恨，倚闌干。

【詞　牌】〈浣溪沙〉，見前首「詞牌」介紹。按此詞牌上下闋第三句格律一般為仄仄平平平仄仄，第一、三字平仄可不論，後三字為平仄仄。李璟此詞上闋第三句後三字「共憔悴」為仄平仄，係用詩中之拗救法。

【注　釋】❶菡萏　荷花的別稱。❷韶光　美好時光。❸雞塞　即雞鹿塞。要塞名。《漢書·匈奴傳》：「又發邊郡士馬以數千，送單于出朔方雞鹿塞。」其地在今內蒙古境內。詩詞中多以之代指邊塞遠戍之地。❹徹　吹至曲之末遍。❺玉笙寒　玉笙吹的時間過長，簧片潮濕，以致不合律。玉笙，笙之美稱。笙為一種多管樂器。❻何限　無可限量。

【語　譯】荷花芳香消失，青翠荷葉凋殘，西風漾起綠波，愁亦隨生其間。華年與韶光一道流逝，令人憔悴得不堪觀看。　細雨霏微，與遠戍雞塞征人夢中歡會，驚覺之後，於小樓吹奏玉笙，吹至曲末，簧片潮濕咽不成聲。多少淚珠無限的恨，她正倚闌傷心。

【研　析】此詞寫秋思閨怨。先從眼前景物著筆，荷花萎謝，荷葉凋零。但作者下筆珍重，用辭極為精雅，言菡萏而不言荷花，言香銷而不言枯萎，言翠葉而不言綠葉，意在突出其美麗珍貴的質素。這種美麗珍貴的東西遭到摧殘破壞，更易引起憐惜傷感之情。下面的「西風」，應有兩層意：西風起，代表秋季來臨，而秋代表著一年中由盛而衰的季節，對於人而言，象徵著由盛壯開始邁向衰暮；西風又含有摧殘自然之物的肅殺之氣，它搖盪綠波，構成殘荷的惡劣生存環境。面對此情此景，能不令人為美好事物的被摧殘而惋嘆？能不令人觸目生愁？「西風愁起碧波間」，一個「愁」字便將花事與人事聯繫了起來。王國維在《人間詞話》中對此二句極為稱賞，認為「大有『眾芳蕪穢，美人遲暮』之感」，從中感悟出一片〈楚騷〉之心。這也正是李璟詞深婉處蘊藏的潛在藝術魅力。如果說前面兩句是景中含情，暗含比興的話，那麼下面兩句便轉而為直抒其情。景物的美好時光不再，人的美好年華也一去不返，故有「共憔悴」的憂傷嘆息，「不堪看」者，是就自然與人事兩方面發出的更深沉的悲感。因此，詞的上闋所寫，係由自然之物的凋殘進入對人生似水流年的思考，再進而對世間美好事物的消逝，生發出一種難以抑止的哀傷。於是，它的意義便已不限於對西風殘荷的感嘆，而帶有了更深層的對生命意識的感悟。

詞的下闋開頭兩句轉寫思婦的夢境和夢醒後的行為。她在迷濛細雨中進入了夢境，夢見和自己心愛的人歡會，點點滴滴的雨聲，又把她的美夢驚醒。夢醒才猛然意識到他並不在身邊，而是遠在數千里外的邊塞。她因此感到淒然。為了排遣心頭的失望與處境的孤寂，她反覆吹奏玉笙，吹至最後一曲，感到笙簧寒咽，不成曲調。笙的簧片乾暖，聲音才清脆，如吹奏過久，沾了口液和潮氣，便因濕而寒，導致聲音失真。這裡，正是以玉笙吹奏之久，表現她內心的無法排解的憂傷。作者於此處下一「寒」字，自然也關涉到秋日的氣候特點，關涉到她內心的淒涼感受。這兩句連接上闋，似覺有些陡然，帶有跳躍性，但聯繫最後兩句看，可知在結構上是似斷實連。詞之結拍終於出現了女主角的面部表情：珠淚縱橫，以及她的形體動作：倚闌干。而淚和恨以「多少」、「何限」加以形容，正含有難以計量、無以復加之意。倚闌干的形體動作出現於詞之末尾，正如白居易的〈長相思〉詞「月明人倚樓」的形象出現於詞末一樣，是一種倒敘的手法。由此可知以上所寫菡萏香銷、西風綠波之景，乃倚闌干時所見，與韶光共憔悴，乃倚闌干時所思，細雨夢回、玉笙吹徹，乃倚闌干時所憶，含恨流淚，乃倚闌干時之表情。作者如此收束全詞，賦予了這一形體動作以悠遠不盡之意。

此詞融情入景，因景生情，用語清雅，含思沉厚，故歷來備受稱賞。王國維賞其首二句，以為有「眾芳蕪穢，美人遲暮」之感，更多的人賞其「細雨夢回」二句，宋王安石以為此二句勝過李後主的「一江春水向東流」（《苕溪漁隱叢話》引《雪浪齋日記》），明王世貞以為此二句為「律詩俊語」，「然是天成一段詞也，著詩不得」（《弇州山人詞評》）。清黃蓼園讚其「意興清幽」（《蓼園詞選》）。而清陳廷焯則獨賞其「還與韶光共憔悴，不堪看」二句，以為「沉之至，鬱之至，淒然欲絕」（《白雨齋詞話》）。要之，悠然心會，各有所得。

李璟這兩首〈浣溪沙〉雖涉閨閣，但沒有脂粉氣，故有人視其為係自抒情懷，並引申出更深遠的意義。認為李璟：「身當亂世，憂心時局，眼見國勢日蹙，人民益貧，自己雖有心興國，卻無力回天，只能在作品中情思婉轉，表現出無限的沉哀。」（見巴蜀書社《李璟李煜詞賞析集》）錄之以備一說。

浣溪沙

風壓輕雲貼水飛，乍晴池館燕爭泥。沈郎❶多病不勝衣。沙上未聞鴻雁信❷，竹間時有鷓鴣❸啼。此情惟有落花知。

【注 釋】❶沈郎 指南朝梁沈約。約仕途不得意，多牢騷。給友人信曰：「百日數旬，革帶常應移孔，以手握臂，率計月小半分。」❷鴻雁信 古有雁足傳書故事（見《漢書・蘇武傳》），故見鴻雁而思音信。❸鷓鴣 鳥名，春天好鳴。其聲似「行不得也哥哥」，詩詞中常用以表思鄉或懷人之情。

【語 譯】東風吹壓飄浮雲氣，貼水而飛，雨歇初晴，臨池館閣群燕爭泥。身似沈郎多病瘦弱，以致承受不起羅衣。 沙灘上的鴻雁，未曾傳來信息，竹林中的鷓鴣，不時傳來鳴啼。我此時的情緒，惟有落花才知。

【研 析】此詞又傳為蘇軾作，見吳訥《百家詞・東坡詞》、四印齋本《東坡樂府》，今人王仲聞《南唐二主詞校訂》亦定為蘇軾作。《類編草堂詩餘》、《花草粹編》、《全唐詩》、《歷代詩餘》等均作李璟詞，姑錄於此。

此詞多種版本標有題目，或作「春恨」、或作「春情」、「春晴」，體察詞意，當是寫春日寥落懷人之情。詞從寫景入手，寫的是春日雨後新晴時刻，先寫水上，東風微拂，使那低空的雲氣貼著水面飄飛，一連用了「壓」、「貼」、「飛」三個動詞，畫面既顯輕靈，又富動感，確乎是春雨初歇時情景；次寫陸地，時間也有推移，不僅雨收，太陽也從雲縫中鑽出來了，雨後泥融，靠近池塘的館閣一帶，燕尾剪剪，燕語呢喃，一群春燕欣喜地貼地銜泥，熙熙攘攘來往於簾幕之間，用一「爭」字，更顯得繁忙熱鬧，一派勃勃生機。面對此生意盎然之春景，本該精神為之一振，陸機〈文賦〉不是說詩人「喜柔條於芳春」麼?可是觀景之人竟然發出一聲嘆息:「沈郎多病不勝衣!」詞中主人公以多病瘦損的沈郎自比,形容瘦弱得不勝羅衣之重。所得何「病」?自然是心病,是滿腹愁情。於是前面的樂景與自己的內心愁苦形成鮮明對照,自然界活躍的生命與自己憔悴的形象存在極大反差。此誠如王夫之《薑齋詩話》所說「以樂景寫哀」,一倍增其哀。

上闋的末尾只說到「多病」,這病中隱含的哀情,畢竟沒有明說,故在詞的下闋言之。但下闋也不直說,而只是用景物加以暗示。前面兩句用一對仗:「沙上未聞鴻雁信,竹間時有鷓鴣啼。」也是一句寫水上,一句寫陸地。其不同於前面的寫景處是:(一)上闋雖景中含情,但偏重客觀描寫,下闋屬即事敘景,係人之所見所聞所感,但在寫法上省略掉了主語,所謂「未聞」、「時有」都與人的主觀視聽有關。(二)上闋主要從視覺寫景,下闋從視聽兩方面分別加以描寫,「沙上」一句,從視覺寫,是看到了沙灘上的鴻雁,所謂「未聞」,是說沒有從牠們身上得到音信。「竹間」句,從聽覺寫,「鷓鴣啼」又與前面「乍晴」的氣候相關,據《羅浮志》載,山鴣「遇暖則相對而啼」。又,「時有」二字包含了時間的推移,知所聽非一時也。(三)分寫兩種不同動物,均別具言外之意,前句運用蘇武雁足傳書之典,以未得所思之人的音書為憾;後句用鷓鴣「行不得也哥哥」之聲暗示漂泊難歸之情。由此我們得知主人公乃是因離索相思而成病。詞以「此情惟有落花知」作結,係以情結景,但情中有景。「落花」,是對前面景物描寫的補充,表明時節已屆暮春,春光流逝,是以又添一層悲愁。但對這種內心愁苦依然不欲說破,只說「惟有落花知」,這話有兩方面的涵義,一是說不僅思念的對方不能解會,周圍也無人可以告訴,遂又添了一份孤寂的況味;二是將落花擬人,視之為有知之物,人與落花之間似有了一種默契,流露出一種無奈的、零落的共感。

一首小令將春日寥落懷人的情思寫得如此深沉、蘊蓄，耐人尋味，使我們不能不佩服作者表現手段的高明。俞陛雲對此詞極為稱賞，謂：「首二句寫景婉妙而有風韻，晚唐佳句也。值此芳辰，而沈郎多病，以病緣愁起，故下接以『鴻雁』、『鶺鴒』二語，一見天遠書沉，一見欲歸不得，深愁脈脈，惟有花知，未肯逢人而語，其用情之專摯可知矣。」（《唐五代兩宋詞選釋》）

對這首詞亦有人認為係女子懷人之作，如李于鱗云：「上是惜郎病，深情最隱；下是假（借）落花，知己難言。」（《南唐二主詞彙箋》引）錄之以備一說。

李煜

虞美人

春花秋月何時了❶？往事知多少？小樓❷昨夜又東風，故國❸不堪回首月明中。　雕闌玉砌❹應猶在，只是朱顏❺改。問君能有幾多愁？恰似一江春水向東流。

【詞牌】〈虞美人〉，唐教坊曲，用作詞調。參見馮延巳〈虞美人〉詞（畫堂新霽情蕭索）「詞牌」介紹。此調有五十八、五十六字兩體，本詞為五十六字體，上下闋各四句，兩仄韻，兩平韻，為平仄韻轉換格。上下闋句式格律均同，末句為九言句，音節為上六下三。

【注釋】❶了　了結；完結。❷小樓　李煜被囚於汴京的居所。❸故國　指已滅亡的南唐。❹雕闌玉砌　雕花繪彩的闌干，漢白玉砌成的臺階。指宮殿。❺朱顏　指年少時之容顏。

【語　譯】春花秋月何時了結？往事還記得多少？東風昨夜又吹拂小樓，在明月下沉思，故國不堪回首。　雕闌玉砌的宮殿應該還在，只是年少的容顏已改。若問究竟有多少憂愁？正像一江春水向東奔流。

【研　析】此詞作於宋太宗太平興國三年（西元九七八年）春天。是年七夕，後主命故伎作樂，又曾命伎唱「小樓昨夜又東風」、「一江春水向東流」之句。宋太宗聞之，大怒，賜牽機毒藥，後主遂被害。此或即後主之絕命詞。詞中充滿了宇宙與人生、主觀與客觀的矛盾，充滿無限哀愁與絕望之情。詞以兩問句為發端，破空而來。提出的兩個問題，一個關乎自然，一個關乎人事，二者又密切相關。「春花秋月」，本自然美景，為人所愛賞，而詞人卻嫌其太多，故有「何時了」的發問；種種「往事」記憶猶新，嫌其困擾人心，「往事只堪哀，對景難排」（〈浪淘沙〉）。「知多少」，恨自己記得太多。這是因為：第一，以世事而言，春花秋月會引發他對過去美好生活的回憶：「車如流水馬如龍，花月正春風。」（〈望江南〉）「晚涼天淨月華開。想得玉樓瑤殿影，空照秦淮。」（〈浪淘沙〉）而今日之遭遇與昔之豪奢「往事」相比，反差實在太大，能不令人嘆息！第二，以時間而言，春花秋月去而復來，周而復始，無有止境，而今以淚洗面之囚禁生涯，正度日如年，何時才是盡頭？今與昔，客觀與主觀，有限與無限，在這裡包含有太強烈的對比。因而這兩問，也就特別震撼人心。發端兩句，是從整體上抒發某種強烈的內心感受，至「小樓昨夜」兩句，則轉到一個具體的時空。「東風」與前面「春花」相映照，前面冠以「又」字，表明於此度過已非一春，顯然含有一種厭倦怨恨之意。「月明」與前面「秋月」相映照。月華映照大地，所見極廣，因而引起了對「四十年來家國，三千里地山河」（〈破陣子〉）的懷想，然而所懷想的都已成為過去，一切的美好，均係自己一手所葬送，真是「不堪回首」！這裡的「故國」又和前面的「往事」相映照。兩句當中，亦含有「小樓」與「故國」對照之意。

下闋首二句是華美的宮殿與凋殘人事的對比。「雕闌玉砌」緊承上面「故國」，「應猶在」，因非眼見，是一種揣想之詞。「朱顏改」是一種現實的描寫，自由的喪失，精神的折磨，囚徒的恥辱，亡國的悔恨，齊集心頭，焉得不容顏憔悴！不變的是故宮，已變的是朱顏，在這變與不變的對照中，又該含有多麼沉痛的感慨！所有這一切矛盾、痛苦、感慨、悔恨，聚集起來，化作無盡的憂愁，像春江之水（水漲江闊）一樣深廣，一樣綿長，一樣滾滾滔滔東流不盡。「問君能有幾多愁？恰似一江春水向東流。」以提問的形式出現，意在突出這「愁」，給人以強烈的印象；依表述而言，一問一答，收到一氣流走的效果；而以一江春水喻愁，使抽象之愁具象化，化為一種視覺形象，使人感到這愁有了深度、廣度和長度。此前，劉禹錫〈竹枝詞〉詩曾有「水流無限似儂愁」的比喻，後主有所借鑑，更有所發展，使之成為一個形容愁情的著名比喻，從宋以來備受人推賞。在上個世紀八年抗戰勝利後，曾有一部反映戰爭帶給民眾苦難的影片，即取名為〈一江春水向東流〉，其音樂即以「問君能有幾多愁？恰似一江春水向東流」為主旋律。這說明其表情的藝術魅力已超越具體的歷史時空。

此詞純用白描，不事雕琢，直抒胸臆，情感激盪，是流露至情至性的血淚文字。近人王國維《人間詞話》評後主詞曰：「尼采謂：『一切文學，余愛以血書者。』後主之詞，真所謂以血書者也。」此詞即係「以血書者」，故感人至深，沁人肺腑，流傳眾口，長盛不衰。清道光年間謝元淮等所編之《碎金詞譜》配有曲調，上世紀三、四十年代，由吳村譜曲，曾作為影片〈恐怖之夜〉的插曲，白瑞雪亦曾為之譜曲，今傳唱頗廣者則有譚健常所譜之曲調。由音樂的傳播，亦可見其流傳之廣遠。

虞美人

風回小院庭蕪❶綠，柳眼❷春相續。凭闌半日獨無言，依舊竹聲❸新月❹似當年。

笙歌未散尊罍❺在，池面冰初解。燭明香暗畫樓深，滿鬢清霜殘雪思難任❻。

【注　釋】❶庭蕪　庭中叢生雜草。❷柳眼　指柳樹早春生出的嫩芽，似人睡眼初開，故稱。❸竹聲　風吹竹林發出的聲響。❹新月　初升之月，亦指月初之月。❺尊罍　酒杯。❻難任　難以禁受。

【語　譯】春風回歸，小院雜草轉綠，柳眼初開，春意相續。獨自憑闌，半日無言，眼前竹聲新月，依舊似當年。

笙歌未散，酒杯仍在，池面冰膠，開始溶解。畫樓深處，燭光輝耀，香馥氤氳，攬鏡自照，鬢如清霜殘雪，情思悲憤難禁。

【研　析】此詞係被俘居汴京時所作。李煜於南唐開寶八年（西元九七五年）冬降宋，宋太平興國三年（西元九七八年）七月遇害，在汴京度過三個春天，寫此詞時，正值春回大地，但究竟作於何年未詳。詞的開篇二句寫憑闌所見，春風吹拂下，庭院的叢草變綠了，柳樹也綻出了新芽，使人感到春意愈來愈濃。值得注意的是詞作描寫的是「小院」，和另一首〈虞美人〉「小樓」一樣，這個空間，寓示著居所的偪窄，豈可與當日的秦淮樓殿相比！還可注意的是「庭蕪」之「蕪」，它既體現出雜草叢生貌，也含有一種荒蕪之意，亦即少人來之意，暗示著自己不能與外界接觸的被拘禁的處境。儘管自然界的春意漸濃，詞人內心的淒涼並沒有絲毫減弱，相反，更引起了對昔日繁華的追念。他獨自憑闌，半日無言，在孤獨中沉思默想，耳聞風吹傳來之竹聲，眼見夜空懸掛的一鉤新月，這些情景和當年沒有什麼不同，但人事已是迥然相異。當年「花月正春風」之際，遊覽上苑，是「車如流水馬如龍」，歌舞宴畢，是「待踏馬蹄清夜月」，如今繁華盡已成過眼煙雲，惟有以淚洗面度日，今昔比照，何啻霄壤！

李煜囚禁汴京時，尚有酒可飲，有故伎可奏樂，故說「笙歌未散尊罍在」，此時又值池塘冰凍初解，春水溶溶，按一般常理，應是開心時刻，但對於失去家國、失去人身自由的詞人來說，這一切都已失去了吸引力，它們只會觸發內心的隱痛。下面說到自己的居室「燭明香暗畫樓深」，樓是畫樓，很美；室內燭光明亮，香氣氤氳，很是溫馨。這是否是寫實？詞人寫作，為了表達某種感情，往往會特意強調事物的某一方面，想來李煜此詞亦是如此。居住條件雖然不算破敝，甚至可稱得上還算美好，但階下囚地位的屈辱，心靈不斷遭受的折磨，惶惶不可終日的恐懼，國破家亡的痛苦與悔恨，日夜齊集心頭，精神已為之崩潰。所謂「思難任」，是說這一切早已超過了自己心理的承受能力，年紀剛及四十，已是滿鬢白如「清霜殘雪」，其形容的憔悴，更是可想而知，令人聯想到「只是朱顏改」的感嘆。

這首詞主要運用景物與人事的對照，抒寫亡國之君的滿腔悲憤。從寫景來說，上闋的「依舊」二字不可忽視，依舊，並非僅僅指「竹聲新月」，前面之「風回」、「庭蕪綠」、「柳眼春相續」，後面之「池面冰初解」等景象，不都是依舊似當年麼？就連笙歌尊酒也頗依稀彷彿，但人事卻已是地覆天翻，真個是「風景不殊，正自有山河之異」（《世說新語・言語》）。在人事中，實又運用了今與昔的對照，但處處出之以蘊蓄，多言外意，讀之如飲醇醪，其沉痛之情，不在另一首〈虞美人〉（春花秋月）之下。清譚獻認為兩首〈虞美人〉詞並美，「終當以神品目之」（《復堂詞話》）。今人周汝昌則認為此詞比之「春花秋月」一首更沉著淵醇，曰：「大家喜誦那一首春花秋月，不過它引吭高歌，流暢奔放，甚且有痛快淋漓之致，自易為所感染；像本篇這樣的，便覺『遜色』。實則暢達而含蓄自淺，痛快而沉著少欠，淵醇嚴肅，還讓斯文。」（上海辭書出版社《唐宋詞鑒賞辭典》）

烏夜啼

昨夜風兼雨，簾幃颯颯❶秋聲。燭殘漏滴❷頻欹枕，起坐不能平。

世事漫❸隨流水，算來一夢浮生❹。醉鄉❺路穩宜頻到，此外不堪行。

【詞牌】〈烏夜啼〉，唐教坊曲名，用作詞調。又名〈聖無憂〉、〈錦堂春〉。雙調，有四十七字（首句五言）、四十八字（首句六言）、五十字數體，均屬平韻格。本詞四十七字，上下闋各四句，兩平韻，除第一句字數有異外，其餘各句字數、格律均同。此調與〈相見歡〉又名〈烏夜啼〉之體式不同，實屬同名而異調。《詞律》卷五將李煜此詞列於〈錦堂春〉之後，《詞譜》卷六則單列〈烏夜啼〉，以李煜此詞為正體，並云：「五字起者，或名〈聖無憂〉，六字起者，或名〈錦堂春〉。」

【注釋】❶颯颯　象聲詞，形容風雨聲。李商隱〈無題〉詩：「颯颯東風細雨來，芙蓉塘外有輕雷。」❷漏滴　銅壺滴漏聲。銅壺貯水，滴漏以計時。❸漫　徒然；枉然。❹浮生　指人生短促，世事虛浮無定。語出《莊子・刻意》：「其生若浮，其死若休。」❺醉鄉　醉中境界。王績曾作〈醉鄉記〉，謂醉鄉土曠無涯無險，其氣平和，其俗大同，其人甚清，云云。

【語譯】昨夜風雨並作，透過竹簾幃幕，傳來涼秋颯颯之聲。蠟燭將殘，漏滴聲響，不時斜靠枕上，起坐床頭，心潮起伏不平。　世間種種情事，空隨流水而逝，仔細思量，人生恍如一夢，虛幻無常。通向醉鄉之路最為平穩，正宜時常留連，除此以外，無法擺脫憂煩。

【研析】此詞為秋夜抒懷之作。細味詞意，當作於後期。詞人降宋後，被封為「違命侯」這樣帶侮辱性的稱號，不僅如此，連心愛的小周后也須「例隨命婦（婦人受封號者的稱呼）入宮。每一入輒數日而出」（王銍《默記》下），其精神所受痛苦、心靈所受煎熬，可想而知。塊壘橫亙在胸，遂借詞加以宣洩。上闋乃回憶昨宵之辭。秋風更兼秋雨，風揭簾幕，雨打枯枝，颯颯作響，滿耳秋聲，一片肅殺之氣。這是自然之秋，也是詞人「心上秋」。室內燭光漸暗，又不斷傳來漏滴之聲，表明時間推移，夜已深沉，而人在長夜難以入寐。詞人本已愁懷滿腹，風雨、夜漏、殘燭，只是更助悲涼而已。說頻頻「欹枕」、「起坐」，係通過坐臥不寧的行為動作表現內心備受折磨的痛苦，因此下面緊接著直接道出個中緣由：心緒「不能平」。詞人何以心潮起伏不能平靜如此？未作具體解答。現實既然無法改變，便轉而設法尋求心靈的解脫。

「世事漫隨流水，算來一夢浮生。」發出這種感嘆的人，必定是經歷了許多世事及種種挫折，以致漸漸參透了人生的短暫虛無，如唐代李白〈春夜宴從弟桃花園序〉云：「浮生若夢，為歡幾何？」宋代蘇軾在詞中更是常常感嘆「人生如夢」（〈念奴嬌〉），「世事一場大夢，人生幾度涼秋」、「休言萬事轉頭空，未轉頭時皆夢」（〈西江月〉）。而對於李煜來說，繁華轉瞬若夢，家國灰飛煙滅，過往的一切，皆成虛幻，已隨流水一去無跡。要解脫這種煩憂，惟一的辦法就是沉入醉鄉，因此說：「醉鄉路穩宜頻到，此外不堪行。」據宋曾慥《類苑》引《翰府名談》載：李煜被囚禁後，「務為長夜飲」，宋太宗擬取消酒的供應，有關臣子奏曰：「不然何計使之度日？」遂繼續給酒。可知李煜每日必飲，甚至作「長夜飲」，飲酒正是為了麻醉自己的神經，以便暫時忘卻亡國的慘痛和遭受的種種屈辱。

詞之上闋，重在以淒涼之景襯苦痛不平之情，下闋抒發特定情境下的人生體悟。在這首詞中，不再去具體追念過去的繁華、回味往昔的歡樂，已然感覺到那一切都已成為夢幻，已化作歷史的煙塵。也許，這是一種更悠遠的沉思。但詞人又終究不能超越階下囚的現實處境，更無法排解精神的屈辱、內心的哀痛。他的心在滴血，在苦苦掙扎，故而夜不能寐。詞中流露的感情極為真實，由於多直抒胸臆，故又顯得有幾分激越。

烏夜啼

林花謝了春紅，太匆匆。無奈朝來寒雨晚來風。　胭脂淚❶，留人醉，幾時重？自是❷人生長恨水長東。

【詞牌】〈烏夜啼〉，〈相見歡〉的別名。因李煜詞有「無言獨上西樓，月如鉤」句，又名〈月如鉤〉、〈上西樓〉、〈秋夜月〉等。但此〈烏夜啼〉與前一首〈烏夜啼〉（昨夜風兼雨）只是調名相同，其體實異。本詞為雙調，三十六字，上闋三句三平韻，下闋四句兩仄韻、兩平韻，為平仄韻轉換格。句式以三言、九言為主。《詞律》卷二錄李煜詞（無言獨上西樓）為正體，《詞譜》卷三列薛昭蘊詞（羅襦繡袂香紅）為正體。

【注釋】❶胭脂淚　紅淚。❷自是　本是。

【語譯】林中雜花凋謝，褪去春日鮮紅，花開花落，太匆匆。對朝來寒雨晚來風，惟有滿懷無奈之情。　花上水珠露滴，好似美人紅淚，令人留連迷醉，不知何時可再重逢？原本人生樂事難再，使人長恨水流日夜向東。

【研析】此詞抒發由春暮花殘引發的人生感慨。「林花謝了春紅」，一開始即寫春殘景象，極簡練、概括。「林花」二字，包含了各色各樣的花，其範圍不限於庭院，甚至籠括郊野，因此涵蓋面極廣。

「春紅」之「紅」，是萬紫千紅繽紛色彩的代表，因而富有鮮豔的色彩感，前面冠以「謝了」二字，表達了一個由遍地春紅到是處紅衰的過程，因此呈現在我們眼前的是一派綠暗紅稀的暮春殘景。面對繁花的倏然消歇，詞人不禁感嘆：「太匆匆。」美好的東西存在的時間太過短暫了！而造成此衰象的又與「朝來寒雨晚來風」的摧折有關。此處的「朝來寒雨」與「晚來風」，是互文見義，即朝夕的寒雨、朝夕的寒風。每一種花的開花期原本都不是很長，況遭風吹雨打，生命更為短促。然在自然的威力面前，花自飄零，人也是那樣地無能為力，只能徒喚奈何。如果說「太匆匆」一句是直抒其情的話，則「無奈」一句是將情景綰合一處。風雨，非僅指眼前景，也非指一朝一夕，而是概括了某一時節的季候，而以「無奈」二字統領，則化實為虛，以「寒」形容，既包含了作者的觸覺感受，也暗含有一種淒冷的心理感受。以上濡染大筆，寥寥數語，便傳達出一腔對林花短促的惋嘆與傷悼之情。

上闋重在抒發對自然景物變化的感受，至下闋則由自然而推及於人事。「胭脂淚，留人醉」二句，是一個過渡。「胭脂淚」，從色彩言，承上「春紅」，從形態言，承上「寒雨」，從用語來說，又係從唐杜甫「林花著雨胭脂濕」提煉而來，其意象與悲情美人更為貼近。在詞人看來，林花令人賞心悅目，而遭受雨打凋謝的殘紅，尤其教人憐惜，令人迷醉，伊鬱流連。面臨此境，雖不忍別離，心知又不得不作最後的告別，遂欲寄希望於未來的重逢，故有「幾時重」的發問。但春光一去不返，無由再見，與其說是發問，不如說是深沉的嘆息。春光如此，人生的美好年華亦是如此，人間的美好事物亦是如此，都如東流逝水，不再回頭。詞人由自然的景象體悟到了人生短暫的悲哀，體悟到了一切美好的東西容易轉瞬即逝的悲哀，因而從內心衝出一聲憤激的吶喊：「自是人生長恨水長東。」這句一連用兩個「長」字，使情感的表達具有了加倍的力度，也使其具有特別震撼人心的藝術感染力。此處的「水長東」用的是暗喻，相對於愁「似一江春水向東流」的明喻，顯得要含蓄，意味更深長。

全詞以景起，以情結，既顯示出詞人的靈心善感，又顯示出他悲情的博大、深廣。這首詞發出如此深長浩嘆，應該是在有過非同尋常的經歷、有過切膚之痛的體驗之後，故當係後期之作。所謂惜花，何嘗不是悲己，所謂「幾時重」，何嘗不是悲昔日繁華已如鏡花水月。詞中雖然包含了這種情感，但詞人在創作時卻捨棄了這些具體的內容，而上升為一種帶哲理性的思考，於是作品超出了具體事實，而具有了普遍的意義，在表現上呈現出的是一種大手筆、大氣象。近人王國維對此類作品極為稱賞，並認為是詞史上的一大轉折，其《人間詞話》云：「詞至李後主而眼界始大，感慨遂深，遂變伶工之詞而為士大夫之詞。……『自是人生長恨水長東』、『流水落花春去也，天上人間』，《金荃》（按：指溫庭筠）、《浣花》（按：指韋莊），能有此氣象耶？」

此詞有今人劉家昌所配曲譜。

烏夜啼

無言獨上西樓❶，月如鉤❷。寂寞梧桐深院鎖❸清秋。

剪不斷，理還亂，是離愁。別是一般❹滋味在心頭。

【詞　牌】〈烏夜啼〉，〈相見歡〉的別名（他本調作〈相見歡〉），與李煜另一首〈烏夜啼〉（昨夜風兼雨）有異。詳見前〈烏夜啼〉（林花謝了春紅）「詞牌」介紹。

【注　釋】❶西樓　指西向的樓。❷月如鉤　指弦月。❸鎖　幽閉。此處帶有籠罩意。❹一般　一種。

【語　譯】默默無語，獨自登上西樓，天際弦月，恰似彎鉤。寂寞梧桐深院，籠罩一片清秋。那剪不斷，欲加理清還又頭緒紛亂的，是離愁。感到別有一種難言滋味，襲上心頭。

【研　析】此詞又傳為孟昶所作，見北宋楊湜《古今詞話》及清吳任臣《十國春秋》等，但南宋黃昇《花庵詞選》及《詞譜》等作李煜詞。究為孟作，抑或李作，未可斷定，今姑錄於此。

此詞寫離愁。詞之結構為順敘，發端即點出主人公登樓這一活動，以下為登樓所見所感。與白居易〈長相思〉詞將「月明人倚樓」置於最後的寫法有別。此處寫登樓是「無言」，是「獨上」，已然透露出寂寥心情。「無言」，並非謂無可與言者，而多半是處於一種沉思狀態。此時所見月非圓月、明月，而是缺月、弦月。月色朦朧，寓示著情緒帶有幾分迷惘，那殘缺不全的月牙，當也寓示著人事的缺憾。所處環境是深院，所處季節是清秋，充塞於這一空間與時間的惟是寂寞梧桐。「寂寞」二字，似寫梧桐，實寫己懷，乃主人公之主觀感受。「鎖清秋」，似是說環境為涼秋籠罩著，實際是說自己被閉鎖於此狹小天地，被一片冷清所包圍。上闋多景語，營造出一個寂寞淒清的環境氛圍，凸現出一個孤獨的心事重重的人物形象。下闋純為情語。作者的高明處，在於把抽象的情思寫得具有質感，似可見可觸。離愁像一團亂絲或亂麻，緊緊纏繞於心，剪也剪不斷，理也理不清。真個是只能意會、難以言傳的「別是一般滋味」！此詞末句尤妙，以不說破為說。明代沈際飛評讚曰：「七情所至，淺嘗說破，深嘗者說不破，破之淺，不破之深，『別是』句妙。」《草堂詩餘續集》卷二）清末王闓運謂：「詞之妙處，亦別是一般滋味。」（《湘綺樓詞選》）

全詞運用白描，似信手寫來，流露出來的卻是至情至性。至於詞中之「離愁」究竟何所指？是離別相思，還是亡國之恨，正不妨見仁見智。有的選本題為「離懷」或「秋閨」，視其為寫閨情之作；有的認為是「傷心人別有懷抱」，南宋黃昇《花庵詞選》即認為：「此詞最淒婉，所謂『亡國之音哀以思』。」近人劉永濟《唐五代兩宋詞簡析》認為：「『別是』句尤為沉痛。蓋亡國君之滋味，實盡人世悲苦之滋味無可與比者，故曰『別是一般』。此二首（含「林花謝了春紅」一首）表面似春、秋閨怨之詞，因不敢明抒己情，而託之閨人離思也。」唐圭璋《唐宋詞簡釋》亦以為：「後主以南朝天子，而為北地幽囚；其所受之痛苦，所嘗之滋味，自與常人不同。……此種無言之哀，更勝於痛哭流涕之哀。」皆以為係有意借離思、別愁為比興寄託之詞。對同一首詞有如此不同解會，這正是「含糊」、不說破的妙處。

此詞清道光年間謝元淮所編《碎金詞譜》為之譜曲，今人則有劉家昌等所譜曲調。

一斛珠

曉妝初過，沉檀❶輕注些兒箇❷。向人微露丁香顆❸。一曲清歌，暫引櫻桃破❹。

羅袖裛殘❺殷色可❻，杯深旋被香醪涴❼。繡床斜凭❽

嬌無那❾。爛嚼紅茸❿，笑向檀郎⓫唾。

【詞　牌】〈一斛珠〉，又名〈一斛夜明珠〉、〈醉落魄〉、〈醉落拓〉、〈怨春風〉等。據無名氏《梅妃傳》載，唐玄宗原寵愛梅妃江采蘋，後因楊貴妃專寵，遭受冷落。玄宗曾命人贈其珍珠一斛，梅妃不受，報以詩曰：「柳葉雙眉久不描，殘妝和淚汙紅綃。長門盡日無梳洗，何必珍珠慰寂寥。」玄宗令樂府以新聲度之，號〈一斛珠〉。則此調原為唐聲詩，後乃沿為詞調（對此說亦有人表疑惑）。雙調，五十七字，上下闋各五句，四仄韻，除第一句一為四言、一為七言外，其餘句式、格律均同。《詞律》卷八、《詞譜》卷十二均以李煜詞為正體。

【注　釋】❶沉檀　指檀紅，是點唇的化妝品，因此紅唇又叫檀口。❷些兒箇　一點點。❸丁香顆　丁香的花蕾。丁香亦名雞舌香，因其形似雞舌，故用作美人舌尖的代稱。❹櫻桃破　張開櫻桃似的小口。❺裛殘　指零星酒沫濡濕。❻殷色可　深紅色隱約模糊。可，猶可可，隱約模糊貌。❼香醪涴　香酒沾汙。❽凭　倚靠。❾嬌無那　嬌到無可奈何；嬌到極點。❿紅茸　紅色絲線。⓫檀郎　西晉潘岳貌美，小名檀奴，後以「檀郎」作為女子對男子的愛稱。

【語　譯】曉妝剛剛化完，檀紅在嘴上輕輕一點。向人微露如丁香花蕾的舌尖。引吭唱一曲清亮歌兒，暫把櫻桃小嘴啟綻。

絲羅衣袖被酒沫濡染，深紅顏色模糊一片。杯深酒滿，潑灑沾濕衣裳。斜靠繡床無比嬌媚，嚼著紅色絲線，笑著吐向檀郎。

【研　析】此詞明代《詞的》、《古今詞統》均題作「詠佳人口」，《歷代詩餘》題作「詠美人口」，

《白香詞譜》題作「美人口」。這首詞確實是在「口」上做文章，但它所描繪的卻是一個俏麗、嬌媚、不受封建禮教束縛帶點活潑頑皮的歌女形象。詞先從她早上化妝寫起，古時的女性以嘴小為美，不像時下以嘴大為具有性感美，故塗檀紅，只是輕輕地一點。這種習俗在五代人的詞作中也有反映，如顧敻〈虞美人〉詞「淺眉微斂注檀輕」，即是。她化妝完畢，對客啟唇唱歌，先須以舌潤唇或作唱歌前張口吸氣的準備，使粉紅舌尖微微露出。唱歌是要通過口來吐字傳音的，故接著寫：「一曲清歌，暫引櫻桃破。」過去形容美人是「櫻桃小嘴糯米牙」，白居易詩有「櫻桃樊素口，楊柳小蠻腰」（見孟棨《本事詩・感事》）之句，韓偓詩也有「著（唱）詞但見櫻桃破，飛醆遙聞豆蔻香」（〈嫋娜〉）之語。後主用語當本此。櫻桃，不僅形容其小，還兼讚美它的紅潤可愛。「破」字用在這裡也非常形象，嘴閉似一顆櫻桃，嘴張則分為兩半，恰似櫻桃之破。這裡寫歌女之點唇、露舌、歌唱，一氣呵成，極為細膩生動，可謂神情畢肖。歌唱完畢，一起參加酒宴，故以下轉寫飲酒：「羅袖裛殘殷色可，杯深旋被香醪涴。」先是小口小口地喝，那殘酒把衣袖都染濕了，以致顏色變深。後來酒杯斟得滿滿的，頗為放肆地豪飲起來，那酒潑到衣服上，濡濕一大片。她終於喝醉了。詞的最後寫她的醉態。她斜歪在繡床上，面若桃花，醉眼朦朧，那姿態嬌媚到極點。她的心上人在一旁照看，她帶著醉意，笑著把嘴裡嚼爛的紅絲線唾向他。「爛嚼紅茸，笑向檀郎唾」，這一生活中的細節，不僅表露出她性格中的嬌憨、天真、頑皮的一面，也把她和檀郎的兩情相悅真心相愛的親熱勁兒表現無遺。明楊孟載極愛賞「笑嚼紅茸」句，曾以之入詩，其〈春繡〉絕句云：「閒情正在停針處，笑嚼紅絨唾碧窗。」

這首詞以「口」來寫歌女，是通過一系列的動作來完成的，如同一個鏡頭接著一個鏡頭，且多半是特寫鏡頭，有聲有色，給人以強烈的視覺印象，真有如見其人、如臨其境之感。明沈際飛評云：「描畫精細，似一篇小題絕好文字。」（《草堂詩餘別集》）

詠美人之「口」，即詠人的身體的某一器官，此詞似為首次。它雖然處處不離「口」，但並不支離破碎，我們讀起來感到渾然一體，感到是在寫一個活脫脫的人，一個有性格有感情的人。我們的注意力不是集中在美人之「口」上，而是在這個可愛有趣的人身上。這正是後主詞作的高明之處。其後，南宋時期，劉過有〈沁園春〉詠「美人指甲」、「美人足」之詞，則是將有關典故與相關情事湊泊而成，致遭人譏笑。清代朱彝尊《茶煙閣體物集》更有詠「乳」、詠「腸」、詠「膽」等作，直不堪入目矣！

子夜歌

人生愁恨何能免？銷魂❶獨我情何限❷！故國夢重歸，覺來❸雙淚垂。

高樓誰與上？長記秋晴望。往事已成空，還如一夢中。

【詞　牌】〈子夜歌〉，即〈菩薩蠻〉。李煜詞用此調名，見明吳訥《唐宋名賢百家詞》及近人王國維輯《南唐二主詞》。詳見馮延巳〈菩薩蠻〉詞（金波遠逐行雲去）「詞牌」介紹。

【注　釋】❶銷魂　因傷神若魂之離體。❷何限　無限。❸覺來　醒來。

【語　譯】人生愁恨何能免掉？為何獨我悲情無限，以致魂銷！夢中重回故國，醒來雙淚長流。如今有誰與我高樓同上？長記昔時秋晴，登樓眺望。往事已成虛空，猶如在一夢中。

【研　析】此詞作於被俘囚禁之後，惟日夕以淚洗面之時。詞人只有在夢中可得片時歡愉，而夢醒之後更其悲不自勝。此詞所寫即夢後之深沉悲憤。作者完全不依賴景物的烘托，只顧痛快淋漓，一路寫去，把胸中的積憤噴發而出。其發端「人生」二句，令人有破空而來之感，實從千回百折中轉出。前一句「人生愁恨何能免」總結的是一般的普遍的規律，人人概莫能外，後一句「銷魂獨我情何限」乃是寫自己的獨特遭遇與感受，我所承受的為什麼要比別人沉重千百倍！詞人當然不會像歷史學家那樣去探究其深層的原因，在詞中，他只能就引發這種感慨的具體情境作一番追索。「故國夢重歸，覺來雙淚垂」兩句，從與上文關係來說是倒敘，是先有此夢，有此夢覺，故而觸發上述感慨。原來他在夢中回到了故國，那瓊樓玉殿何等華美，自己又是何等的尊貴，歌宴更是何等的快意！真是「一晌貪歡」！但醒來卻是處於另外一種境況：寂寥之地，囚禁之身，飽受凌辱之心，「對此如何不淚垂」！這兩句將夢幻與現實相聯繫，形成一種強烈的對照、極大的情緒落差。其所以「銷魂」者，原因蓋在於此。

從「故國夢重歸」，可知詞人在夢中重溫了過去的歡樂，雖然醒來感傷得眼淚雙流，但仍然忍不住要去回味往昔的賞心樂事，因為那也許會令人暫時忘卻或減輕眼前的痛苦。「高樓誰與上」用一問句，將今昔綰合，一方面埋怨現在再沒有人陪同共上高樓，含有深深憾恨，另一方面暗示過去有眾多的臣下、嬪妃簇擁登高。登樓所為者何？「秋晴望」遠也。秋日空氣本來清朗，視野特別開闊，更何況又值「晴」日，江南好山佳水盡收眼底，令人心曠神怡。詞人的另一首詞曾描繪「南國正清秋」的情景：「千里江山寒色遠，蘆花深處泊孤舟。」（〈望江梅〉）那種寥廓清曠的意境，那種登眺的愜意情懷，至今銘刻在心，所以說「長記秋晴望」。詞人寫到這裡，雖含感慨，情緒卻略微揚起，繼而一轉，復又跌入低谷：「往事已成空，還如一夢中。」多少往事，包括「四十年來家國，三千里地山河」都已化為泡影，過去的一切恍如一夢。詞中前後兩次寫到「夢」，前面是從故國的「夢」幻中歸來，此處是「往事」在「夢」中幻滅。濃重的幻滅感，是「銷魂獨我情何限」的根本原因，眼前的境遇，也與故國的幻滅密切相關。其感受與〈烏夜啼〉詠嘆的「世事漫隨流水，算來一夢浮生」，一脈相通。

這首詞中間含有幾度對比，有一般的愁恨與個別埋愁無地的對比，夢境與現實的對比，往昔與今朝的對比，總以「往事」、「如一夢」，情感沉痛而又激越。但這一切均從心中自然流出，非刻意為之。純然抒情，以歌當哭，語言如出其口，不假任何雕飾，是此詞的一大特色。

子夜歌

尋春須是先春早，看花莫待花枝老。縹色❶玉柔❷擎，醅❸浮盞面清。

何妨頻笑粲❹，禁苑❺春歸晚。同醉與閑評，詩隨羯鼓❻成。

【詞　牌】此詞調名《歷代詩餘》作〈菩薩蠻〉。詳見馮延巳〈菩薩蠻〉詞（金波遠逐行雲去）「詞牌」介紹。

【注　釋】❶縹色　淺青色。此指青白色的酒。❷玉柔　如玉一般潔白柔嫩的手。❸醅　未過濾的酒。❹粲　露齒而笑；盛笑貌。❺禁苑　宮廷中的苑囿。❻羯鼓　唐代盛行的一種打擊樂器，形似漆桶，置於牙床上，兩頭均可打擊，又名雙杖鼓，原由西域的羯族傳入，故名。

【語　譯】探尋春光，須在春日早些時候，觀賞鮮花，不要等到花枝老瘦。纖柔玉指舉起酒盅，酒浮盞面青淺透明。　不妨頻頻開懷歡笑燦，春遊禁苑歸來很晚。一邊飲酒同醉，一邊隨意論評，羯鼓樂響過後，詩歌業已寫成。

【研　析】此係李煜早期描寫春遊閒適生活之作。詞從發議論入手，謂尋春、看花須及時、趁早，因為春日、花期，都很短暫，時不待人，正當及時行樂。那時，沒有亡國的痛苦，沒有當俘虜的屈辱，不知天下有憂愁事，因此，這種觀念可說是代表了他當時對待生活的態度。以下寫遊春禁苑，有清酒盈尊，有美女擎杯，有同伴陪醉，有羯鼓助興，放懷暢飲，開心大笑，隨意發表議論，興會淋漓草詩，狂歡中不乏風雅的點綴，優遊中伴隨高談闊論。這完全是無憂少年的生活寫照。從寫作技巧看，此詞顯然不夠成熟，一、二句的議論過於淺白，「先春早」之字語讀來甚為彆扭；三、四兩句，一句重在寫美女用潔白柔嫩的手舉起酒杯，一句重在寫酒的清冽，但「縹色」與醅「清」辭意犯複；「何妨頻笑粲」，是在議論中敘事，但造語稍覺生硬；惟末二句「同醉與閑評，詩隨羯鼓成」的敘事，寫其瀟脫與才情，形象而有意趣。因此，似可推斷，此詞乃其少作。

臨江仙

櫻桃❶落盡春歸去，蝶翻金粉❷雙飛。子規❸啼月小樓西，畫簾珠箔❹，惆悵卷金泥❺。門巷寂寥人去後，望殘煙草低迷。爐香閑嫋鳳凰兒❻，空持羅帶，回首恨依依。

【詞　牌】〈臨江仙〉，唐教坊曲名，用作詞調。又名〈雁歸後〉、〈謝新恩〉、〈畫屏春〉、〈采蓮回〉、〈玉連環〉等。此調體式多達十數種。本詞為五十八字體，上下闋各五句，三平韻，句式、格律均同。詳見馮延巳〈臨江仙〉詞（秣陵江上多離別）「詞牌」介紹。

【注　釋】❶櫻桃　指櫻桃花。❷金粉　蝴蝶翅膀的色澤。❸子規　鳥名，即杜鵑，多於夜間啼鳴。❹珠箔　珠簾。❺卷金泥　捲起金泥色的簾箔。金泥，指簾上粘膠金粉。❻鳳凰兒　以鳳凰喻指香煙裊裊的形態。

【語　譯】櫻桃花已落盡，春天歸去，蝴蝶搧動金粉翅膀，雙雙飛舞。小樓西邊，子規在月夜鳴啼，心懷惆悵，將金泥畫簾珠箔捲起。　人去之後，門巷空寂，長時瞭望，直到春草衰殘，煙草淒迷。室內爐香緩緩升起，裊裊如鳳凰飛展，空持羅帶，回首往事，愁恨中帶有無限留戀。

【研　析】此詞作於何時，表達何種情思，自宋及今，各有解說。一說寫於金陵城被圍之時，詞未就而城破。（見宋蔡絛《西清詩話》）故宋蘇轍以為「淒涼怨慕，真亡國之聲也」（宋陳鵠《耆舊續聞》引）。近人俞陛雲亦認為：「昇州（指金陵）被圍一年之久，此中所云門巷人稀，淒迷煙草，想見吏民星散之狀，宜其低回羅帶，慘不成書也。」（《唐五代兩宋詞選釋》）今人亦有持此說者。一說此詞「乃詠春景，決非（開寶八年）十一月城破時作」，「然王師圍金陵凡一年，後主於圍城中春間作此詩，則不可知」（宋胡仔《苕溪漁隱叢話》前集卷五十九），今人亦有持此說者。另有人否定此詞係李煜作品，如夏承燾《南唐二主詞年譜》云：「（此）乃後主書他人詞，非其自作。」又，此詞最後三句原為闕文，今據陳鵠《耆舊續聞》補入。

筆者細味詞意，以為當係吟詠春閨情思。起首寫白天所見景物，櫻桃春暮開花，而此時花已落盡，春已歸去，顯含傷春之情，傷春實則傷己，感嘆「如花美眷，似水流年」。此時映入眼簾的還有雙飛的美麗蝴蝶，詞中出現的雙燕、鴛鴦等，一般都是對思婦獨守空閨的一種反襯，此處的蝴蝶也不例外，由此更引發出一種孤寂寥落的傷感。以上通過視覺描繪園林景色，植物也好，動物也好，無一不牽動愁懷。以下「子規啼月小樓西」，由白天轉入夜晚，轉寫聽覺。子規，古代傳說本來是叫「鵑」的，因係蜀國皇帝杜宇的魂魄所化，故叫「杜鵑」，啼聲淒厲，又多在深夜鳴叫，聽之令人心情慘然不樂。女主人公的情緒本來不佳，月夜又傳來聲聲杜宇，豈不愈加悲苦。此句中的「小樓」，點出女主人公所在地，則以上所見之景當是立於小樓發生的情事。這位女子捲起金泥簾幕，站立樓頭，白天觀景，夜間望月，心事重重，因為失望而倍感憂傷，故說「惆悵卷金泥」。至此，方以「惆悵」二字點明心境。「卷金泥」的行為動作此時出現，從行文來說，是為倒敘。

以下「門巷寂寥人去後，望殘煙草低迷」兩句，由眼前轉寫別後，係立於小樓的回憶之辭。

心上人離去以後門巷顯得特別冷清。「人去後」，有一個時間段，在這段時間中，時刻盼望著他的歸來，從草兒發芽一直望到春草漸「殘」，而今煙籠衰草，已是迷離一片。可是望穿秋水，終是蹤影渺茫。詞的結尾從樓頭轉入室內，先寫爐香裊裊，形如成雙成對的鳳凰。雖係寫眼前景，卻含今昔對比之意。想往昔，於此溫馨氛圍中與心上人共度良宵，何等繾綣，而今香裊依舊，獨對氤氳，能不觸景生淒怛之情！接著寫女主人公「持羅帶」的動作，卻用一「空」字來形容。為什麼是空持羅帶？因為手持羅帶是為了扭成「同心」結，如今沒有對象，豈不是徒然有此心願而已！最後以情結束：「回首恨依依。」這一結語將「惆悵」之情更向前推進一層，已不止是憂傷，而是怨恨。但人的感情是很複雜的，回首往事有離別的痛苦，也有相聚的歡樂，故一方面懷有怨恨，同時又懷有無限的眷戀。

詞寫閨中春怨，善融情於景、攝情於事。詞中並不去描繪人物的正面形象，但通過「卷」、「望」、「持」等一系列動作，又令人感受到人物的立體存在，她的期盼、失望、惆悵、怨恨也是通過這一系列動作表露出來的，可謂低回婉轉，悱惻纏綿。應當說，這是一首頗為成功的代言之作。

有人謂此詞「寓危亡之痛」，「寫亡國之恨」，自可備一說。但從李煜的創作表現手法而言，重在直抒，詞中雖也用比興，但多半是局部的，以為此詞借「美人香草」，表現對國家將亡或國家已亡的悲恨，尚可斟酌。

望江南

多少恨，昨夜夢魂中。還似舊時游上苑❶，車如流水馬如龍❷。花月正春風。

【詞　牌】〈望江南〉，又名〈憶江南〉、〈夢江南〉、〈江南好〉、〈望江梅〉、〈春去也〉等。始名〈謝秋娘〉，段安節《樂府雜錄》載：「〈望江南〉始自朱崖李太尉（德裕）鎮浙日，為亡妓謝秋娘所撰，本名〈謝秋娘〉。後改此名。」後因白居易有〈憶江南〉三首，第一首末句有「能不憶江南」之語，第二、三首起句為「江南憶」，故又名〈憶江南〉。始為單調，馮延巳〈憶江南〉詞為雙調，但與後來宋人將單調複疊為雙調不同。本詞為單調，二十七字，用三平聲韻。全詞五句，由三、五、七言句相間組成。五、七言格律、音節均與近體詩同。第三、四兩個七言句一般宜對仗，如白居易詞：「日出江花紅勝火，春來江水綠如藍。」劉禹錫詞：「弱柳從風疑舉袂，叢蘭浥露似沾巾。」參看《詞律》卷一、《詞譜》卷一。

【注　釋】❶上苑　供帝王遊玩、打獵的園林。❷車如句　《後漢書・馬皇后紀》：「車如流水，馬如游龍。」唐蘇頲〈夜宴安樂公主新宅〉七絕詩有「車如流水馬如龍，仙史高臺十二重」之句，此處襲用其語，表遊覽時車駕之盛。

【語　譯】心頭多少愁恨，都源於昨夜夢中情景。夢裡依舊與眾人共遊上苑，車輛絡繹有如流水，馬馳迅疾宛若蛟龍，又恰值春風拂面，月明如畫，花繁似錦。

【研　析】此詞係李後主被擄至汴京後所作。他此時不僅失去人身自由，精神上亦備受凌辱，以致「終日以淚洗面」。這種際遇與做帝王時的縱逸豪華生活形成強烈對比、巨大反差。往昔的繁華只存在於回憶與夢境中：「鳳閣龍樓連霄漢，玉樹瓊枝作烟蘿，幾曾識干戈？」（〈破陣子〉）「夢裡不知身是客，一晌貪歡。」（〈浪淘沙〉）而回憶與夢境又只會加深眼前心靈的痛苦。這首〈望江南〉便是以美好夢境反襯現實痛苦的詞作。詞的寫法，一反常規，不從寫景敘事入手，而是直奔主題，直抒情愫。一句「多少恨」突兀而起，具有極大的震撼力。到第二句「昨夜夢魂中」，才點出致恨之由。這與其在〈子夜歌〉中所寫「故國夢重歸，覺來雙淚垂」，所表達情感完全相同，只是表情方式有異，一個是爆發式，一個是涵濡式。後面「還似舊時游上苑」三句具寫夢中遊樂盛況，熱鬧氛圍，美好時節，反托出眼前囚禁生活的淒寂與苦楚。「車水馬龍」雖係襲用前人成句，但用到這裡，很富表現力，夭矯的寶馬駕著華貴的香車奔馳於道途，絡繹不絕，盛況空前，車中之人，其樂如何，亦可想而知。正如俞陛雲所評：「當年之繁盛，今日之孤淒，欣戚之懷，相形而益見。」（《唐五代兩宋詞選釋》）「花月正春風」，用極精練的語言描繪出當日江南的大好風光，春花、春月、春風，能令人生出許多美麗的遐想。這句除點明遊覽季節，觀賞對象，日夜歡騰外，還象徵著那曾是自己最為春風得意的一段歲月，暗含比興，意味深濃。全詞僅二十餘字，卻寫得層次井然：由情而事，由事而景，終不離一「恨」字。以樂事襯悲情，悲恨愈顯沉重。所運用者即王夫之《薑齋詩話》所說「以樂景寫哀」，倍增其哀愁的相反相成的藝術辯證法。

作者其所以選擇這一詞牌，當含有某種深意。望江南或憶江南，所望、所憶都與南唐在江南曾擁有的「四十年來家國，三千里地山河」（〈破陣子〉）有密切的關係。詞在初起時，詞的內容與詞牌名稱往往相關，如〈臨江仙〉多詠江水之神，〈定風波〉主要表現為國征戰靖邊之志等等，後主此詞與其另外兩首〈望江南〉（多少淚）、〈望江梅〉（閒夢遠）都與這一傳統有關。

此詞今有繆天瑞所配曲譜，可供歌唱。

望江南

多少淚，斷臉復橫頤❶。心事莫將和淚❷說，鳳笙❸休向淚時吹，腸斷更無疑。

【注　釋】❶斷臉句　指淚水縱橫滿面。頤，面頰。❷和淚　帶淚。❸鳳笙　一種管樂器，笙長四寸，十三簧，形似鳳身。後亦以其作為笙之美稱。

【語　譯】很多很多的淚水，縱橫流滿面龐。不要將心事和著眼淚訴說，鳳笙不要在流淚時吹奏，否則，無疑更令人斷腸。

【研　析】此詞與前首一樣，同為後期之作。前一首以「多少恨」為發端，重在表現內心的悲恨；

此首以「多少淚」為發端，通過「淚」的外在現象表達內心的痛苦。王銍《默記》載：「韓玉汝家有李國主歸朝後與金陵舊宮人書云，此中日夕只以眼淚洗面。」此詞中說「多少淚，斷臉復橫頤」，正是詞人形象的真實寫照。詞人寫淚，本可用縱橫滿面加以概寫，但他偏要描繪得非常細緻：「斷臉」是說眼淚流成幾行時，臉被分割成若干塊，「橫頤」是說眼淚在面頰上橫流，這麼描寫，與面孔上的皺紋密切相關，平常不是說「老淚縱橫」麼，那是因為老者面皮溝壑縱橫的緣故。因此這裡不僅是寫淚多，也刻劃出了他的衰老。而衰老的表象正是由深廣的哀愁所導致。下面接著用了兩個否定的句式抒情：「心事莫將和淚說，鳳笙休向淚時吹。」男兒有淚不輕彈，如今流淚本已是哀傷至極，如果再談論種種痛徹肺腑的心事，只會雪上加霜，況且，監禁如此森嚴，也沒法說；聆聽鳳笙的演奏，本來是一件樂事，往昔在音樂聲中有過多少次的沉醉與快意的享受，如今在此哀傷之際吹奏，只會引發追昔感今之心，倍增精神的重壓，況且還會引起他人的猜忌。所謂不要「說」，不要「吹」，應該包含了自己心境的哀傷與所處環境的險惡兩方面的因素。從環境險惡來說，詞人的疑懼，終為事實所證明。據王銍《默記》載，後主所居有老吏守門，奉旨禁人與煜交談。一次南唐老臣徐鉉奉旨探望，李煜相持大哭，長吁嘆曰：「當時悔殺了潘佑、李平（南唐忠臣）。」後徐鉉據實報告了宋太宗。加之後主在賜第七夕奏樂，命伎唱「小樓昨夜又東風」，引太宗大怒，終招致殺身之禍。這首詞在兩個否定句之後，來了一個假設句，如果不是這樣，那將「腸斷更無疑」，將達致悲傷之極致。

短短一首小令，「淚」字出現三次，第一次出現的「淚」是實寫，第二次、第三次出現的「淚」屬於虛寫，意在突出一種悲痛表情。詞，通常忌複字，而此小令居然「淚」字三見，未使人有複疊之感，是因其在全詞中起著貫串情感線的作用。全詞僅有五句，中間卻含數度曲折，先是正面寫實，然後說不要如何，最後說否則將會如何，這樣虛實結合，便將表情和內心活動揉合一處，令人感到真是字字血、聲聲淚，沉痛無極！有人謂此首：「乃念舊嬪妃之悲苦，因而作勸慰之語，故曰『莫將』、『休向』。更揣其此時腸斷，故曰『更無疑』。」（見劉永濟《唐五代兩宋詞簡析》）錄之以備一說。

以上兩首〈望江南〉，有的版本並為一首，合為雙調，如王國維輯本《南唐二主詞》、詹安泰編注《李璟李煜詞》。今據明吳訥《百家詞》分為兩首。兩詞用韻不同，所詠非一事，但首句均用「多少」二字開頭，當可視為聯章。

望江梅

閒夢遠，南國❶正芳春。船上管絃江面淥，滿城飛絮輥❷輕塵，忙殺❸看花人。

【詞　牌】〈望江梅〉（《全唐詩》作〈憶江南〉），即〈望江南〉。惟李煜詞用此調名，或與皇甫松〈夢江南〉詞句「閒夢江南梅熟日」有關。詳見李煜〈望江南〉詞（多少恨）「詞牌」介紹。

【注　釋】❶南國　指中國南方。此指南唐統轄的江南一帶。❷輥　形容車輪轉動之速。❸殺　同「煞」。甚。

【語 譯】閒暇中夢魂悠遠，南國正值芳春。船上管絃演奏，江水碧綠清粼，滿城飛絮，隨風飄舞，車輪飛轉，揚起輕塵，忙壞了看花之人。

【研 析】王國維輯本《南唐二主詞》、詹安泰編注《李璟李煜詞》將此首與後面一首，合二為一，作雙調。今據明吳訥《百家詞》分作二首。二詞用韻不一，但均以「閒夢遠」領起，一憶南國芳春，一憶南國清秋，可視為聯章。

此為後期回憶江南之作，極寫春日嬉遊之樂。因係回憶之辭，故一開始即點明是「閒夢」。此處的「閒夢」，不是一般意義上的悠閒之夢、隨意之想，而是一種刻骨銘心的、揮之不去的牽繫與憶念。這種「夢」對於詞人而言，本來是十分沉重的、痛苦的，但卻以「閒」來形容，以一種貌似輕鬆的口吻加以表達，以隱藏本真內心的激盪。這也是詞人常用的一種表情方法，如南宋詞人辛棄疾，明明是深憂國勢，卻說是「閒愁最苦」（〈摸魚兒〉），明明是感嘆興亡，卻說是「閒愁千斛」（〈念奴嬌〉），即是證明。此詞以「遠」來形容「閒夢」，既是表明遙遠的空間距離，同時也表達了一種心理距離感，就是說那「夢」境已是悠然遠逝、無法追回、不可再得的。

雖然那已成遙遠的過去，可是還是忍不住要回憶那南國的「芳春」。在百卉爭妍，繁花似錦，鶯鳴燕舞，萬木欣榮的時節，江南的達官貴人、士夫商賈，無不在盡情地享受著美好的春光，詞人分別從水陸兩方面描寫當時盛況：「船上管絃江面綠，滿城飛絮輥輕塵。」江南春水素來是一道遊人愛賞的美麗風景，白居易〈憶江南〉詞有「春來江水綠如藍」的描寫，韋莊〈菩薩蠻〉詞亦有江南「春水碧於天」的形容，南宋張炎更有專寫「春水」的名篇（〈南浦〉）。賞愛春水，必以舟遊，而舟遊更須佐以絃歌、樽酒，方顯熱鬧、盡興。試想，那音樂之聲在江面蕩漾，響遏行雲，不僅舟上之人沉浸其中，岸上之人當也為其所吸引而駐足聆聽。所謂「船上管絃江面綠」，正是當年春日江遊盛況的實錄。至於街市則是「車如流水馬如龍」，眼觀飛絮飄漾，落地風捲成球，充滿歡聲笑語。這春日水遊、陸遊的盛況本身也是一道風景。所謂「忙煞看花人」，既指遊覽者本身，也包括岸上、街市看熱鬧的人群。這種情景正可以用現代詩人卞之琳的話來表述：「你站在橋上看風景，看風景人在樓上看你。」（〈斷章〉）那種春遊勝概，幾乎可以說帶有一種全民歡樂的性質。然而，這一切如海市蜃樓，煙散雲消，如今從夢幻中跌落現實，形同霄壤，惟是倍加傷痛而已。全詞用的仍是以樂襯哀的手法，景愈樂而情愈哀。雖然作者沒有直接描繪悲慘的現狀和屈辱難堪的心境，但這一切自在「不言」之中。

前人用〈憶江南〉調，三、四句一般用對仗，但李煜的詞（〈望江南〉、〈望江梅〉）在這一形式方面並不多加講究，有的根本不用，如「還似舊時遊上苑，車如流水馬如龍」；有的用對仗，並不去刻意追琢，如「心事莫將和淚說，鳳笙休向淚時吹」，出語天成。這首詞的「船上管絃江面綠，滿城飛絮輥輕塵」，不能算嚴格的對仗。這些地方透露出李煜詞的創作重在情感、胸臆的抒發，形式的追求被放在了次要的地位，但自是天然佳作。所謂「粗服亂頭，不掩國色」（周濟《介存齋論詞雜著》），殆此之謂歟？

望江梅

閒夢遠，南國❶正清秋。千里江山寒色遠，蘆花深處泊孤舟，笛在月明樓。

【注　釋】❶南國　指中國的南方。此處指南唐統轄的江南一帶。

【語　譯】閒暇中夢魂悠遠，南國恰值清秋時節。千里江山，寒涼秋色遼闊無際，蘆花深處停泊孤舟，月光之下，有人在高樓吹笛。

【研　析】此首與前面一首同係後期之作，二者均以「閒夢遠」領起，心境完全相同，是在痛苦煩悶時引起的對過去快意往事的回憶。前首憶南國芳春，極力鋪陳熱鬧繁華盛況，此首憶南國清秋，則呈現為另一種風格與面貌，重在突出其寥廓清朗的特色。「千里江山」，從地域來說，涵蓋面極廣，自然是囊括了南唐在長江中下游一帶的「三千里地山河」（〈破陣子〉），雖然不著「想」、「念」等字眼，中實含有對故國的無限緬懷；從人的視野來說，凸現了秋日天空的澄明，故所見極為曠遠。後來辛棄疾有「楚天千里清秋，水隨天去秋無際」（〈水龍吟〉）的描寫，與此相類。這裡所用「寒色」二字頗堪玩味，它不僅包含了秋水的清涼、光亮，也包含了涼秋帶來的草木色澤的變化，那葉的赤、黃，草的深綠，蘆的雪白，使清澈空曠中略帶淒美，自有它引人入勝之處。杜牧描寫江南的秋天是：「青山隱隱水迢迢，秋盡江南草未凋。」(〈寄揚州韓綽判官〉)「停車坐愛楓林晚，霜葉紅於二月花。」(〈山行〉)可見江南的秋天並非一片肅殺，而是有著一種成熟的美麗。接著詞人在千里江山中攝取了一個片斷、呈現出一幅剪影：「蘆花深處泊孤舟。」在浩渺的江水中，在淡遠的遙岑映襯下，一葉小舟半藏半露，泊於叢叢搖曳的白色蘆葦之中，這是一幅典型的江南水鄉圖畫，真是美得醉人。這還只是從表象看，再進一步想像，那舟中之人，是何等自由、飄逸、瀟脫。詞人在前期給人題〈春江釣叟圖〉時曾作〈漁父〉詞云：「一櫂春風一葉舟，一輪繭縷一輕鉤。花滿渚，酒滿甌，萬頃波中得自由。」那是在讚美一種擺脫塵世煩憂的世界與心境，失去自由的李煜在詞中特別選取這樣一個鏡頭，內心又懷有怎樣的一種嚮往？如今那是可思而不可即、可「夢」而不可得的境界。詞人寫罷白日風光，又將筆墨轉向夜晚：「笛在月明樓。」在明月照耀下，臨江的高樓傳出了聲情並茂的笛聲。有人說，此句脫胎於唐代趙嘏的「長笛一聲人倚樓」(〈長安秋望〉)。二者都寫秋夜笛聲，但李煜詞更為簡潔。五個字中，不僅寫了高樓、笛聲，更有明月意象的參與，還有未曾出現的「人」，有聲有色，內涵豐富。由於和大江互相映襯，更具有一種清曠之美，笛聲在江面迴盪，更具悠揚慕怨之致。

李煜真不愧為詞中高手，「寥寥數語，括多少景物在內」(陳廷焯《別調集》卷一)。這些闊遠清曠的景物，是詞人心中故國的象徵。不論是對南國繁華的回憶，還是對南國四時景物的懷想，寄託的都是他刻骨的亡國哀痛。

這首詞中用了兩個「遠」字，都作為形容詞使用，而且都在句子的仄收處，不避忌重複，無意細加雕飾，此亦所謂「粗服亂頭」(周濟《介存齋論詞雜著》語)之象。

清平樂

別來春半❶，觸目柔腸斷。砌下❷落梅❸如雪亂，拂了一身還滿。

雁來音信無憑❹，路遙歸夢難成。離恨恰如春草，更行更遠還生。

【詞　牌】〈清平樂〉，唐教坊曲，用作詞調。又名〈清平樂令〉、〈憶蘿月〉、〈醉東風〉等。雙調，四十六字，上闋四仄韻，下闋三平韻。下闋三個平起押平聲韻的六言句，一、三字平仄可以不論，但第五字必用平聲。參見《詞律》卷四、《詞譜》卷五。

【注　釋】❶春半　即半春，春天已過一半。❷砌下　階下。❸落梅　此處指白梅花，開較遲，春半始落。❹雁來句　用古代雁足傳書故事。見《漢書・蘇武傳》。無憑，沒有憑信。

【語　譯】別後春天已過一半，觸目春景柔腸已斷。階下白梅飄落，如雪紛亂，輕輕拂去，又一身還滿。

大雁飛來，音信無憑，歸路遙遠，好夢難成。離恨正如春草，愈行愈遠，仍不斷滋生。

【研　析】此詞寫春日念遠，屬李煜前期之作。作者本是觸景生情，但並不先去描寫景物，而是先述情懷。春天過去了一半，多少美景一幕又一幕地展示於人前，追念往昔，我們曾徘徊花間，共賞佳景，而今卻是花朝獨對，觸目傷懷，充滿柔情的心腸怎不為之寸斷！開篇即抒發一種強烈的情感激動，給人帶來一股特別的心靈震撼力，這是李煜詞常用的藝術表現方法，如〈望江南〉的

「多少恨」、〈子夜歌〉的「人生愁恨何能免？銷魂獨我情何限」均是，此詞發端，亦帶有相類的特點。以下「砌下落梅如雪亂，拂了一身還滿」，才轉寫「觸目」所見。階下的白梅比紅梅開得遲些，現在也已隨風飄飛，如雪花亂舞。這落花的繚亂，恰是詞人心緒紛亂不寧的象徵。詞人立於臺階之上，花落滿身，用手拂去，又還依舊，不僅表明詞人佇立階前沉思默念之久，且寓示著愁情揮之不去，拂了還來。詞中並未正面描繪詞人的形象，只是用「拂了一身還滿」的動作與結果映出了他的存在。此等處以景寓情，又極為含蓄，耐人尋味。

至詞之下闋，即放筆直抒。「雁來」一句，既是寫景，又是抒情。春日大雁南來，這是寫實，由雁的南來北去而引起傳遞書信的聯想，這是詩詞中常用的表情方法，此處說「音信無憑」，流露出極度的失望。下一句「路遙歸夢難成」，再推進一層，不僅沒有音信，連夢中歸來的相聚也沒有。其所以「歸夢難成」，是因為相距路途遙遠。其實這一說法有違常理，夢，恰恰不是空間距離能夠阻隔的，如唐代齊己〈示城中友人〉詩即云：「重城不鎖夢，每夜自歸山。」李璟〈浣溪沙〉也有「細雨夢回雞塞遠」的描寫，馮延巳〈菩薩蠻〉也有「夢魂千里青門道」的敘述，都是證明。此處說「路遙歸夢難成」是在強調音信既杳，見面尤難，正如俞平伯所評：「語婉而意悲。」（《唐宋詞簡釋》）詞之末，即景設喻，「春草」，亦「觸目」所見之物。以春草比喻離恨，謂「更行更遠還生」，一是突出了離恨的無所不在，春草綿遍天涯，無邊無際，何處非愁？二是突出了離恨的無窮無盡，隨時而發，隨處而生；三是「更行更遠」，把兩人之間的空間距離愈拉愈大，因而將離愁引向綿綿無極。而且其中還暗用了漢淮南小山「王孫遊兮不歸，春草生兮萋萋」（〈招隱士〉）的典故，暗示出對方的遠遊未歸。語極淺淡，而情極沉厚。宋代歐陽脩有〈少年游〉詠春草之詞：「晴碧（春草）遠連雲。千里萬里，二月三月，行色苦愁人。」或許從李煜此詞獲得啟示，至於秦觀〈八六子〉詞有「恨如芳草，萋萋剗盡還生」之句，顯係由此脫胎而來。

這首詞沒有閨閣氣、脂粉氣，不屬代言體，所寫即是自己的情緒感受，且顯然不屬男女離情，今人詹安泰認為係有感於其弟鄭王李從善使宋被羈留而作（見《李璟李煜詞》）。南唐開寶五年（西元九七二年）閏二月，後主遣鄭王李從善朝宋，被扣留，詞或即作於此時，與所言「別來春半」的時間與「春草」萋萋的景物相吻合。李煜曾作〈卻登高文〉，對臣下請其重九登高表示謝絕，談到其中原因是：「憧家艱之如燬，縈離緒之鬱陶（悲傷國家的艱難如胸中燃火，憂思積聚被離愁別緒所牽累）。」「縈離緒之鬱陶」和這首〈清平樂〉詞所表達的懷遠之情正可互相印證，因此上述說法是有道理的。但這首詞即使我們不知道其創作緣起，不知其具體創作背景，讀來也仍然會感到它是一首抒寫離情的成功之作，其中蘊含的念遠懷人的深切誠摯之情，對朋友、對親人，甚至對愛侶都帶有一種普適性。

采桑子

庭前春逐紅英❶盡，舞態徘徊❷。細雨霏微，不放雙眉時暫開。

綠窗❸冷靜芳音❹斷，香印❺成灰。可奈❻情懷，欲睡朦朧入夢來。

【詞牌】〈采桑子〉，唐教坊曲有〈楊下采桑〉，調名本此。又名〈醜奴兒〉、〈醜奴兒令〉、〈羅敷媚〉、〈羅敷媚歌〉、〈忍淚吟〉等。雙調，押平聲韻。有四十四字、四十八字、五十四字數體。李煜〈采桑子〉兩首，均屬四十四字體。詳見馮延巳〈采桑子〉（中庭雨過春將盡）「詞牌」介紹。

【注釋】❶紅英　紅花。❷徘徊　落花飛舞回旋貌。❸綠窗　婦女之居室。韋莊〈菩薩蠻〉詞：「勸我早歸家，綠窗人似花。」❹芳音　佳音；好消息。❺香印　香上印有圖紋或文字，燃燒後，灰燼仍留存圖紋、字跡。❻可奈　猶無奈、無可奈何。

【語譯】庭中紅花，隨春光遲暮而落盡，迎風飄舞回旋。細雨迷濛，不讓雙眉時常開展。綠窗清冷寂靜，佳音斷絕，印香燒成灰燼。情懷百無聊賴，精神恍惚欲睡，那人朦朧來到夢中。

【研析】此詞寫閨婦春怨。詞從描寫女主人公眼中所見晚春景物入手，落紅飛舞，煙雨濛濛，一片衰殘迷離景象，暗含對韶光流逝、美好事物凋零的惋惜，也流露出美人遲暮的傷感，並暗示情緒的惝恍、心事的繚亂。這裡的景語有一種特別之處，即處處擬人。庭院中的紅花已經落盡，卻說是「春逐」，是春的腳步不斷催促的結果；落紅的隨風回旋，是因留戀人間而「徘徊」，其飄揚蕩漾之狀是在展示自己的「舞態」；人的愁眉不展，乃是漫天的「細雨霏微」使然。於是，春天、落紅、細雨，都一一有了生命，這是女主人公眼中之景，也是其心中之景，是將自己的感情投注於客觀之物，既有對春的眷戀，更有對春歸的怨懟，並在景物描寫中帶出了自己「雙眉」不展的外在形象。

以上所寫為女主人公所見室外之景與迷亂春愁，以下轉入室內。寫居室，作者只用「綠窗」

二字帶過，繡簾、鴛被、錦屏陳設等一概不加涉及，且「綠窗」會令人想起「綠窗人似花」的描寫，想見其人的美麗，聯繫前面「不放雙眉時暫開」，則可想見這是一位眉彎緊蹙的美麗女子。此等處用筆極為簡潔，可謂惜墨如金。在室內女主人公身處寂靜、冷清的環境氛圍，不免又增添了一份孤獨感，再回想佳音斷絕多時，心頭淒怨之情更趨強烈，還有，原來香爐還燃著印香，現在業已成灰，暗示出有一種心灰意冷之感。層層推進，頗具層深之妙。末尾以迷離入夢作結。愁寂、相思、幽怨的堆積，使得心理上都感到難以承受，以致發出了「可奈」的長嘆，種種困擾令人情緒混沌，終至朦朧入夢。現實中不能得到的，終於在夢幻中得到補償。但這種夢中的「一晌貪歡」，其實是閨婦的莫大悲哀，因為夢覺之後，品嘗的將是更深沉的痛苦。

這是一首代言詞，不加藻飾，純任白描，結構上也不追求順逆交錯，曲折變化，只是一路寫來，因景生情，移情於景，再由情入夢，層次井然，而表情卻幽微細膩，堪稱閨情詞中之佳什。

采桑子

轆轤❶金井❷梧桐晚，幾樹驚秋。晝雨新愁，百尺蝦鬚❸在玉鉤❹。

瓊窗❺春斷雙蛾❻皺，回首邊頭❼。欲寄鱗游❽，九曲❾寒波不泝流❿。

【注釋】❶轆轤　井上用以搖轉繩索的汲水工具。❷金井　井欄有雕飾之井。❸蝦鬚　指簾，因簾形似蝦鬚，故稱。❹玉鉤　玉製簾鉤，鉤之美稱。❺瑤窗　雕飾精美的窗戶。瑤，同「瓊」。❻雙蛾　雙眉。蛾，即蛾眉，因蠶蛾之觸鬚細長而曲似人眉，故稱。❼邊頭　指偏遠的地方。❽鱗游　指書信。鱗，代指魚。樂府〈飲馬長城窟行〉云：「客從遠方來，遺我雙鯉魚。呼童烹鯉魚，中有尺素書。」後人遂以「雙鯉」、「魚信」代指書信。❾九曲　形容黃河道的曲折多彎。❿泝流　倒流；逆流。

【語　譯】轆轤金井旁，梧桐臨晚時，幾樹被秋風驚動。白天雨降，引來新愁，百尺珠簾，懸掛在玉鉤。　雕飾精美的窗下，春情斷絕，緊蹙眉彎，回望邊頭。欲把書信託付魚游，九曲黃河的寒波，不會倒流。

【研　析】此詞又傳為牛希濟作，見《詞林萬選》，侯文燦本《南唐二主詞》據後主「墨蹟在王季宮判院家」，定為李煜詞，今人王仲聞《南唐二主詞校訂》亦從侯說。當以作李煜詞為是。

詞寫閨婦秋思。先從描繪涼秋景物入手，涼秋景物中又突出庭院中金井旁的梧桐。梧桐葉大而多陰，又傳為鳳凰所止集之嘉樹，故庭院多加種植。但梧桐至秋季葉枯易落，如南朝梁沈約〈悲落桐〉詩所云：「燕至葉未抽，鴻來枝已素。」在古詩詞中，梧桐的意象的出現往往與金井相伴，如王昌齡〈長信秋詞〉詩「金井梧桐秋葉黃」，李白〈贈別舍人弟臺卿之江南〉詩「梧桐落金井，一葉飛銀床」均是。「轆轤」則係由「金井」帶出。下面接以「幾樹驚秋」，幾樹，包括梧桐和梧桐以外的很多樹木，詞人不說秋風摧落葉，而說樹木被其所「驚」動，用的是移情法，實是主人公見晚秋衰敗景象而驚心。如此，便營造了一個淒涼的環境氛圍，也暗暗透露出主人公悲秋的情緒，可以說是楚宋玉「悲哉秋之為氣也，蕭瑟兮草木搖落而變衰」（〈九辯〉）的一個縮影。以下「晝雨新愁」一句，再推進一層，本已是秋氣肅殺，秋風寒涼，兼之白晝雨下，真是「秋風秋雨愁煞人」！故說又添了「新愁」。由此可知，此前被舊愁困擾多時矣。「百尺蝦鬚在玉鉤」一句，為倒敘，即前面秋日景物，皆捲簾所見，所用為逆挽之法。

以上所寫分明有一個人的存在，用玉鉤挽起簾子的人，觀看庭院景物的人，眼看瀟瀟雨下的人，但都沒有人物形象的正面描寫。至下闋的開頭「瑣窗春斷雙蛾皺」始出現人的面部表情：雙眉緊蹙。我們從其「金井」、「瑣窗」的居室及「百尺蝦鬚」、「玉鉤」的器用看，可以推想其人的秀美與溫雅。她何以會驚悸於秋的蕭瑟，何以有許多新愁與舊愁，何以緊皺雙眉，至此方以「春斷」二字加以點明，再以「回首邊頭」補寫對方所在。所思遠在遐方，已是久久不通音問、互訴衷腸，以致春情斷絕。詞以「欲寄鱗游，九曲寒波不泝流」作結，中藏幾度轉折。希望改變「春斷」的現況，因而生出一種傳遞音書的想望，這是一層；但黃河之水不會倒流，「鱗遊」無從到達，又是一層。其高妙處，還在於能熔情、景、理三者為一爐。「九曲寒波」是想像中之景物，作者運思極為細密，「九曲」，用以代黃河，點明所思之人的方位，與前面「邊頭」相應；「寒波」與前面的「驚秋」相應。「不泝流」是對「九曲寒波」絕無疑義的理性判斷。由此可知，其所思當在黃河流域的地帶，雖欲互通音信，卻全無傳遞的可能，主人公的情緒至此已墮入絕望的境地，直是肝腸寸斷矣！

細味此詞，似非一般的閨婦念遠懷人之作，而係「傷心人別有懷抱」。俞陛雲認為：「上闋宮樹驚秋，捲簾凝望，寓懷遠之思。故下闋云回首邊頭，音書不到，當是憶弟鄭王北去而作。」（《唐五代兩宋詞選釋》）鄭王李從善使宋而被羈留汴京，李煜欲召回而不可得，與下闋「回首邊頭。欲寄鱗遊，九曲寒波不泝流」的詞情尤為吻合，故俞氏的評說頗有道理。此等處的曲折表情方法可能受到馮延巳詞的某種影響。有的詞作，作閨情詞看待可，作另有寄意看亦可，這首〈采桑子〉即屬於這種情況，故有的人認為此詞只是寫「閨怨」，或謂寫女性的「悲秋自傷」，自亦可通。

喜遷鶯

曉月墜，宿雲❶微，無語枕頻欹❷。夢回❸芳草思依依，天遠雁聲稀。
啼鶯散，餘花❹亂，寂寞畫堂❺深院。片紅休掃儘從伊❻，留待舞人❼歸。

【詞　牌】〈喜遷鶯〉，又名〈鶴沖天〉、〈萬年枝〉、〈春光好〉等。令詞有四十六字、四十七字兩體。本詞四十七字，上闋五句四平韻，下闋五句三仄韻、兩平韻，為平仄韻轉換格，上下闋前兩句的三言，均用為對仗。與馮延巳詞同為四十七字體，但用韻略異。此詞牌之長調則起於宋人。參看《詞律》卷四、《詞譜》卷六。

【注　釋】❶宿雲　夜間的雲。❷欹　斜靠。❸夢回　夢醒。❹餘花　尚未凋謝的殘花。❺畫堂　華美的廳堂。❻儘從伊　任由他。伊，他，此處指落花。❼舞人　指所愛之女性。

【語　譯】清晨殘月墜落，夜間暗雲稀微，默默無語，頻頻在枕上斜倚。夢醒猶覺芳草萋萋，思緒依依，此時遙天雁聲已稀。啼鶯飛散，殘花零亂，一片靜寂，籠罩畫堂深院。不要掃去片片花瓣，任它點綴道路、臺階，留待舞人歸來。

【研　析】此詞寫男子春日懷人。上闋寫他早晨夢醒時刻。先用一對句「曉月墜，宿雲微」寫拂曉時天空景色，「微」係形容詞作動詞用，有漸漸稀薄之意。月墜、雲微是一個動態過程，因而也就包含了一個時間的移動過程。這段時間主人公默默無言，頻頻移動斜靠於枕上。詞人通過這一行為動作反映出他心潮起伏，焦躁不安。他究竟在想什麼？下面方始表白：「夢回芳草思依依。」再他在夢中和心上人歡會纏綿，柔情似水，夢回之後，此情此景，猶依稀彷彿，令人依依難捨。再回到眼前，心頭有多少別恨離愁，恰如天涯芳草，無邊無際，其情懷類似詞人在〈清平樂〉詞中所言：「離恨恰如春草，更行更遠還生。」「芳草」，既是愁的喻體，也是描寫春日景物，但屬虛寫。從時間順序言，此句係倒敘，即前面所見景物、欹枕狀態，皆「夢回」後所發生情事。後面接以「天遠雁聲稀」，再回到空中景物的描寫。前面的「曉月墜，宿雲微」，乃是視覺的感受，此處則是從聽覺言之。鴻雁北飛，漸飛漸遠，聲音漸稀，亦包含一時間推移過程。這一句非單純寫景，長空雁叫，與「夢回」有一定的關係，即雁聲將夢驚醒，而雁聲漸遠漸稀，又令人聯想鴻雁傳書故事，寓示與所思佳人空間遠隔，音信杳然，由此將離恨再推進一層。

以上所寫為清晨時刻的景物與夢回時的心情，雖然「芳草」的字樣對季節有所暗示，但尚未正面描寫春日景色。至下闋的開頭，「啼鶯散，餘花亂，寂寞畫堂深院」，才展示出一幅暮春的衰謝圖景。先是動植物對舉，嬌軟的黃鶯啼鳴已經消歇，鶯也老了、飛走了，繁花次第萎謝，殘花已呈亂象；然後描繪環境，庭院也好，畫堂也好，都處一片寂寥之中。雖未直接言情，但主人公的傷春意緒、孤苦心境，都已寓含在這種景象與氛圍中了。雖然夢回之後，感傷無已，離恨綿綿，雖然春光將逝，鶯啼消歇，落紅飛舞，但主人公並沒有絕望，他仍然滿懷憧憬，在殷切地等待她的歸來，故詞的結尾說：「片紅休掃儘從伊，留待舞人歸。」這一設想出人意料，極為新奇。掃花迎客，古來是一種禮貌，杜甫〈客至〉詩有「花徑未曾緣客掃」之句，在客人突然光臨的欣喜中對未曾掃花以迎，不免帶點歉意，南宋吳文英在等待他的所愛到來時，是「西園日日掃林亭」(〈風入松〉)，而此詞卻一反常規，偏偏不要掃去落花，要讓心愛的人踏著落花歸來。想來是希望她看到落花而生惜春之感，珍惜那易逝的美好韶光；或許是想讓她通過滿眼落花，解會自己的傷春意緒、寂寞情懷；或許是想像她踏著落花款款而行，更映襯出她的輕盈美麗，我們現在不是也有揮灑花瓣迎接新人之類的做法麼，這種審美情趣真可說是千古相通了。總之，這一結尾意蘊豐厚，令人浮想聯翩，上言幾種想望非止一端，當係兼而有之。

此詞當係自抒情懷，所懷戀者係自己歡愛之「舞人」，亦即舞者。此舞者或許因故遠離，杳無音信，故引起詞人的深切思念。詞人用本色語，把這份感情表現得極為細膩悠遠，耐人玩味。

由於此詞五句，上下闋均由三、三、五、七、五言組成，故現代音樂家錢仁康曾將其與美國約翰・奧德威所作〈夢見家和母親〉的曲譜（即李叔同〈送別〉（長亭外）所用曲譜）相配，亦甚諧協。

蝶戀花

遙夜亭皋❶閒信步，乍過清明❷，早覺傷春暮。數點雨聲風約❸住，朦朧淡月雲來去。

桃李依依❹香暗度，誰在秋千，笑裡低低語？一片芳心❺千萬緒，人間沒箇安排處。

【詞　牌】〈蝶戀花〉，本名〈鵲踏枝〉，由北宋晏殊採梁簡文帝蕭綱〈東飛伯勞歌〉詩句「翻階蛺蝶戀花情」改為此調名。因馮延巳詞有「楊柳風輕，展盡黃金縷」句，又名〈黃金縷〉；因趙令時詞有「不捲珠簾，人在深深院」句，又名〈捲珠簾〉；此外還有〈鳳棲梧〉、〈明月生南浦〉、〈一籮金〉等名稱。六十字，雙調，上下闋各五句，四仄韻。參看《詞律》卷九、《詞譜》卷十三所列〈蝶戀花〉調。

【注　釋】❶亭皋　水邊的亭子。皋，水邊地。❷清明　清明節，二十四節氣之一，在每年陽曆的四月四日或五日、六日。❸約　約束；約制。❹依依　盛貌。❺芳心　指女人之心。

【語　譯】長夜在亭皋隨意漫步，剛過清明，早已悲傷於春天的遲暮。數點雨聲被風約束住，朦朧淡月出現，雲朵飄忽來去。　桃李盛開，芳香暗度，是誰在秋千架上，一邊輕輕嘻笑，一邊低低細語？我一片芳心，千絲萬縷，人間沒個安放之處。

【研　析】此詞又傳為宋代李冠（世英）作，見北宋中期楊繪《時賢本事曲子集》；又傳為歐陽脩作，見《歐陽文忠公近體樂府》。但《尊前集》（此書據施蟄存考證為北宋初期編，早於《時賢本事曲子集》）、《花草粹編》、《全唐詩》、《古今詩餘》等均作李煜詞。今姑錄於此。

詞寫傷春意緒。詞人所截取的是夜間的一個時間段，用的是順入法，起首即推出人物行為動作「遙夜亭皋閒信步」。主人公在水邊的亭子間漫步徘徊，時值夜間。這裡不說春夜、中夜、深夜，而說「遙夜」，便有一種漫長的時間感，並從中透露出一種幽怨情懷。古詩詞中的「遙夜」，往往和哀愁相聯繫，如楚宋玉〈九辯〉云：「靚（通「靜」）杪秋之遙夜兮，心繚悷（纏繞鬱結）而有哀。」唐張九齡〈望月懷遠〉詩云：「情人怨遙夜，竟夕起相思。」故詞中用「遙夜」二字，有深意在焉。雖說是「閒信步」，其思緒並不平靜。全詞以此發端為統領，以下所見所感均發生於信步亭皋之時。緊接著以「乍過清明，早覺傷春暮」兩句，點明遙夜的季節，並明言自己的傷春意緒。清明一般在農曆的三月上旬，百花競豔，萬木蔥蘢，在唐宋時期，那正是踏青春遊的美好時刻。但對多愁善感的人來說，節序驚心，主人公已從眼前的繁盛預見到它即將面臨的衰殘，故在春暮尚未來臨之際，自己「早」已在傷春了。「早覺」與「乍過」相對應，極言時間距離之短。「早覺傷春暮」所包含的意義，不僅僅是對自然界時序變遷的感傷，更蘊寓有一種對生命流程的思考：作為妙齡女郎，雖然眼前青春靚麗，光彩照人，但盛極必衰，紅顏老盡，並非遙遠未來之事。真可謂思之深、慮之遠矣！

「數點雨聲風約住，朦朧淡月雲來去」兩句，轉寫遙夜景色。此時有密雲飄過，帶來稀疏雨點，亭中聞之有聲，但很快被夜風給約制住了，隨之雲破月來，朦朧淡月周圍，時有殘雲輕度，飄然去來。這兩句真是天然好景語，一是聽風聽雨，月態雲容，有聲有色；二是雨灑風約，月出雲飄，富於動感，蘊含著時間的推移，明其信步良久；三是夜空寥廓，景色清幽淡雅，人之煩愁暫歇，心頭掠過一陣清新之意，景中含情。其中流露的心情對前面傷春意緒來說有一點微妙的變化。此二句備受前人稱賞，明沈際飛稱其「片時佳景，兩語留之」（《草堂詩餘正集》卷一）。清沈謙認為：「『紅杏枝頭春意鬧』、『雲破月來花弄影』，俱不及『數點雨聲風約住，朦朧淡月雲來去』。」（《填詞雜說》）近人俞陛雲尤賞其用字之妙，謂「風收殘雨，以『約住』二字狀之，殊妙」（《唐五代兩宋詞選釋》）。

至過遍三句「桃李依依香暗度，誰在秋千，笑裡低低語」，則寫庭院之景，因為有一定距離，加之月色朦朧，那花、那人看不真切，故重在寫嗅覺與聽覺。所嗅者，係繁茂的桃花李花隨夜風暗暗飄送過來的芳香，所聞者是秋千處傳來的吃吃笑聲和竊竊私語。桃李、月色、秋千、歡欣的少男少女，所構成的是一幅多麼美好的春夜圖景。然而這是他人之樂，心中不免有些嫉羨，再對照自己的獨自徘徊、暗藏心事，更多的是添加了幾分憂傷。故詞的結尾感嘆：「一片芳心千萬緒，人間沒箇安排處。」此處「一片芳心」與「千萬緒」對舉，極言憂愁之繁多繚亂，而此方寸間的無形愁思，欲放置於無邊的宇宙天地空間竟不可得，尤見憂愁之深廣。北宋晏殊〈玉樓春〉詞亦曾有類似抒寫：「無情不似多情苦，一寸還成千萬縷。天涯地角有窮時，只有相思無盡處。」或即脫胎於此。對李煜此詞的善於寫愁，俞陛雲認為堪稱「能手」，其《唐五代兩宋詞選釋》云：「唐人詩『此心方寸地，容得許多愁』，愁之為物，可謂放之則彌六合，卷之則退藏於密，惟能手得寫出之。」

此詞抒發女子「傷春」之情，隨景物變化而有抑揚起伏，故顯幽微曲折。由於詞作比較空靈，情事難以指實，故能引發人的聯想，其傷春意緒，也可理解為是對生命短促懷有的一種憂患意識。詞中全無脂粉之氣，清新婉雅，這種風格尤為北宋士大夫詞人所喜愛，在晏殊、歐陽脩等詞中可感受到其遺風流韻。

長相思

雲一緺❶，玉一梭❷，澹澹衫兒❸薄薄羅，輕顰❹雙黛螺❺。

秋風多，雨相和，簾外芭蕉三兩窠❻。夜長人奈何！

【詞　牌】〈長相思〉，唐教坊曲名，用作詞調，首見白居易詞作。又名〈相思令〉、〈雙紅豆〉、〈吳山青〉、〈山漸青〉等。三十六字，雙調，上下闋各四句，四平韻。上下闋的兩個三字句，可用疊韻（如白居易詞「汴水流，泗水流」、馮延巳詞「紅滿枝，綠滿枝」），亦可不用（如本詞）。

【注　釋】❶雲一緺　指頭髮如青紫色絲條。雲，以烏雲指代頭髮，如溫庭筠〈菩薩蠻〉詞有「鬢雲欲度香腮雪」之句。緺，青紫色絲帶。❷玉一梭　指玉簪形如織布機上之梭。❸衫兒　古代女子穿的短袖上衣。❹顰　皺眉。❺黛螺　古代女子畫眉所用螺形黛墨，又稱螺黛。此借指女子眉毛。❻窠　通「棵」。

【語　譯】濃密頭髮如青色絲條，髮髻上別著梭形玉簪，身著短袖上衣，薄薄絲羅，顏色淺淡，微皺螺黛眉彎。　秋風淒緊，與雨相和，窗外芭蕉三兩棵。秋夜如此漫長，教人徒喚奈何！

【研　析】此詞寫秋夜閨情。上闋重在寫人物的外在形象。詞中寫女主人公頭髮烏黑、光亮，插著梭形的玉簪，雖然沒有描繪她的面龐，但我們從頭髮、頭飾的局部，可以想像出她的青春靚麗。此時正值初秋，天氣尚未寒涼，故身穿薄薄絲羅的襜襜衫兒，雖然詞人沒有描寫她的身段，但我們從其穿著可想像到她的清新淡雅，風致婀娜。至「輕顰雙黛螺」，方以一特寫鏡頭突出她的面部表情：微蹙雙眉。眉，其實也是「心靈的窗戶」，眉開、眉鎖，都是內心情緒的反映，在詞中，通過眉寫愁情者尤多，如五代和凝〈春光好〉詞：「窺宋深心無限事，小眉彎。」韋莊〈木蘭花〉詞：「消息斷，不逢人，卻斂細眉歸繡戶。」李煜本人其他詞中亦常用此法，如「細雨霏微，不放雙眉時暫開」、「璚窗春斷雙蛾皺」（〈采桑子〉）等，均是。此處亦是以顰眉表現其內心的愁思。以上寥寥幾筆便勾勒出了一個雅淡而又多愁善感的女性形象。

詞的下闋就「輕顰雙黛螺」的緣由作出交代。「秋風多，雨相和，簾外芭蕉三兩窠」，從聽覺寫出室外的三種景物：秋風、秋雨、芭蕉，三者互相聯繫。秋風以「多」形容，極妙，一是形容風颳得很緊、時間很長，二是含有嫌厭之感，直嫌其「多」也。寫秋雨則謂其與秋風攪和一起，因而雨聲顯得更加急促，更加刺耳。芭蕉雖只三兩棵（三兩棵的數量係平日所見），其葉肥大，雨打芭蕉，風吹蕉葉，聲聲入耳，攪得人心神不寧。本有心事，難以入寐，如此秋夜，豈不更令人難以為情，輾轉反側！故此三句，雖係景語，實亦情語。詞中寫夜雨芭蕉，一般多用「滴」字點明聲響，如顧敻〈楊柳枝〉詞：「更聞簾外雨瀟瀟，滴芭蕉。」無名氏〈眉峰碧〉詞：「窗外芭蕉窗裡人，分明葉上心頭滴。」此詞不用「滴」字，留下空白，讓讀者去意會。詞的最後以「夜長人奈何」，把一腔孤苦愁寂之情、度夜如年之感轉化為悠長的嘆息。宋代李清照晚年填有一首〈添字醜奴兒〉詞：「窗前誰種芭蕉樹，陰滿中庭。陰滿中庭，葉葉心心，舒卷有餘情。 傷心枕上三更雨，點滴霖霪。點滴霖霪，愁損北人，不慣起來聽。」二者情境雖不同，境界卻頗相似。晚唐溫庭筠〈更漏子〉詞抒寫離愁：「梧桐樹，三更雨，不道離情正苦。一葉葉，一聲聲，空階滴到明。」二者情境均極相似，只是窗外一為芭蕉，一為梧桐。此數者均善用白描，均屬抒情佳篇，由於李煜所用詞調篇幅更小，故更簡約；又詞中始終不點明懷有何種心事，故更覺蘊蓄。

長相思

一重山，兩重山，山遠天高煙水寒，相思楓葉丹❶。

菊花開，菊花殘，塞雁❷高飛人未還，一簾風月閒❸。

【注　釋】❶楓葉丹　指楓葉經霜變紅。❷塞雁　原指邊塞之雁，此處指北雁。❸閒　靜。

【語　譯】一重山，兩重山，相隔山遠天高，更兼煙水涼寒，相思不斷，直到楓葉由青轉丹。菊花曾經盛開，現在已經凋殘，高空北雁向南飛翔，而人卻未還，簾外清風明月，靜寂一片。

【研　析】此詞又傳為宋鄧肅作，見《栟櫚集》，今人王仲聞《南唐二主詞校訂》亦定為鄧肅作。

宋人所編《草堂詩餘》，明人所編《類編草堂詩餘》、《花草粹編》及今人唐圭璋《南唐二主詞彙箋》均作李煜詞。王國維《南唐二主詞》則列在補遺。今姑錄於此。

詞寫秋日念遠相思之情。先從空間距離的遙遠寫起，「一重山，兩重山」是眼前所能見到者，由己見推想未見，該有千重山，萬重山，故下面以「山遠」二字籠括。豈止是山遠，更兼「天高」，空間何其闊遠！豈止空間闊遠，主人公還進一步推想其間「煙水寒」的情景：蜿蜒曲折的河流，此時正寒波湧起，煙靄籠罩。此數者構成了一個寥廓而淒寒的境界，那無限的相思之情便也在其中悠遠地迴盪，那由主觀感受輻射出的一片「寒」涼，更充滿了對所思之人的深切關懷。下面總寫一句：「相思楓葉丹。」一則明白點出「相思」之情，再則表明相思非一時片刻，整個秋天，都在夢繞魂牽，眼見漫山遍野的楓葉漸漸由青綠變為丹紅，這是一個漫長的時間過程。丹，本為色彩形容詞，此處帶有動詞性質。這一段主要用如椽大筆，寫秋天的大景物、大境界。宋范仲淹《蘇幕遮》寫秋景：「碧雲天，黃葉地。秋色連波，波上寒煙翠。山映斜陽天接水，芳草無情，更在斜陽外。」相比此詞，除多了「斜陽」、「芳草」的意象外，二者在境界的宏闊上極為相似。以如此大境界寫「相思」，便顯示出一種大氣象。

以下寫景則由遠而近，由大而小，眼光轉向庭院、居室。庭院中的「菊花開」了又凋「殘」了，與「楓葉」轉丹一樣，包含了一個時間推移過程，這也是一個漫長的等待遠人歸來的過程。「菊花開」時，也無人相與東籬把酒，共度佳時，心頭也曾留下許多遺憾！下面接以「塞雁高飛人未還」，將景物與人事對照，從寫景來說，與前面「天高」相呼應，從行文來說是一大轉折，即等待的結果與殷切的期盼大相逕庭，大雁尚且依時而歸，人卻杳無蹤影，內心該有多少失落，多少悵惘！結以「一簾風月閒」，可謂意味深長，饒有餘韻。「一簾」，係從室內的角度觀之，暗示出「相思」者的所在處。「風月」，多麼美好的清景，涼風輕拂，皓月當空，本當與人一道徘徊月下，弄影怡情，但實際卻是冷冷清清，故下面著一「閒」字。這句所寫的情狀，既含眼前，也包含了別後的漫長時段，甚至還暗含有與從前共同歡度良宵的對照。因之，這一結句，涵義豐厚，惋嘆悠長。

此詞主要以空間為線索，有如電影鏡頭由遠而近，範圍愈來愈小，最後聚焦於獨對「一簾風月」之「人」，同時又在景物描寫中寓有時間的流動，現在時態與過去時態相互交錯，可說極盡時空流轉之妙。詞中除「相思」二字透露出人物的存在外，其餘均為景語。但景物無論大小，都是主人公眼中之景，都是其情感的載體。全詞句句寫景，亦句句寫情。李廷機評此詞：「句句有怨字意，但不露圭角，可謂善形容者。」《新刻注釋草堂詩餘評林》所評可謂的當。又此詞無論是語言還是格調，都顯清疏、古樸，非尋常相思豔詞可比，故俞陛雲稱許：「節短而格高，五代詞之本色也。」《唐五代兩宋詞選釋》

搗練子令

深院靜，小庭空。斷續寒砧❶斷續風。無奈夜長人不寐，數聲和月❷到簾櫳❸。

【詞牌】〈搗練子令〉，又名〈搗練子〉、〈夜擣衣〉、〈杵聲齊〉、〈剪征袍〉、〈深院月〉（係因李煜詞有「深院靜」及「數聲和月到簾櫳」語而得名）等。單調，二十七字，五句三平韻，由兩個三字句和三個七字句組成。兩個三字句宜用對仗（如本詞：「深院靜，小庭空」、李煜另一首同調詞：「雲鬢亂，晚妝殘」），三個七言句之平仄，前兩句相粘，後兩句相對，有如平起式七言律絕詩之二、三、四句。《詞律》卷一、《詞譜》卷一均以李煜詞為正體（《詞譜》誤作馮延巳）。此詞牌尚有雙調、三十八字一體，《詞律》、《詞譜》均列為「又一體」。

【注釋】❶寒砧　涼秋時的擣衣聲。砧，擣衣石。❷和月　伴隨月亮。❸簾櫳　窗簾。櫳，木製的窗格。

【語譯】深深院宇分外寂靜，小小中庭悄然無人。時強時弱的秋風，送來斷斷續續擣衣聲。無奈夜顯漫長，人難入睡，況那砧聲，伴隨秋月，傳到簾櫳。

【研析】此係依詞牌填的一首本意詞。白練係古代的一種絲織品，在製作過程中須在石上捶搗，此工序一般由婦女完成。又搗練多半與製作寒衣有關，故此勞作多在秋日進行，唐杜甫〈秋興〉詩曾有「寒衣處處催刀尺，白帝城高急暮砧」的描述。此詞不從正面寫女子搗練，而從聽覺這一角度側面加以描寫。詞之發端用一對句：「深院靜，小庭空。」重在從聽覺方面描寫，營造出一種靜謐的環境氛圍，以便於以靜襯動，以無聲襯有聲，並點出抒情主人公所在地：他（她）的住室在深院，面臨小庭，說明聞聽砧聲有一定距離，又能觀看到月的光影。以下仍主要從聽覺著筆，兼帶視覺感受。又可分為兩個層次：第一層，「斷續」句，此層實寫。秋風時緊時慢，時強時弱，故砧聲斷續傳來。「斷續風」是因，「斷續寒砧」是果。這種「斷續」又與聲源和居室之間的距離有一定關係。砧聲以「寒」形容，暗含聽者對秋日氣候的感受，傳達出一種淒清的況味。第二層「無奈夜長人不寐，數聲和月到簾櫳」二句，以「無奈」二字領起，一氣貫下，寫主人公的長夜相思和難以為情，是為虛寫。但虛中有實。一是出現了「人」，這個人既是感受夜靜庭空，聽到寒砧的人，也是輾轉難眠，深覺夜長的人，在詞中起到聯繫上下的作用；二是從視覺、聽覺進一步把砧聲和月色結合於一處加以描寫，「數聲」與前面「斷續」相呼應，「簾櫳」與前面「小庭」相關，「和月到」的「到」字，寫出月的移動，顯示出時間的推移，不僅傳達出夜的漫長之感，且將思緒再向前推進一層。砧聲，在古典詩詞中，幾乎成了一個語碼，它往往和懷人念遠連結在一起，因為搗練是為製作寒衣，而製作寒衣是為了遠寄良人。李白〈子夜四時歌・秋歌〉詩即有「長安一片月，萬戶擣衣聲。秋風吹不盡，總是玉關情。何日平胡虜，良人罷遠征」的描寫。又，砧聲與明月常相關聯，秋月清朗，思婦正好石上擣衣，張若虛〈春江花月夜〉詩曾說月色「擣衣砧上拂還來」，而明月朗照，也正是撩人懷遠的時刻，「數聲和月到簾櫳」，倍增其懷想之情。詞中的「人」何以聽到砧聲而不成寐，他（或她）在想念著什麼，作者不明白道出，但讀者自能領悟到其中所含深意。俞陛雲在《唐五代兩宋詞選釋》中曾評價此詞說：「通首賦搗練，而獨夜懷人情味，搖漾於寒砧斷續之中，可謂極此題能事。」

詞寫搗練本意，選取的角度獨特，令人深味有餘情。其用語，純用白描，淺而不俗，淡而彌永。特別值得一提的是末兩句，能以情帶景，深得虛實結合之理，為小令中所少見。流傳頗廣的《千家詩》錄有七律〈聞笛〉詩，前四句為：「誰家吹笛畫樓中，斷續聲隨斷續風。響遏行雲橫碧落，清和冷月到簾櫳。」（作者不詳，《千家詩》定為唐趙嘏作，而《全唐詩》趙嘏詩集中無此詩，亦有謂作者係南宋劉過者）其寫笛聲的第二句與第四句，與李煜此詞寫擣衣聲幾乎完全相同，究屬不謀而合，抑或某方有所「借鑑」，尚未得知曉。

搗練子令

雲鬢❶亂，晚妝殘，帶恨眉兒遠岫攢❷。斜托香腮春筍❸嫩，為誰和淚❹倚闌干？

【注　釋】❶雲鬢　如烏雲般的鬢髮。❷遠岫攢　比喻雙眉如遠山般緊蹙。岫，山。攢，聚在一起。❸春筍　形容女子手指尖細。❹和淚　帶淚。

【語　譯】烏雲般鬢髮散亂，晚妝脂粉消殘，帶恨的雙眉，恰似聚簇的遠山。柔嫩的手指斜托香腮，為誰帶淚依倚闌干？

【研　析】此詞作者明人所編《花草粹編》未注撰人姓氏，明代楊慎《詞林萬選》題後主作，後來選本多據此作李煜詞。今人王仲聞《南唐二主詞校訂》據有關記載，認為有「可能」係北宋田中行作，「是否後主所作，殊有疑問」，姑收錄於此。

此詞寫女子相思之情。詞的寫法係以旁觀者的眼光作客觀的描繪。全詞可分為三個層次：先寫其妝扮，頭髮不整，雲鬟散亂，所化面妝，惟剩零紅殘粉，以此暗示其孤苦的內心活動。女為悅己者容，既無人欣賞，便也懶於對鏡梳妝，任其紛亂消殘。在這一層中，「晚」字帶出了倚闌的時刻。第二層「帶恨眉兒遠岫攢」，描繪其表情，雙眉緊蹙，乃「帶恨」情緒的外化。在此，作者用了一個暗喻，以遠山喻眉，實也是暗用典故。舊題劉歆《西京雜記》載：「(卓)文君姣好，眉色如望遠山。」這句雖沒有直接寫女子之容貌，但由遠山眉可以想見其面容之姣美。第三層，「斜托香腮春筍嫩，為誰和淚倚闌干」推出女子倚闌形象，並對面部表情作了進一步的描畫。倚闌干，往往是由於有所期待，或許是有所思索，在唐五代詞（特別是馮延巳詞）中，寫倚闌的行為動作者可謂多矣，如白居易〈長相思〉詞「月明人倚樓」、溫庭筠〈憶江南〉詞「獨倚望江樓」（倚樓，實則為樓臺倚闌）、韋莊〈清平樂〉詞「獨憑朱闌思深」、馮延巳〈鵲踏枝〉詞「一晌凭闌人不見，鮫綃掩淚思量遍」、〈臨江仙〉詞「酒醒無寐□，獨自倚闌時」等等，或與景結合，或與人的形影結合，或與內心活動結合，或與表情、動作結合，或與特定的時間結合，寫法各異。這首詞寫倚闌頗有特色，一是寫出倚闌的姿態：「斜托香腮」，而且是用「春筍嫩」般的手指斜托，這比之單純寫倚樓，更為細膩；二是用了「為誰」的問句，「和淚倚闌干」的表情、動作便化實為虛，而又虛中有實，令人如見。這一形象雖與李璟〈浣溪沙〉詞「多少淚珠無限恨，倚闌干」相同，因係從問話中帶出，便更顯靈動。還須注意的是，「香腮」、「春筍嫩」，乃從敘事中帶出，雖屬局部描寫，但由此局部可推想該女子的美麗、水靈，此等處又顯示出作者用筆的簡省。又，以結構而言，「倚闌」是一種倒敘，即人物形象、表情、行為動作皆傍晚倚闌時發生之情事。全詞幾乎不依託任何景物（「遠岫」或係倚闌所見，即景設譬以喻眉），只寫其慵懶、表情、動作，一個滿懷相思之苦的女子形象便鮮明地凸現在我們的面前。小令雖分數層，但讀來又覺流暢，一氣呵成。

浣溪沙

紅日已高三丈透❶，金爐次第❷添香獸❸，紅錦地衣❹隨步皺。
佳人舞點❺金釵溜，酒惡❻時拈花蕊嗅。別殿❼遙聞簫鼓奏。

【詞　牌】〈浣溪沙〉，見馮延巳〈浣溪沙〉（春到青門柳色黃）「詞牌」介紹。用此調名者，均押平聲韻，惟本詞句句押仄聲韻，為歷代詞中所僅見。本詞上闋第二句、下闋第一句為平起，其餘均為仄起。

【注　釋】❶透　過。❷次第　依次。❸香獸　拌有香料製作成獸形的炭。❹地衣　古時鋪於地上的紡織品，類似於今之地毯。❺舞點　按樂拍節奏舞蹈。❻酒惡　酒醉，亦稱「中酒」。趙令時《侯鯖錄》卷八載：「金陵人謂『中酒』曰『酒惡』，則知李後主詩云『酒惡時拈花蕊嗅』，用鄉人語也。」❼別殿　古代帝王所居正殿之外的宮殿。

【語　譯】紅日升起，已高過三丈，銅製香爐，不斷添加獸形香炭，紅色錦緞的地衣，隨著舞步皺如波浪。　靚麗少女隨樂拍舞蹈，金釵從頭上滑溜，觀者醉酒，不時拈著花朵聞嗅。遙聞別殿，也在簫鼓齊奏。

【研　析】此詞寫宮廷通宵達旦的縱樂，應是詞人早年生活的一個片斷。詞人選取的是「紅日已高三丈透」這一時刻，表明已是在通宵達旦之後，可見歌舞持續時間之長，而此時尚未有休歇之意，依舊在往精美的熏爐中不斷添加獸香。從獸香的裊裊煙升，可以想見殿堂中香氣氤氳的氛圍，那確是一個適宜享受歌舞的環境。以下寫舞蹈，但作者並不從正面寫舞女們如何舉手投足，如何騰挪旋轉，如何長袖善舞，而只從結果著筆：「紅錦地衣隨步皺。」寫地毯被舞步弄皺了，由此我們會聯想到舞女的踏步與回旋，由踏步與回旋，想像出她們體態的婀娜、舞姿的輕盈，當然我們也會由「紅錦地衣」感受到帝王宮殿歌舞晚會的奢侈。至「佳人舞點金釵溜」一句正面寫舞女，但也只寫她們因按音樂節奏舞蹈，以致金釵滑溜、髮髻鬆散，令人想見其舞蹈延續時間之長。宋代司馬光寫舞女是「紅煙翠霧罩輕盈，飛絮游絲無定」（〈西江月〉）。把舞蹈本身寫得眼花繚亂，給人以強烈的視覺感官刺激，而李煜此詞只突出地衣「皺」和「金釵溜」的細節，更能引發關於舞蹈的種種聯想，這也是其藝術表現手段的特別之處。寫罷舞蹈，轉寫欣賞舞蹈之人。舞蹈的欣賞者自然是帝王以及嬪妃等一干人，他們一邊觀賞，一邊宴飲，在沉醉於歌舞的同時，酒也喝醉了，不時拈起花朵放在鼻前聞聞，以驅除酒氣。以上具寫正殿歌舞宴飲之樂，與此同時，別殿也是通宵達旦地簫鼓之聲不歇，但用「遙聞」字樣，則化實為虛。如此由點及面，則可知整個宮廷都沉湎於歌舞宴樂之中。

此詞寫宮廷宴樂，用「金爐」、「香獸」、「紅錦」、「金釵」等字眼，氣象顯得十分華貴。在構思剪裁上，亦有特點，時間只選取「紅日已高」的段落，空間重點放在正殿，因而具有由此及彼、由點及面的聯想效果。描寫重在細節，重在動態，詞中用了一系列動詞，如「（紅日已）高」（形容詞作動詞用）、「添」、「皺」（變皺）、「舞」、「溜」、「拈」、「嗅」、「聞」、「奏」等，有如一組組活動鏡頭次第相接，讀之令人有親臨其境之感。由於這首〈浣溪沙〉詞用仄韻描寫宮廷帝王之宴樂極為成功，故清代沈雄以為「固是獨唱」（《古今詞話・詞辨》）。又由於所押仄聲皆去聲字，音調高亢，瀏亮勁切，亦適宜於表現亢奮激動之情。

對詞中所寫的奢侈、放縱的宴安生活，很早即有人以批判的眼光表示了自己的看法。宋代陳善《捫蝨新語》上卷提到，有人議論此詞與「時挑野菜和羹煮，旋斫生柴帶葉燒」（杜荀鶴〈山中寡婦〉）異矣。當是有感於兩種生活兩重天而發出的喟嘆。

菩薩蠻

花明月暗籠輕霧，今宵好向郎邊去。剗襪❶步香階，手提金縷鞋❷。

畫堂❸南畔見，一向❹偎人顫。奴❺為出來難，教❻郎恣意憐❼。

【詞　牌】〈菩薩蠻〉，唐教坊曲名，用作詞調。唐蘇鶚《杜陽雜編》載：「大中初，女蠻國入貢，危髻金冠，纓絡被體，號菩薩蠻隊。當時倡優遂制〈菩薩蠻〉曲，文士亦往往聲其詞。」又名〈菩薩鬘〉、〈重疊金〉、〈子夜歌〉等。雙調，四十四字，前後闋各四句，兩仄韻，兩平韻，為平仄韻轉換格。上下闋末句之五言，後面三字一般作平仄平（唐五代詞作多如此），以求和諧中帶拗峭。參看《詞律》卷四、《詞譜》卷五。

【注　釋】❶剗襪　以襪貼地。剗，削平；鏟平。❷金縷鞋　以金線繡花的鞋。❸畫堂　華美廳堂。❹一向　同「一餉」，謂一飯之頃，即霎時間。❺奴　古代女子自稱。❻教　讓。❼憐　愛。

【語　譯】百花明媚，淡月朦朧，籠罩薄霧，今宵正好到郎身邊去。手提著金縷鞋，著襪貼地而行，走過芳香飄漾的臺階。　兩人畫堂南邊相見，霎時間依偎郎身而顫。我因出來不易，讓郎任意愛憐。

【研　析】此係李煜早期之作，從女性的角度描寫一次既提心吊膽又歡洽興奮的幽會。這次幽會通俗地說，就是「偷情」，因為缺乏合法性，必須避人耳目，所以進行的時間必須是在比較幽暗的夜晚，故此，詞從春天的夜景寫起：「花明月暗籠輕霧。」花明，表明這是一個美好的季節，令人春心蕩漾；月暗霧輕，夜色朦朧，恰是與郎幽會的極好掩護。試想，如果月光太過明亮，豈不容易暴露形跡！如果一片漆黑，又如何能摸索潛行？這真是「天助我也」，故作出「今宵好向郎邊去」的判斷，內心的欣喜自不待言。如此判斷之後，毫不遲疑，毅然勇敢地採取行動。為了避免發出聲音，她把金縷鞋脫掉提在手上，光穿著襪子，躡手躡腳地走過臺階。因為是百花盛開的春天，那臺階上也漾著花的芳馨，沁人心脾，但此時已無暇旁顧、無心細賞了。上闋短短四句，便完成了觀察、判斷、行動的過程，無論是心理刻劃還是行為描寫，都極為細膩、真實，令人感到這女子既細心，又勇敢，那完全是她的一片熱烈的真情使然。

詞的下闋轉寫幽會情景。她經過一段膽顫心驚的歷程，終於與郎在畫堂南畔相會了，這時心情是又激動又緊張，故與郎相偎依時身子都微微顫抖了。女子懂得，經過許多艱難才擁有的這次歡會，應該倍加珍惜，所以說：「奴為出來難，教郎恣意憐。」這是女子的內心獨白，潘游龍謂此二語「極俚極真」（《南唐二主詞彙箋》）。這中間對「郎」始終沒有作正面描寫，但愛情是雙方的事，沒有郎的共同策劃與配合，這次幽會便無從實現。其實這次幽會是郎有心，女有意，故他們約定在「畫堂南畔」相見，見面之時，是熱烈的擁抱，否則，何來「偎人顫」的細節？這郎也極其溫柔體貼，愛意綿綿，否則，女子怎會有「恣意憐」的期許？

這首詞寫幽會，大膽、直率、細膩，且敘事性很強，有環境、地點的交代，有動作細節的描寫，有人物之間的默契，有女子的自白。詞雖短小，卻具有戲劇、小說的某些特色，可謂別開生面。語言亦極淺近，故明茅暎評價說：「竟不是作詞，恍如對話矣。」（《詞的》）

馬令《南唐書》卷六載，大周后生病時，李後主與其妹（後稱小周后）即有私情，此詞乃係寫二人之間的一次幽會。後來的一些詞論家亦沿此說，甚至有人命畫工作南唐小周后提鞋圖。不管其創作因由如何，在我們看來，這是一首極為成功的描寫真實愛情之作。倘若不是濃烈愛情的驅動，男女主人公都不會「冒天下之大不韙」去作這種擔風險的追求。當這種冒險取得成功後，領略到的是一種非凡的快樂。易中天在《中國的男人和女人》「情人」一節中，談到封建社會中「偷情」的現象時說：偷情帶有叛逆的性質，「叛逆本身就是有魅力的。什麼是叛逆？叛逆其實就是做別人不敢做的事。這需要勇氣，也要擔風險，但克服膽怯、戰勝風險，卻是一件令人神往的事」。想來李煜這首詞突出的正是這樣一種心理與精神。

菩薩蠻

蓬萊院❶閉天台女❷，畫堂❸晝寢人無語。拋枕❹翠雲❺光，繡衣聞異香。

潛來珠鎖❻動，驚覺銀屏夢❼。臉慢❽笑盈盈❾，相看無限情。

【注　釋】❶蓬萊院　美如蓬萊仙境般的庭院。蓬萊，古代傳說中的海上仙山。❷天台女　喻女子美如天台山的仙女。天台，即天台山，在今浙江天台北，相傳漢代劉晨、阮肇二人入山採藥，遇二女，居半載，歸時已過七代，方知所遇乃仙女。❸畫堂　指華美居室。❹拋枕　形容睡時頭偏離枕頭。❺翠雲　黑髮。❻珠鎖　用珍珠連綴而成的門環，動時發出聲響。❼銀屏夢　美夢。銀屏，有銀飾的屏風，此當指枕屏。❽臉慢　美而有光澤的面孔。慢，同「曼」。美，光澤。❾盈盈　美好貌。

【語　譯】蓬萊般仙境的院落，房門掩閉，住著天台仙女，白日在畫堂午睡，悄無人語。枕頭拋撇一邊，頭髮烏黑光亮，聞到她的繡衣，飄送出奇異芳香。　偷偷走來，門上珠鎖響動，驚醒她銀屏臥榻上的美夢。面龐光澤美麗，眉眼笑意盈盈，互相對視，含有無限深情。

【研　析】此詞與前詞一樣寫男女幽會，但主人公為男性，時間在白晝。詞的上闋用「逆入」法，先敘男子「潛來」時所見情景。這個女子的居室非常華美，人也是天生麗質，但詞人不作直接描寫，而是一連用兩個與神仙有關的典故：蓬萊與天台，說她如蓬萊仙境中之仙人，從而引發人的無限遐想。她的房門雖然掩閉，但並非緊閉，當留有縫隙，故男主人公能藉機靜觀室內的狀況。這女子正在「畫堂」默默地「畫寢」，睡得很香、很熟，所以頭離開枕頭，偏到了一邊，那一頭烏黑光亮的頭髮，突出地映入了男主人公的眼簾。「拋枕翠雲光」，通過視覺向人展示了一幅可愛的睡美人圖畫。不僅如此，還「繡衣聞異香」。女子身體透過繡衣飄出的特異芳香，更令人聞之欲醉。這種嗅覺的感受，如此細微，想來也和平日積累的經驗相關。這位男子白天能進入女子晝寢的畫堂，而且能夠如此親近這位女性，說明關係非同一般。但他們畢竟非合法夫妻，這種親密關係帶有一種非法的性質，所以，男子之來，不是光明正大，而只能是「潛來」。

至詞之下闋，寫女子夢醒後情態。從「潛來珠鎖動」看，這兩人也是有約在先的，即女子將開門之鑰匙交付給了該男子，這男子便有了來去的相對自由，只要有機會，即可乘機前來，故顯得輕車熟路。男子轉動珠鎖的聲音，終於將女子從夢中驚醒。那夢當然是一個與郎歡會的美夢，如果在平常情況下，美夢被驚破，一定是會很惱怒的，會像金昌緒筆下的思婦那樣：「打起黃鶯兒，莫教枝上啼。啼時驚妾夢，不得到遼西。」(〈春怨〉)但這回的驚醒是夢幻化為了現實，不僅不惱，反而是喜不自勝，那光鮮的面龐，立即露出了燦爛的笑容，當四目相對時，含情無限，歡愉之意盡在不言中。

李煜筆下的男女幽會或偷情，有三個特點，一是雙方確乎具有真情實意，並非逢場作戲；二是寫到適可而止，重在寫冒險的過程和相會時的激動與喜悅，故雖寫豔情，並不落入低俗；三是注重細節與動態描寫，故其中人物、場景，彷若即在眉睫之間。

這首詞寫的幽會(一般人認為是描繪與小周后的幽會)，是男子主動出擊，相比於女子赴約的小心翼翼顯得大膽多了。因為在封建社會，這種事情如果被發現，雖然男女雙方都要承擔風險，但女性所承受的壓力更大，而男子承受的壓力相對較小。故兩首〈菩薩蠻〉詞所寫雖為同一內容，但寫法各異。

李煜以帝王之尊，將這類幽會情事納入筆端，寫得如此真切、細膩，在相同身分的人群中，恐怕是空前絕後的。這也充分體現出了李煜性格中率真的一面，尤其體現了他對建立在真情基礎上的兩性關係所持的開放的觀念。

菩薩蠻

銅簧❶韻脆鏘寒竹❷，新聲❸慢奏移纖玉❹。眼色暗相鉤，秋波❺橫欲流。

雨雲❻深繡戶❼，未便諧衷素❽。讌❾罷又成空，魂迷春夢中。

【注　釋】❶銅簧　樂器中用銅片製成薄葉，使吹奏時發出聲響。此當指笙一類樂器。❷鏘寒竹　簫笛一類樂器發出響聲。鏘，發出響聲。寒竹，簫笛一類，以竹為之，因吹奏時間過長而潤濕，故稱。寒，濕氣。❸新聲　新譜製的樂曲。❹纖玉　纖細白嫩的手指。❺秋波　形容美人之目如秋水澄清。❻雨雲　即雲雨，指男女交歡。典出宋玉〈高唐賦序〉：「妾巫山女，旦為行雲，暮為行雨。」❼繡戶　精美的居室。❽諧衷素　合於本心。衷素，心情。❾讌　同「宴」。

【語　譯】笙簧聲音清越，簫笛聲響遠揚，久吹濕氣相侵，她移動纖纖玉指，緩緩演奏新曲。眼神暗相引逗，秋波轉盼，如水欲流。　　想在深美繡戶交歡，可惜未能諧合心願。歡宴結束，已成空想，春夢之中，神魂迷茫。

【研　析】此詞寫男子與樂伎之間的愛意，所寫尚停留於精神的層面，僅是心許目成而已。首從演奏寫起，銅簧韻脆，簫笛鏗鏘，正在演奏一支新譜的曲子。這應當是一支小型的樂隊，演奏者非止一人，但令這位男子特別矚目傾心的是其中的一個女孩子，她正用纖纖玉指慢移樂孔，參與合奏。對男主人公的矚目，女孩也是心有靈犀。她的吹奏並不神情專注，而是一邊「慢奏」，一邊眉目傳情，向人暗送秋波。詞中沒有刻意去描繪女孩子的形象，但那「纖玉」、「秋波橫欲流」，正是前人讚美過的「手如葇荑」、「美目盼兮」的鮮嫩、妍麗的質素，令人觸目驚魂。兩人雖然心心相印，但畢竟是在眾目睽睽之下，不便言表，而隨著歌舞宴會的結束，樂伎亦隨眾散去。然這「美妙的一瞬」深深刻印於腦海，那份柔情時時激盪於心頭，故詞之下闋轉向抒寫男主人公的相思。「雨雲深繡戶」與「未便諧衷素」兩句之間，是願望與結果的關係，二者的矛盾，引發出了內心強烈的憾恨之情。不僅如此，歡宴過後，連人也無由再見，不禁感嘆「讌罷又成空」，以致迷離入夢，在春夢中神魂恍惚，似與之相會，又覺渺茫飄忽。這裡用「春夢」，應是一語雙關，既是表明季節，又包含有男女情愛之意。寥寥數語，將男子對愛的嚮往、對愛的追求的心態刻劃得具體而微。在生活中常有這種情事發生，一個脈脈含情的眼神，一次心靈感應的微笑，會久久地盤旋在腦中，會令人感到有無窮的回味，甚至引發出種種遐想。李煜此詞所攝取的正是這樣一個短暫的瞬間和這一瞬間留下的餘韻。因為有遺憾，才會有惋嘆。

這首詞的上下段寫法各異，上段重在外部的動態描寫，刻劃細膩，以演奏的群體作為背景，突出個體，但在這個個體的對面，還有另一個人的存在，以「情」作為橋樑，聯繫在一起，形成一種互動的關係。後段重在男性個體的心態描寫，中含轉折、層進，但中間也晃漾著另一個人的迷離身影。我們真的不能不佩服李煜的藝術表現手段，把一段偶發的情感寫得如此生動、微妙。還令人值得注意的是，這首詞的起首兩句「銅簧韻脆鏘寒竹，新聲慢奏移纖玉」，不同於李煜其他詞作的純任白描，而用了一些替代詞，如寫樂器不直接說笙簧、簫笛，而以「銅簧」、「寒竹」相代，寫人的手指，以「纖玉」相代，有人指出：「這種寧用具體感性物象而不取較抽象的名詞的作法，是繼承了溫（庭筠）詞的作風。」（見《唐宋詞鑑賞辭典》）是很有道理的。說明李煜詞雖自成風格，但有時也不免受前人詞風的潛移默化。

浪淘沙

往事只堪哀，對景難排❶。秋風庭院蘚❷侵階。一任珠簾閒❸不捲，終日誰來？

金鎖已沉埋❹，壯氣蒿萊❺。晚涼天淨月華開。想得❻玉樓瑤殿❼影，空照秦淮❽。

【詞　牌】〈浪淘沙〉，唐教坊曲名，用作詞調。始為七絕體（《詞律》卷一、《詞譜》卷一均列皇甫松詞〈蠻歌豆蔻北人愁〉二十八字者為正體），至李煜始作雙調長短句。又名〈浪淘沙令〉，另有〈賣花聲〉、〈過龍門〉等名稱。五十四字，上下闋各五句，四平韻，句式、格律均同。宋代詞人多用此體式。另有五十四字仄韻格、五十二字平韻格等體式。參見《詞譜》卷十〈浪淘沙令〉。

【注　釋】❶難排　難以排遣。❷蘚　蘚苔，生長於陰濕地帶的一種植物。❸閒　空，此處意為空置。❹金鎖句　謂金鎖已深埋江底。此處用《晉書・王濬傳》所載三國晉軍伐吳事。吳軍以鐵鎖橫江意圖阻擋晉軍水攻，終歸失敗，吳國滅亡。此處以鐵鎖沉於江底，喻南唐無法阻擋宋軍之進攻。❺壯氣句　謂雄壯之氣（或曰王霸之氣），已為野草所埋沒。蒿萊，野生雜草。❻想得　想到。❼玉樓瑤殿　精美華麗的殿臺樓閣。❽秦淮　即秦淮河，係長江下游流經金陵（今南京）的一條支流，相傳係秦始皇時為疏通淮水而開鑿的，故名。南唐時為繁華歌舞之地。

【語　譯】回想往事，只能使人悲哀，面對景物，難以排解。庭院秋風漸緊，苔蘚蔓延至臺階。任憑珠簾閒置不捲，整天有誰前來？　金鎖已江底深埋，雄壯之氣已沒入蒿萊。晚涼之時，天空澄淨，月光朗照。想像玉樓瑤殿影，空寂地倒映於秦淮。

【研　析】此係被囚於汴京憶金陵之作。李煜詞常以爆發式的抒情為發端，如〈望江南〉之「多少恨」、〈子夜歌〉之「人生愁恨何能免？銷魂獨我情何限」等，均是，此詞「往事只堪哀，對景難排」，亦同。李煜被囚繫於汴京，失去人身自由，遭遇種種人格侮辱，終日以淚洗面，內心能不反思，這一切不是都與國家的滅亡相關麼？而國家的滅亡，又與自己對國事的處置不當有關，因此當老臣徐鉉前往探望時，「後主相持大哭」，「忽長吁嘆曰，當時悔殺了潘佑（以直諫死）、李平（被猜忌死)」(宋王銍《默記》上)。此當係重要的「往事」之一,至於「雕欄玉砌」的宮殿及種種賞心樂事,當然也是其中的一部分。無論是何種往事,回想起來,都只會使人感到無限悲哀,這是痛徹肺腑的悲哀,它在詞人心中鬱積得太久,它的重壓已令人難以承受,故詞一開始即噴薄而出,並以「對景難排」表現這種悲哀的沉重。以下「秋風庭院蘚侵階」三句轉寫目前境遇。「秋風」,眼前景,兼點季節,「庭院蘚侵階」亦眼前所見景。如果說,秋風是一般之景的話,「蘚侵階」則為特殊環境之景,因為一般來說,臺階係人來人往之處,是不應該生長苔蘚的,而此處的臺階卻被苔蘚占滿了,乃是因人跡罕至之故,其中流露的是一種被隔絕的孤立無援的心境。「一任珠簾閒不捲,終日誰來?」明白揭示了「蘚侵階」的原因。既然終日沒有人來,珠簾也不用捲了,任其靜靜地空置。「終日誰來」係反詰語,中含忿忿之情,不是不希望人來,而是有人下令不讓人來。王銍《默記》載,李煜在汴京時,住所有人把守,太宗有旨「不得與人接」,即不准見客,不得與外人來往。這裡描繪的是詞人囚居生活的真實寫照。

詞之下闋又從眼前宕開,轉向對歷史的回顧,並發出絕望的浩嘆。金陵龍蟠虎踞,本乃帝王之都,係南唐立國之所,然而自己的國家竟與於此建都的前朝一樣,沒能避免覆亡的命運。原也擬據長江之險,延長國運,但正如當年東吳欲阻擋王濬率晉軍順流東下一樣,終歸失敗。故「金鎖已沉埋,壯氣蒿萊」兩句,可以引用劉禹錫的詩來作注釋:「王濬樓船下益州,金陵王氣黯然收。千尋鐵鎖沉江底,一片降幡出石頭。」(〈西塞山懷古〉)如果將第一句中的「王濬」改為「趙宋」,那就是南唐王朝和自己命運的寫照了,歷史竟如此驚人地相似!這兩句雖是失敗者的嘆息,卻顯得開放而有氣勢,反思中帶有厚重的歷史感,是李煜詞中少見的氣象。下面「晚涼天淨月華開」，又回歸到眼前之景，時間已由白天轉入夜晚，氣溫下降，令人有寒涼之感。此時天空明淨，一輪秋月高懸，銀光灑滿大地。這在尋常人看來，是一個怎樣空靈澄澈的美好境界，但對詞人來說，引來的卻是痛苦的聯想，那昔日群臣朝拜的瑤殿、笙歌徹夜的瓊樓，現在只是靜寂地將月照的陰影投射到荒涼的秦淮河了。「玉樓瑤殿」是故國的象徵，「想得玉樓瑤殿影，空照秦淮」，是詞人對故國的憑弔。以「想得」二字領起，江南景物化實為虛，而又虛中有實，令人如見。

這首詞在寫法上，能開闔有致。既有歷史的反思，又有現實的寫照，從中揭示出某種因果的關係；以時空言，既有昔日闊遠的江南瑤殿，又有眼前的庭院荒蕪，虛實結合，形成對照。詞以往事堪哀起，又以思憶往事作結，在回環往復中，展現的是一種糾結的無法解脫的矛盾情懷，因而這悲哀也就愈發顯得沉重。

浪淘沙

簾外雨潺潺❶，春意闌珊❷。羅衾❸不耐五更寒。夢裡不知身是客，一餉❹貪歡。

獨自莫憑闌，無限江山。別時容易見時難。流水落花春去也，天上人間。

【注釋】❶潺潺 雨聲。❷闌珊 衰落；零落。❸羅衾 絲綢做成的被子。❹一餉 謂一飯之頃，即一霎時；

片刻。

【語　譯】簾外雨聲潺潺，春意已經衰殘。薄絲綢被難擋五更涼寒。夢裡不知自己客居異地，仍在貪享片時的清歡。　不要獨自憑闌遠眺，那將引人思念無限江山。告別大好河山容易，再見則難。春已隨落花流水消逝，天上人間，蹤影渺茫。

【研　析】此詞寫夢醒後對亡國的哀傷慨嘆。後主被俘成為階下囚之後，終日以淚洗面。他悲傷，他悔恨，他痛苦，唯有在夢中回到過去的時光，可享受片刻的歡愉。夢，既使他沉醉於一霎的歡樂，又成為他長久痛苦的反襯。他在詞作中多次寫到這種夢幻與現實的矛盾，如〈望江南〉：「多少恨，昨夜夢魂中。」又如〈子夜歌〉：「故國夢重歸，覺來雙淚垂。」此詞亦然，但寫法各異。〈望江南〉對夢境有具體的描繪：「還似舊時游上苑，車如流水馬如龍。花月正春風。」這首〈浪淘沙〉不正面寫夢境，只是從感嘆中帶出夢中的歡愉：「夢裡不知身是客，一餉貪歡。」自己的現實身分是「客」，是被幽禁的囚徒，而夢裡仍是盡享榮華富貴的「君王」，這就充分揭示出了這一矛盾的強烈對立：夢裡愈是歡愉，現實愈是痛苦。這首詞側重的是寫夢醒後的所見所聞所感。詞先寫夢醒的一霎那，首先是敏感的聽覺，聞窗外傳來潺潺雨聲，又由雨而聯想到花事的凋殘，想到春光已然消逝。「簾外雨潺潺，春意闌珊」並不單純是寫年光的流逝，而是同時兼寫心靈的遲暮，美好春光的消歇，象徵著他人生美好時段的一去不返。下面「羅衾不耐五更寒」三句，是為倒敘，即夢醒在前，聽雨在後。暮春時節，依然料峭春寒，特別是凌晨，又兼春雨瀟瀟，其寒尤甚，雖有被蓋，卻薄不禁寒，以致凍醒夢覺。再回味夢中情景，不禁感慨萬千。

上闋景、事、情融成一片，下闋則抒情為主，進入清醒的思考與判斷。「獨自莫凭闌」，用一否定句式，內中便含有人生經驗的總結。「無限江山」是回答原因，因為「獨自」憑闌，就會進入一種沉思狀態，憑闌縱目，所見極遠，故國的無限江山、人事，自然而然地便會湧上心頭。其所作〈虞美人〉詞云：「凭闌半日獨無言，依舊竹聲新月似當年。」過去已曾有過這樣的體驗。且由「當年」情事，還會引發對那最痛苦屈辱時刻的回憶：「最是倉皇辭廟日，教坊猶奏別離歌。」（〈破陣子〉）當時就這樣悲憤地告別了故國江山，這一告別，便成永訣，如今再見，已絕無可能，真是「別時容易見時難」！語極平易，而情極沉痛。李煜另有失調名的斷句「別易會難無可奈」（見宋吳曾《能改齋漫錄》卷十六），與此意相同，當作於同一時期。「別時容易見時難」，雖襲用前人「別易會難」（《顏氏家訓・風操》）、「別日何易會日難」（曹丕〈燕歌行〉）語句，但已超出親友間的離別，而拓展為與家國、山河的訣別，內涵已自不同。詞之末尾，更流露出一種絕望之情。「流水落花春去」與前面「春意闌珊」相呼應，是將「闌珊」加以具象化。既是寫景，又含比興。春隨落花流水而去，去向何方？天上人間，杳不可知！那榮華、尊貴、歡樂，那一切美好的東西就這樣一去不返，無跡可尋。張曙〈浣溪沙〉詞云：「天上人間何處去？舊歡新夢覺來時。」李詞語似本此。另有一說，謂「流水」句以比「見時難」，因「流水」、「落花」、「春去」，三事皆難重返者，當未流、未落、未去之時，比之已流、已落、已去之後，有如天上比之人間。亦通。此結句境界邈遠，感慨深沉，故王國維極為稱賞，謂：「《金荃》（溫庭筠詞集）、《浣花》（韋莊詞集）能有此氣象耶？」（《人間詞話》）

據蔡絛《西清詩話》載：「南唐李後主歸朝後，每懷江國，且念嬪妾散落，鬱鬱不自聊，常作長短句云：『簾外雨潺潺，……』含思淒婉，未幾下世。」詞或係逝世前不久所作，故哀婉之至，尤能以情動人。詞人長於白描，不事雕飾，此詞亦然。其所寫物候，「春意闌珊」、「流水落花春去」，暗含比興，有象徵意，耐人尋繹。故此詞，不僅歷代詞論家好評如潮，在讀者中也廣為傳誦，甚或傳唱，清乾隆年間所編《九宮大成譜》即收錄有該詞曲譜，道光年間謝元淮等所編《碎金詞譜》亦予以轉載。

玉樓春

晚粧初了❶明肌雪，春殿嬪娥❷魚貫❸列。笙簫吹斷❹水雲間，重按〈霓裳〉❺歌遍徹❻。
臨風誰更飄香屑❼？醉拍闌干情味切。歸時休放燭花紅，待❽踏馬蹄清夜月。

【詞牌】〈玉樓春〉，參見馮延巳〈玉樓春〉（雪雲乍變春雲簇）「詞牌」介紹。本詞七言八句，平起式與仄起式相間。

【注釋】❶初了　剛剛結束。❷春殿嬪娥　御殿中宮女。春殿，即御殿，極言宮殿之盛，故稱。李白〈越中覽古〉詩：「宮女如花滿春殿，只今惟有鷓鴣飛。」嬪娥，宮女之統稱。❸魚貫　魚游水一條條先後貫串。此處形容嬪娥列隊情景。❹吹斷　謂盡興吹到極致。❺霓裳　〈霓裳羽衣曲〉的簡稱。❻歌遍徹　演唱完大遍中的最後一曲。遍，大曲中的一段。徹，從頭至尾唱完。❼香屑　即百和香，用各種香料製成的香粉。❽待　要；打算。

【語　譯】晚妝剛剛完畢，肌膚明潔如雪，御殿眾多宮女，先後依次排列。起勁地吹奏笙簫，聲音飄蕩水雲間，一遍遍演奏〈霓裳〉曲，歌兒從頭唱到尾。　春風吹拂，更有誰散發香屑的芬芳？在沉醉中拍擊闌干，情味更加深長。歸去的路上，不用紅色燭光照明，我要在清夜月光下，聽那得得的馬蹄聲。

【研　析】此係李煜前期之作，極寫宮廷歌舞晚會之盛。詞之發端，「晚粧初了明肌雪，春殿嬪娥魚貫列」，即描繪宮女入場的盛大場面。宮女在化完晚妝之後，一個個如花似玉，作者並不寫她們的著裝如何鮮豔，面孔如何靚麗，只寫她們的肌膚明潔如雪，韋莊〈菩薩蠻〉寫江南女子之美，也只說：「爐邊人似月，皓腕凝霜雪。」這種寫法很簡省，只突出某一部分，令人由局部美而聯想其整體美，且「明肌雪」的色彩感，也是與其他色彩相映襯而獲得的感受，因此雖不寫衣著，那衣著色彩的鮮麗，也是能令人想見的。宮女魚貫而入，依次排列，組成某種隊形，成為歌舞的主體。以上通過視覺描寫宮女的明豔動人和陣容的壯觀，觀之者自亦興會飆舉，神采飛揚，然後再通過聽覺轉寫歌樂之盛。先言演奏，從「重按〈霓裳〉」可知所演奏者為〈霓裳羽衣曲〉。據馬令《南唐書》載，〈霓裳羽衣曲〉原為唐玄宗時歌樂曲，後因罹亂，其音遂絕。至南唐後主獨得其譜，由大周后與樂工重新改編整理，「繁手新音，清越可聽」。此番演奏效果是「笙簫吹斷水雲間」，笙簫，在這裡只是作為樂器的代表，實則〈霓裳羽衣曲〉所用樂器不止笙簫，唐白居易〈霓裳羽衣歌〉曾有「磬簫箏笛遞相攙（摻和），擊擛彈吹（分別指演奏金、石、絲、竹的方法）聲迤邐」的描寫，說明是多種樂器的交響，且「音極高妙」（周密《齊東野語》記楊纘語）。由於樂工賣力地演奏，那聲響飄蕩於寥廓的水雲間。實際上飄蕩於水雲間的不止是樂器的交響，也應包括「歌遍徹」的歌聲。以「水雲間」代替夜空，形象而美妙，能引發人響遏行雲、迴盪杳遠的想像。下一句「重按〈霓裳〉歌遍徹」，一方面寫出後主、嬪妃等欣賞者對該曲的特別喜愛，興味深濃，故有「重按」之舉，同時兼寫歌舞時間之長。據前人有關文獻記載，〈霓裳羽衣曲〉有十八遍（也叫「疊」），三十六段（每遍二段），主要為舞曲，亦伴有歌唱，南唐大周后所整理者，想來大致相同。而「重按」，是不止演奏、歌舞一遍，需要很長的時間，可見晚會一直持續到深夜。這一句雖然只寫到「歌」，實際上更伴有曼妙的舞蹈，對於觀賞者而言，包含有耳目兩個方面的享受。

上闋極力鋪陳歌舞晚會的盛大與熱烈，至下闋則深進一層轉寫作為觀賞者的詞人的感受與餘興。「臨風誰更飄香屑」一句轉寫嗅覺，此時春風陣陣，香氣飄飛，用「誰」，係指有人散發香屑，用「更」，是推進一層的寫法，晚會已是如此引人入勝，再加之空氣中馨香四溢，便又增添了一種溫婉的氛圍。在這種氛圍中欣賞優美動人的歌舞，真個令人沉醉！而自己應和著音樂的節奏，拍擊闌干，更是一種互動式的參與，是內心與歌舞意境的一種融合，所以說「醉拍闌干情味切」。這裡的「醉」還應包括舉杯飲酒的微醺，有著雙重的含意。最後，歌舞晚會結束了，詞人的興致依然高漲，他要聆聽另外一種音樂，享受另外一番清景：「歸時休放燭花紅，待踏馬蹄清夜月。」試想，在靜謐的夜晚，在清亮的月光下，諦聽那馬蹄有規律地敲擊著地面發出的得得聲，該是何等的清脆悅耳，感覺是何等的奇特美妙！而「待踏馬蹄」的用字也富有音樂感，四個字中除「馬」

字外有三個是舌音（ㄉ、ㄊ），能造成一種與馬蹄聲相關的音響效果。這一結語，深得前人稱賞，明王世貞評為「致語也」。（徐珂《歷代詞選集評》引）俞陛雲認為「風雅自喜」，「極清超之致」（《唐五代兩宋詞選釋》）。

能欣賞歌舞，固然表現了詞人的藝術品味與情趣，但詞的結尾，尤能表現詞人的性情。在一番熱鬧之後，並沒有曲終人散的傷感，而是在追求另外一種特別的清狂與雅趣，這就是李煜，一個放任縱情的君王兼詞人。

謝新恩

金窗❶力困起還慵。

【詞　牌】〈謝新恩〉，即〈臨江仙〉。王國維《南唐二主詞》輯本校勘記云：「實係〈臨江仙〉調。」〈臨江仙〉，唐教坊曲名，用作詞調。又名〈雁歸後〉、〈畫屏春〉、〈采蓮回〉、〈玉連環〉等。此調體式有五十六字、五十八字、六十字、六十二字、七十四字、九十三字等多種。李煜此調五十八字，上下闋各五句，三平韻，句式、格律均同。參見《詞律》卷八、《詞譜》卷十。

【注　釋】❶金窗　金色之窗。

【語　譯】金窗之內，醒後綿軟無力，起來還懶。

【研　析】李煜用此詞牌填詞，流傳六首。一為斷句，另有四首殘缺不全，有的由兩篇以上殘句合成，句式亦不類〈臨江仙〉。劉繼增《南唐二主詞箋》云：「（六詞）原註謂出孟郡王家墨蹟，疑當時紙幅斷爛，錄者謹依，錯簡如此。」孟郡王，孟忠厚，字仁仲，隆祐太后（孟氏，北宋哲宗趙煦的皇后）之兄，高宗紹興七年（西元一一三七年）封信安郡王。此處所錄為一斷句，內容當係寫女子閨中相思，惟已無法得其全貌。

謝新恩

秦樓❶不見吹簫女❷，空餘上苑❸風光。粉英含蕊❹自低昂。東風惱我，才發一衿香❺。

瓊窗❻夢□留殘日，當年得恨❼何長。碧闌干❽外映垂楊。暫時相見，如夢懶思量。

【注　釋】❶秦樓　秦穆公為其女弄玉所建樓，亦名鳳樓。❷吹簫女　指弄玉。相傳弄玉好樂，蕭史善吹簫作鳳鳴，秦穆公以弄玉妻之，並建鳳樓，二人吹簫，鳳凰來集，遂乘鳳飛升而去。❸上苑　古代帝王狩獵、遊樂的林園。❹粉英含蕊　白色含蕊之花。此泛指各色花卉。❺一衿香　形容對香氣淡薄的感覺。衿，同「襟」。❻瓊窗　精美之窗。❼得恨　抱恨。❽碧闌干　碧玉闌干，此處以碧玉形容其精美。

【語　譯】秦樓不見吹簫女，只空剩上苑風光。各色花卉自是起伏低昂。東風惱我，才飄送一點芳香到衣襟上。瓊窗下面夢醒，正留殘日餘暉，當年抱恨何長。碧闌干外，映著垂楊。短暫相見，如夢一般，懶得思量。

【研　析】李煜〈謝新恩〉詞六首，惟此首僅脫一字，尚可得其原貌。此詞寫男子對女子之相思。首先用一典故表男女分離。李煜詞極少用典，此處用弄玉、蕭史典故，以「秦樓」之「吹簫女」，比喻對方，當含有某種深意。一是表示其身分非同尋常。李白〈憶秦娥〉詞「簫聲咽，秦娥夢斷秦樓月」也曾使用弄玉吹簫典故，但主要是用其詞，非用其意，此處則以其作為秦穆公之女，含有出身尊貴之意；二是以「吹簫」二字修飾「女」字，暗示其擅長音樂；三是暗示自己與「吹簫女」的特殊關係，實有以蕭史自喻之意。由於「不見」其人，無由一道春遊，故緊接著說：「空餘上苑風光。」此句雖寫眼前，卻包含有與昔時同遊共賞上苑風光的對照，不免有物是人非之嘆。上苑乃帝王狩獵、遊樂場所，非常人可任意出入者，這一皇家園林也暗示出該女子的特殊身分。有人認為，這首詞係懷念大周后之作，從以上所顯示的人物身分、特徵及涉及的園林看，是有道理的。下面「粉英含蕊自低昂」，對「上苑風光」，作具體描繪，各色花卉，遠近高低，隨風自然搖盪（「低昂」，本形容詞，此處帶有動詞性質），可謂是春色滿園。主人公此時獨遊，是何感覺？「東風惱我，才發一衿香。」本是自己惱恨，卻說是「東風惱我」，將主觀之情投射於無情客觀之物，用擬人法怪罪東風僅僅只吹來一點點香，留在衣襟上。語雖無理，卻「惱」中含情，表露的是一種興致低落的心態。詞的上闋以景寫情，抒寫獨遊上苑時的情緒，暗含有對昔日同遊之樂的追想。

詞的下闋，空間由「上苑」轉入有「瓊窗」的居室，以抒情為主。主人公被無盡的思念引入夢鄉，夢覺之時，已是夕陽西下。詞中沒有寫所夢者為何，但可推知是一個相會的美夢，故醒來之時很是悵惘，由此片時的歡會而回想「當年得恨何長」。「當年」即是開篇所說「不見」之時，留下的是綿綿長恨。這一片時與長時的對比為結尾的抒情作了鋪墊。此時窗外依舊是「碧闌干外映垂楊」，那「闌干」邊，曾留下多少賞心樂事，那垂楊，曾是春日共賞的煙景，如今風景依舊，人事已非，能不令人感嘆。真是無處不教人觸景生情！最後以情語作結：「暫時相見，如夢懶思量。」抱恨既長，夢中短暫相見何益？短暫相見還不如不見，見了反而愁恨愈長，「懶思量」，言語貌似輕淡，卻把心灰意懶的沮喪之情表露無遺。

如前所言，此詞當是為大周后所作，實際上是一首悼亡詞。大周后係南唐司徒周宗之女，十九歲入宮，後立為國后，廿九歲病卒。后美而慧，精通音律，尤工琵琶，能歌善舞。卒後李煜曾作悼亡詩多首，如：「層城無復見嬌姿，佳節纏哀不自持。空有當年舊煙月，芙蓉城上哭蛾眉。」（〈感懷〉）又作〈昭惠周后誄〉，洋洋千餘言，情文並茂。其中有些語句可與此詞對讀：「孰謂逝者，荏苒彌疏？我思姝子，永念猶初。愛而不見，我心燬如。寒暑斯疚，吾寧御諸？」（誰說對於死者，感情會越來越淡？我心中思念你，永像初婚時那樣。思念而不能相見，我心如火焚燒。無論寒暑都將折磨我，我如何能夠承受？）這些詩文都能有助於我們理解詞中表達的感情。相對而言，詞的表現比較含蓄婉轉，或運用典故，或借景抒情，或今昔對照，或直抒胸臆，運用多種藝術手段抒寫深切悼念之情。詞中之悼亡，以宋代蘇軾〈江城子〉（十年生死兩茫茫）流傳最廣，賀鑄的〈鷓鴣天〉（重過閶門萬事非）亦為人所稱賞，到清代的納蘭性德則達到了一個高峰，但溯其源，用詞這一文體抒寫悼亡之情，當自李煜始。

謝新恩

櫻花❶落盡階前月，象床❷愁倚薰籠❸。遠似去年今日恨還同。

雙鬟❹不整雲憔悴❺，淚沾紅抹胸❻。何處相思苦？紗窗醉夢中。

【注釋】❶櫻花　指櫻桃花。春季開花。❷象床　以象牙為飾的床。❸薰籠　同「熏籠」。於熏爐上面覆以籠，為貴族女子生活用具。❹鬟　古代女子梳的環形髮髻。❺雲憔悴　頭髮沒有光澤。雲，以烏雲喻髮。❻抹胸　掩於胸前的小衣，即兜肚。

【語譯】春日櫻花落盡，明月朗照階前，坐臥象床之上，含愁斜倚薰籠。今日的悵恨，與遠逝的去年相同。

雙鬟已經散亂，頭髮失去光澤，淚水沾濕紅抹胸。何時相思最苦？是紗窗內的醉夢中。

【研析】此詞有缺句，但大體完整，所寫為閨婦相思之情。首先詞中設置了一個特定的環境：暮春時節，櫻花滿地，月照臺階。而主人公正在月下徘徊、佇立，思緒翻騰。眼看繁花盡落，春光已逝，怎能不引起韶華空度的傷感！月夜，又是最易引人懷遠的時刻，前人詩中曾寫道：「明月照高樓，流光正徘徊。上有愁思婦，悲嘆有餘哀。」（曹植〈七哀〉）「明月照高樓，含君千里光。」

（湯惠休〈怨歌行〉）這也可以說是女主人公此時面對團圞明月時的心緒。故首句的寫景帶有起興的作用。對月思君不見君，故怏怏踱入室內，在象床上愁倚薰籠。「倚薰籠」是愁態，「遠似去年今日恨還同」，是愁心。由其內心的抱怨可知離別時間之長，相思之久。由別離到「去年」有一個時間段，由「去年」到「今年」又有一個時間段，去年心已有恨，今年恨與去年相同，便寫出了愁恨的綿長悠遠。

上闋描述了女主人公的「愁」和「恨」，下闋開頭即以「雙鬟不整雲憔悴，淚沾紅抹胸」，具寫其形容與表情。因為眼前無有「悅己」者，故也就懶得梳妝，不事膏沐，以致鬢鬟不整，頭髮憔悴。憔悴，一般用之於形容顏色，此處用以形容頭髮，則可見頭髮之色澤暗淡無光，而「淚沾紅抹胸」的細節，尤令人想見其垂淚的面部表情，內心的悽楚與痛苦。詞之末尾用問答形式，以情語作結：「何處相思苦？紗窗醉夢中。」「相思苦」承「愁」與「恨」，再向前推進一層，而最苦的莫過於「醉夢中」，此處的「醉夢」當指因思念過度處於一種恍恍惚惚的精神狀態。

此詞當為李煜早期之作，係代言體，其寫閨愁，能將愁景、愁態、愁容、愁心數者結合，亦可謂善於傳情者。

謝新恩

庭空客散人歸後，畫堂❶半掩珠簾。林風淅淅❷夜厭厭❸，小樓新月，回首自纖纖❹。（下缺）春光鎮❺在人空老，新愁往恨何窮。（下缺）一聲羌笛❻，驚起醉怡容。

【注釋】❶畫堂　華美的廳堂。❷淅淅　風聲。❸厭厭　長久。略同「漫漫」。❹纖纖　細小。❺鎮　盡。❻羌笛　一種管樂，因出自羌地，故名。

【語譯】客人歸散後，庭院靜寂，畫堂珠簾捲起一半。林中吹來淅淅風聲，令人感到長夜漫漫，回首看那小樓新月，自是顯得細小纖纖。……　春光盡在，人卻徒然老去，新愁舊恨，無盡無窮。……遠處傳來一聲羌笛，驚醒醉中喜悅的面容。

【研　析】此詞係〈臨江仙〉調，已無疑義，但究為一首，抑或為兩首殘缺之詞，則有不同說法。《詞譜》卷十將其列入〈臨江仙〉調之下，作為五十八字體式（前後闋韻部均相同）中之「又一體」，並云：「惟前後段換韻異。」今人王仲聞《南唐二主詞校訂》云：「按蕭本《二主詞》分上下首為兩首，《全唐詩》云：『李後主〈臨江仙〉前後兩調，各逸其半。』此首上半首末，注有『下缺』二字，各本《二主詞》皆同。如為一首，則上半首並無闕字，此注為多餘矣。細核原文，以從蕭江聲抄本作二首為是。」今從蕭、王之說，分別作出解析。

因詞殘缺，難窺全貌。大抵來說，前一首言客散人歸之後的冷寂。這裡剛剛舉行過一次有眾多賓客參加的晚會，晚會一散，庭院頓時由熱鬧轉為岑寂，畫堂珠簾半捲，也顯得空空蕩蕩。「庭空客散人歸後，畫堂半掩珠簾」二句雖只述景敘事，已透露主人公的落寞情懷。以下寫夜轉深沉情景，情融景中。「林風淅淅」一句，一則是以動襯靜，再則也反映出聽者處於未眠狀態。人因心緒不寧，而覺長夜漫漫。以下「小樓新月，回首自纖纖」，極妙。在難以入寐之際，回看那映照小樓的一彎新月，在廣闊天空的映襯下更顯細小、孤伶，這其中包含了點與面的對照。詞中突出這個「點」，突出新月「纖纖」的感受，便也突出了人物的孤獨感。在一番熱鬧之後，有的人喜歡享受安靜，但有的人會有一種失落感。這段詞寫的屬於後一種情況，這自然是由於這次聚會有某種特別之處，令人留戀，令人回味。詞中寫的是一種極為細膩的心緒，所述景物限於「畫堂」的視野，因此境界相對細小，且用了「淅淅」、「厭厭」、「纖纖」的疊字，與這種幽窈的情思極為吻合。

後一首氣象則大不相同，重在抒發一種人生感慨。「春光鎮在人空老，新愁往恨何窮」，以眼前自然界的勃勃生機與人的老大無成相對照，形成一種極大反差，這是「新愁」；回首往昔，春天一年一度來臨，而人卻在時光流逝中日益衰老，去年的「新愁」變成今日的「往恨」，今日的「新愁」又將變為未來的「往恨」，往復無窮。於是，主人公借酒消愁，並進入了一個樂以忘憂的境界，而此時「一聲羌笛，驚起醉怡容」，遠處突然傳來清亮的笛聲，將醉中喜悅之情驚醒，面部表情亦隨之而起變化。如此（包含所缺部分），則這段含有兩層轉折：由「新愁往恨」轉而為樂以忘憂，再由樂以忘憂境界驚醒，轉回愁恨現實，這樣便避免一瀉無餘，而把難以排解的人生感慨寫得曲折有致。

前一首無疑是〈臨江仙〉詞的上闋，因為有「起」有「承」，後面的話尚未說完。後一首確是〈臨江仙〉詞的下闋，按理說，前面應有一段關於春光的描寫作為鋪墊，才會有開頭的「春光鎮在」的結論，而現在殘存的詞句只有面對「春光」的一段抒情。但這並不等於說，一首具「上闋」

的身分，一首具「下闋」的身分，二者便可合二為一。因為無論從押韻的韻部看（非屬同一韻部），還是從表達的情感色彩看，二者都不一致。

謝新恩

櫻花❶落盡春將困❷，秋千架下歸時。漏❸暗斜月遲遲❹。花在枝。（缺十二字）徹曉❺紗窗下，待來君不知。

【注釋】❶櫻花　指櫻桃花。❷困　止。❸漏　古代計時器。置水於銅壺，插以刻度作為標誌，滴漏以計時。❹遲遲　緩行貌。❺徹曉　猶言通宵直到拂曉。

【語譯】從秋千架下歸時，見櫻花落盡，感春光將逝。漏壺暗滴，斜月移動緩慢，映照花枝。……直至晨光照臨紗窗，等待你到來而你卻不知。

【研析】此詞雖係殘篇，卻可探知其大略。詞中所寫為一女子等待心上人的情景。「櫻花落盡春將困，秋千架下歸時」係將時間狀語置之於後，所見置之於前。這兩句寫她白天盪罷秋千的所見所感，此時櫻桃花已凋落，春日將盡，心能不有所感耶！韶華轉瞬，本當抓緊時機享受人生與愛情。白天，尚可擺盪秋千以消遣，到了夜晚，則滿懷期待。她在「紗窗下」等待心上人的出現，她聽著漏壺在黑暗中發出的滴答聲，又看到斜月在天邊緩緩移動，枝上的花影也在隨時轉移，可見其等待時間之長。一夜無眠，直到拂曉，仍在紗窗下等候，更可見其癡情到了「傻」的程度。如果說，前面所寫由白天到夜晚，是一種遞進，那麼最後一句「待來君不知」，則是一大轉折，一夜等待竟然成空，而且對方竟然不知，這真是一個帶悲情色彩的結局。看來詞中所寫係女子的單相思，雖未出豔情範圍，但用白描，仍顯示出李煜詞之特色。

謝新恩

冉冉❶秋光留不住，滿階紅葉暮。又是過重陽❷，臺榭❸登臨處。茱萸❹香墜，紫菊氣飄庭戶。晚烟籠細雨。嗈嗈❺新雁❻咽寒聲，愁恨年年長相似。

【注釋】❶冉冉　漸漸地；慢慢地。❷重陽　節令名。農曆九月九日為「重陽」，又稱「重九」。❸榭　建在高臺上的敞屋。❹茱萸　植物名。古習俗重陽日，佩茱萸囊以辟邪。❺嗈嗈　鳥和鳴聲。❻新雁　初來之南飛雁。

【語譯】秋光慢慢流走，挽留不住，紅葉滿階，已臨薄暮。又逢著重陽節，已到登臨臺榭時候。茱萸香送，紫菊氣飄庭院門戶。晚煙籠罩霏霏細雨。北來新雁嗈嗈和鳴，在寒風中聲帶淒咽，愁恨年年長久相似。

【研　析】此詞句式不類〈臨江仙〉，前人分段亦有歧異。有的分為上下兩段，或以前五句為上闋，後四句為下闋，或以前四句為上闋，後五句為下闋。《歷代詩餘》則不分段，注云：「單調，五十一字，止李煜一首，不分前後段，存以備體。」《詞律拾遺》卷二列為〈謝新恩〉調，並云：「此詞不分前後疊，疑有脫誤。」今姑依《歷代詩餘》本作單調。

此詞抒寫悲秋情懷。詞一開始即感嘆「秋光留不住」，眼前的「滿階紅葉」就是明顯的昭示。「冉冉」，表明秋光之消逝乃是一個漸進的過程，「暮」字則點明時刻。「又是過重陽，臺榭登臨處」二句，當係具寫白天重九登臨臺榭之事，並明示節屆重陽，已是深秋時候了。「又是」二字值得注意，即過重陽已非一次，而是很多次、無數次，正是所謂「歲歲重陽，今又重陽」。一年之中，時到深秋，已是衰落之期，而人每度一次重陽，都會向老年跨進一步，更何況這落葉滿階的衰瑟秋象，不正是人的衰暮的象徵嗎？雖是寫節候，中實含人生哀感。楚宋玉〈九辯〉云：「四時遞來而卒歲兮，陰陽不可與儷偕。」（四時交遞到來一年過去，人不與時光永在一起。）可說是對這種哀感的詮釋。下面「茱萸香墜，紫菊氣飄庭戶」，係寫重陽時節景物，身上佩帶的辟邪茱萸囊還散發著香氣，庭院中的菊花也隨風飄送清香，這種嗅覺很是美好，無疑能給人帶來愉悅感。但這種愉悅似乎很短暫，因為此時天氣又起了變化：「晚烟籠細雨。」「晚」與前面的「暮」相呼應，時間有所推移，煙雨濛濛帶來的是寒涼之感、淒冷之情。不僅如此，又耳聞「嗈嗈新雁咽寒聲」，遙天傳來的雁叫聲，在詞人聽來因天寒而帶淒咽。如此氛圍，令人更添愁戚。故全詞用「愁恨年年長相似」作結。所謂「愁恨」，應該是感自然之無窮，悲人生之易老，含有一種對生命意識的朦朧感悟。「年年」，與前面「又是過重陽」相呼應，「長相似」，表明這種伴隨自己的「愁恨」不僅是眼前的，而是長時間的，說明它已折磨自己多時矣。全詞用筆凝煉，善於渲染氛圍，以景寫情，且情緒有起伏變化，應該說是寫得比較成功的。

在唐五代詞中，描寫春光的較多，涉及秋光描寫的相對較少，即使寫到秋光，也都是作為抒發情感的背景出現的。像這首詞從秋日景物入手，感年光之易逝，從而引發「歲歲年年人不同」的感慨與愁恨，為數不多。王國維所謂：「詞至李後主，而眼界始大，感慨遂深，遂變伶工之詞而為士大夫之詞。」《人間詞話》也應該包含這類詞作在內。其後這種由悲秋而引發的流光易逝的感慨，宋人詞中亦時有所見，如晏殊〈破陣子〉：「憶得去年今日，黃花已滿東籬。……重把一尊尋舊徑，所惜光陰去似飛。風飄露冷時。」

破陣子

四十年來家國❶，三千里地山河❷。鳳閣龍樓❸連霄漢❹，玉樹瓊枝❺作烟蘿❻，幾曾識干戈❼？

一日歸為臣虜，沈腰❽潘鬢❾消磨。最是倉皇❿辭廟⓫日，教坊⓬猶奏別離歌，垂淚對宮娥⓭。

【詞　牌】〈破陣子〉，唐教坊曲名，用作詞調。又名〈十拍子〉。雙調，六十二字，上下闋各五句，三平韻，句式、平仄均同。由於第一、二句均為六言，三、四句均為七言，可用為對仗，如本詞。

李煜此詞雖句式、押韻都合乎常式，但平仄不夠規範，如「龍樓連霄漢」為：平平平平仄，「幾曾識干戈」為：仄平仄平平，「瓊枝作烟蘿」為：平平仄平平。上下闋平仄有時亦不一致。故《詞律》卷九、《詞譜》卷十四均以晏殊詞（燕子來時新社）為正體，而不錄早出之李煜詞。

【注釋】❶四十年句　南唐自先主李昪於西元九三八年立國，至西元九七五年後主滅亡，計三十八年，「四十年」係舉成數言。❷三千里句　馬令《南唐書》稱南唐「共三十五州之地，號為大國」。其所轄疆土含今江蘇、安徽、江西、福建四省部分地區，在五代十國中，堪稱大國。三千里，言其地域之廣，此是約數。❸鳳閣龍樓　指帝王所居樓閣。❹霄漢　天空。霄，雲霄。漢，銀河。❺玉樹瓊枝　以玉、瓊形容樹、枝，喻其美好。❻烟蘿　女蘿相互纏結如煙霧般籠罩，形容花木繁茂。❼干戈　兵器，指代戰爭。干，即盾牌。戈，一種長柄橫刃的武器。❽沈腰　《南史・沈約傳》載，沈約不得意時，寫信給友人徐勉，言己老病，「百日數旬，革帶常應移孔，以手握臂，率計月小半分」。後遂以「沈腰」作為腰肢瘦損的代稱。❾潘鬢　晉詩人潘岳作〈秋興賦序〉，說自己三十出頭，鬢髮已斑白，後以「潘鬢」指中年早衰，頭生白髮。❿倉皇　匆忙；慌張。⓫辭廟　辭別先祖的宗廟，指離開先祖創建的國家。⓬教坊　管理宮廷音樂的機構。⓭宮娥　即宮女。

【語　譯】國家有四十年的歷史，疆域有三千里地山河。所居鳳閣龍樓，高入雲霄，宮中花樹繁茂，美如瓊玉，密似煙蘿，何曾見識干戈？　一旦被俘向人稱臣，如沈約腰肢日益瘦損，似潘岳華髮滋生兩鬢。最難忘懷：倉皇中辭別祖廟，教坊還奏別離樂曲，對著宮女傷心淚垂。

【研　析】此詞係李煜被俘至汴京後回憶往事之作。一開始即用一個對句「四十年來家國，三千里地山河」，從時間與空間的悠長闊遠來回憶他的國家。兩句不僅對仗工整，且具有高度的概括性。南唐，占據著江南最富庶的地方，在五代十國中，擁有自己的優勢，相對於戰亂頻仍的北方，擁有相對的安定與繁榮。李煜在回想自己的國家時，心情應當是很複雜的，以曾經的擁有而感到驕傲，以如今的喪失而倍感痛心。以下再用一對句「鳳閣龍樓連霄漢，玉樹瓊枝作烟蘿」，轉說自己曾經享有的尊榮富貴。如果說上一對句用的是白描，那麼此聯則極力雕繪、渲染，不惜用龍、鳳、玉、瓊等字眼對描寫的對象加以修飾。「鳳閣龍樓」不僅是以「鳳」、「龍」象徵其地位的尊貴，更含有雕龍畫鳳的外部裝飾，以凸現其富麗堂皇！兼之高聳入雲，又是何等雄偉氣派！那「玉樹瓊枝」，琳琅翠葉，似霧如煙，真個美若仙境！詞人用如此精美的語言來描繪當年宏麗的帝王家的氣象，心情同樣是複雜的，包含有無限的緬懷與美好的回味，但如今已失去了這一切，內心又該充溢有多少苦澀與鬱憤。上面的兩組對仗，只作客觀描述，但含意豐厚，情緒複雜。在把昔日的輝煌寫得很充分以後，下面接以「幾曾識干戈」陡然來一大轉折，承上啟下。詞人「生於深宮之中，長於婦人之手」，一直沉醉於溫柔富貴之鄉，寄情於翰墨藝文之事，何曾見識過戰爭？這句是紀實，內中充滿無限感慨。正是戰爭毀滅了他的國家，毀滅了他帝王的尊榮和美好生活，從此，自己由天堂墮入了十八層地獄。

詞的上闋，真可謂是大筆如椽，氣象開闊，容納了一段漫長的歷史與一場歷史的變故。詞的下闋，則轉寫國家破滅後自己的境遇與辭廟時無地自容的羞恥感。「一旦歸為臣虜，沈腰潘鬢消磨。」這兩句寫被俘囚禁後的境況。李煜入汴京，年僅四十，他三十多歲即生白髮，有佚句詩云：「鬢從今日添新白，菊是去年依舊黃。」此間日夕以淚洗面，白髮叢生，形容消瘦，是極自然之事。其〈九月十日偶書〉詩亦有類似描述：「自從雙鬢斑斑白，不學安仁（潘岳）卻自驚。」可以對讀、比照。可以說，完全是寫實，毫不誇張。此係以外表的變化寫內心的憂憤與傷慟。而最令人感到難堪、羞辱的，是辭別祖廟時的情景，教坊的樂隊還吹奏著別離歌。教坊按禮制，不同的場合演奏不同的曲調，南唐後主離開金陵，亦按常規演奏別離歌。可是這次不是一般的別離，是作為俘虜臣服於宋朝的別離，是一次喪失國格、人格的別離，是向擁有四十年歷史的家國訣別，奏樂相送，真乃莫大的諷刺！「教坊猶奏別離歌」，一個「猶」字，即含有一種滑稽可笑之意，本來痛苦的心靈，又遭受了重重的一擊。然而此時縱然有萬語千言，也是無法說出的，只能「對宮娥」「垂淚」了。這「淚」是哭廟之淚，是「倉皇辭廟」時內心無限哀痛的外洩。

通篇主要運用白描，直抒胸臆，句句自肺腑中流出，把一腔悔恨、怨憤之情，寫得力透紙背，具有強烈的藝術感染力。上下闋在寫法上亦能變化有致，上闋兩組對仗，一組為時空對舉，一組為建築與庭園的對舉，中間又含有高與廣的對舉，極整飭、宏壯、精麗，然後用一散句作轉折，節奏相對舒緩；下闋用「一旦」銜接，再以「最是」二字推進，具流走之勢。整飭與流走互轉，是藝術辯證法在小令結構中的成熟運用。宋代一些詞人的令詞，如晏殊的〈破陣子〉（燕子來時新社）、晏幾道〈鷓鴣天〉（彩袖殷勤捧玉鍾）等，都有類似的特點，或許曾從李煜詞作中受到某種啟示。

漁　父

浪花有意千重雪❶，桃李無言❷一隊春。一壺酒，一竿身，世上如儂❸有幾人？

【詞 牌】〈漁父〉，又名〈漁父樂〉、〈無一事〉等。始於唐張志和，《新唐書・張志和傳》載：「（志和）居江湖，自稱煙波釣徒。……每釣不投餌，志不在漁也。」其所作〈漁父〉詞五首，皆單調，二十七字，五句（七、七、三、三、七言），四平韻，各首七言句平仄不盡相同。李煜〈漁父〉詞兩首，字數、句式、押韻與張志和詞同，惟其中一首押三平韻。〈漁父〉與〈漁歌子〉係兩個不同的詞調，唐五代的〈漁歌子〉即為雙調，句式上下闋均三、三、七、三、三、六言（見李珣、孫光憲詞）。《詞律》卷一、《詞譜》卷一均將兩調混同，殊非。

【注 釋】❶雪 形容浪花顏色。❷桃李無言 係諺語，語出《史記・李將軍列傳》。傳引諺云：「桃李無言，下自成蹊。」謂桃李樹下，走的人多，自成小路。❸儂 人的自稱，即我。

【語 譯】浪花有意，作出千重雪浪模樣，桃李無言，似排成一隊顯露春光。一壺酒，一魚竿，攜帶於身，世上如我逍遙者，能有幾人？

【研 析】此詞與另一首〈漁父〉詞，是否為李煜所作，尚有疑義。《五代名畫補遺》、《花草粹編》、《歷代詩餘》等均作李煜詞，近人王國維以為「筆意凡近，疑非李後主作也」。但仍據前人所載，列入《南唐二主詞》。今人王仲聞《南唐二主詞校訂》認為：「此二詞乃後主金索書（疑即金錯書，即金錯刀書）題衛賢〈春江釣叟圖〉上，北宋劉道醇親見之（據《五代畫品補遺》），必非偽作。」據此，當繫於李煜名下。

從張志和開始的〈漁父〉詞，歷來都是寫隱者之樂。李煜的這兩首〈漁父〉雖是題畫詞，也不例外，都是寫漁父的瀟脫自在之情，但二者各有偏重。這首詞偏重於從大處著眼，大處落墨。先用一對句寫春景，上聯寫水面，波瀾壯闊，千重雪浪翻騰，而用「有意」二字形容，水亦有情，實乃人對浩淼煙波有情，因為那是一個超塵脫俗的境界；下聯寫岸上，運用現成諺語「桃李無言」與「浪花有意」相對，亦屬別出心裁，桃紅、李白，次第相接，排成隊伍在向世人展示美好的春色，亦是用擬人化的方法。此聯是對圖中「春江」作出具體的描繪，物物有情，是漁父快樂心情的物化。然後直抒其情，身無長物，惟有一壺酒、一魚竿以度生涯，不逐名利，不慕富貴，不求榮達，超然世外。世人多在紅塵中追逐榮華富貴，多為名韁利鎖，有幾人能像我這般清超、瀟脫！在漁隱中流露出一份特別的超曠自得之情。

這是李煜題他人畫作之詞，其中是否隱含有自己的情愫呢？當然，我們從他一生看，他所追求的是風流儒雅的情調，是豪華奢靡的享樂生活，不太可能作漁隱之想。但人有時是很複雜的，據《夢溪補筆談》及米芾《畫史》載，李煜曾自稱「鍾山隱士」、「鍾峰隱居」、「鍾峰隱者」、「鍾峰白蓮居士」等，對最高統治集團內部激烈的權力之爭，特別是對其長兄弘冀太子的兇殘、猜忌，持退避三舍的態度，不願捲入其中。《續通鑑長編》載李煜襲位後上表，中有「被父兄之蔭育，樂日月以優游。思追巢許（巢父、許由，唐堯時隱士）之遺塵，遠慕夷齊（伯夷、叔齊，互相讓位，後不食周粟而死）之高義」等語，雖未有「隱」的實踐，卻曾有過超脫紅塵之想。因此，詞作在某種程度上也融合了自己的感受。

漁父

一櫂❶春風一葉舟，一綸繭縷❷一輕鉤。花滿渚❸，酒滿甌❹，萬頃波中得自由。

【注釋】❶櫂 划船的用具，短的叫「楫」，長的叫「櫂」。❷一綸繭縷 指釣魚的線。繭縷，即絲線，比絲粗的叫「綸」。❸渚 水中小洲。❹甌 平底深碗形酒器。

【語譯】春風中划槳，駕一葉扁舟，手持釣魚長線與輕鉤。百花滿渚，清酒滿甌，在萬頃波濤中，得到自由。

【研析】這一首〈漁父〉重在細部描寫，具現春江垂釣生涯。每一句都呈現出一個獨立的畫面，在畫幅上這些畫面本來是靜止的，詞中除了最後一句抒情用了一個「得」的動詞外，其餘都是名詞或數量詞、形容詞的組合。但我們讀這首詞時，這些畫面逐一化為了動態，如一個鏡頭連接著另一個鏡頭。第一句寫了春風、櫂、扁舟，並沒有說出它們之間關係，但我們彷彿看到了漁翁駕著一隻小船，在萬頃波濤中迎著春風前進。第二句只寫了繭縷、輕鉤兩樣東西，但我們彷彿看到了手持釣竿、甩出釣鉤的垂釣情景。這兩句中的物件都以「一」的數字加以形容，應該包含有兩方面的意思，一是對於人來說，有特立獨行之意，二是對於物來說，有輕巧之意。下面接著說「花滿渚，酒滿甌」，也都是靜態的。這裡不再用「一」，而改用「滿」來形容，一是顯示出用詞的變化，再則也與描寫的對象有關，寫渚中之花不用「滿」形容，不足以表現春景之濃麗，寫甌中酒，不以「滿」來修飾，就會顯得不能盡漁父之興，因為「甌」相對於前一首的「壺」來說，容積要小。前一句展現的萬紫千紅的小洲，既是「萬頃波」中的點綴，也是令漁人賞心悅目的景觀；後一句寫的是船上器物中的飲料，它是漁父逸興遄飛時的消遣品。漁父有時會去欣賞大自然賜給他的天然美景，有時會舉杯獨酌，盡顯悠然自得之情。故在結尾總其情曰：「萬頃波中得自由。」自由，正是漁父所追求的精神境界，超脫紅塵，了無牽掛，任情適性，優遊於天地之間，何等愜意！一首二十七個字的小令，能給人提供如此多的聯想，誠為難得。

兩首〈漁父〉題畫詞，為詞中所首見，這也是李煜對詞體題材開拓的貢獻。此後宋人多有所作，如蘇軾、秦觀、陸游、辛棄疾、吳文英、張炎等均有題畫之詞，發展至明清，更蔚為大觀。而追索其源，李煜實乃鼻祖。

青玉案

梵宮❶百尺同雲❷護，漸白滿、蒼苔路。破臘梅花李蚤❸露。銀濤無際，玉山❹萬里，寒罩江南樹。

鴉啼影亂天將暮，海月纖痕❺映煙

霧。修竹❻低垂孤鶴舞。楊花風弄，鵝毛天剪，總是詩人誤。

【詞　牌】〈青玉案〉，漢張衡〈四愁詩〉有「美人贈我錦繡段，何以報之青玉案」，調名本此。因賀鑄詞有「凌波不過橫塘路」句，又名〈橫塘路〉；因韓淲詞有「蘇公堤上西湖路」句，又名〈西湖路〉。雙調，六十七字，上下闋各六句，四仄韻或五仄韻（本詞為四仄韻）。另有六十六字、六十八字、六十九字等數體，參看《詞律》卷十、《詞譜》卷十五。

【注　釋】❶梵宮　即梵宇、佛寺。❷同雲　雲一色，指將雪時之陰雲。❸蚤　同「早」。❹玉山　雪覆蓋的如白玉般的山。❺纖痕　細痕。❻修竹　長竹。

【語　譯】陰雲一色，將百尺高廟衛護，白雪逐漸鋪滿青苔路。衝寒破臘的梅花，如李花般早露。天色將暮，啼鴉飛舞影亂，月從海上升起，微痕隱隱，映著煙霧。修長竹枝低垂，有如孤鶴起舞。將雪比擬風弄楊花，天剪鵝毛，總被詩人誤。

【研　析】此詞明潘游龍《古今詩餘醉》題作後主，明吳訥所輯《百家詞・南唐二主詞》、王國維輯本《南唐二主詞》、詹安泰編注《李璟李煜詞》均未收錄。今人王仲聞《南唐二主詞校訂》云：「按此首筆意淺近，風格全不似後主，其偽處人所共見。《古今詩餘醉》題作後主，未知何據。」今姑從《古今詩餘醉》收錄於此。

此詞原題作「山林積雪」，屬於吟詠雪景一類。上闋重在正面描繪山林雪景，呈現一漸進過程。

始為將雪之時，陰雲籠罩高高的佛寺。寫佛寺與山林緊緊相扣，因寺廟多建於山深之處。然後是紛紛雪下，漸積漸厚，以致埋沒了長滿青苔的山路，那路徑由原來的青色變成了白色。以下由近而遠寫雪後景物，先寫近處之梅花，衝寒綻放的朵朵紅梅，如今積雪化成了白色的李花。因李花開放較遲，故說是「李蚤露」。遠望又分寫平地與山巒。平地以一望無際的銀色波濤加以比喻，山巒則以綿亙萬里的白玉形容。「寒罩江南樹」，不僅包括所見的山峰、曠野，更將空間範圍擴展至整個江南，「寒」遍江南之樹，充分顯示出雪的威力。這寒，既是作者自己的感受，也是對氣溫的寫實。

詞的下闋側重從旁面寫雪景。開頭兩句「鴉啼影亂天將暮，海月纖痕映煙霧」，頗佳，攝取的為中、遠鏡頭。天將暮時，啼鴉的飛旋與樹上積雪，形成黑白混雜之象，故有「影亂」之感；當月亮從海上升起時，在白雪映襯下形象顯得細小，如煙似霧，看不真切。前句富有色彩的對比度，後句具有光線的融合感。再看近處，「修竹低垂孤鶴舞」，青竹枝葉因有積雪而低垂，搖曳之狀如孤鶴舞蹈，頗富動感。以雪比鶴，前人詩中常用之，如唐許渾〈對雪〉詩：「素娥冉冉拜瑤闕，皓鶴紛紛朝玉京。」李商隱〈喜雪〉詩：「鵝歸逸少宅，鶴滿令威家。」此處用前人詩意。詞的最後發表議論：「楊花風弄，鵝毛天剪，總是詩人誤。」對前人將雪比作楊花、鵝毛表示不滿。將雪比楊花始自晉謝道韞，《世說新語・言語》載，某日雪降，謝太傅（安）曰：「白雪紛紛何所似？」其侄謝朗曰：「撒鹽空中差可擬。」侄女道韞曰：「未若柳絮（楊花）因風起。」此後，以柳絮擬雪，在詠雪詩中多有出現，如南朝梁劉孝綽〈校書祕書省對雪詠懷詩〉：「桂華殊皎皎，柳絮亦霏霏。」唐宗楚客〈奉和喜雪應制〉詩：「似絮還飛垂柳陌，如花更繞落梅前。」李商隱

〈對雪〉詩：「梅花大庾嶺頭發，柳絮章臺街裡飛。」等等，均是。又，俗稱雪為「鵝毛雪」，以其似鵝毛之輕白，白居易〈雪夜喜李郎中見訪〉詩云：「可憐今夜鵝毛雪，引得高情鶴氅人。」詞作者認為這些比擬已成俗套，過於淺白，缺少詩意，實乃詩人之過。

這首詞寫山林積雪，甚有層次，「鵶啼影亂」、「海月纖痕」的描寫，可見其觀察、感受之細膩，故仍有其可採處。其所以被人評為「筆意淺近」者，在停留於形似，而少神采耳。

潘　佑

（失調名）

樓上春寒山四面，桃李不須誇爛漫，已失了春風一半。

【語　譯】樓上為四面山巒包圍，正值春寒料峭，桃花李花休要誇耀爛漫，春光已失去了一半。

【研　析】作者潘佑（西元九三八—九七三年），本幽州人，徙居金陵。善屬文，南唐中主時，授祕書省正字，值崇文館。後主時，官至中書舍人。屢疏極論時政，詞甚激切，表示「不能與奸臣雜處，事亡國之主」（陸游〈潘佑傳〉）。後主怒，收繫於獄，佑自剄而亡。後主被俘至汴京，曾向徐鉉表示，悔殺了潘佑。此係潘佑諷諫後主之作。清徐釚《詞苑叢談》卷六轉載：「後主於宮中作紅羅亭，四面栽紅梅，作豔曲歌之。佑應命作小詞，有『樓上春寒山四面……』。時已失淮南，故云。」依據後主對享樂生活的追求和潘佑好直諫的性格，此說具有一定的可信度。這首詞雖不完整，但其含意甚為明顯，即運用詞的形式進行諷諫、規勸。「樓上春寒山四面」，以小樓為四面的群山包圍，中蘊逼人寒氣，象徵著南唐國勢面臨著極大的危機；雖然目前還保有大部分國土，但宋朝的軍隊步步進逼，部分國土已經淪喪，而作為一國之君不加猛醒，不思進取，反沉湎於富貴溫柔之鄉，享受榮華，誇耀奢侈，所謂「桃李不須誇爛漫，已失了春風一半」，正是運用殘存的春天自然景物，向君王發出規諷與警示。

在詞的比興寄託中，有兩種不同的情況，一種是無意為寄託，而因詞人有某種潛在的意識，於詞中不自覺地流露出來，所謂「即性靈，即寄托」，「流露於不自知，觸發於弗克自已」（況周頤《蕙風詞話》）。如李璟的〈浣溪沙〉詞「菡萏香銷翠葉殘，西風愁起碧波間」，王國維認為「大有眾芳蕪穢，美人遲暮之感」（《人間詞話》）。這種感情的流露非出於作者的顯意識，但作者有此潛意識，便自然於詞中有所流露。另一種是有意為寄託，具有明確的目的性，借某種自然現象或歷史事實，創造出一種特定的藝術形象或境界，託喻時事與政治見解，如南宋辛棄疾的〈摸魚兒〉（更能消幾番風雨）有意借暮春景物象徵飄搖的國勢，借長門宮阿嬌遭妒比喻自己的遺人猜忌。潘佑的斷句，在詞中可說是較早有意運用比興寄託來表達對國事的憂慮、諷諫君上的作品，因此極為可寶。辛詞借暮春之景暗喻國勢飄搖或許即曾受到潘佑詞作的影響。

盧絳

菩薩蠻

玉京❶人去秋蕭索，畫簷鵲起梧桐落。欹❷枕悄無言，月和❸殘夢圓。
背燈惟暗泣，甚處砧聲❹急。眉黛❺遠山攢❻，芭蕉生暮寒。

【詞牌】〈菩薩蠻〉，唐教坊曲名，用作詞調。又名〈菩薩鬘〉、〈子夜歌〉等。詳見馮延巳〈菩薩蠻〉（金波遠逐行雲去）「詞牌」介紹。

【注釋】❶玉京　王都。❷欹　斜倚。❸和　帶；隨。❹砧聲　石上擣衣聲。砧，擣衣石。❺眉黛　指眉。黛，畫眉之黛石。❻遠山攢　指眉毛緊蹙。遠山，喻眉。舊題劉歆《西京雜記》載：「(卓)文君姣好，眉色如望遠山。」攢，聚簇。

【語譯】自那人去京都後，秋意蕭索，彩繪簷前鵲兒飛起，梧桐枯葉飄落。斜倚枕上，悄然無言，月隨殘夢而變團圓。　背著燈光，暗自哭泣，何處傳來擣衣聲，一聲聲更急。雙眉聚簇恰似遠山，聽窗外芭蕉，感夜晚生寒。

【研　析】此詞傳為南唐盧絳作，見《草堂詩餘別集》。盧絳，字晉卿，宜春人。在南唐授沿江巡檢，習熟水戰。後授昭武軍節度留後守潤州。宋軍入金陵，獨不降，謀南據閩中，以圖恢復。久之始降，宋太祖斬之。又《古今詞統》題作耿玉真作，耿為南唐時婦人。據阮閱《詩話總龜》載，南唐盧絳病，夢白衣美婦歌「玉京人去秋蕭索」云云，歌罷勸酒曰：「妾耿玉真也，他日富貴相見於固子坡。」後盧絳入宋，臨刑，有白衣婦人同斬，問其姓名，即耿玉真，其地則固子坡。按此記載，則其人帶有神鬼色彩，類似小說家言中之人物，頗覺可疑。若係南唐女子，當時能作如此好詞，亦令人疑惑，故仍繫於盧絳名下。

詞寫閨中秋夜懷人。「玉京人去秋蕭索，畫簷鵲起梧桐落。」一開始即構建一人去樓空的寂寥環境氛圍。首句先從大處落墨，突出季候特點：「蕭索」。「蕭索」二字，也是對女主人公在「人去」後情懷的暗示。「畫簷」一句將「蕭索」再具體化，深秋庭院中最具特徵的景物便是梧桐葉落，這裡將「鵲起」與「桐落」相聯繫，因鵲起而蹴落桐葉或碰落桐葉，描繪極為精細生動。梧桐落葉是最易引人愁緒的秋日景觀，馮延巳〈芳草渡〉詞曰：「梧桐落，蓼花秋。……蕭條風物正堪愁。」此詞亦同，雖未明言「愁」，而愁情實已寓其中矣。下面「欹枕悄無言，月和殘夢圓」，轉寫夜間。女主人公欹枕無言，應是在夢醒之際，正在回味剛才的朦朧夢境，而在此回味殘夢過程中，月亮突破雲層而呈團圓之狀，圓月與殘夢恰好形成一種對照，天上月圓是對人事分離乖隔的一種反襯。正是「不應有恨，何事長向別時圓」（蘇軾〈水調歌頭〉）。「圓」的形容詞在此帶有動詞性質，體現出時間的推移，亦是「無言」時所見窗外景物的變化。

上闋由白天而夜晚，主要通過景物描寫，或映襯，或反襯，暗示人的孤寂愁悶情懷，下闋則進一步通過聽覺和觸覺渲染長夜的淒寒之境，將人物的悲涼之情再深化一層。「背燈惟暗泣，甚處砧聲急。」前句寫表情，背著燈光，暗自飲泣，顯得很有節制，一則是其身分非同市井婦女，比較矜持，再則夜晚寧靜，也不能號啕大哭攪得四鄰不安。痛痛快快地哭，本來是一種愁悶的宣洩，可是她只能「暗泣」，這情感鬱積難發，內心之苦，可想而知。而此時又傳來急切的砧聲。秋夜月下擣衣是為了縫製寒衣寄給遠人，聽此砧聲，更增念遠之情。此情此景，令人想起「斷續寒砧斷續風。無奈夜長人不寐，數聲和月到簾櫳」（李煜〈擣練子令〉）的描寫，二者頗為相似。詞的末尾，「眉黛遠山攢，芭蕉生暮寒」兩句係倒敘。一是補寫「暗泣」時的面部表情，用一特寫鏡頭突出其眉蹙之狀，並以「遠山」形容其眉，暗示出人的姣美。二是補寫黃昏時的景物、氣候，風吹蕉葉，寒氣襲人，係「月」出、「燈」上之前的光景。如此，以顯示行文的順逆變化。面對如此圓月，如此秋聲，如此寒夜，不眠之人該有多少綿遠之思，傷感之意！故清陳廷焯評曰：「如怨如慕，極深款之致。」（《大雅集》卷一）

如此詞確係南唐武將盧絳所作，則說明在朝臣馮延巳及中主李璟、後主李煜的影響下，南唐填詞風氣漸浸淫及於他人，惜乎少有載錄。

參考文獻

宋・歐陽脩《新五代史・南唐世家》。
明・吳訥《百家詞》，天津市古籍出版社一九九二年版。
清・萬樹《詞律》，上海古籍出版社一九八四年版。
清・陳廷敬、王奕清等《康熙詞譜》，嶽麓書社二〇〇〇年版。
清・曹寅等《全唐詩・附詞》，上海古籍出版社一九八六年版。
清・王鵬運輯《四印齋所刻詞》，上海古籍出版社一九八九年版。
夏承燾《唐宋詞人年譜》，上海古籍出版社一九七九年版。
唐圭璋輯《全宋詞》，中華書局一九六五年版。
唐圭璋編《詞話叢編》，中華書局一九八六年版。
曾昭岷《溫韋馮詞新校》，上海古籍出版社一九八八年版。
王仲聞《南唐二主詞校訂》，中華書局二〇〇七年版。
張璋、黃畬編《全唐五代詞》，上海古籍出版社一九八六年版。
詹安泰《李璟李煜詞》，人民文學出版社一九八二年版。
俞陛雲《唐五代兩宋詞選釋》，上海古籍出版社一九八五年版。
劉永濟《唐五代兩宋詞簡析》，上海古籍出版社一九八一年版。

葉嘉瑩《唐宋詞十七講》，嶽麓書社一九八九年版。
劉孝嚴注譯《南唐二主詞詩文集譯注》，吉林文史出版社一九九七年版。
蔡厚示、黃拔荊著《南唐二主暨馮延巳詞傳》，吉林人民出版社一九九九年版。

◎新譯宋詞三百首

劉慶雲／注譯

本書注譯者兼顧各種題材、不同風格，從兩萬多首宋詞中精選三百首詞作，可謂擇取了宋詞中的精華。書中對所選錄詞作的作者、詞牌，均有簡要介紹，作品中較為生僻的詞語並有解釋說明，對詞作用現代語言略加疏通，結合歷史嬗變、社會風氣及作者個人經歷，盡可能揭示其情感內涵及蘊含的社會、哲理的意義。本書尤其注重對詞作藝術表現方法、美學特徵的研析，開掘其獨特的視角、巧妙的構思、新穎的意象以及語言運用的特色，以期讀者能在閱讀中獲得啟示。

◎新譯清詞三百首

陳水雲等／注譯

清詞是千年詞史的終結，作品豐富，流派眾多，風格多樣，在文學史上占有重要的地位。不同於以流行歌曲在社會上流傳的唐宋詞，清詞已蛻變為一種以抒懷言志為主要功能的雅文學，雖然沒有唐五代詞的清新活潑和兩宋詞的絢麗多姿，卻有一種歷經燦爛後的成熟醇厚之美。本書選取清代詞家一百人，詞作三〇四首，能突出經典詞人和其經典作品，較為全面地反映清詞的真實面貌。注譯周詳到位，研析精彩深入，帶領讀者一窺清詞的精華與成就。

◎新譯人間詞話

馬自毅／注譯　高桂惠／校閱

《人間詞話》是近代學術巨擘王國維融匯中西文化的文學評論專著。他所標舉的「境界」說，在中國近代文壇上獨樹一幟，對中國古典文學評論向近代轉化有篳路藍縷之功。本書編排依王國維原意分為四卷，共一百五十五則，並參考諸多版本詳為校勘、注譯、評說。王國維的文學、美學思想豐富，本書透過多角度多方面的分析評述，以為研讀的進階。

◎新譯蘇軾詞選　　鄧子勉／注譯

蘇軾作為一代文豪，不僅詩文書畫成就卓著，詞作也以推陳出新見長，開啟了南宋豪放詞派的發展。蘇軾將本屬詩歌範疇的題材引入詞的創作，諸如農忙、悼亡、贈別、言志、詠物、詠史、談禪等，使詞逐漸由供歌妓演唱助興的地位，雅化為文人抒寫人生感慨的工具。本書精選蘇詞二百餘首，每闋詞均附有詳盡的注譯賞析，為研究蘇軾其人其詞之佳佐。

國家圖書館出版品預行編目資料

新譯南唐詞／劉慶雲注譯.－－初版二刷.－－臺北
市：三民，2020
　面；　公分.－－(古籍今注新譯叢書)

ISBN 978-957-14-5364-4（平裝）

833.48　　99015328

古籍今注新譯叢書

新譯南唐詞

注 譯 者　劉慶雲
發 行 人　劉振強
出 版 者　三民書局股份有限公司
地　　址　臺北市復興北路 386 號 (復北門市)
　　　　　臺北市重慶南路一段 61 號 (重南門市)
電　　話　(02)25006600
網　　址　三民網路書店 https://www.sanmin.com.tw

出版日期　初版一刷 2010 年 8 月
　　　　　初版二刷 2020 年 6 月
書籍編號　S033170
I S B N　978-957-14-5364-4

三民書局